KB235408

이상 수필의 어휘 구조와 주제 특성

이상 수필의 어휘 구조와 주제 특성

최 효 정

역락

머리말

　이상의 수필은 여러 번 읽어도 재미있다. 작품마다 팔색조 같은 다채로움을 보여주기 때문이다. 그의 수필은 냉소적인 유머가 곳곳에서 번득이고, 독특한 수사법으로 감탄을 자아내는가 하면 남녀관계의 고민과 병든 청춘으로서의 비관적 심정, 맏아들로서의 부담감도 솔직하게 드러낸다. 그는 문장의 길이와 종결 표현, 어휘 사용에 있어서도 다양한 실험을 했다. 이처럼 이상은 치열한 작가정신을 바탕으로 수필을 창작했다.

　그동안 행해진 이상 문학에 관한 연구의 양은 놀랄 만큼 많은데, 유독 수필 부문 연구의 미미함에는 더욱 놀라게 된다. 이상도 이러한 사실에 대해 서운해 할 것 같다. 수필을 쓰는 사람으로서 그의 작품에 대한 관심과 수필 분야 연구의 척박함에 대한 일종의 사명감이 더해져 더 늦기 전에 이상 수필의 성과를 학문적으로 밝히고 싶었다.

　이 책에서는 이상의 국문 발표 수필을 컴퓨터에 입력하여 통계 처리하여 어휘와 문장의 구조를 살핀 후, 주제적 특성을 살펴보았다. 뼛속을 들여다보고 피부를 관찰하고자 했지만 놓친 부분도 적지 않을 것이다. 이상 수필의 특성은 다른 작가들의 수필이 컴퓨터 계량으로 측정된 후에야 비교 분석을 거쳐 그 개성이 더욱 명료해질 것이다.

　다른 연구들도 어떤 식으로든 나름대로 최초의 주장을 담고 있겠지만 '최초'라는 수식어가 갖는 힘을 인정할 때, 이 책에서는 이상의 국문 발표 수필 전체를 최초로 다루었다는 점과 국내 작가의 수필을 최초로 컴퓨터 계량의 방법으로 분석했다는 점으로 한 가닥 위로를 삼고자 한다.

이상 탄생 100주년을 보내며

최 효 정

차 례

제1장

이상 수필 연구의 현황과 방향

1. 이상 수필 연구의 현황

이상[1] 김해경(金海卿, 1910~1937)은 만 27년의 생애 동안 시와 소설, 수필의 각 장르별로 한 권씩 모두 세 권 분량의 작품을 남겼다. 그는 생전에 자신의 작품집을 한 권도 내지 못했지만, 사후에는 여러 차례에 걸쳐 선집, 혹은 전집이 출판되었다.[2] 이상의 작품집이 잇달아 간행되

---

[1] 이 책에서는 본명 김해경 대신 그의 아호이자 필명인 이상(李箱)을 사용하기로 한다. 이상의 영문명 표기는 그동안 'Yi Sang' 또는 'Lee Sang'이 사용되었으나, '李'를 성씨로 취급할 수 없으므로 여기서는 'Isang'으로 한다.

[2] 이상문학선집과 전집에는 다음과 같은 것이 있다.

김기림 편, 『이상선집』, 백양당, 1949. 12.

임종국 편, 『이상전집』, 태성사, 1956. (이하 전집1로 약칭한다.)

이어령 편, 『이상문학전집』, 갑인출판사, 1977. (이하 전집2로 약칭한다.)

이승훈 편, 『이상문학전집1 : 시』, 문학사상사, 1989. (이하 전집3으로 약칭한다.)

김윤식 편, 『이상문학전집2 : 소설』, 문학사상사, 1991. (이하 전집3으로 약칭한다.)

김윤식 편, 『이상문학전집3 : 수필』, 문학사상사, 1993. (이하 전집3으로 약칭한다.)

김종년 편, 『이상전집』, 가람 기획, 2004.

김주현 편, 『정본 이상문학전집』, 소명출판, 2005. (이하 전집4로 약칭한다.)

권영민 편, 『이상 전집』, 문학에디션 뿔, 2009. (이하 전집5로 약칭한다.)

면서 이상의 문학에 대한 관심과 연구도 크게 증가하였다. 이상의 문학에 대한 연구는 근대의 문학가 중 그 누구보다도 더 많은 양을 차지하며, 그 연구 방법에 있어서도 가능한 거의 모든 기법이 적용되었다. 그러나 그의 수필에 대한 연구는 극히 미미한 형편이고, 대상도 특정한 몇 편에 치우쳐 있는 실정이다. 때문에 이 책에서는 그의 수필 전반을 대상으로 그 구조와 주제를 밝히고자 한다.

이상의 생전에 그를 알았던 최재서는 1937년 이상의 추도사에서 이상의 작품에 대해 "단순한 지적 유희거나 불순한 인기책이 아니라 그의 고도로 발달된 지적 생활에서 솟아나는 필지의 소산"이라는 호의적인 평을 남겼다. 그러나 1949년 조연현은 "이상은 시인이나 소설가라기보다는 에세이스트에 가깝다고도 말할 수 있다"며 이상의 시나 소설이 정상적이 아니었던 원인으로서의 "이상의 주체의 해체"는 "민족적 주체가 붕괴"되었음을 뜻하며, 이는 "우리의 근대 정신의 최초의 해체"를 의미한다고 평했다. 그는 이상의 시나 소설보다는 수필에 더 문학적 가치를 부여했다.[3] 또한 그는 "1930년대의 조선 청년들에게는 그 작품의 통일된 전체적인 의미나 내용은 몰라도 자기의 분신처럼 의거할 주체를 잃어버린 이상의 시편들은 그러한 자기의 해체된 주체를 자위하고 자독하기에는 알맞은 문학적 대상이었던 것이다"라며 이상의 시의 난해함이 인정받은 이유는 당시의 절망적 시대상황 때문이라고 했다. 이상의 문학에 대한 평가는 평자마다 시각을 달리 하는데 그것이 개인적 의지의 소산이든 아니면 사회적 상황 때문이든 당시는 물론이고 현재까지도 그의 문학은 호기심과 연구의 대상이 되고 있다.

---

3) 김윤식 편, 『이상문학전집4 : 논문 모음』, 문학사상사, 2003, 24~27쪽 참조.

1930년대부터 1990년대까지의 이상 작품에 대한 연구는 짧은 단평
에서 학위 논문을 포함하여 1,000편에 이른다. 1990년대에만도 340여
편의 논문이 나왔는데 학위 논문으로 이상이 관련된 것은 석사논문이
63편, 박사논문이 36편이고, 그 중 이상 단독 논문은 석사논문이 48편,
박사논문이 9편이다.4) 2000년대에 들어 2007년까지의 이상에 관한 논
문 수도 200편이 훨씬 넘었고, 이 중 석사논문이 40여 편, 박사논문이
20편 가까이 된다.

1956년 임종국의 『이상전집』이 발간되면서부터 이상에 대한 연구는
활기를 띠기 시작했고, 1974년 민음사에서 나온 고은의 『이상 평전』도
이상의 작품을 이해하는 데 많은 도움을 주었다. 고은은 『이상 평전』에
서 이상을 "현대문학사의 한 전점(轉點)"이자 "처음으로 자연의 노예로
부터 해방되어서 자연을 그의 문학적 오브제로 삼지 않은 최초의 모더
니스트"로 표현했다.

1950년대에 와서는 이어령이 1955년 9월 『문리대 학보』에 「이상론」
을, 같은 해 12월에 임종국이 『고대문화』에 「이상 연구」를, 1957년에
고석규가 『문학예술』에 「'반어'에 대하여」를 발표하였다. 1960년대부터는
이상 문학이 본격적으로 학문 연구의 대상이 되어 리얼리즘, 신비평에 이
어 1990년대의 포스트모더니즘 이론을 적용한 비평이 시도되어 왔다.

방법론에 있어서 크게 보아 전기적 방법5)과 형식주의적 방법,6) 심리
주의적 방법7)이 시도되어 왔고, 세부적으로는 미학적 방법,8) 철학적

---

4) 김주현, 「1990년대 이상 연구의 현황 및 전망」, 『이상 리뷰』 창간호, 역락출판사, 2001,
185쪽 참조.
5) 김윤식, 『이상연구』, 문학사상사, 1987.
류광우, 「이상 문학 텍스트의 구현방식과 의미 연구」, 충남대 박사논문, 1993.
이경훈, 『이상, 철천의 수사학』, 소명출판, 2000.
6) 이승훈, 『이상 시 연구』, 고려원, 1987.

방법,9) 비교문학적 방법,10) 수학적 방법,11) 건축학적 방법,12) 타이포그
래피를 활용한 방법,13) 신체 인식적 방법14)과 그 외의 문학연구에서

7) 이어령, 「나르시스의 학살—이상의 시와 그 난해성」, 『신세계』, 1956. 10. & 1957. 10.
   고석규, 「시인의 역설」, 『문학예술』, 1957. 4~7.
   정귀영, 「이상문학의 초의식 심리학」, 『현대문학』, 1973. 7~9.
   김종은, 「이상의 理想과 異常」, 『문학사상』, 1974.7.
   김승희, 「이상 시 연구—말하는 주체와 기호성의 의미작용을 중심으로」, 서강대 박사논문, 1992.
8) 최재서, 「리얼리즘의 확대와 심화—<천변풍경>과 <날개>에 관하여」, 『조선일보』, 1936. 11. 31~12. 7.
   서준섭, 「1930년대의 한국 모더니즘 문학 연구」, 서울대 박사논문, 1988.
   이복숙, 「이상 시의 모더니티 연구—단절성과 추상성을 중심으로」, 경희대 박사논문, 1988.
   한상규, 「1930년대 모더니즘 문학에 나타난 미적 자율성 연구」, 서울대 박사논문, 1998.
   나병철, 「1930년대 후반 도시소설 연구, 연세대 박사논문, 1990.
   최혜실, 「한국 모더니즘 소설 연구」, 서울대 박사논문, 1991.
   김용직, 「극렬 시학의 세계—이상論」, 『한국현대시사』, 한국문연, 1996.
9) 정명환, 「부정과 생성」, 『한국인과 문학사상』, 일조각, 1968.
   이재선, 「이상 문학의 시간의식」, 『한국현대소설사』, 홍성사, 1979.
   명형대, 「1930년대 한국 모더니즘 소설의 공간구조 연구」, 부산대 박사논문, 1991.
   황도경, 「이상의 소설 공간 연구」, 이화여대 박사논문, 1993.
   김상환, 「이상 문학의 존재론적 이해」, 권영민 편, 『이상문학 연구 60년』, 문학사상사, 1998.
   이원도, 「이상이 만난 장자」, 서정시학, 2007.
10) 오유미, 「이상 문학의 외래적 요소 연구」, 『관악어문연구』 1집, 서울대 대학원 국어국문학과, 1976. 10.
   中里弘子, 「<날개>の 성립과정」, 『일본학지』 2・3, 계명대 일본문화연구소, 1982. 12.
   추은희, 「이상과 太宰治 문학 대조 연구」, 『국제문화 연구』 2집, 청주대 국제문화연구소, 1982. 12.
   황석승, 「芥川龍之介의 문학과 이상의 소설」, 『논문집』 30집, 상명여대, 1992. 8.
   鴻農暎二, 「일본 모더니즘과 이상 시」, 『현대문학』 1981. 4.
   김미정, 「이상문학에 나타난 외국문학 수용양상—자아정체성 형성과 관련하여」, 『비교문학』 18집, 1993. 12.
   강경구, 「郁達夫와 이상 소설의 비교연구」, 『중어중문학』 34집, 영남중국어문학회, 1999. 12.
11) 김명환, 「이상의 시에 나타나는 수학기호와 수식의 의미」, 권영민 편, 『이상문학 연구 60년』, 문학사상사, 1998.
   김용운, 「이상 문학에 있어서의 수학」, 김윤식 편, 『이상 문학전집4 : 이상연구에 관한 대표적 논문 모음』, 문학사상사, 1995.
12) 김정동, 「이상과 1930년대의 동경」, 『건축역사연구』 9호, 한국건축역사학회, 1996.
13) 안상수, 「타이포그래피적 관점에서 본 이상 시에 관한 연구」, 한양대 박사논문, 1995.
   김민수, 「시각예술의 관점에서 본 이상 시의 혁명성」, 『이상문학 연구 60년』, 문학사상

동원할 수 있는 다양한 방법과 실험이 이상의 작품 해부에 이용되어졌던 것이다. 서구권에서 이상에게 관심을 보인 사람에는 재미교포인 James Lee,[15] Walter K. Lew,[16] 임 헨리홍순[17]이 있다.

1990년대 이후 이상의 문학을 대상으로 한 주요 단행본으로는 이승훈의 『이상』, 이태동 편집의 『이상』, 권영민 편집의 『이상문학연구 60년』, 김승희의 『이상 시 연구』, 김윤식의 『이상 문학 텍스트 연구』, 이보영의 『이상의 세계』, 김민수의 『멀티미디어 인간 이상은 이렇게 말했다』, 김성수의 『이상 소설의 해석』, 김주현의 『이상소설연구』, 이경훈의 『이상 철천의 수사학』, 조해옥의 『이상 시의 근대성 연구』, 김승구의 『이상, 욕망의 기호』, 안미영의 『이상과 그의 시대』, 조해옥의 『도로를 횡단하는 문학』, 이원도의 『이상이 만난 장자』가 있다.[18]

사, 1998.

14) 조해옥, 「이상 시의 근대성 연구-육체의식을 중심으로」, 소명출판, 2001.
　안미영, 「이상 소설에 나타난 신체 인식 표출 양상」, 경북대 박사논문, 2001.

15) James Lee, 『이상의 상반되는 미학』, 『뉴스레터』 제3권 5호, 1994. 6.

16) Walter K. Lew, JEAN COCKTEAU IN THE LOOKING GLASS : A Homotextual Reading of Yi Sang's Mirror Poems, 『이상 리뷰』 창간호, 역락출판사, 2001.
　Walter K. Lew, YI SANG, 『이상 리뷰』 제2호, 역락출판사, 2003.

17) 임 헨리홍순, 「이상의 <날개>-반식민주의적 알레고리로 읽기」, 『역사연구』 6집, 역사학연구소, 1998. 12.

18) 이승훈, 『이상』, 건국대출판부, 1997.
　이태동 편, 『이상』, 서강대출판부, 1997.
　권영민 편, 『이상문학연구 60년』, 문학사상사, 1998.
　김승희, 『이상 시 연구』, 보고사, 1998.
　김윤식, 『이상 문학 텍스트 연구』, 서울대출판부, 1998.
　이보영, 『이상의 세계』, 금문서적, 1998.
　김민수, 『멀티미디어 인간 이상은 이렇게 말했다』, 생각의 나무, 1999.
　김성수, 『이상 소설의 해석』, 태학사, 1999.
　김주현, 『이상소설연구』, 소명출판, 1999.
　이경훈, 『이상 철천의 수사학』, 소명출판, 2000.
　조해옥, 『이상 시의 근대성 연구』, 소명출판, 2001.
　김승구, 『이상, 욕망의 기호』, 월인출판사, 2004.

김윤식은 『이상문학전집 3』의 서문에서 "그에게는 시, 소설, 수필의 구별이란 없다. 그는 다만 그를 둘러싼 현실에서 필사적 도주를 감행하고 있었을 따름이다. 말을 바꾸면, 젊은 이상은 어느 문학적 갈래(장르) 개념과도 관련 없이, 그러한 것을 초월한 자리에 서 있었다. 그에게 있어서는 글쓰기만이 구원의 길이었다"고 평가했다. 이는 이상의 글들이 내용적으로 서로 관련이 있고 장르를 구분하기 어려운 것이 많기 때문이다.

이상 연구는 그의 시나 소설 또는 작품 전체를 대상으로 한 것이 대부분이다. 수필이 그의 문학에서 차지하고 있는 비중이 무시하지 못할 정도인데도 수필에 대한 전문적인 연구는 소홀히 여겨진 셈이다. 수필은 그동안 이상의 다른 장르의 글을 이해하기 위한 보충자료로서의 역할을 주로 담당해 왔다. 현재까지 발표된 이상의 수필에 대한 논문은 20여 편 정도이고, 학위논문은 1편이다.[19] 수필 연구는 다른 장르의 작

안미영, 『이상과 그의 시대』, 소명출판, 2003.
조해옥, 『도로를 횡단하는 문학』, 새미출판사, 2004.
이원도, 『이상이 만난 장자』, 서정시학, 2007.
[19] 이상의 수필에 관한 논문은 다음과 같다.
여영택, 「이상의 산문에 관한 고구」, 『국어국문학』 8집, 국어국문학회, 1968.
김상선, 「절대추구의 역설─이상의 수필을 중심으로」 上·下, 『수필문학』, 수필문학사, 1975. 10~11.
홍경표, 「이상문학의 비유법 소고─<산촌여정>을 중심으로」, 『국문학 연구』 11집, 효성여대국문학연구회, 1988.
이우경, 「이상의 <권태>의 세 공간구조와 자의식의 양상」, 『이화어문논집』 제10집, 이화여대한국어문학연구소, 1989. 3.
김준오, 「도시적 감수성과 인간탐구─이상 수필 개관」, 『문학사상』, 문학사상사, 1993. 9.
김승희, 「김해경의 삶과 이상적 자아 사이의 갈등과 비극─수필을 통해 본 이상의 삶과 자의식」, 『문학사상』, 문학사상사, 1993. 9.
김옥순, 「상상력의 비유어로 꽃피운 이상과 현실─이상의 수필과 시적 상상력의 관계, <산촌여정>을 중심으로」, 『문학사상』, 문학사상사, 1993. 9.
송효섭, 「자기 반성의 문체, 그 문화적 의미─기호학의 시각에서 본 이상 수필의 문체론적 특성」, 『문학사상』, 문학사상사, 1993. 9.

품에 비해 그 연구 성과가 극히 저조한 편인 것이다.

수필에 관한 논문을 정리해서 보자면 먼저 1968년 여영택의 「이상의 산문에 관한 고구」를 들 수 있다. 그는 이 논문에서 이상의 소설과 수필에 나타난 언어 구사와 문장 표현 경향을 살펴보았는데 이상이 언어 구사에 있어서 세심했으며, 의식적으로 오용하기도 했다고 밝혔다. 문장 표현에 있어서는 변화표현으로 시각어(視覺語), 색채어(色彩語), 수량어(數量語), 승화어(昇華語), 비속어(卑俗語), 근사어(近似語)를 사용했고, 반영표현에 있어서는 금전어(金錢語), 식물어(食物語), 반항어(反抗語), 병사어(病死語), 퇴영어(退嬰語), 성욕어(性慾語), 혼욕어(婚慾語), 천재어(天才語), 불안어(不

Walter K. Lew, 「이상의 "산촌여정, 성천기행 중의 몇 절"에 나타나는 활동사진과 공동체적 동일시」, 『Trans』 1, 1999.

이경훈, 「＜권태＞의 사상」, 『이상, 철천의 수사학』, 소명출판, 2000.

김주현, 「이상 문학에 있어서 성천 체험의 의미」, 『한국근대문학연구』 제2권 제1호, 한국근대문학회, 2001. 4.

김진석, 「이상 수필 연구(표현 양식의 실험과 글쓰기 양상을 중심으로)」, 『인문과학연구』 11호, 서원대 인문과학 연구소, 2002. 2.

나갑순, 「이상 수필에 나타난 욕망 연구」, 인제대 석사논문, 2002.

정옥희, 「이상 수필의 문장 표현－＜산촌여정＞을 분석함」, 『미주문학』 통권 제19호, 미주한국문인협회, 2002. 여름호.

유양선, 「이상의 수필 ＜권태＞의 의미망」, 『어문연구』 제30권 4호, 한국어문교육연구회, 2002.

안미영, 「이상 수필에 나타난 신체의 문명화」, 『어문연구』 제40권, 어문연구학회, 2002. 12.

조해옥, 「이상 산문 텍스트 확정을 위한 한 고찰」, 『도로를 횡단하는 문학』, 새미출판사, 2004.

조해옥, 「이상의 수필 ＜산촌여정＞과 ＜권태＞ 비교 연구」, 『우리어문연구』 27권, 우리어문학회, 2006.

조해옥, 「이상 수필의 이중성 연구－＜조춘점묘＞와 ＜추등잡필＞을 중심으로」, 『전환의 문학』, 새미출판사, 2006.

김상태, 「이상의 수필 그 천재성의 증명－문체를 중심으로」, 『수필과 비평』 3/4월호, 수필과 비평사, 2007.

이보영, 「문학을 통한 반체제적 저항－이상 수필의 경우」, 『수필과 비평』 3/4월호, 수필과 비평사, 2007.

조해옥, 「이상의 발표 수필과 발굴 원고 비교 연구」, 『우리어문연구』 28집, 우리어문학회, 2007. 6.

安語)를 사용했다고 분석했다.

1975년 김상선은 「절대추구의 역설―이상의 수필을 중심으로」에서 이상은 '극단적으로 대립되는 양극을 동시에 지닌 비극적인 존재가 인간이고, 또한 그러한 인간이 모여 사는 사회 역시 모순된 현상을 나타내게 마련이라는 점을 우리에게 보여주고 있는 것'[20]이라고 했다.

1980년대에 들어서 홍경표와 이우경에 의해 각각 <산촌여정>과 <권태>에 관한 연구가 시도되었다. 홍경표는 「이상문학의 비유법 소고―<산촌여정>을 중심으로」에서 <산촌여정>의 비유법을 고찰했으며, 이우경은 「이상의 <권태>의 세 공간구조와 자의식의 양상」에서 <권태>의 공간구조를 "현실적 공간, 창조적·의식적 공간, 절대적 공간"으로 구분하여 이들은 시간적으로는 각각 어제, 오늘, 내일에 해당한다고 분석했다. 이후 이상의 수필 중 <권태>와 <산촌여정>을 비롯한 성천 기행 관련 작품에 대해 연구가 치우친 감이 있다.

1993년에는 『문학사상』에서 이상 수필 연구 특집을 마련하여 김준오, 김승희, 김옥순, 송효섭의 글을 실었다. 김준오는 「도시적 감수성과 인간탐구―이상 수필 개관」에서 "도시적 감수성이 이상의 수필을 지탱하는 요소"이며, "이상의 수필은 고뇌에 찬 인간탐구"이기도 하다고 평했다. 김승희는 「김해경의 삶과 이상적 자아 사이의 갈등과 비극―수필을 통해 본 이상의 삶과 자의식」에서 "김해경은 19세기적 큰 타자의 언술구조 안에 무의식적으로 지배받고 있는 상징계적 주체요, 이상은 20세기적 상상계 속의 자아"라고 하면서 이 둘 사이의 투쟁 즉, 자의식 분열이 작품에서 드러난다고 분석했다. 김옥순은 「상상력의 비유어로

---

20) 김상선, 「절대추구의 역설―이상의 수필을 중심으로」下, 『수필문학』, 수필문학사, 1975. 11, 66쪽.

꽃피운 이상과 현실—이상의 수필과 시적 상상력의 관계, <산촌여정>을 중심으로」에서 이상은 <산촌여정>에서 자신의 이상과 현실의 갈등을 직유, 은유, 환유, 제유, 은유, 유머, 위트, 아이러니, 패러독스 같은 상상력의 비유어를 구사하여 농촌과 근대 물질문명의 결합으로 표현해냈다고 평했다. 송효섭은 「자기 반성의 문체, 그 문화적 의미—기호학의 시각에서 본 이상 수필의 문체론적 특성」에서 "하나의 통합된 기의에서 비롯된 기표가 아니라, 분열된 기의에서 비롯된 분열된 기표가 곧 이상의 언술"이라고 주장했다. 『문학사상』의 이 글들은 잡지의 특성상 7~11쪽 분량의 단평에 그친 점이 아쉽다.

Walter K. Lew는 「이상의 "산촌여정, 성천기행 중의 몇 절"에 나타나는 활동사진과 공동체적 동일시」에서 이상은 "난해하지만 뛰어난 문학적 실험을 하기 위해 한국 민족과의 동일시나 반식민지적 대의를 저버린 자기애적 도피주의자"라는 평가를 받아왔지만, <산촌여정>의 뒷부분에 나오는 금융조합 선전 활동사진회에 모인 마을 사람들 풍경 묘사에서 "마을 사람들이 보여준 무언의 저항에 대한 내레이터의 예상치 못했던 동일시"를 나타내어 이상이 "여태껏 그렇게도 교묘하게 유지해 왔던 민중들과의 거리를 이탈하여 자신의 관점을 카프 계통의 농촌 소설적 관점에 더욱 접근시켰다"고 주장한다.

이경훈은 「<권태>의 사상」에서 이상이 동경에서 "시골사람으로 타자화"되자 그것을 극복하기 위해 성천의 권태를 논했다고 분석한다.

김주현은 「이상 문학에 있어서 성천 체험의 의미」에서 성천 관련 작품들 중에서 <첫번째 방랑>, <공포의 기록> 시리즈, <어리석은 석반>, <이 아해들에게 장난감을 주라> 같은 글이 <산촌여정>, <공포의 기록>, <권태>의 바탕 노트였고, 성천 체험 초기작들은 "관조적

입장"이었으며, 후기작은 "사물을 주관화"하였다고 썼다.

김진석은 「이상 수필 연구―표현 양식의 실험과 글쓰기 양상을 중심으로」에서 이상의 수필은 "자기 갈등과 현실 인식의 양상이 구체적인 비유를 통하여 논리적인 모습으로 형상화"되어 있고, <산촌여정>은 "도시 체험과 감각"을 "시골 사물에 작위적으로 결합시킴으로써 유기적인 연관성을 제시하는 데 실패"했지만, <권태>는 "내면세계를 형상화할 수 있는 방법론을 획득한 작품"이라고 했다. 이 논문은 제목에서 기대되는 바와는 달리 <산촌여정>과 <권태> 두 작품만을 주 대상으로 했다.

1990년대까지 이상의 수필에 관한 연구가 뜸하다가 2000년대에 들어서 10여 편의 논문이 나왔고, 나갑순은 「이상 수필에 나타난 욕망 연구」로 2002년 인제대 석사학위를 받았다. 이 논문은 프로이트의 정신분석학과 자크 라캉의 욕망이론을 원용하여 이상의 수필 전반을 고찰하면서 언어를 기반으로 한 이상의 인간적인 욕망에 주목했다. 하지만 이 논문은 정신분석적 측면에서만 작품을 들여다보았기 때문에 이상의 수필의 전반적 특성을 살피는 데는 한계가 있다.

유양선은 「이상의 수필 <권태>의 의미망」에서 "이상의 모든 글쓰기가, 그의 전 생애가 이 <권태> 한 편으로 수렴되고 응축되었다고 해도 과언이 아니다"라고 했다. 또한 <권태> 속에 나타난 "자의식 과잉의 폐쇄"로 인한 극권태, "농민들의 끝없는 가난과 노역의 다른 이름"으로서의 흉악한 권태, "도달할 수 없는 영원한 피안"으로서의 절대권태, 이 세 가지 권태의 의미를 고찰하고 있다. 그는 <권태>에도 "농민들에게 숙명의 굴레처럼 덧씌워진, 가난과 불행과 노동의 끝없음을 드러내려는 의도가 숨어 있는 것"으로 보고 있다.

안미영은 「이상 수필에 나타난 신체의 문명화」에서 이상은 근대에서 "그 누구보다 민감하고 첨예하게 신체를 인식"했다며 수필을 대상으로 "신체의 외양에 대한 이상의 의식"을 살펴보고자 했다. 그 결과 이상의 수필에 나타난 문명화된 신체의 특성은 "청결한 신체", "문명을 소비하는 주체로서의 신체"라고 지적했다.

2000년대에 이상의 수필에 대해 가장 많은 관심을 보인 연구자는 조해옥이다. 조해옥은 「이상 산문 텍스트 확정을 위한 한 고찰」, 「이상의 수필 <산촌여정>과 <권태> 비교 연구」, 「이상 수필의 이중성 연구─<조춘점묘>와 <추등잡필>을 중심으로」, 「이상의 발표 수필과 발굴 원고 비교 연구」라는 논문을 썼다.

「이상 산문 텍스트 확정을 위한 한 고찰」은 「임종국의 『이상전집』과 「이상연구」에 대한 비판적 고찰」[21]에 뒤이어 나온 것이다. 「임종국의 『이상전집』과 「이상연구」에 대한 비판적 고찰」은 발표 당시 이상의 시와 소설, 수필이 임종국의 『이상전집』에서 다르게 표기된 부분을 지적한 논문이다. 「이상 산문 텍스트 확정을 위한 한 고찰」은 발표 당시의 이상의 소설과 수필이 전집류 가운데 임종국과 이어령, 김윤식이 편집한 전집의 어느 부분에서 오류가 있었는지를 살폈다.

「이상의 수필 <산촌여정>과 <권태> 비교 연구」에서 조해옥은 성천이라는 같은 공간을 배경으로 하고 있는 <산촌여정>과 <권태>에 표출된 서술자의 상이한 내면에 주목하여 <산촌여정>에서 "서술자의 도회적 감성과 전원 풍경은 이상의 의식 속에서 조화롭게 결합"하지만, <권태>에서 "서술자는 성천의 자연에 적대적 감정을 표출"했다고 분

---

21) 조해옥, 「임종국의 『이상전집』과 「이상연구」에 대한 비판적 고찰」, 『이상 리뷰』 제2호, 역락출판사, 2003.

석했다.

「이상 수필의 이중성 연구―＜조춘점묘＞와 ＜추등잡필＞을 중심으로」
에서 조해옥은 이상의 수필 연구가 몇 편에 치우쳐 있다며 연구범위를
확대해야 할 필요성을 강조했다. 1930년대 경성에서 자신과 주변에 일
어나는 일들을 묘사한 ＜조춘점묘＞와 ＜추등잡필＞에 조해옥은 초점을
맞추어 비교했다. 도시에 대한 비판적 자세만을 드러냈던 시나 소설과
달리 이 두 수필에서 이상은 도시에 대한 "비판과 찬미의 이중적 태도"
를 보인다고 조해옥은 분석했다.

「이상의 발표 수필과 발굴 원고 비교 연구」는 1960년 조연현이 한양
공대생 이연복으로부터 입수한 발굴 원고[22]와 이상의 발표 수필을 비
교한 논문이다. 조해옥은 일부 발굴 작품이 발표 수필의 초고임을 확인
했다며, 발굴 원고인 ＜이 아해들에게 장난감을 주라＞는 ＜권태＞의 초
고이고, 발굴 원고 ＜어리석은 석반＞과 ＜첫번째 방랑＞은 ＜산촌여정＞
의 초고이며, 발굴 원고 ＜공포의 기록(서장)＞은 ＜공포의 기록＞[23]의
초고에 해당한다고 했다. 또한 발굴 원고와 발표 수필의 차이점을 고찰
하여 발표 작품은 "함축적이고 간결한 표현"을 구사했고, "구성 면에서
완결성"이 있고, 서술자의 주관적 가치판단이 표면에 드러나지 않는 반
면에 발굴 원고는 수식이 거의 없고, 상대적으로 이완된 구성에 서술자
의 감정이 직접적으로 드러난다고 분석했다. 이 논문은 발굴 원고와 발
표 수필의 관계를 구체적으로 파헤친 논문이라고 할 수 있다.

---

22) 조연현, 「이상의 미발표원고의 발견」, 『현대문학』(1960. 11.) 163쪽에 조연현이 이상의
유고를 입수한 경위가 나와 있다.
23) ＜공포의 기록＞은 『매일신보』에 1937. 4. 25~5. 15까지 장르에 대한 표기가 없이 발표
되었는데, 임종국 편집의 『이상전집』과 이어령 편집의 『이상문학전집』에서는 수필로, 김
윤식 편집의 『이상문학전집2 : 소설』과 김주현 편집의 『정본 이상문학전집』에서는 소설
로 분류되어 있다.

김상태는 이상의 소설을 대상으로 한 「이상의 문체 연구」에 이어 수필을 대상으로 「이상의 수필 그 천재성의 증명—문체를 중심으로」라는 논문을 썼다.[24] 그는 이 논문에서 이상의 문학은 장르의 구분 의식이 없는 작품이 많았는데 이는 이상이 형식이나 내용을 떠나 문학성에 치중한 글쓰기를 했음을 증명하는 것이라고 했다. 그리고 역설과 반어, 유머와 위트를 통해 매력 있는 문체를 구사했으며, 문장의 길이 면에서 짧은 문장과 긴 문장을 동시에 많이 사용했다고 분석했다. 이상은 문장을 끝맺는 표현의 종류도 다른 작가에 비해 몇 배나 많은 20종에 가까운 형태를 사용했고,[25] 비약어법과 반복어법, 거창한 어휘, 불예측성의 문장을 구사한 개성의 문체로 우리 문학사에서 "불멸의 문학성"을 지닌다고 평가하였다.

이보영은 「문학을 통한 반체제적 저항—이상 수필의 경우」에서 이상의 수필의 반체제적 저항에 주목하였다. <산촌여정>, <첫번째 방랑>, <서망율도>, <동심행렬>, <실수>에 이러한 반체제적 저항이 교묘히 암시되어 있으며, "1930년대의 수필가로서 그와 같은 저항을 한 사람은 이상뿐이었다"고 지적했다.

이상의 수필에 대한 연구는 위에서 살펴본 바와 같이 2000년대에 들어서서야 약간 활발해진 듯하다. 그러나 이상 문학에 대한 연구의 총 숫자에서 수필 연구가 차지하는 부분은 극히 미미하다고 할 수 있다.

---

24) 김상태, 「이상의 문체 연구 上」, 『국어국문학』 60집, 국어국문학회, 1972.
    김상태, 「이상의 문체 연구 下」, 『국어국문학』 61집, 국어국문학회, 1973.
    김상태, 「이상의 수필 그 천재성의 증명—문체를 중심으로」, 『수필과 비평』 3/4월호, 수필과 비평사, 2007.
25) 다른 작가에 있어서는 문장 종결의 형태가 대체로 4~5종 많아야 10여 종이지만 이상은 20종에 가까운 표현을 쓰고 있다는 것이 조사되었다(김상태, 「이상의 수필 그 천재성의 증명—문체를 중심으로」, 『수필과 비평』 3/4월호, 수필과 비평사, 2007, 119쪽).

이는 우리 문단에서 수필이 주목받지 못하고 있는 현실과 관계가 있다. 이상뿐만 아니라 다른 작가들의 경우도 시나 소설은 활발히 연구의 대상이 되어 왔지만 수필은 아직도 관심 밖의 영역에 머물러 있다. 이는 수필 연구에 대한 비평 이론이 아직 미흡한데다가 수필의 문학성에 의문을 갖는 이들이 적지 않기 때문이다. 그러나 수필이라는 장르에 대한 편견에 앞서 연구자가 먼저 고려해야 할 것은 그 글의 문학성 여부일 것이다. 장르의 우열보다는 문학성의 우열을 가려 작품을 평가하는 것이 연구의 바른 자세이다. 이상의 수필은 문학성 측면에서 충분한 가치를 지니고 있으므로 이에 대한 전반적 연구가 필요한 시점이다.

기존의 이상 수필 연구는 주로 <권태>와 <산촌여정>에 치우쳐 있다. 이러한 점에 대한 시정을 촉구하며 조해옥은 <조춘점묘>와 <추등잡필>에 대한 연구를 했지만 이상이 도시를 바라보는 시각이라는 단편적 측면에 그친 감이 있다.

김상태의 「이상의 수필 그 천재성의 증명—문체를 중심으로」에서의 문체에 대한 연구는 연구의 대상이 작품의 표본 조사에 머문 아쉬움이 있다. 그러나 여영택과 김상태의 연구로 이상 수필의 언어적 특성이 많이 드러난 것이 사실이다. 또한 김주현과 조해옥에 의해 이상의 국문 수필과 일문 발굴 유고와의 상관관계에도 조명이 비추어져 일단의 성과를 내었지만 보다 정밀한 연구가 필요한 실정이다.

Walter K. Lew와 이보영은 이상이 식민지 현실을 무시한 자기도피적 작가라는 기존의 평가를 부정하고 반체제적 저항을 수필에서 은밀히 드러내고 있다고 주장하고 그 예를 찾아냈다. 이러한 이상의 반체제성은 작품 전체에서 보다 면밀히 다루어져야 한다.

지금까지의 이상 수필 연구는 단편적으로 이루어졌으므로 전반적인 연구의 필요성이 요청된다. 그러므로 이제 이상의 수필의 주제 분석과 형식 분석을 통한 통합적 평가를 통해 이상의 수필이 어떠한 특성을 지녔는지를 살펴 그 문학사적 가치를 고찰하고자 한다.

2. 대상 작품 범위와 연구 방향

「이상 수필 연구」라고 제목을 붙였을 때 그렇다면 이상의 어떠한 작품이 수필에 속하느냐 하는 문제가 먼저 대두된다. 또한 이에 앞서 수필이라는 장르의 개념과 정의를 먼저 거론하지 않고 연구 대상을 잡기는 곤란하다.

이상의 작품만큼 장르를 구분하기 어려운 글도 드물다. 그의 소설 중에 <공포의 기록>과 <김유정> 같은 것은 수필로 보아도 괜찮고, <실낙원>과 <최저낙원>을 비롯해 <구두>, <애야>, <황>, <황의 기>, <작품 제삼번>, <각혈의 아침>, <무제-역원이>,[26] <무제-나의>처럼 시인지 수필인지 장르를 분간하기 힘든 작품도 있다.[27] 또 <병상이후>는 1939년 5월 『청색지』에 이상의 유고로 처음 소개되었을 때는 소설로 소개되었으나 이후에는 수필로 분류되어 있다.

이상의 소설은 1인칭으로 서술된 것이 많고, 3인칭 소설에도 ‘상(箱)’이 등장하며, 이상 자신의 개인사나 내면 의식을 다룬 것이 많기 때문

---

26) 제목이 없는 이 글은 ‘역원이’로 시작되므로 <무제-역원이>로 표기하기로 한다. 나머지 무제의 글들도 이런 식으로 표기하기로 한다.

27) <실낙원>, <최저낙원>, <구두>, <애야>, <황>, <황의 기>, <작품 제삼번>, <각혈의 아침>, <무제-역원이>, <무제-나의>를 문학사상사의 전집3에서는 수필로, 소명출판의 전집4에서는 시로 분류하였다.

에 그의 소설은 수필적으로 보인다. 이런 이유로 이상의 소설은 일본의 사소설 범주로 분류되는 것이 적지 않다. 그렇지만 이상의 소설 내용을 전적으로 그의 사생활과 결부시키려는 태도는 옳지 않다. 이상이 자신의 경험을 묘사하다가도 어느 부분에서 허구를 사용했는지 독자가 알아차릴 수는 없기 때문이다.

시의 경우에는 리듬을 고려하지 않은 산문시들이 많아 이 또한 시와 수필의 구분을 어렵게 만든다. 이상의 수필을 연구할 때 그 대상을 어디까지 잡아야 하는가는 어려운 문제일 수밖에 없다. 이러한 연유에서 여기서 수필에 대한 개념과 정의를 먼저 짚어 보고자 한다.

『창작문예수필이론서』의 저자 이관희는 우리 문예수필을 "서양의 에세이가 이 땅에 들어온 후 자생적 창작문예수필로 진화 발전한 제3의 신종 창작문학양식"[28]으로 보고 있다. 그러나 우리나라의 수필은 서양의 에세이가 이 땅에 소개되기 전부터 이미 나름의 발전과정을 거쳐왔다. 용도에 따른 다양한 형식의 산문이 지어졌고, 조선시대의 국문수필과 소품 산문에서는 이미 풍부한 서정성과 서사성, 풍자와 해학을 갖춘 문학적 수필이 많이 발견된다.

서구에서 문학작품으로 인정받는 에세이는 창의적이며 비허구적인 글이다. 『표준국어대사전』에서 정의하는 '창의성'이란 '새로운 것을 생각해 내는 특성'이다. 서구에서는 지적이고 개성적인 관점을 필자 고유의 문체로 표현한 에세이가 문학작품으로 인정받는다. 반면 우리나라에서 오래도록 사랑받는 수필은 서정적인 작품이 대부분이다. 국민성이 감성적인 탓이 크다고 할 수 있다. 그렇다고 서정적인 수필만 창작

---

28) 이관희, 『창작문예수필이론서』, 청어, 2007, 6쪽.

문예수필로 분류한다면 이는 창작문예수필의 범위를 너무 좁게 한정하는 결과가 된다.

현대의 수필을 좁은 의미로 한정시킨다면 '지은이의 지적인 사고나 감성적 느낌을 예술적 언어로 표현한 창의적 산문' 정도가 될 듯싶다. 이때 창의성은 수필의 내적 측면과 외적 측면으로 나누어 따져 볼 수 있다. 내적 측면은 내용이 어떤가와 관련되며, 내용에는 필자 고유의 감성적 느낌이나 지적인 사고 또는 영적 깨달음이 포함되어 있어야 한다. 외적 측면은 형식이 어떤가와 관련되며, 형식 즉 표현방법에서는 고유의 문체나 수사법의 활용도를 점검하고, 구성에서 새로운 시도를 했는지, 주제나 제재에 어울리는 구성을 했는지 판단해 보아야 한다. 수필의 이러한 겉과 속의 측면에서 창의성이 하나도 없다면 이는 문예수필로서의 기본을 갖추지 못한 것이다. 문학예술로서의 수필은 어느 측면에서든 창의성을 지녀야 한다.

한 작품이 창의성을 지녔다고 해도 완성도를 평가해야 하는 문제가 남아 있다. 문예수필로서의 성공 여부는 어떤 측면에서 창의성이 발휘되었느냐 하는 것 외에 총체적인 완성도가 중요한 것이다. 완성도가 높은 문예수필은 일반 산문에서 독립시켜 당당한 문학으로 인정해야 한다.

넓은 의미로 보면 평론이나 편지 글도 수필에 속하지만 이 책에서는 작가가 예술성에 대해 보다 깊은 인식을 갖고 창작한 작품만을 수필 연구의 주 대상으로 하기로 한다. 그러므로 예술성에 있어서 문제가 있을 수 있는 평론과 편지, 권두언과 편집후기 등의 글은 주 연구 대상에서 제외하기로 한다.

또 다른 중요한 문제는 작품이 생전 발표작이냐, 사후 발표작이냐, 아니면 발굴 유고냐 하는 문제와 국문이나 일문이냐 하는 것이다. 이상의 작품은 생전 국문 발표작, 사후 국문 발표작, 사후 일문 발굴 유고로 나눌 수 있다. 이 책에서는 이상의 수필 중 국문으로 발표되고, 전집 1, 2, 3, 4, 5 모두에서 수필로 분류된 32개의 작품을 주 연구 대상으로 하기로 한다. 국문으로 발표되고 수필로 분류된 적이 있는 작품들의 목록과 발표 연도, 발표지와 장르 구분은 다음 표와 같다.

	발표연도	집필시기	작품명	발표지	장르
1	1934.6		오스카 와일드 (혈서삼태血書三態 1)	신여성	수필(전집1, 2, 3, 4, 5)
2	〃		관능위조官能僞造 (혈서삼태 2)	〃	〃
3	〃		하이드 씨(혈서삼태 3)	〃	〃
4	〃		악령惡靈의 감상感傷 (혈서삼태 4)	〃	〃
5	〃		혈서기삼血書其三 (혈서삼태 5)	〃	〃
6	1934.8		집팽이역사轢死	월간매신	수필(전집2)/ 소설(전집1, 3, 4, 5)
7	1934.10		산책散策의가을	신동아	수필(전집1, 2, 3, 4, 5)
8	1935.9.27 -10.11		산촌여정山村餘情	매일신보	〃
9	1936.3		서망율도西望栗島	조광	〃
10	1936.3.3 -3.26		보험保險업는화재火災 (조춘점묘早春点描 1)	매일신보	〃
11	〃		단지斷指한처녀處女 (조춘점묘 2)	〃	〃
12	〃		차생윤회此生輪廻 (조춘점묘 3)	〃	〃
13	〃		공지空地에서 (조춘점묘 4)	〃	〃
14	〃		도회都會의인심人心 (조춘점묘 5)	〃	〃

	발표연도	집필시기	작품명	발표지	장르
15	〃		골동벽骨董癖(조춘점묘 6)	〃	〃
16	〃		동심행렬童心行列 (조춘점묘 7)	〃	〃
17	1936.4		여상사제女像四題	여성	〃
18	1936.7		약수藥水	중앙	〃
19	1936.8		EPIGRAM	여성	〃
20	1936.10		행복幸福	여성	〃
21	1936.10. 14-10.28		추석삽화秋夕揷話 (추등잡필秋燈雜筆 1)	매일신보	〃
22	〃		구경求景(추등잡필 2)	〃	〃
23	〃		예의禮儀(추등잡필 3)	〃	〃
24	〃		기여寄與(추등잡필 4)	〃	〃
25	〃		실수失手(추등잡필 5)	〃	〃
26	1937.4		정조貞操 (십구세기식十九世紀式 1)	삼사문학	〃
27	〃		비밀秘密(십구세기식 2)	〃	〃
28	〃		이유理由(십구세기식 3)	〃	〃
29	〃		악덕惡德(십구세기식 4)	〃	〃
30	1937.4.25 -5.15		공포恐怖의 기록記錄	매일신보	수필(전집1, 2, 5)/ 소설(전집3, 4)
31	1937.5.4 -5.11	1936.12.19	권태倦怠	조선일보	수필(전집1, 2, 3, 4, 5)
32	1937.6		슬픈이야기	조광	〃
33	1939.2		소녀少女(실낙원失樂園 1)	조광	수필(전집1, 2, 3, 5)/시(전집4)
34	〃		육친肉親의장章(실낙원 2)	〃	〃
35	〃		실락원失樂園(실낙원 3)	〃	〃
36	〃		면경面鏡(실낙원 4)	〃	〃
37	〃		자화상(습작)自畫像(習作) (실낙원 5)	〃	〃
38	〃		월상月傷(실낙원 6)	〃	〃
39	1939.5		최저낙원最低樂園 1	조선문학	〃
40	〃		최저낙원 2	〃	〃
41	〃		최저낙원 3	〃	〃
42	〃		최저낙원 4	〃	〃

	발표연도	집필시기	작품명	발표지	장르
43	1939.5	1930–1933. 3(추정)	병상이후病床以後	청색지	수필(전집1, 2, 3, 4, 5)
44	1939.5	1936(추정)	동경東京	문장	〃
45	1939.5		김유정金裕貞	〃	수필(전집1)/ 소설(전집2, 3, 4, 5)

<표 1> 국문 발표 작품

<실낙원 1-6>과 <최저낙원 1-4>은 국문으로 발표된 유고지만, <실낙원 1-6>은 다른 시의 초고로 보이는 부분이 많고, <최저낙원 1-4>은 의식의 흐름 기법으로 된 작품으로 이상의 시의 경향과 더 닮아 있기 때문에 이들 작품은 전집4에서와 마찬가지로 수필에서 제외하기로 한다.

<집팽이역사>는 전집2에서만 수필로 분류되고 나머지 전집에서는 소설로 분류된다. <김유정>은 전집1에서는 수필로 분류되었으나 전집2부터는 소설로 분류되고 있다. 이 역시 장르가 모호한 작품이지만 콩트에 가깝다고 보아 무방하다고 생각되어 소설로 분류했다.

이상의 일문 발굴유고들은 발표작의 초고로 보이는 것이 있고, 일문에서 국문으로 번역되는 과정에서 작자의 의도가 달라졌을 가능성이 있기 때문에 제외한다. 국문으로 발표되고 전집 1-5 모두에서 수필로 분류된 32개의 작품을 이 글에서는 연구대상으로 잡았다. 연구 대상이 된 32편의 작품만 정리한 표는 다음과 같다.

	발표연도	집필시기	작품명	발표지
1	1934.6		오스카 와일드(혈서삼태 1)	신여성
2	〃		관능위조(혈서삼태 2)	〃
3	〃		하이드 씨(혈서삼태 3)	〃

	발표연도	집필시기	작품명	발표지
4	1934.6		악령의 감상(혈서삼태 4)	신여성
5	〃		혈서기삼(혈서삼태 5)	〃
6	1934.10		산책의가을	신동아
7	1935.9.27-10.11		산촌여정	매일신보
8	1936.3		서망율도	조광
9	1936.3.3-3.26		보험업는화재(조춘점묘 1)	매일신보
10	〃		단지한처녀(조춘점묘 2)	〃
11	〃		차생윤회(조춘점묘 3)	〃
12	〃		공지에서(조춘점묘 4)	〃
13	〃		도회의인심(조춘점묘 5)	〃
14	〃		골동벽(조춘점묘 6)	〃
15	〃		동심행렬(조춘점묘 7)	〃
16	1936.4		여상사제	여성
17	1936.7		약수	중앙
18	1936.8		EPIGRAM	여성
19	1936.10		행복	여성
20	1936.10.14-10.28		추석삽화(추등잡필 1)	매일신보
21	〃		구경(추등잡필 2)	〃
22	〃		예의(추등잡필 3)	〃
23	〃		기여(추등잡필 4)	〃
24	〃		실수(추등잡필 5)	〃
25	1937.4		정조(십구세기식 1)	삼사문학
26	〃		비밀(십구세기식 2)	
27	〃		이유(십구세기식 3)	〃
28	〃		악덕(십구세기식 4)	〃
29	1937.5.4-5.11	1936.12.19	권태	조선일보
30	1937.6		슬픈이야기	조광
31	1939.5	1930-1933.3 (추정)	병상이후	청색지
32	1939.5	1936(추정)	동경	문장

〈표 2〉 연구 대상 작품

작품 분석에서 인용하는 작품은 전집4에 수록된 작품으로 하기로 한다. 이는 전집4가 입수 가능한 모든 최초 발표본을 토대로 편집하여 오류를 최소화했기 때문이다. 전집4에서는 원문을 구할 수 없는 작품은 전집1에 실린 글을 저본으로 했음도 밝혀둔다.

이상의 수필을 탐구하기 위해서 이 연구는 다음과 같은 체계로 구성된다. 먼저 수필 창작 활동과 관련된 그의 문학적 생애를 탐구해보고자 한다. 그의 작품 특히 수필은 전기적 사실과 긴밀한 연관이 있으므로 생애에 대한 고찰은 그의 문학세계를 이해하는 데에 있어 필수적이다. 특히 유년기에서 청년에 이르는 과정 동안에 겪은 심리적 상처 또한 그의 문학에 큰 영향을 끼쳤다. 아울러 1930년대의 수필 문단과 구인회 활동이 이상의 수필에 끼친 영향도 밝힐 필요가 있다.

제3장에서는 이상 수필의 원전을 확정하기 위해서 국문 발표 유고와 일문 발굴 유고를 살핀 후, <서망율도>와 <여상사제>의 최초 발표본과 10가지 판본을 대상으로 심층적인 분석을 한다. 또한 이 두 작품 외의 작품 중에서 논란이 될 수 있는 부분을 최초 발표본과 5가지 전집의 판본을 대상으로 비교 고찰하기로 한다.

제4장에서는 작품의 표현적 특성을 구명한다. 연구 대상 작품인 32편을 컴퓨터에서 통계 처리하여 수필에 사용된 어휘와 문장의 길이를 중심으로 이상 수필 문체의 특성을 탐구한다. 이를 통해 거시적인 관점에서 이상 수필의 특성이 객관화 될 수 있을 것이다. 또한 작품의 구성상의 특징도 다루어보기로 한다.

제5장에서는 이상 수필의 내용과 주제의 특성을 분석한다. 세태비판과 풍자성, 자연관조와 긍정성, 애정갈등과 이중성, 자아부정과 상실감이라는 4가지 주제별로 작품을 분류하여 파악하고자 한다. 전장의 표현적 특성에서 밝혀진 결과와의 유기적 분석도 시도할 것이다.

이상의 문학적 생애와 수필 창작

1. 성장 과정과 작가 의식의 형성

이상은 1910년 9월 23일 경성부 북부 순화방 반정동 4통 5호에서 태어났다. 한일합방 된 1910년 8월 22일에서 한 달이 지난 시점에 그는 태어난 것이다. 그의 본관은 강릉이고, 본적지는 서울 통인동 154번지다. 그의 집안은 서울에서 10대조 이상 살아왔고, 증조부 김학준은 고종 치하에서 정3품인 도정을 지냈다. 김학준은 외아들 김병복을 낳는데 문약한 중인이었다. 김병복은 아들 연필과 연창을 두었다. 김연필은 김영숙과 재혼했고, 연창은 박세창과 결혼했다.

김연창은 얼굴이 얽었고 형의 알선으로 관내부 활판소에서 일하다 손가락 셋을 잘렸다. 그 뒤 그는 이발관을 차렸으나 번창하지는 않았다. 이상의 어머니는 역시 얼굴이 얽었고, 결혼할 때 이름이 없어서 김연필이 박세창이라고 지어주기도 했다.

이상이 태어나자 조부 병복은 작명술에 의거해서 해경(海卿)이라고 이름을 지었는데 '바다와 같이 넓은 곳을 다스리는 대작'이 되라는 뜻이었다. 맏아들인 연필에게 자손이 없자 연창의 첫 아들인 이상은 태어난 지 2년 후인 1912년 백부인 김연필의 양자로 보내졌다. 김연필은 압록강 기슭의 국경지대 자성까지 가서 보통학교와 기술학교 훈도 생활을 한 적도 있고, 궁내부 관리를 거쳐 총독부 상공과에 근무하고 있었다. 그는 아내 영숙이 데리고 들어온 아들인 문경과 같이 살고 있었다. 이상은 백부의 엄격하면서도 인자한 부성애와 백모의 증오를 동시에 받으며 성장할 수밖에 없었다.

이상은 1932년 백부가 사망할 때까지 통인동 백부 집에서 지냈다. 이상의 부모는 이상의 아래로 아들과 딸을 더 두어 2남 1녀를 낳았다. 이상은 두 돌부터 천자문을 공부하기 시작했다.[1] 6세에는 백부의 주선으로 한학당을 다녔고, 7세에 『대학』과 『논어』를 읽었다고 한다.[2]

이상의 성격적 특성에 대해 고은의 『이상 평전』에는 4세의 이상이 닭이나 사람의 얼굴을 넋을 잃고 바라보는 습관이 있었고, 동네 아이들과 어울리기보다는 집안에서 사람 얼굴, 눈 같은 그림을 그리거나 부동자세로 벽에 기대어 눈을 멀뚱멀뚱하고 초점을 멈추고 있었다고 나온다.[3] 이상이 어려서 활발한 성격이 아니었음을 알 수 있다.

이상의 수필 <공포의 성채>에는 "사랑받은 기억이 없다. 즉 애완용 가축처럼 귀여움을 받은 기억이 전혀 없는 것이다"라는 대목이 나온다. 이상에게는 부모로부터 버림받은 아이로서의 분리 불안이 전 생애에 걸쳐 나타난다. 이상은 부모를 그리워하면서도 미워했는데 이는 이상의 양가감정과 자아 분열적 증상에 많은 영향을 끼쳤다.

---

1) 이상의 여동생 김옥희가 『신동아』(1964. 12)에 발표한 <오빠 이상>이란 글에서 증언한 내용이다.
2) 고은, 『이상 평전』, 향연, 2003, 47쪽 참조.
3) 고은, 『이상 평전』, 향연, 2003, 42~43쪽 참조.

1917년에는 신명학교라는 소학교에 입학했다. 소학교 생활에서 이상은 지리와 그림 그리기를 좋아했으며 체육을 싫어했다. 이때 친구로 지낸 구본웅은 이상보다 나이가 많았지만 장애인인데다 몸이 약해 학교를 쉬는 적이 많아 이상과 같은 해인 1921년 신명학교를 졸업했다.

1921년 이상은 견지동에 있는 동광학교에 입학했는데 다음 해, 조선불교중앙교무원은 동광학교를 폐교하고 보성고보를 인수했다. 동광의 학생들은 검정고시를 보고 보성고보에 편입하게 되었다. 당시 이헌구, 임화, 원용석이 동기였고 김기림과 김환태가 1년 아래 학년이었다. 이상은 한국 최초의 서양화가가 되어 귀국한 고희동4) 선생님으로부터 사랑을 받았고, 1924년 교내 미술전람회에서 '풍경'이라는 그림으로 1등상을 받았다.

1926년 이상은 경성 고등공업학교 건축과에 입학하여 1929년 졸업했다. 건축과 신입생 10명 중 3명은 한국인이었다. 1927년 이상은 경성 고공 회람지 『난파선』의 편집을 주도하고 시를 발표했다. 필명 이상은 총독부 기사 시절 건축현장에서 일본 인부들이 김해경의 성을 이씨로 잘못 알고 일본식 발음 '리상'으로 부르기 시작했다고 알려져 왔다. 그러나 『신동아』 2002년 11월호에 실린 구광모의 「우인상(友人像)과 여인상(女人像)―구본웅 이상 나혜석의 우정과 예술」5)에는 새로운 주장이 실려 있다.

---

4) 구본웅도 경신고보에 다니던 당시 매주 토요일 YMCA의 고려화회에서 고희동에게 서양화를 배웠다.
5) 구광모는 이상과 구본웅, 나혜석의 이야기를 써서 『신동아』의 제38회 1,000만원 고료 논픽션 공모에 응모했는데 이 작품이 최우수작으로 뽑혔다.

동광학교를 거쳐 1927년 3월에 보성고보를 졸업한 김해경은 현재의 서울대학교 공과대학 전신인 경성고등공업학교 건축과에 진학했다. 그의 졸업과 대학입학을 축하하려고 구본웅은 김해경에게 사생상을 선물했다. 그것은 구본웅의 숙부인 구자옥(당시 '조선 중앙 YMCA' 총무)이 구본웅에게 준 선물이었다. 해경은 그간 너무나 가지고 싶던 것이 사생상이었는데 이제야 비로소 자기도 제대로 그림을 그리게 되었다고 감격했다. 그는 간절한 소원이던 사생상을 선물로 받은 감사의 표시로 자기 아호에 사생상의 '상자'를 의미하는 '箱'자를 넣겠다며 흥분했다.

김해경은 아호와 필명을 함께 쓸 수 있게 호의 첫 자는 흔한 성씨를 따오는 것이 어떠냐고 물었다. 기발한 생각이라고 구본웅이 동의했더니 사생상이 나무로 만들어진 상자니 나무 木자가 들어간 성씨 중에서 찾자고 했다. 두 사람은 權씨, 朴씨, 宋씨, 楊씨, 梁씨, 柳씨, 李씨, 林씨, 朱씨 등을 검토했다. 김해경은 그 중에서 다양성과 함축성을 지닌 것이 이씨와 상자를 합친 '이상'이라며 탄성을 질렀다. 구본웅도 김해경의 이미지에 딱 맞으면서도 묘한 여운을 남기는 아호의 발견에 감탄했다.

이상은 아호의 동기와 필명의 유래에 대해 비밀로 해달라고 구본웅에게 요청했다. 그렇게 부탁한 이상은 앞으로 아호의 유래를 묻는 사람들에게 각기 다르게 설명하고는 속으로 낄낄거리며 재미있어 할 것이 틀림없었다. 자연과학이나 사회과학과는 달리 예술계에서는 오히려 모호하고 다의적인 것이 덕목임을 17세 소년 이상이 이미 알았던 것이다.

아닌 게 아니라 몇 년 후에 소설가 박태원이 아호의 유래를 묻자 이상은 익살스럽게 대답했다. 건축과 졸업 후 부감독으로 나간 이화여자전문학교 건물공사장에서 인부들이 자기를 이 씨인 줄 알고 이 씨의 일본식 발음인 이상으로 잘못 부른 것에서 생겨났다고 했던 것이다. 이런 즉흥적인 아호의 유래는 즉시 시인 김기림과 서정주 등에게 전해졌다. 몇 년이 더 지난 후에 그의 아내 변동림에게는 최상 최선의 목표라는 뜻으로 理想을 나타내는 음을 따라 만들었다고 알려주었다.[6]

---

6) 구광모, 「우인상(友人像)과 여인상(女人像)―구본웅 이상 나혜석의 우정과 예술」, 『신동아』 11월호, 2002, 640~641쪽.

구본웅의 당질이기도 한 구광모는 같은 글에서 "고등학교에 재학 중이던 1950년대 말 할머니로부터 사생상에서 비롯되었다는 이상이라는 이상한 아호에 관해 우연히 들었던 기억이 또렷하게 되살아난다"고 했고, 구본웅은 젖먹이 때 잃은 어머니 대신 자신의 할머니를 무척 따랐다고 회고하기도 했다. 구광모가 구본웅으로부터 직접 들은 것이 아니라고 해도 이상이 경성 고공 졸업 앨범에 남긴 아포리즘에 벌써 '이상'을 사용한 것으로 보아 그의 이야기는 신빙성이 있어 보인다. '이상' 외에 '비구(比久)',[7] '보산(甫山)',[8] '하융(河戎)'[9] 등이 김해경의 다른 이름이다.

이상은 1929년 경성고공을 졸업하고 그 해 4월부터 조선 총독부 내무국 건축과 기수로 일하다 11월에는 관방회계과 영선계 기수로 옮겨 근무했다. 1930년 각혈이 시작되었고, 이상은 장편 <12월 12일>을 『조선』에 연재하며 문단 활동을 한다. 문종혁의 <몇 가지 이의>에는 "1930년 봄 어느 날 상은 그림 이야기를 하다가 문득 '다다이슴은 문학에도 있는 거야' 하고 말하였는데 이 해 여름 그는 첫 객혈을 하였다"라는 문장이 나온다.[10] 1930년 여름의 각혈은 이상이 작가로의 길을 가는 데 큰 영향을 끼쳤다.

이상은 1933년 3월 총독부 기수직을 사임했다. 이상의 여동생 옥희는 <오빠 이상>[11]이라는 글에서 "흔히 각혈로 인한 건강을 오빠의 사

---

7) <지도의 암실>에 '비구'라는 필명을 사용했다.
8) <휴업과 사정>에 '보산'이라는 필명을 사용했다.
9) 1934. 8. 1~9. 19까지 박태원이 『조선중앙일보』에 <소설가 구보씨의 일일>을 연재할 때 '하융'이라는 화명을 사용했다.
10) 문종혁, <몇 가지 이의>, 김유중·김주현 엮음, 『그리운 그 이름, 이상』, 지식산업사, 2004, 133쪽.
11) 김옥희의 <오빠 이상>은 『신동아』의 1964년 12월호에 게재되었다.

직 이유로 말합니다마는 그렇지가 않습니다. 일본인 과장의 이제는 더 참을 수 없는 모욕을 박차고 나온 오빠였습니다"라고 썼다. 기수직에 있으면서 이상은 밤에 글을 썼다. 집에서는 물론이고 공사장 가건물 사무소에서도 썼다. 이상이 기수직을 그만둔 이유는 정확하지 않으나 건강이 악화된 것이 한 요인임은 분명하다. 기력을 약간 회복한 이상은 구본웅과 요양 차 배천 온천으로 갔다. 그곳에서 기생 금홍과 만나 친해진 그는 백부의 소상 때문에 먼저 귀경해야 했다.

1933년 6월 이상은 다방 '제비' 개업을 위한 준비를 하고 금홍을 불러 그녀에게 마담의 임무를 맡긴다. 청진동 조선 광무소의 1층을 전세 내어 시작한 다방은 동향이라 어둡고 실내도 삭막한 분위기였다. 차도 종류를 잘 갖춰 놓지 않았고, 이상은 1934년 구인회에 가입하여 문인들과의 활발한 교류와 글쓰기에 신경 쓰느라 다방 경영을 소홀히 하였다. 1934년 봄 '제비'는 일본인 건물주로부터 세금 불납을 이유로 명도 소송이 제기되어 이상은 재판 당일 궐석재판을 받아서 다방의 기구와 가구들은 문밖으로 팽개쳐지기도 했다.

금홍도 떠나고 이상은 1935년 가을 '제비'를 폐업한 후 집을 저당 잡혀 인사동의 카페 '쓰루(鶴)'를 인수했다. '쓰루'에서 이상은 여급 권순희12)를 만나 사랑하지만 정인택이 권순희 때문에 자살 소동을 일으키자 정인택에게 권순희를 양보하고 1935년 8월 그들의 결혼식 사회를 보기도 했다. '쓰루'도 얼마 못가 폐업하고, 종로 1가의 다방 '69'도 이름 때문에 수난을 겪다 2개월 만에 그만두었다. 그 뒤 명치정 한복판의 일본식 집 아래층에 다방 '무기(麥)'를 설계했다가 중도금 지불 문제로

---

12) 권순희는 권순옥으로도 불렸다.

지주와 가옥주로부터 해약을 통고받아 개업 직전에 다른 사람에게 양
도했다. 이런 일들로 수하동의 집을 날리고 가족들은 신당동 버티고개
의 빈민촌으로 이사해야 했다.

김소운의 <이상(李箱) 이상(異常)>이라는 이상에 대한 회고문에 의하
면 이상은 다방 브로커를 했던 것으로 나온다.

> 내주장의 무서운 마누라에 얹혀서 사는 사내, 무기력하고 불쌍한 그런
> 사내로 보이려고 이상 자신이 분투 노력하는 것도, 실상은 여간 따위 장
> 사아치로는 못 따라 갈 상재를 가진 것도 친한 몇 사람만은 알고 있었다.
> 다방을 사서 넘기는— 시체 말로는 브로우커가 이상의 숨은 아르바이트
> 였다. 당자의 입으로 그런 말은 하지 않아도 이런 일은 친한 친구간에는
> 자연 알려지게 마련이다.
> 낙원동에 있던 '킹 호울'이란 제법 큰 카페(요즈음 캬바레)를 이상이
> 사게 되어 삼천 몇 백 원으로 흥정을 걸고 있었다. 지금 돈으로 이백만
> 원이 넘는 액수다. 중간 역할을 하는 것이 아니요, 이상 자신의 소유로
> 만들어서 얼마 후에 딴 임자에게 넘겨주는 시스템이다. 코오피 값 10전
> 을 잊지 않는 이상의 속주머니에 때로는 두두룩한 지폐 뭉치가 들어 있
> 는 것도 그의 표표한 풍모와는 어울리지 않는 경이였다. 그것이 이상의
> 사재인지, 배후에 어떤 전주가 숨어 있는 것인지, 그것까지는 마침내 알
> 길이 없었다.13)

위의 글에 의하면 이상은 다방을 경영하기만 한 것이 아니라 웃돈을
받고 다방을 파는 일도 했음을 알 수 있다. 김소운은 이상이 상업적 재
주를 가진 사람이라고 파악하고 있는데 이는 이상이 경제적으로 무능
력하고 나약한 작가라고 알고 있는 일반인의 인식을 뒤엎는다. 이상이
사업적 안목을 가지고 있었다 해도 결국은 경제적으로 실패했기에 그

---

13) 김소운, <이상(李箱) 이상(異常)>, 『하늘 끝에 살아도』, 동화출판사, 1968, 294~295쪽.

의 이러한 재주는 묻혀 버리고 그는 가난과 병고에 시달린 작가라는 이미지로 남게 되었다.

1936년 이상은 구본웅을 졸라 그의 부친이 경영하는 출판사인 창문사에 교정부원으로 취직했고, 구본웅의 후원으로 창문사에서 구인회 동인지 『시와 소설』을 돈을 내지 않고 출간하였다. 그는 김기림의 시집 『기상도』의 장정을 맡아서 발간하기도 했다. 6월에는 구본웅 서모의 이복동생인 변동림과 신흥사에서 간단한 식을 한 뒤 신혼생활에 들어갔다. 변동림은 이상의 많은 작품의 작중 모델이 되었다. 몇 편의 글을 썼고, 이화여전 학생으로 자유연애주의자이기도 했던 그녀는 이상에게 정신적 갈등을 불러일으키는 존재였다. 이상은 생활고와 변동림과의 갈등, 질병으로 인한 위기감 속에서 10월 말 경 일본으로 간다.14)

이상은 1937년 2월 중순 동경에서 일본경찰에게 '불령선인'으로 체포되어 수감되었다가 병 때문에 보석되었으나 4월 17일 사망했는데 사인은 폐결핵 악화로 알려졌다. 그러나 이상의 임종을 지켰던 김소운은 <이상(李箱) 이상(異常)>이라는 글에서 "사망 진단서에 적힌 사인은 폐결핵이 아니고 결핵성 뇌매독이었다"15)고 썼다. '결핵성 뇌매독'이라는 병명은 의학적으로 성립될 수 없는 병명16)이라고 하나 이상은 폐결핵과 성병을 갖고 있었음이 작품에서 드러나고 있다.

이상의 어려서부터의 취미는 그림 그리기였다. 그는 화가가 되고 싶

---

14) 이상이 동경으로 간 시기는 사신(5)에 나오는 "요새 조선일보 학예란에 근작시 <위독> 연재 중이요"에서의 <위독>이 연재된 시기가 1936년 10월 4일부터 9일이고, 임종국의 『이상전집』(462쪽)에 나오는 "동경으로 탈출은 음력 9월 3일"이 양력으로 10월 17일이므로 이상이 1936년 10월 17일을 고비로 동경으로 갔다는 설이 유력하다. 김윤식, 『이상문학 텍스트연구』, 서울대학교 출판부, 1998, 194~196쪽 참조.
15) 김소운, <이상(李箱) 이상(異常)>, 『하늘 끝에 살아도』, 동화출판사, 1968, 300쪽.
16) 김유중·김주현 엮음, 『그리운 그 이름, 이상』, 지식산업사, 2004, 78쪽 참조.

었지만 백부의 반대로 화가가 되는 대신 건축을 전공해야 했다. 이상은 1924년 고교 교내 미술전람회에 유화 <풍경>을 출품하여 입선했고, 1929년에는『조선과 건축』표지도안 현상 모집에 1등과 3등으로 당선되기도 했다. 1931년에는 조선 미술 전람회에 <자상>이 입선했다. 이상은 1934년 박태원의 소설 <구보씨의 일일> 삽화를 그려주기도 했고, 1935년에는『목마』표지 삽화도 그렸다.

이상이 그림에서 글로 관심을 옮기게 된 경위는 친구인 문종혁의 <몇 가지 이의>[17]라는 글에 잘 나타나 있다. 그에 의하면 이상은 1927년 이미 시를 열심히 쓰고 있었으며, "1인치가 넘는 두꺼운 무괘지 노우트에는 바늘끝 같은 날카로운 만년필 촉으로 쓰인 시들이 활자 같은 정자로 빼곡 들어차 있었다"고 한다. 이상은 일본 작가의 소설도 읽었고, 1929년에 들어서서는 입버릇처럼 "나는 문학을 해야 할까 봐"라고 말했다는 것이다. 이상은 민족이나 국가를 거론하는 대신 '인류'라는 단어를 더 자주 말했고, 1930년 그림 이야기를 하다가 "다다이즘은 문학에도 있는 거야"라고도 했다는 것이다. 1932년 문종혁이 일본 유학에서 돌아왔을 때 이상은 밤낮을 가리지 않고 시를 쓰고 있었다고 한다. 문종혁의 다른 글 <심심산천에 묻어주오>[18]에는 이상이 스무 살에 "시인은 젊어서 명작이 나지만 화가는 늙어서야 명작이 나온다"고 말했으며, 스물세 살에 그림과 이별을 했다는 대목이 나온다. 이로 보아 이상은 한동안 그림과 글을 병행하다가 글 쪽으로 마음을 굳혀갔음을 알 수 있다.

구본웅은 1933년 일본에서 그림 공부를 마치고 귀국했다. 그는 1927

---

17) 문종혁의 <몇 가지 이의>는 1974년『문학사상』4월호에 발표되었다.
18) 문종혁의 <심심산천에 묻어주오>는 1969년『여원』4월호에 발표되었다.

년 조선미전에서 조소로 특선을 하고, 1930년 일본의 미전에서도 입선을 했으며 1931년 동아일보 사옥에서 개인전을 여는 등 활발한 활동을 하여 사람들로부터 '우리나라 최초의 아방가르드 화풍의 선구자' 혹은 '초현실주의를 처음으로 소개한 사람'이란 평을 받았으며 야수파와 표현주의, 인상파 색채를 띠기도 했다. 이상이 구본웅의 이러한 미술계에서의 활약으로 인해 미술에서의 자신감을 잃은 것도 그가 문학 쪽으로 경도된 이유 중 하나일 것이다. 구본웅이 미술에서 선구적 역할을 하고 있었으므로 일본으로 미술 유학도 다녀오지 않은 자신으로서는 글로써 승부하는 수밖에 없다고 이상은 판단했던 듯하다. 일신의 병으로 죽음을 예감하고 있던 이상에게는 젊어서 승부할 수 있는 문학이 더 매력적이기도 했던 것 같다.

이상은 평소에 일본 모더니즘 문학 계간 잡지인『시와 시론』과 동경 제일서방 주인이 발간한 월간 시 잡지『세르팡』을 즐겨 읽었다.『시와 시론』은 종래의 구어조 자유시의 타성을 비판하고 미래파, 초현실주의, 다다이즘 등 전위예술을 도입한 일본잡지이다.『세르팡』은 '뱀'이란 뜻의 프랑스어로, 발간인이 자신의 이름에 있는 '巳'자를 따서 지은 10전 짜리 얇은 일본잡지인데 서양 최신의 모더니즘 예술을 다루었다.

이상의 글에서 언급된 작가로는 모파상, 아폴리네르, 톨스토이, 기쿠치 칸, 도스토예프스키, 아쿠다가와 류노스케, 마키노 신이치, 투르게네프 등이 있다. 작품으로는 <누가복음>, 쥘 르나르의『전원수첩』, 아리시마 다케오의『생겨나는 고민』, 레마르크의『서부전선 이상 없다』등이 수필에 등장한다. 이로 보아 이상은 일본작가들 외에 서구의 작가들 작품도 적지 않게 접했음을 알 수 있다.

2. 수필 문단 상황과 구인회 활동

일제의 한반도 강점이라는 시대적 상황 아래에서 전통적인 고전문학이라는 바탕 위에 이질적인 서구문학이 소개되자 모든 장르의 문학은 파행적 성장과정을 거치게 되었다. 1930년대의 수필계를 살펴보기 전에 1920년대를 먼저 짚고 넘어가야 할 필요성이 있다. 오창익은 「1920년대 한국 수필문학 연구」에서 1920년대의 수필계에 대해 다음과 같이 표현했다.

> 20년대 한국 수필은 안으로는 고전의 기행적 성격을 계승한 기행수필과, 밖으로는 서구수필의 개성적 시각을 수용한 수상수필이 병립하여 각축 현상을 빚었다. 이광수나 최남선에 의해 24·5년대에 화려하게 개화했던 기행수필이, 산수를 즐기며 인생을 관조하던 본래의 모습에서 벗어나, 국토순례나 민정시찰을 통해 민족혼과 국가의식을 고취하려 했던 것은 불가피한 시대적인 변신이었다. 그러나 일제의 악랄한 언론말살 정책으로 종합지는 물론, 문예지까지 차례로 폐간되기에 이르러 그 변신·둔갑작용도 허사가 되어 결국 기행수필이나 사회수필이 자취를 감추게 된다. 수상 수필의 융성발전은 바로 그와 같은 기행수필의 소멸과 때를 같이하여 이루어진다. 종합 월간지『개벽』이 26년에 폐간되자 문인들은 하는 수 없이 기행문 행간에 잠행시키던 반일, 저항성의 사상을 이른바 ‘軟文’으로 탈바꿈을 하여 쓰게 되어, 결국 본격 수필의 형성기인 30년대를 지향한 수상류의 개인수필을 양산하기에 이른다. 따라서 수상류의 개인수필들은 일본인의 원고 검열 삭제의 눈을 피하기 위해 상징과 비유, 우화와 의인 등의 수법으로 표현기능을 극대화했기 때문에, 오히려 20년대 수필의 문예성을 짙게 했음은 물론, 창작적인 세련미를 더한 30년대 창작수필을 낳게 한 발판이 되어 주었다.[19]

---

19) 오창익, 「1920년대 한국 수필문학 연구」, 중앙대 박사논문, 1985, 193~194쪽.

앞의 글로 보아 1920년대 전반의 숨겨진 민족의식을 담은 수필은 후반에 이르러 일제의 언론 탄압으로 사회성을 철저히 배제해야 했고, 이로 인해 1930년대 문학적 기교로 치장한 창작수필의 발전을 가져 왔음을 알 수 있다.

아울러서 오창익은 1920년대 수필의 특성에 대해 다음과 같은 연구 결과를 내놓았다.

20년대에 발표된 수필의 수는 1,766편이다. 문체별로 보면 설명체 33%, 설득체 32%, 서술체 19%, 묘사체 16%이다.[20]

문형별로 보면 수상 67%, 기행 19%, 서간 12%, 일기 2% 이다. 기행문은 비중 상으로는 그리 크지 않지만, 편당 길이가 보통 40매 이상이고 그 중에는 100매, 600매에 달하는 장편도 있었다. 이는 시대적 요청이나 연문화의 막후 작용 외에도 시사성이 있는 글을 실을 수 없었던 문예지에서 편집자가 작가에게 의도적으로 중·장편의 기행문을 쓰게 하여 시사에 대한 공정한 의식, 비인간화에 대한 저항이나 비판의식을 암시적으로나마 기행문 행간에 잠입시키도록 했기 때문이다. 서간문 역시 검열과 삭제의 감시와 위협을 교묘히 피해가며 비유나 함축적인 표현으로 민족의 어두운 현실을 통감하며 그 활로를 개척하는데 주력했다.[21]

1920년대의 수필은 설명이나 설득체가 많고, 수상과 기행문이 다수를 차지했음이 위의 조사에서 나타난다. 1920년대 수필의 또 다른 특징은 지은이의 이름을 실명으로 밝히지 않은 경우가 많다는 것이다. 알려진 호를 쓰는 경우는 그나마 나은 편이다. 'K生, IS生, SKY, XYZ, 쌍S, ㅅㅅ生, 웨딩테불生, 외별, 늣둥, 별그림, 고사리, 버들개지, 갈매기,

---

20) 오창익, 「1920년대 한국 수필문학 연구」, 중앙대 박사논문, 1985, 123쪽.
21) 오창익, 「1920년대 한국 수필문학 연구」, 중앙대 박사논문, 1985, 131~138쪽.

옛님, 성서학인(城西學人), 청운거사(靑雲居士), 야인(野人)'처럼 지은이가 누군지 알 수 없는 명칭으로 발표된 작품이 많다. 그 이유가 작자층이 두텁지 않아 한 사람이 여러 다른 이름으로 발표한 것인지, 일제의 검열이 두려워서인지, 수필이라는 장르의 고백적 특성상 자신을 드러내기 꺼려서인지는 알 수 없다. 여러 가지 이유들이 혼합되어 있을 가능성도 배제할 수 없다.

1927년 동경 유학생인 이하윤, 김진섭, 정인섭이 중심되어 창간한 잡지 『해외문학』도 이 시기에 있어서 중요한 책이다. 순수예술파를 지향하던 이들은 해외문학과 문예사조를 소개했다. 계급문학파와 민족문학파 간의 대립이 극에 달했던 시기에 나타난 이들의 예술지상주의 지향성은 1930년대 문학에 큰 영향을 끼쳤다.

1930년대는 일본 군국주의가 기승을 부려 동아시아 전체를 강점하려는 침략전을 펼친 시기로, 1931년의 만주사변, 1937년의 중일전쟁이 터지면서 해방 전까지 친일이 강요되던 혹독한 시련기였다. 그렇지만, 이 시기에는 신문과 잡지의 수가 늘어 발표지면이 확대되었고, 작품 내용에 있어서도 새로운 문학양식이 시도되어 예술적 기교가 발달했다. 이는 일제의 강압과 자체비판에 의해 카프가 해체되고, 민족주의 문학이 퇴색하면서 사상 중심의 문학 대신 순수 문학의 특성인 자아와 내면을 탐구하는 기교에 관심을 기울인 결과다. 마음에 품은 생각을 직접적으로 표현하지 못하는 사회적 상황 아래에서 이를 간접적으로 나낼 문학적 기교가 화려하게 꽃피었다는 것은 역설적이다.

1933년에 '한글 맞춤법 통일안'이 제정되어 문화적 자각과 한글에 대한 애정도 더해지면서 문학계는 활기를 띤다. 문인의 수도 증가했고, 서구 문학의 수용과 영향이 증대되어 작품창작은 세련미를 갖추고, 문예 이론도 자리 잡게 되었다. 사회적으로는 공장제 공업에 기초한 자본주의가 확립되었지만, 국민 대부분은 절대적 궁핍을 겪는 것이 현실이었다. 1930년대는 수상류의 수필이 발전했을 뿐만 아니라 수필 이론의 전개도 시작되었다. 김기림, 현동염, 한세광, 김광섭, 임화, 김진섭 등에 의하여 수필의 개념과 특성에 대한 글들이 발표되었던 것이다.[22]

특기할만한 사실은 1938년 최초의 수필전문잡지인 『박문』이 창간되었다는 사실이다. 이 월간 잡지는 1938년 10월에 창간되어 1941년 1월까지 통권 23호가 발행되었다. 당시에 수필에 대한 관심과 창작 참여도가 고조되고 있었음을 알 수 있다. 『박문』에 이어 『조광』, 『동광』, 『문장』, 『인문평론』 같은 문예지를 통해서도 많은 수필작품이 발표되어 수필이 본격적으로 자리 잡는 데 큰 역할을 하였다.[23]

1930년대에는 문학적 수필을 쓴 작가가 많이 나와서 수필이 확고한 기반을 잡게 된다. 지적이며 객관적인 수필을 쓴 김진섭과 감성적이며 개인적인 수필을 지향한 이양하의 글들은 수필의 양대 특징을 나타내는 것으로 평가된다.

1920년대 중반부터는 다다이즘에 관한 글이 잡지에 실리기도 했다. 이승훈에 의하면 "1920년대 우리 모더니즘 시는 이장희의 이미지즘, 정지용의 미래파적 요소, 임화의 초현실주의적 요소 등으로 드러난다. 물론 정지용과 임화의 경우 다다적 요소가 드러나기도 한다"[24]며 박팔양의 시에서 다다이즘 경향이 특히 강하게 나타난다고 평했다. 이상은

---

22) 김기림은 「수필을 위하여」(『신동아』, 1933)를, 현동염은 「수필문학에 관한 각서」(『조선일보』, 1933)를, 한세광은 「수필문학론」(『중앙일보』, 1934)을, 김광섭은 「수필문학 소고」(『문학』, 1934)를, 임화는 「수필론」(『문화의 논리』, 1938)을, 김진섭은 「수필의 문학적 영역」(『동아일보』, 1939)을 각각 발표하였다.
23) 『박문』, 『조광』, 『동광』, 『문장』, 『인문평론』에 발표된 수필 작품 수는 1,000편에 가깝다.
24) 이승훈, 『한국 모더니즘 시사』, 문예출판사, 2000, 65쪽.

임화와 보성고교 동창이며, 정지용, 박팔양과는 구인회(九人會)에서 같이 활동했으므로 이상은 이러한 동료문인들에게서 많은 영향을 받았을 것이라 추정된다. 이상의 실험적 문학 이전에 이미 몇몇 작가들에 의해 새로운 시도가 행해졌으므로, 이상은 1930년대뿐 아니라 1920년대의 문학에도 빚지고 있는 것이다. 1930년대의 모더니즘에 대해 서준섭은 다음과 같이 밝힌 바 있다.

> 그런데 30년대의 모더니즘은 20년대 후반기의 박팔양(김니콜라이), 임화, 김화산, 김우진 등에 의해 시도되었던 다다이즘, 표현주의 문학의 실험정신과 언어감각을 비판적으로 계승하면서 이를 부분적으로 재활성화하고자 한 것으로 볼 수 있다. 다분히 자연발생적 단편적인 형태로 나타났던 전대의 다다이즘, 표현주의 문학은 허무주의 또는 아나키즘 사상과 결합되면서 전개되었으나, 일부는 카프의 프로 문학 속에 흡수되었고(임화, 박팔양의 경우), 일부는 동조자나 계승자를 확보하지 못한 채 고립되거나 소멸되었다(김우진, 김화산의 경우). 그러나 그 문학의 기본 정신이었던 형식의 실험, 도시적 감각, 새로운 언어 의식 등은 파괴나 부정보다는 건설적인 차원에서 모더니즘문학 속에 발전적인 형태로 편입되었다고 할 수 있다.[25]

위의 서술로 보아 1930년대의 모더니즘 문학은 1920년대의 실험정신을 계승한 결과임을 알 수 있다. 1930년대 모더니즘을 대표하는 여러 작가가 구인회 회원으로 함께 활약했던 것은 주목할 만한 일이다.

구인회는 1933년 8월 15일 김기림, 이효석, 이종명, 김유영, 유치진, 조용만, 이태준, 정지용, 이무영이 결성하였다. 그러나 얼마 후 이효석, 이종명, 김유영이 탈퇴하고, 이상, 박태원, 박팔양이 가입하였으며, 다

---

25) 서준섭, 『한국 모더니즘 문학 연구』, 일지사, 1988, 19~20쪽.

시 이무영, 유치진, 조용만 대신에 김상용, 김유정, 김환태로 교체되어 항상 9명의 회원을 유지하였다.

조용만에 의하면 박태원과 이상은 "구인회 회원 영입을 할 때부터 이 모임에 참여하고 싶어 했으나 뜻을 이루지 못하다가 초기 멤버 중 3명이 빠지자 가입을 했다"[26]고 한다. 구인회라는 명칭은 일본의 '나프'를 본떠 '카프'가 만들어졌던 것처럼, 일본에서 프롤레타리아 문학 운동에 대한 반발로 신흥 예술파 운동을 위해 결성된 '13인 구락부' 명칭을 본 딴 느낌을 준다고 해서 회원 간에 이를 피하자는 의견도 있었지만 결국은 구인회로 하기로 결정되었다.

퇴조하기는 했지만 아직 임화 중심의 프로문학 그룹이 문단 한편의 세력을 이루고 있는 상황에서 구인회는 출발했다. 구인회는 신문사에 근무하는 사람들이 많았는데 동아일보사의 이무영, 조선일보사의 김기림, 매일신보사의 조용만, 조선중앙일보사의 이태준이 그들이다. 이에 대해 이중재는 『구인회 소설의 문학사적 연구』에서 "구인회의 동인들 특히 결성 주요 멤버들은 자신들의 견해 표명 및 작품 발표를 위해 무엇보다도 대중적 영향력이 큰 신문 학예면을 확보해야 한다는 생각을 가지고 있었다"[27]라고 설명한다. 또한 조용만의 증언에 의하면 "당시 각 신문사 학예부의 섹트주의를 타파해 문인들의 집필범위를 넓히자는 데 그 목적이 있었다"고 한다.

1930년대의 서울은 외형적으로나마 근대도시의 모양새를 갖추게 되고, 정지용, 김기림, 박태원, 이효석, 이상 같은 모더니스트들은 도시적 삶의 체험을 작품 속에 담았다. 이들은 서구의 초현실주의, 주지주의,

---

26) 조용만, 『울 밑에 선 봉선화야−남기고 싶은 이야기』, 범양사출판부, 1985, 136쪽.
27) 이중재, 『구인회 소설의 문학사적 연구』, 국학자료원, 1998, 31쪽.

이미지즘, 심리주의, 심미주의 등의 전위적인 표현 방법들을 이용해 작품을 형상화했다. 구인회는 동인 작품들의 월평회도 가졌고, '시와 소설의 밤'이라는 회합을 열어 이태준의 강연, 정지용의 시 낭독, 박태원의 소설 강연을 열기도 했다. 제1차 행사는 1934년 6월 30일 조선중앙일보사 학예부 후원으로 종로 중앙 기독교 청년회관에서, 제2차 행사는 '조선 신문예 강좌'로서 역시 조선중앙일보사 후원으로 1935년 2월 18일부터 5일 간 청진동 경성보육 대강당에서 실시되었다.

조선일보사가 마련한 <1934년도의 문학 건설>이라는 특집에는 구인회가 문학에서 추구하는 성향이 잘 나타나 있다. 이에 대해 이중재는 다음과 같이 요약했다.

> 이태준은 <작품과 생활이 競走中>이라는 글에서 묘사력 부족과 철학의 부재를 자성하고 있고, 이무영은 <작가 자신의 생활 혁명>이라는 글을 통해 생활의 표현에 주력하겠다고 밝혔고, 이종명은 <문학 본래의 전통>이라는 글에서 문학의 순수성을 강조했다. 이효석은 <낭만·리알 중간의 길>이라는 글을 통해 진실성 못지않게 표현이 중요하다고 했고, 유치진은 <철저한 현실 파악>이라는 글에서 공허한 이론을 배격하고 철저한 현실을 파악할 것을 주장했다.[28]

이 특집에 구인회 회원만 참가했던 것은 아니지만 이들의 글을 통해 구인회의 색채가 잘 드러난 것은 사실이다. 같은 해 『조선중앙일보』 (1934. 6. 17~29)에는 구인회 회원들에 의해 <흉금을 열어 선배에게 일탄을 날림>이라는 격문이 실리기도 했다. 이무영, 이종명, 박태원, 조용만, 김기림은 각각 이광수, 현진건, 김동인, 염상섭, 주요한을 대상으

---

28) 이중재, 『구인회 소설의 문학사적 연구』, 국학자료원, 1998, 63~65쪽.

로 기존의 문학에 대해 비판하며 각성을 촉구했던 것이다.

또한 구인회는 문학을 독자적 탐구의 대상으로 생각했던 해외문학파의 특성과 자의식을 계승했다고 볼 수 있다. 해외문학파 회원들은 1929년 유학을 마치고 귀국하여 서구의 문학을 번역하여 소개하는 한편 자신들도 창작활동을 했다. 당시 문단의 두 주류인 민족주의 문학과 프로문학으로 대표되는 목적주의 문학에 대해 이들은 정면으로 도전했는데 해외문학파와 마찬가지로 유학생 출신이 많은 구인회도 같은 입장이었다. 이러한 문학의 독자성 추구는 사실상 18세기 말 근대적 자의식에서 싹튼 소품체 산문 정신에서 이미 드러난 바 있다. 1930년대의 순수 문학파 작가들이 이를 알았는지 여부는 모르나 이러한 조짐은 오래전에 발아된 정신이었다.

이상은 1934년 구인회에 가입한 해부터 수필을 발표하기 시작하였다. 자신보다 앞서 수필을 썼던 정지용, 이태준, 박태원, 김기림, 이효석의 영향을 받은 것으로 생각된다. 정지용, 이태준, 박태원, 김기림, 이효석의 수필창작 활동을 간단히 살펴보면 다음과 같다.

정지용은 1927년 『신민』에 <시조촌감(時調寸感)>이라는 단평을 발표했다. 1933년에는 『가톨릭 청년』에 <소묘(素描) 1-5>를 발표했고, 이후 150여 편의 수필을 남겼다. 정지용은 1933년에 『가톨릭 청년』의 편집 고문으로 있었는데 그 해 7월 이상의 시 <꽃나무>, <이런 시(詩)>, <1933, 6, 1(一九三三, 六, 一)>을 실음으로써 이상을 시단에 등장시키기도 했다.

이태준은 1927년 『현대평론』에 <도향(稻香)생각 몇 가지>, 1928년 『동아일보』에 <백일몽>, 1929년 『별건곤』에 <신록>, 『신생』에 <소>, 『학생』에 <야단들이다>, <추억>, <여름> 같은 수필을 발표했다. 이태준은 1941년『무서록』이라는 수필집을 냈는데 이 책에는 57편의 수필에 실려 있다. 그의 수필은 세련된 문장과 관조의 세계를 드러내는 수필로 평가받고 있다. 이태준 덕분에 이상은『조선중앙일보』에 시 <오감도(烏瞰圖)>를 연재할 수 있었다. <오감도>가 뭇 사람들의 비난을 받을 때에도 이태준은 이상을 옹호했다.

박태원은 1926년『동아일보』에 <묵상록(默想錄)을 읽고>, 1927년『조선문단』에 <시문잡감(詩文雜感)>과 <병상잡설(病床雜說)>을 발표했다. 이처럼 4자의 한자로 구성된 수필 제목은 이상의 작품에도 나타나는데 <혈서삼태>, <서망율도>, <조춘점묘>, <산촌여정> 같은 것이 있다. 이는 당시에 흔히 볼 수 있었던 현상으로 한문수필에서 내려온 전통을 이상이 받아들인 것이라고 볼 수 있다.

김기림은 1930년『삼천리』에 <두만강과 유벌(流筏)>, 『조선일보』에 <찡그린 도시 풍경>, 1931년『조선일보』에 <도시풍경 1, 2> 등 1934년 말까지만 해도 50편 가까운 수필을 썼다. 그는 1948년『바다와 육체』라는 수필집을 내기도 했으며, 총 130편에 가까운 수필을 남겼다. 그는 이상이 죽은 후『조광』에 <고 이상의 추억>이라는 수필을 발표하기도 했다.

이효석은 1930년『조선강단』에 <신년삼원(新年三願)−1930년도 문단에 대한 희망과 건의>라는 글로 수필을 발표하기 시작했다. 그 후 그는 130편에 달하는 수필을 남겼다. 그는 수필에서 자연에 대한 묘사 외에도 풍자적이고 재치 있는 문장을 구사하여 현대적 감각을 느끼게 한다. 또한 몇 개의 소제목들을 붙인 연작 수필도 여러 편이다. 이효석은 구인회 초기 회원이기는 하지만 생활고 때문에 조선 총독부 경무국 도서과 검열관으로 취직했다가 사방에서 비난을 받자 처가가 있는 함

경북도 경성으로 생활 근거지를 옮기게 되어 구인회 활동을 하기 힘들
게 되었다.29) 이효석은 오스카 와일드라는 작가를 <소포클레스에서부
터 고리키까지>라는 글에서 언급했는데 이상도 <혈서삼태>라는 연작
수필에서 '오스카 와일드'라는 제목을 사용했다. 이효석과 이상은 심미
주의 작가이며 동성애로 영국 사회에서 논란을 일으켰던 오스카 와일
드에게서 깊은 인상을 받았던 것 같다. 이효석은 5세에 어머니를 잃었
고, 학창시절에는 고향을 떠나 서울에서 보냈기 때문에, 이상의 경우와
같이 어린 시절 어머니의 사랑을 받지 못한 사람에게서 많이 나타나는
방탕한 삶을 살았다. 이효석은 많은 작품에서 성적 방종에 따른 부도덕
성을 보이는 작품을 썼는데 이는 이상과 상통하는 부분이다.

이처럼 이상은 앞서 수필을 활발히 창작하고 있었던 다른 회원들의
영향을 받았다고 할 수 있다. 1936년 3월 이상은 구인회 기관지인 『시
와 소설』을 펴내는 데 큰 역할을 했다. 조용만에 의하면 "이상은 화가
구본웅을 졸라 그의 부친이 경영하는 출판사 창문사에 교정부원으로
취직했고, 구본웅의 후원으로 창문사에서 『시와 소설』을 돈을 내지 않
고 출간 했다"30)고 하며 편집 후기를 쓰기도 했다. 당시 회원 명단에는
"박팔양, 김상용, 정지용, 이태준, 김기림, 박태원, 이상, 김유정, 김환
태" 순서로 되어 있다. 편집후기에는 "이번기회에 김유정 김환태 두군
을맞었으니 퍽 좋다. 두군은전부터 會員들과 친분이없지않든 터에 잘됐
다"라고 되어 있다. 이로 보아 당시 이무영 대신 김상용은 이미 구인회
에 들어와 있었음을 알 수 있다.

『시와 소설』에 실린 작품들은 수필, 시, 소설 순으로 되어 있다. 수필

---

29) 이중재, 『구인회 소설의 문학사적 연구』, 국학자료원, 1998, 18쪽 참조.
30) 조용만, 『울 밑에 선 봉선화야—남기고 싶은 이야기』, 범양사출판부, 1985, 139쪽.

로서는 김기림의 <걸작에 대하여>, 이태준의 <설중방란기(雪中訪蘭記)>, 김상용의 <시>, 박태원의 <B씨와 도야지>, 시로서는 정지용의 <유선애상(流線哀傷)>, 김상용의 <눈오는 아츰>, <물고기 하나>, 백석의 <탕약(湯藥)>, <이두국주가도(伊豆國湊街道)>, 이상의 <가외가전(街外街傳)>, 김기림의 <제야(除夜)>, 소설로는 박태원의 <방란장 주인(芳蘭莊 主人)>, 김유정의 <두꺼비> 등이 있다.

이상은 1934년 구인회 가입 후부터 수필을 잡지나 신문에 발표하기 시작하여 1937년 사망할 때까지 꾸준히 수필을 썼다. 특히 1936년에 <서망율도>, <조춘점묘>, <여상사제>, <약수>, <EPIGRAM>, <행복>, <추등잡필>을 발표하는 활발한 수필 창작을 했다. 이 중 <조춘점묘>는 7편 연작수필이고, <추등잡필>은 5편 연작수필이다.

이상은 동경에서 삼사문학 동인31)과 교유하였는데, 1937년 4월 『삼사문학』에는 수필 <십구세기식>이 실리기도 했다. 이상은 동경에서 쓴 글들을 일본 작가에게 보여 인정을 받고자 했다고 한다. 고은의 『이상 평전』에 의하면 "그는 그것의 일부분을 일본어 제1고로서 일본 작가에게 보였으나 일본의 주지주의는 김문집의 악평 그대로 이미 이상의 양식을 지나간 유행으로 받아들였다"는 것이다. 동경에서 이상의 건강은 여러 가지 이유로 더욱 악화되었고, 그는 동경을 혐오하게 되었는데 이는 스스로에 대한 실망감과도 연관이 있다고 볼 수 있다.

---

31) 한상직, 장서언, 유연옥, 최영해, 정영수 등이 당시 동경에 있던 삼사문학 동인이었다.

제 3 장

이상 수필의 원전 검토

1. 국문(國文) 발표 유고와 일문(日文) 발굴 유고

연구 대상 작품에 대한 본격적인 분석에 앞서서 예비적 절차로서 먼저 장르를 확인하고 본문을 확정한 다음, 그 후에 작품의 성격과 형식을 고찰해야 한다. 문학 작품은 장르에 따라 다른 기준으로 판단되므로 특정 작품이 어느 장르에 속하는가 하는 문제는 작품 분석의 기초 단계에서 필수적인 일이다.

이상은 글쓰기에 있어서 장르를 별로 의식하지 않은 작가로 알려져 있다. 물론 형식상 시나 소설, 수필로 명확히 구분할 수 있는 작품도 상당수지만, 장르 구분이 모호한 작품들이 다른 작가들에 비해 많은 것이 사실이다.

작품 분석에 있어서 특정 작품이 어느 장르에 속하는지 안다면 그 자체로 많은 정보를 얻게 되는 셈이다. 수필로 구분된 작품이라면 독자는 작자의 1인칭 서술 방법과 체험에 의한 진실적 느낌과 생각을 기대하게 된다. 수필이라는 장르의 잘 알려진 특성이 몇 가지 있지만, 수필의 특성은 현재까지도 논란 중이다. 상상이나 허구를 어느 정도는 인정해야 한다는 주장과 허구를 인정하면 수필의 특성이 사라지고 만다는 주장이 대립해 있다. 서술의 시점도 1인칭이 아닌 작품이 등장하고 있는 실정이다. 이상의 수필 중에서도 <병상이후>는 3인칭 시점이다. 이상의 수필은 명확히 수필에 속하는 작품과 장르 경계가 모호한 작품으로 나뉘는데 그의 사후 유고가 발굴됨에 따라 장르 문제는 더욱 혼란스러워졌다. 여기서는 그의 유고 문제를 짚고 넘어가야 한다. 그의 유고에는 국문으로 발표된 유고와 일문으로 발굴된 유고 두 가지가 있다.

1) 국문 발표 유고

국문 발표 유고에는 <권태>, <슬픈이야기>, <실낙원 1-6>, <최저낙원 1-4>, <병상이후>, <동경>이 있다. 이 중에서 <권태>만 유고를 싣게 된 경위가 박태원이 유품을 뒤적이다가 발견하여 실었다고 나와 있고 나머지 작품들은 유고의 입수 경위가 밝혀져 있지 않다. 장르가 문제 되는 작품은 <실낙원 1-6>에 해당하는 <소녀>, <육친의장>, <실낙원>, <면경>, <자화상(습작)>, <월상>과 네 작품에 1에서 4까지 번호만 붙어 있는 <최저낙원 1-4>이다. 다른 전집과 달리 전집4만 이 작품들을 시로 분류하고 있다. 유고로 발표될 당시 <실낙원 1-6>에는 "신산문(新散文)"이라고 표기되어 있었다. 그러나 전집4에서는 <실낙원 1-6>이 다른 시들과 밀접한 관련이 있으므로 시로 분류했다.
<육친의장>은 이상이 1936년 10월 9일 『조선일보』에 발표한 12편의 연작시 <위독 1-12>중 <문벌(門閥)>과 <육친(肉親)>에 나오는 구절과 비슷한 부분을 가지고 있다. <육친의장>의 첫 구절인 "基督에 酷似

한 한사람의 襤褸한 사나희가 있었다”와 “나는 이 模造基督을 暗殺하지 아니하면 안된다”는 <육친>의 첫 구절인 “크리스트에酷似한한襤褸한 사나이가잇스니”와 “나는이육중한크리스트의別身을暗殺하지안코는”과 비슷하다. 또한 <육친의장>의 “내 筋肉과 骨片과 또若少한 立方의 淸血과의 原價償還을 請求하는모양이다”, “그印鑑은 임의失效된지 오랜줄은 꿈에도 생각하지않고”와 <문벌>의 “墳塚에게신白骨까지가내게血淸의原價償還을强請하고잇다”, “당신의印鑑이이미失效된지오랜줄은꿈에도생각하지안으시나요”와 비슷하다. 그러므로 <육친의장>은 이상의 생전에 발표된 <육친>과 <문벌>의 초고일 가능성이 크다.

이상의 시 제목으로 <명경>이 있는데 이 작품은 <면경>과 제목은 비슷하나 유사점은 발견되지 않는다.

<자화상(습작)>에는 <위독>의 마지막 연작시인 <자상(自像)>과 비슷한 부분이 보인다. <자화상(습작)>의 “누구는 이것이「떼드마스크」(死面)라고 그랬다. 또누구는 「떼드마스크」는 盜賊맞었다고도 그랬다”와 <자상>의 “여기는어느나라의떼드마스크다. 떼드마스크는盜賊마젓다는 소문도잇다”와 비슷하다. <자화상(습작)>이라는 제목에서도 알 수 있듯이 이 작품은 <자상>의 습작일 가능성이 농후하다.

위에서 보듯이 <실낙원 1-6>은 다른 시의 밑그림일 가능성이 높으므로 이상의 수필작품에서 제외해야 한다.

<최저낙원 1-4>는 제목 없이 네 작품이 1에서 4까지 숫자만 매겨져 있다. 특이한 것은 <최저낙원 1>과 <최저낙원 3>의 내용이 흡사하고, <최저낙원 2>와 <최저낙원 4>의 내용이 흡사하다는 점이다. 이 작품은 의식의 흐름 수법으로 되어 있는데, 장르가 모호한 느낌이 들지만 이상이 주로 시에서 의식의 흐름 수법을 많이 사용했으므로 시로

분류하는 것이 더 적당해 보인다. 그러므로 이 작품도 본 연구의 대상에서 제외하기로 한다.

2) 일문 발굴 유고

임종국은 1956년 『이상전집』을 펴내면서 이상의 유족이 간직하고 있던 사진첩 속에서 발견한 9편의 일문 시를 번역, 게재한 적이 있다. 이때 이상의 편지들도 같이 발견되었다.

1960년에는 한양공대 야간부에 재학 중인 이연복이 친구의 집에서 거의 파손되고 10% 정도만 남은 이상의 것으로 보이는 노트를 가져와 조연현에게 전달한 사건이 일어났다. 조연현은 1960년 『현대문학』 11월호에서 이 노트가 이상의 유고라고 인정되는 근거를 다음과 같이 밝혔다.

> ① 필체가 이미 그의 전집 속에 발표되어 있는 것.
> ② 작품의 특성이 이상의 그것과 같은 것.
> ③ 이상이 즐겨 사용하는 <十三> <方程式> <三次角> 등의 용어로서 작품이 구성되어 있는 점.
> ④ 이상이 일본어로 시를 많이 습작한 사실.
> ⑤ 초고 중의 연대가 1932년 또는 1935년 등으로 되어 있는데 이 시기는 이미 발표된 그의 미발표 일본어 유고와 시기가 일치되고 있는 점.
> ⑥ 이와 같은 원고는 타인이 조작하여 창작할 수 없으며 또 그렇게 할 이유가 없는 점.32)

---

32) 조연현, 「이상의 미발표원고의 발견」, 『현대문학』 11월호, 1960, 163쪽.

이 일문 유고들은 몇 차례에 걸쳐 소개되었는데 번역자만 해도 김수영, 김윤성, 유정, 최상남으로 4명이다.

일문 수필 유고들은 1960년 이후 발굴되었기 때문에 1957년 발간된 전집1에는 이 작품들이 실려 있지 않다. 1986년 10월에 번역되어 발표된 유고도 1977년 발간된 전집2에는 실려 있지 않다. 수필로 분류된 적이 있는 일문 발굴 유고의 목록은 다음과 같다.

	발표연도	집필시기	작품명	발표지	발굴자/소장자	번역자	장르
1	1960.11	1932.11.6	얼마 안되는 변해辨解	현대문학	이연복(1960.11)/조연현	김수영	수필(전집2, 3, 4, 5)
2	〃		무제-손가락	〃	〃	〃	수필(전집5)/시(전집2, 3, 4)
3	〃		무제-따뜻한	〃	〃	〃	수필(전집2, 3, 4, 5)
4	〃	1932.11.15	무제-역원役員이	〃	〃	〃	수필(전집2, 3, 5)/시(전집4)
5	1960.12		이 아해兒孩들에게 장난감을 주라	〃	〃	〃	수필(전집2, 3, 4, 5)
6	〃		모색暮色	〃	〃	〃	〃
7	〃		무제-초추初秋	〃	〃	〃	〃
8	1961.1		어리석은 석반夕飯	〃	〃	〃	〃
9	〃	1935.7.23	구두	〃	〃	〃	수필(전집2, 3, 5)/시(전집4)
10	1966.7		애야哀夜	〃	〃	〃	수필(전집3, 5)/시(전집2, 4)
11	〃		무제-고왕故王의	〃	〃	김윤성, 유정	수필(전집5)/시(전집2, 4)
12	〃	1931.11.3	황獚	〃	〃	김윤성	수필(전집3)/시(전집2, 4)

	발표연도	집필시기	작품명	발표지	발굴자/ 소장자	번역자	장르
13	1976.7	1931.11.3 (추정)	황獚의 기記	문학 사상	이연복 (1960.11) /조연현	유정	수필(전집3, 5)/ 시(전집2, 4)
14	〃		첫번째 방랑放良	〃	〃	〃	수필(전집2, 3, 4, 5)
15	〃		작품 제삼번 作品 第三番	〃	〃	〃	수필(전집3, 5)/ 시(전집2, 4)
16	〃	1933.1.20	각혈咯血의 아침	〃	〃	〃	수필(전집3, 5)/ 시(전집2, 4)
17	1986.10	1935.8.2	공포恐怖의 기록記錄 (서장)	〃	〃	최상남	수필(전집3, 4, 5)
18	〃	1935.8.3	공포恐怖의 성채城砦	〃	〃	〃	〃
19	〃		야색夜色	〃	〃	〃	〃
20	〃	1933.2-3	무제―나의	〃	〃	〃	수필(전집3)/ 시(전집4)

〈표 3〉 일문 발굴 유고

이상의 유고는 제목이 정해지지 않은 글이 여러 편이고, 장르 확정에 있어 논란을 불러 온 작품이 많다. 조해옥은 「이상의 발표 수필과 발굴 원고 비교 연구」에서 <권태>와 <이 아해들에게 장난감을 주라>가 아이들의 풀 뜯기 놀이 장면과 똥을 누는 장면에서 유사한 부분이 발견된다고 밝혀낸 바 있다. <산촌여정>과 <어리석은 석반>, <첫번째 방랑>에서는 '여주', '잠자리', '기생화', '마을 아가씨들과 누에'에 관한 부분이 세 편에서 흡사하게 나타난다고 했다. 또한 1986년 10월 『문학사상』에 실린 <공포의 기록(서장)>은 1937년 4월 『매일신보』에 실린 <공포의 기록>의 일부분일 것으로 추정하고 있다.33)

---

33) 조해옥, 「이상의 발표 수필과 발굴 원고 비교 연구」, 『우리어문연구』 28집, 우리어문학회, 2007. 6, 387~408쪽 참조.

이처럼 일문 유고들은 그 작품이 이상의 것임을 인정한다고 해도 다른 작품의 초고로 보이는 것들이 있고, 번역 과정에서 저자의 의도와 다르게 표현된 부분이 발생할 가능성 때문에 원전의 대상에서 제외되어야 할 것으로 보인다.

2. 〈서망율도〉와 〈여상사제〉의 판본 분석

문학 비평에 있어서 비평을 하기 전에 우선되어야 할 일은 신빙성 있는 원전을 확정하는 일이다. 그러나 원전 확정은 생각만큼 쉬운 일이 아니다. 작가의 원고 상에 명백히 틀린 점이 있을 수 있고, 그것까지 작가의 의도로 인정한다고 해도 교정과 인쇄 과정에서 제3자의 개입과 새로운 오류가 발생할 가능성이 있으며, 점차 여러 차례의 판본을 거치면서 어느 것을 정본으로 해야 할지 모호한 경우가 있다. 원본 확정에 있어서 중요한 것은 우선 작품이 최초로 발표된 잡지나 신문을 확보하는 일이다. 생존 기간이 긴 작가는 나중에 작가 자신이 직접 관여하여 전집을 내기도 하지만, 이상과 같이 최초 발표본만 남기고 사망한 경우는 최초 발표본이 곧 정본이 될 수밖에 없다. 그러나 각 작품의 최초 발표본을 수집하여 편집했다고 하는 전집조차 오류를 지니고 있다. 이는 편집자가 자신의 의도로 단어나 작품 구성의 부분적 교체를 시도하거나, 최초 발표본의 인쇄 상태가 좋지 못하여 인식하기에 모호한 철자가 많기 때문에 이러한 현상이 빚어지곤 한다.

여기서는 우선 시범적으로 〈서망율도〉와 〈여상사제〉를 대상으로 각 작품이 11가지의 판본에서 어떠한 양상으로 나타나는지를 살펴보고

자 한다.

1) 〈서망율도〉 판본의 양상

(1) 제목의 변화

　1936년 『조광』 3월호에 처음 발표했던 〈서망율도〉의 제목이 변화된 상황을 나타낸 표는 아래와 같다.

	출판연도	판본	편집인	제목
1	1936	조광	조선일보사	西望栗島
2	1956	이상전집3	임종국	西望栗島
3	1972	이상전집	임종국	西望栗島
4	1977	이상수필전작집	이어령	西望栗島
5	1980	날자 한 번만 더 날자꾸나	오규원	율도에서
6	1993	이상문학전집3	김윤식	西望栗島
7	2001	권태(倦怠)	김창숙	西望栗島
8	2004	이상전집2	김종년	西望栗島
9	2005	정본 이상문학전집3	김주현	西望栗島
10	2006	날자 한 번만 더 날자꾸나	오규원	율도
11	2009	이상전집4	권영민	西望栗島

〈표 4〉〈서망율도〉 판본의 제목 변화

　〈서망율도〉의 제목은 11가지 판본 중 오규원이 편집한 책에서만 제목이 바뀌었는데 이는 원래의 제목이 일반 대중에게 어렵다고 판단해서 고친 듯하다. 오규원은 1980년 『날자 한 번만 더 날자꾸나』에서는 〈율도에서〉라고 했다가 2006년 판본에서는 〈율도〉라고 다시 바꾸었다.

(2) 어휘 표기의 변화

<서망율도>의 어휘는 몇몇 단어가 판본에 따라서 다르게 표기되어 있는데 이를 표로 정리해서 보면 다음과 같다.

1	1936	떼미	방망이	목노	너덧	석시	노-랗게	흐늑히늑
2	1956	떼미	방맹이	목노	너덧	석쇠	노오랗게	흐늑흐늑
3	1972	더미	방망이	목노	네댓	석쇠	노오랗게	흐늑흐늑
4	1977	더미	방망이	목노	너덧	석쇠	노-랗게	흐늑히늑
5	1980	더미	방망이	목로	너덧	석쇠	노오랗게	흐늑흐늑
6	1993	더미	방망이	목노	너덧	석쇠	노-랗게	흐늑히늑
7	2001	더미	방망이	목노	너덧	석쇠	노오랗게	흐늑흐늑
8	2004	더미	방망이	목로	너덧	석쇠	노오랗게	흐늑히늑
9	2005	떼미	방망이	목노	너덧	석시	노-랗게	흐늑히늑
10	2006	더미	방망이	목로	너덧	석쇠	노오랗게	흐늑흐늑
11	2009	더미/ 떼미34)	방망이/ 방망이	목로/ 목노	너덧/ 너덧	석쇠/ 석시	노오랗게/ 노-랗게	흐늑흐늑/ 흐늑히늑

〈표 5〉 〈서망율도〉 판본의 어휘 표기 변화

표에서 보면 현대의 표준어 '더미'는 1936년의 최초 발표본과 1956년 판본, 2005년 판본에서 '떼미'로 되어 있다. '방망이'는 1956년 판본에서만 '방맹이'로 되어 있다. '목로'는 1980년, 2004년, 2006년 판본에 이어 2009년 판본의 현대표기 텍스트에서만 '목로'로 되어 있다. '너덧'은 1972년 판본에서만 '너댓'으로 되어 있다. '석쇠'는 1936년과 2005년 판본과 2009년 원전 텍스트에서만 '석시'로 되어 있다. '노랗게'는 '노-랗게'와 '노오랗게' 두 가지로 표기되었다. 1936년 최초 발표본의 '노-랗게'를 그대로 실은 판본은 1977년, 1993년, 2005년 판본과

---

34) 권영민 편집의 『이상전집(2009)』은 현대 국어의 표기법에 따라 고쳐 쓴 텍스트와 원전 텍스트를 함께 실었으므로 현대 표기법/원전, 두 단어를 같이 제시했다.

2009년 원전 텍스트고 나머지 판본들은 ‘노오랗게’로 실었다.

‘흐늑흐늑’은 논란이 되고 있는 단어다. 최초 발표본의 ‘흐늑히늑’은 1977년, 1993년, 2004년, 2005년 판본과 2009년 원전 텍스트에서 그대로 실었고 나머지는 ‘흐늑흐늑’으로 고쳐 실었다. 이상이 1936년『조광』3월호에 발표한 ＜서망율도＞의 마지막 문장에는 ‘흐늑히늑’이란 단어가 나온다. 그러나, 한 달 뒤에 발표한 ＜여상사제＞의 마지막 문장에는 ‘흐늑흐늑’이 쓰였다.『표준국어대사전』에는 ‘흐늑흐늑’의 첫 번째 뜻이 다음과 같이 설명되어 있다.

「1」 ‘흐느적흐느적’의 준말.
「2」 물건 따위가 느슨하게 자꾸 된 모양.
「3」『북한어』 물결 따위가 느리게 자꾸 움직이는 모양.

두 번째 뜻으로는 “계속 흐느끼는 모양”이라고 되어 있다. 이 중에서 어느 것을 적용할 것인지는 독자가 나름대로 판단할 일이다. ‘흐늑히늑’은 사전에는 나오지 않는 어휘다. ＜서망율도＞에 나오는 ‘흐늑히늑’을 시적 표현으로 생각해서 고치지 않은 판본도 있고, ‘흐늑흐늑’의 잘못이라고 판단해서 고친 판본도 있었다. 이상은 1936년에 ‘흐늑흐늑’이란 부사를 한 달 간격으로 두 작품의 맨 마지막 문장에 사용했다. ＜서망율도＞보다 한 달 뒤에 발표한 ＜여상사제＞에 ‘흐늑흐늑’으로 되어 있는 것으로 보아 ＜서망율도＞의 ‘흐늑히늑’은 ‘흐늑흐늑’으로 고치는 것이 옳다고 생각된다. 그러나 작가가 ＜서망율도＞에서 일부러 ‘흐늑히늑’이라고 했을 가능성을 아주 무시할 수는 없다.

(3) 판본별 특성

여기서 판본들의 특성을 간추려서 살펴보면 다음과 같다.

	출판 연도	판본	편집인	판본 특성
1	1936	조광	조선일보사	맞춤법과 띄어쓰기가 현재와 많이 다르다.
2	1956	이상전집	임종국	띄어쓰기를 완전하게 고치지 않았고, 맞춤법도 완전하지 않다.
3	1972	이상전집	임종국	띄어쓰기와 맞춤법이 거의 완벽해졌다.
4	1977	이상수필전작집	이어령	최초 발표본의 '나려놓은', '너덧', '노-랗게', '흐늑히늑'을 도로 살려냈다.
5	1980	날자 한 번만 더 날자꾸나	오규원	한자를 한글로 고쳤다. '風土'를 '향토'로 오식했다.
6	1993	이상문학전집	김윤식	4번 판본과 거의 비슷하나 '들렀다', '화로ㅅ가'만 다르다.
7	2001	권태	김창숙	한자 옆에 한글음을 달았다.
8	2004	이상전집	김종년	한자를 한글로 고치고 몇 단어만 병기했다.
9	2005	정본 이상문학전집	김주현	최초 발표본대로 했으나 '아픈血族의『저』를 느꼈다'에서 '를'과 '느' 사이를 띄어 쓴 것이 다르다.
10	2006	날자 한 번만 더 날자꾸나	오규원	5번 판본을 따랐다. '바위'를 '바이'로 오식했다.
11	2009	이상전집	권영민	현대 국어의 표기법에 맞게 고쳐 쓴 글과 원전을 함께 실었다.

〈표 6〉〈서망율도〉의 판본별 특성

표에서 보면 최초 발표본에 실린 〈서망율도〉를 표기법에 맞게 고친 것, 일부만 고친 것, 한자를 한글로 고친 것, 거의 그대로 실은 것, 표기법에 맞게 고친 것과 최초 발표본 두 가지를 다 실은 것 등 판본들이 여러 가지의 모습으로 나타나고 있음을 알 수 있다. 이 중에서 최초 발표본대로 싣고자 한 것은 2005년과 2009년 판본이다.

(4) 최초 발표본의 특성

최초 발표본의 특성을 여기서 살펴보아야 할 필요가 있다. 그 특성을 어휘 표기와 띄어쓰기, 행 띄어쓰기 면에서 보기로 한다.

① 어휘의 표기 방식

㉠ 사이 ㅅ 표기가 많다.

 예) 갈ㅅ바, 개ㅅ가, 火爐ㅅ가, 뒤ㅅ房

1933년 한글 맞춤법 통일안에 따르면 제30항에 '복합명사 사이에서 나는 사이 ㅅ은 홀소리 아래에서 날 적에는 우의 홀소리에 ㅅ을 받치고, 닿소리와 닿소리 사이에서는 도모지 적지 아니한다'라고 되어 있으므로 '갈ㅅ바'는 '갈 바'로, '개ㅅ가'는 '갯가'로, '火爐ㅅ가'는 '화롯가'로, '뒤ㅅ房'은 '뒷방'으로 해야 하지만 이를 지키지 않았다. 1956년 『이상 전집 3』(임종국 편)에서는 '갈바', '갯가', '火爐가', '뒷房'으로 고쳐졌다.

㉡ 분철 표기가 사용되었다.

 예) 새빩애진다, 점으도록

1956년 『이상 전집 3』(임종국 편)에서는 '새빨개진다', '저무도록'으로 고쳐졌다.

㉢ 설측음에서 'ㄹㄹ'을 'ㄹㄴ'으로 표기했다.

 예) 들녀왔다, 빨내, 달내

1933년 한글 맞춤법 통일안에 따르면 설측음 '르'에 관한 규정에서 '재래에 설측음 르을 르ㄴ으로 적던 것을 르르로 적기로 한다'라고 되어 있다. '들녀왔다'와 '빨내'는 1956년 『이상 전집 3』(임종국 편)에서 '들려왔다', '빨래'로 고쳐졌고, '달내'는 1972년 『이상 전집』(임종국 편)에서 '달래'로 고쳐졌다.

ㄹ 한자의 사용이 많다.

한자로 표기할 수 있는 단어는 90% 이상 한자로 표기했다.

② 어절의 띄어쓰기

1933년 발표된 한글 맞춤법 통일안의 제61항에는 '단어는 각각 띄어 쓰되, 토는 웃말에 붙여 쓴다'라고 띄어쓰기를 규정하고 있다. 하지만 1936년 <서망율도>에서는 위와 같은 규정이 적용되지 않았다.

> 예) 마른나무에, 앉어있을뿐이었다, 赤土빛罪囚들이, 성가시게적시고,
> 바위우에서, 度없는眼鏡알을닦았다. 바위아래, 갈피를잡지못하는

이러한 현상은 이상의 작품에만 나타나는 것은 아니었다. 당시에는 다른 글에서도 아직 1933년의 한글 맞춤법 통일안이 잘 지켜지지 않고 있는 상태였다. 잡지보다는 신문에 실렸던 글들에서 띄어쓰기는 더 안 지켜졌다.[35]

---

35) 조선어학회는 기관지 『한글』을 통해 한글 맞춤법 통일안의 보급을 위해 노력했다. 1936년 『한글』에 실린 송주성의 글 <맞춤법과 세 신문>에 『동아일보』와 『조선일보』, 『조선중앙일보』에서도 통일안을 시행하기를 당부하는 내용이 담긴 사실로 보아 민간 주도 운동이 초기에 신문을 통해서는 잘 행해지지 않았음을 알 수 있다(김덕신, 「'한글 마춤법 통일안'(1933) 보급을 통한 조선어학회의 활동—『한글』(1934)지를 대상으로」, 『어문학』

한 조사에 의하면 『동아일보』는 『조선일보』나 『조선중앙일보』보다 통일안을 잘 지켰다고 한다. 당시 잡지는 90% 이상이 통일안을 지켰다는 기사가 있고, '한성도서주식회사' 같은 저명한 인쇄 회사에서는 통일안이 나오기 전부터 통일안을 위한 활자를 준비했고 다른 식의 철자법을 고집하는 인쇄물은 사절했다. 그러나 새 활자를 구비할 여건이 안 된 기관은 통일안을 따르지 못했다. 이처럼 인쇄물들이 통일안을 지키지 못한 주된 이유는 활자를 준비하지 못했기 때문이지만, 통일안이 더 사람들에게 보급되면 따르겠다는 방침도 있었다.[36] 『매일신보』에 실린 <산촌여정>, <조춘점묘 1-7>, <추등잡필 1-5>과 『조선일보』의 <권태>는 이상의 다른 작품보다 단어들을 붙여 쓴 비율이 높다. 원작품의 띄어쓰기는 1972년 『이상전집』 개정판(임종국 편)에 와서야 모두 현대정서법에 맞게 고쳐졌다.

③ 행의 구분

1936년 『조광』 3월호에 처음 발표했던 <서망율도>에는 『 』로 묶은 부분이 세 군데가 나오지만, 행을 띄어 쓴 부분은 없다. 그러나 1956년 『이상 전집 3』(임종국 편)에서는 첫 번째 『 』 부분 앞 행을 띄었다. 1972년 『이상전집』 개정판(임종국 편)과 1977년 『이상 수필 전작집』(이어령 편)에서는 첫 번째 『 』 앞과 뒤의 행을 띄었다. 이후 판본들은 2005년 『정본 이상 문학전집3』(김주현 편)을 제외하고는 세 군데 『 』 부분의 앞과 뒤의 행을 모두 띄었다.

제91집, 2006, 117쪽 참조).

36) 한영목 · 김덕신, 「'한글 마춤법 통일안'(1933) 발표에 대한 문인들의 태도와 준용 실태 고찰―『한글』지(1934~35)를 중심으로」, 『한국언어문학』 제62집, 2007, 217~218쪽 참조

2) 〈여상사제〉 판본의 양상

(1) 제목의 변화

1936년 『여성』 4월호에 처음 발표했던 제목인 〈여상사제〉는 이후 1956년 『이상 전집 3』(임종국 편)에서부터 〈여상〉으로 바뀌어 2005년 『정본 이상 문학전집 3』(김주현 편)과 2009년 『이상전집4』(권영민 편)를 제외하고는 모두 〈여상〉으로 되어 있다.

	출판연도	판본	편집인	제목
1	1936	여성	조선일보사	女像四題
2	1956	이상전집3	임종국	여상
3	1972	이상전집	임종국	여상
4	1977	이상수필전작집	이어령	여상
5	1980	날자 한 번만 더 날자꾸나	오규원	여상
6	1993	이상문학전집3	김윤식	여상
7	2001	권태	김창숙	여상
8	2004	이상전집2	김종년	여상
9	2005	정본 이상문학전집3	김주현	女像四題
10	2006	날자 한 번만 더 날자꾸나	오규원	여상
11	2009	이상전집4	권영민	女像四題

〈표 7〉 〈여상사제〉 판본의 제목 변화

〈여상사제〉에서 '사제(四題)'는 잡지사에서 여인의 모습에 관한 글을 4개 실으면서 붙인 이름이기 때문에 작품 성격에는 〈여상〉이 더 어울린다. 그러나 잡지의 표기에는 〈여상사제〉라고 되어 있기 때문에 2005년 『정본 이상 문학전집 3』(김주현 편)과 2009년 『이상전집 4』(권영민 편)는 최초 발표본의 제목인 〈여상사제〉를 살려낸 듯하다.

(2) 어휘 표기의 변화

어휘의 변화에 있어서는 6개의 어휘를 판본별로 살펴 볼 필요가 있다. 이를 표로 보면 다음과 같다.

1	1936	자색뽁스	겨을ㅅ乃(?)	보랍니다	쥐어야지요	달리	소꼽작난
2	1956	자색**복**스	겨울乃	납니다	쥐어야지요	달라	소꼽작란
3	1972	자색복스	겨울乃	납니다	쥐어야지요	달라	소꼽장난
4	1977	자색복스	겨울乃	보랍니다	쥐어야지요	달라	소꼽장난
5	1980	자색박스	겨우내	납니다	쥐어야지요	달라	소꼽장난
6	1993	자색복스	겨울乃	보랍니다	쥐어야지요	달라	소꼽장난
7	2001	자색복스	겨울乃	납니다	쥐어야지요	달라	소꼽장난
8	2004	자색 복스런	겨우내	보랍니다	쥐어야지요	달라	소꼽장난
9	2005	자색뽁스	겨을ㅅ乃	보랍니다	쉬어야지요	달리	소꼽작난
10	2006	자색박스	겨우내	납니다	쥐어야지요	달라	소꼽장난
11	2009	자색 박스/ 자색뽁스	겨우내/ 겨을ㅅ乃	보랍니다/ 보랍니다	쥐어야지요/ 쥐어야지요	달리/ 달리	소꼽장난/ 소꼽작난

〈표 8〉〈여상사제〉 판본의 어휘 표기 변화

1936년의 원전에 나오는 '자색뽁스피부'의 해석으로 2005년 『정본 이상 문학전집 3』을 편집한 김주현은 '박스가죽(box calf), 즉 제화용의 무두질한 송아지 가죽을 뜻하는 듯하다'고 풀이했다. 그러나 '뽁스'는 '천연두나 수두', 구어로는 '매독'이라는 의미를 갖고 있는 'pox'일 가능성이 있다고 추정된다. 천연두나 수두, 매독은 발진이나 붉은 반점을 피부에 생성한다. <여상사제>라는 제목답게 여인을 표현하는 대목이므로 '자색뽁스피부'는 '자색의 천연두에 걸렸던 자국이 있는 피부' 또는 '천연두나 매독에 걸린 것처럼 자색의 피부'일 가능성이 있다. 또한 '뽁스'를 'box' 즉 '상자'로 해석하면 '자색 상자 피부'는 포도주 병으로 비유된 여인의 몸을 포장한 '자색의 옷'을 의미할 수도 있다.

현대 표기법에 맞는 '겨우내'는 '겨을ㅅ乃', '겨울乃', '겨우내'의 3가지 형태로 나타나는데 최초 발표본과 영인본의 인쇄가 선명하지 않아 '겨을ㅅ乃'인지 '겨울ㅅ乃'인지 확실하지 않다. 눈으로 보기에는 '겨을ㅅ乃'에 가까워 보인다.

'보랍니다'는 '그렇나 紫色뽁스皮膚에서 겨을ㅅ乃 牧草ㅅ내가 香긋하니 보랍니다'라는 문장에 나오는데 의미상 '보라색이다', '보라고 하다', '냄새가 나다' 중에서 어떤 것으로 사용되었는지 알 수가 없다. '납니다'로 고친 판본들은 '냄새가 나다'라는 의미로 해석하여 고친 듯하다.

'쥐어야지요'에서는 '쥐'가 '쉬'처럼도 보이게 인쇄가 되어 있기 때문에 2005년 판본에서는 '쉬어야지요'로 한 듯하다.

'달리'는 1956년 판본에서 '달라'로 오식한 것을 나머지 판본들이 따르다가 2005년과 2009 판본에서는 '달리'로 고쳤다.

최초 발표본의 '소꼽작난'은 2005년과 2009년 판본에서는 그대로 했으나, 1956년 판본에서는 '소꼽작란'으로, 나머지 판본들에서는 현대 표기법에 맞는 '소꼽장난'으로 고쳤다.

(3) 판본별 특성

조사 대상이 된 11가지 판본들은 표기를 시대에 맞게 고친 것도 있고, 최초 발표본대로 싣고자 한 것도 있으며, 의미상 어울리게 혹은 실수로 어휘를 고친 것도 있다. 한자는 한글로 모두 바꾼 것도 있고 부분적으로 바꾼 것도 있으며, 한자와 한글을 병기한 것도 있다. 이를 표로 정리해 보면 다음과 같다.

	출판연도	판본	편집인	판본 특성
1	1936	여성	조선일보사	맞춤법과 띄어쓰기가 현재와 많이 다르다.
2	1956	이상전집	임종국	띄어쓰기를 완전하게 고치지 않았고, 맞춤법도 완전하지 않다.
3	1972	이상전집	임종국	띄어쓰기와 맞춤법이 거의 완벽해졌다.
4	1977	이상수필전작집	이어령	3번 판본의 '납니다'를 '보랍니다'로 한 부분만 다르다.
5	1980	날자 한 번만 더 날자꾸나	오규원	한자를 한글로 고치고 연의 구분을 없앴다.
6	1993	이상문학전집	김윤식	4번 판본과 같다.
7	2001	권태	김창숙	한자 옆에 한글음을 달았다.
8	2004	이상전집	김종년	한자를 한글로 고치고 몇 단어만 병기했다. '~읍니다'를 '~습니다'체로 바꾸었다.
9	2005	정본 이상문학전집	김주현	최초 발표본대로 했으나 '쥐어야지요'를 '쉬어야지오'로 표기했다.
10	2006	날자 한 번만 더 날자꾸나	오규원	5번 판본을 따랐다. '~읍니다'를 '~습니다'체로 바꾸었다.
11	2009	이상전집	권영민	현대 국어의 표기법에 맞게 고쳐 쓴 글과 원전을 함께 실었다.

〈표 9〉〈여상사제〉의 판본별 특성

11가지 판본 중에서는 2005년 『정본 이상 문학전집 3』(김주현 편)과 2009년 『이상전집 4』(권영민 편)이 최초 발표본에 가장 근접한 작품을 실었다.

(4) 최초 발표본의 특성

① 어휘의 표기 방식

㉠ 사이 ㅅ 표기가 많다.

　　예) 뒤ㅅ산, 겨울ㅅ乃, 牧草ㅅ내, 삼ㅅ단, 아래ㅅ배

1933년 한글 맞춤법 통일안에 따르면 제30항에 '복합명사 사이에서 나는 사이 ㅅ은 홀소리 아래에서 날 적에는 우의 홀소리에 ㅅ을 받치고, 닿소리와 닿소리 사이에서는 도모지 적지 아니한다'라고 되어 있으므로 '뒤ㅅ산'은 '뒷산'으로, '겨울ㅅ까'는 '겨울까'로, '삼ㅅ단'은 '삼단'으로, '아래ㅅ배'는 '아랫배'로 해야 하지만 이를 지키지 않았다. 1956년 『이상 전집 3』(임종국 편)에서는 '뒷산', '겨울까', '삼단', '아랫배'로 고쳐졌다.

   ⓛ 분철 표기가 많다.
     예) 깜앟게, 흘읍니다, 많어보는, 앞으다는, 이렇ㄴ, 슲으고도

1956년 『이상 전집 3』(임종국 편)에서는 '까맣게', '흐릅니다', '만져보는', '아프다는', '이런', '슬프고도'로 고쳐졌다.

   ⓒ 양성모음 사용이 잦다.
     예) 잔치를 위하야, 뽑기는커냥, 아모나, 고초, 잊으랴야

1956년 『이상 전집 3』(임종국 편)에서는 '잔치를 위하여', '뽑기는커녕', '아무나', '고추', '잊으려야'로 고쳐졌다.

   ⓓ 설측음에서 'ㄹㄹ'을 'ㄹㄴ'으로 표기했다.
     예) 흔들니나요, 흔들니다가

이 단어는 1956년 『이상 전집 3』(임종국 편)에서는 '흔들리나요', '흔들리다가'로 고쳐졌다.

㊀ 한자의 사용이 많다.

한자로 표기할 수 있는 단어는 90% 이상 한자로 표기했다.

　종합적으로 볼 때, <여상사제> 최초 발표본은 <서망율도> 최초 발표본과 어휘의 표기 면에서 비슷한 점이 많다. 사이 ㅅ 표기나 분철된 단어, 한자 사용이 많고 설측음 '르르'을 '르ㄴ'으로 표기했다는 점에서 그렇다.

② 어절의 띄어쓰기

　이상의 1936년 <여상사제>에서도 1933년 발표된 한글 맞춤법 통일안을 준수하고 있지 않았다.

　　예) 지난여름, 한사람을위한잔치, 예비된이병, 마개를뽑기는커냥, 삼사
　　　　단같든머리에, 다홍빛당기가, 이봄이오드니, 도회와달리

　<여상사제> 최초 발표본은 <서망율도> 최초 발표본과 띄어쓰기 면에서도 비슷한 정도를 보여준다. 1936년 같은 해, 이상의 글이 실렸던 『매일신보』와 『여성』을 비교해 보면 『매일신보』보다 『여성』이 현대의 띄어쓰기에 더 가깝다. 당시에는 신문보다 잡지에서 통일안이 더 잘 지켜지고 있었다. 당시 각 신문이나 잡지의 띄어쓰기 방침과 그에 따라서 작품의 띄어쓰기를 얼마만큼 수용하거나 무시해서 실었는지에 대해서는 보다 세심한 연구가 필요한 실정이다. 맞춤법에 의한 띄어쓰기는 1972년 『이상전집』 개정판(임종국 편)에 와서야 모두 적용되었다.

③ 행의 구분

1936년『여성』 4월호에 처음 발표했던 <여상사제>는 모두 4연으로 되어 있다. 그러나 오규원이 1980년과 2006년에 편집한『날자, 한 번만 더 날자꾸나』에서는 연의 구분을 위한 행 띄어쓰기가 없어졌다.

3. 최초 발표본과 판본의 비교

조해옥은 두 편의 논문[37]에서 이상의 수필에 있어서 "의미상의 오류 가운데 원전의 의미를 크게 변형시킨 부분들을 중심으로"[38] 임종국 판과 이어령 판, 김윤식 판의 비교를 행한 바 있다. 이 두 논문은 입수 가능한 모든 최초 발표본을 토대로 편집한 2005년 김주현의『정본 이상문학전집』과 2009년 권영민의『이상전집』이 나오기 전의 일이다. 그러나 김주현 판과 권영민 판에서도 서로 다른 부분이 발견된다. 이는 이상 문학의 원전을 확정하기가 얼마나 난감한지를 보여준다. 이상 문학의 난해성에도 그 이유가 있다. 문장 표현의 다양성과 잘 쓰이지 않는 한자의 사용이나 고의적 오용과 실수에 의한 오용의 구별이 어렵다는 점 때문이다.

여기서는 <서망율도>와 <여상사제>를 제외한 작품들에서 논란이

---

37) 두 논문은 다음과 같다.
조해옥, 「임종국의『이상전집』과「이상연구」에 대한 비판적 고찰」,『이상 리뷰』제2호, 역락출판사, 2003.
조해옥, 「이상 산문 텍스트 확정을 위한 한 고찰」,『도로를 횡단하는 문학』, 새미출판사, 2004.
38) 조해옥, 「임종국의『이상전집』과「이상연구」에 대한 비판적 고찰」,『이상 리뷰』제2호, 역락출판사, 2003, 131쪽.

될 수 있는 부분들을 최초 발표본과 5가지 전집의 판본에서 비교해 보고자 한다. 특히 조해옥의 논문에서 지적되지 않은 부분들을 중점적으로 다루려고 한다.

1) 오스카 와일드(혈서삼태 1)

다섯 편 연작인 <혈서삼태>는 1934년 『신여성』 6월호에 최초 발표된 이후 전집1과 2에는 수록되어 있지 않았고, 1979년 『문학사상』 11월호에 『문학사상』사의 자료실에 의해 발굴되어 재수록 된 이후 전집에 포함되기 시작했다. 이 작품에서 주의해 보아야 할 어휘는 다음과 같다.

판본	문학사상(1979.11)[39]	③[40]김윤식(1993)	④김주현(2005)	⑤권영민(2009)
쪽수	286	21	31	181
단어	花辨	花辨	花辨	花瓣

<표 10> <오스카 와일드>의 어휘 비교

김주현 편 『정본 이상문학전집』의 <오스카 와일드>에는 "그의 병세를 근심하며 끊이지 않고 그 花辨 같은 엽서를 나에게 주었다"라는 대목이 있는데 여기서 '花辨'은 '花瓣'의 오류이다. '辨'은 '분별할 변'이고, '瓣'은 '꽃잎 판'인데 '화판'이라는 단어로 쓰여 '꽃잎'을 뜻한다. 문맥상으로도 엽서를 꽃잎에 비유한 것으로 보는 것이 옳다.

원본의 소재를 파악하지 못하여 원본에 어떤 것인지 알 수 없으나 『문학사상』에 재수록 된 대로 전집3과 4에서 계속 '花辨'으로 되어져

---

39) 최초 발표본을 구하지 못해 1979년 『문학사상』의 재수록분을 참고하였다.
40) 편의상 ③은 전집3, ④는 전집4, ⑤는 전집5를 표시하는 것으로 한다.

온 것 같다. 원본에도 '花辨'으로 되어 있을 가능성도 없지 않다. 작가 자신이 오류를 저질렀을 가능성도 배제할 수 없다. 이는 2009년 권영민 편 전집에서 '花瓣'으로 고쳐졌다. 전집5도 원전을 구할 수 없어『문학사상』의 재수록분을 실었는데 '花辨'에서 '花瓣'으로 고친 이유는 설명되어 있지 않지만 아마도 문맥을 고려해서 그렇게 한 듯하다.

2) 관능위조(혈서삼태 2)

판본	문학사상(1979.11)	③김윤식(1993)	④김주현(2005)	⑤권영민(2009)
쪽수	287	23	31	183
단어	그러던	그리던	그러던	그러던

〈표 11〉〈관능위조〉의 어휘 비교

전집 4의 〈관능위조〉에는 "다섯해 세월이 지나간 오늘 엊그저께 하마하더면 나를 배반하려 들던 너를 나는 오히려 다시 그러던 날의 순정에 가까운 우정으로 사랑하고 있다"[41]라는 대목이 있다. 이 문장의 "그러던"은 전집3에서만 "그리던"으로 되어 있다. 문맥상으로 보아 "그러던"이 더 타당성이 있어 보인다.

3) 혈서기삼(혈서삼태 5)

판본	문학사상(1979.11)	③김윤식(1993)	④김주현(2005)	⑤권영민(2009)
쪽수	290	22	38	187
단어	소교(消橋)	消교	消橋	消橋

〈표 12〉〈혈서기삼〉의 어휘 비교

---

41) 전집4 수필, 33쪽.

전집4의 <혈서기삼>에서는 "그 사람은 이 무서운 농담을 消橇하려고 自棄的으로 자동차에 속력을 놓는다"라는 문장에서 '消橇'에 대해 '消耗(소모 : 써서 없애다)'의 오식으로 보인다는 주석을 달았다. '消橇'의 '橇'는 '썰매 취' 또는 '덧신 교'라는 글자인데 『표준국어대사전』에는 없는 단어이나 전집5에서는 '소취'로 읽고 '덧신에 묻은 흙을 털어 없애다'라는 뜻이라고 주석에 설명되어 있다. 전집3에서는 '消교'로 해놓고 아무런 설명도 달지 않았다. '消橇'는 문맥상 '없애다'의 의미를 나타내기 위한 단어임에 틀림없어 보인다.

4) 산책의가을

판본	신동아 (1934.10)	문학사상 (1977.8)	③김윤식 (1993)	④김주현 (2005)	⑤권영민 (2009)
쪽수	173	336	30	40	189
단어	香蕉	香薰	香薰	香蕉	香蕉
	默默	然然	然然	默默	默默

〈표 13〉〈산책의가을〉의 어휘 비교

<산책의가을>은 1977년 『문학사상』 8월호에 하동호의 발굴로 소개된 작품이다. 그러므로 전집1과 2에는 수록되지 않았다. 원문에는 다음과 같은 대목이 있다.

　　果일가개는 문이닫혔다. 유리창안쪽에 果일呼吸이 어려서는 살작 香蕉에 복송아―秘密도 가렸으니 인제는 아모도 果일사러오지는않으리라. 果일은 마음껏 굴러보아도좋고 덜익은수박같은 主人 머리에 부듸처보아도좋겄만 果일은 默默! 복송아에香蕉에, 복송아에香蕉에 복송아에바나나에―
　　　　　　　　　　　　　　　　　―<산책의가을>(전집4 수필 : 40)

전집3의 '香薰'과 '然然'은 전집4에서 각각 '香蕉'와 '默默'으로 고쳐졌다. 원문에서 확인한 결과 '香蕉'와 '默默'이 맞다. '香蕉'는 전집4에서는 "파초의 이름인 듯"하다고 주석에 설명되어 있으나, 전집5에 와서 "바나나를 지칭하는 한자어"임이 밝혀졌다.

5) 단지한처녀(조춘점묘 2)

<단지한처녀>는 1936년 3월 5일 매일신보의 1면에 실렸다. 여기서는 두 개의 어휘에 주목해 보고자 한다.

판본	매일신보 (1936.3.5)	①임종국 (1956)	②이어령 (1977)	③김윤식 (1993)	④김주현 (2005)	⑤권영민 (2009)
쪽수	1	34	37	38	60	209
단어	각설이째體 孝子忠臣傳	각설 이때 體 孝子忠臣傳	각설이때 體孝子忠臣傳	각설이떼 體孝子忠臣傳	각설이째體 孝子忠臣傳	각설이째體 孝子忠臣傳
	쐬겨준	뙤겨준	띄겨준	띄겨준	쐬겨준	쐬겨준

〈표 14〉〈단지한처녀〉의 어휘 비교

<단지한처녀>에 나오는 "어른들의 호랑이담배 먹는옛이야기나 그럿치안으면 울긋불긋한 각설이째體 孝子·忠臣傳이 쐬겨준것임에틀님업슬것이다"라는 대목의 "각설이째體"는 전집4에서는 "각설이들의 풍월체"라고 주석에 설명되어 있고, 전집5에서는 "각설이들이 하는 소리와 같은 투"라고 되어 있다. 그러나 정확히는 그 어투가 주로 '각설, 이때'로 시작하는 부분이 많기 때문에 붙여진 이름이다. 표기의 오류는 김윤식 편집의 전집3에서만 발생했다.

'쐬겨준'은 전집2와 3에서 '띄겨준'으로 되어 있다. 전집4의 주석에

서는 "아마도 '뙤어주다'(똥겨주다의 방언)를 말하는 듯. 그것은 '일러서 깨닫게 해주다'는 뜻"이라고 되어 있다. 다른 전집들에서는 이에 대해 설명이 없다. 그러나 『표준국어대사전』에 '뙤어주다', '뙤겨주다', '띠겨주다', '똥겨주다'는 나오지 않는다. 대신에 '통겨주다'가 수록되어 있는데 이는 '몰래 알려주다'라는 뜻이다. 문맥상으로도 이 단어의 의미가 들어맞는다. 그러므로 '뙤겨준'은 '통겨준'에서 비롯된 말임을 알 수 있다.

6) 차생윤회(조춘점묘 3)

<차생윤회>는 1936년 3월 7일 『매일신보』의 1면에 실렸다. <차생윤회>에는 "가령遺傳性이確實히잇는不治의難病者 狂人 酒精中毒者, 遺傳의危險이업드라도接觸혹은空氣傳染이 꼭되는惡疽의所有者"라는 부분이 있는데, 전집2와 3에서는 "所有者"의 '所'가 "遺傳의" 앞으로 가는 오류가 발생했다. 전집3에서 오류 수정 없이 전집2를 그대로 따라했음이 드러난다.

7) 공지에서(조춘점묘 4)

<공지에서>는 1936년 3월12일 『매일신보』 1면에 실렸다. <공지에서>에 나오는 "그째實로 德壽宮연못갓흔 날만 짜뜻해지면 제출물에 解消될 엉성한空地와는比較가안되는 참 훌륭한空地를하나發見하얏다"는 대목의 "제출물에"가 전집3에서만 "제 출몰에"로 잘못 되어 있다. '제출물에'는 부사로 '저 혼자서 절로'의 뜻을 지니고 있다.

8) 골동벽(조춘점묘 6)

<골동벽>은 1936년 3월 24-25일 『매일신보』 1면에 실렸다. 25일에 실린 "그런 魑魅魍魎이 이럿쎄巧妙하게骨董世界를遊泳하고잇거니생각하면 소름이키칠일이다"에서의 "魑魅魍魎"이 전집2와 3에서는 "魑魍魎"으로 오식되었다.

판본	매일신보 (1936.3.25)	①임종국 (1956)	②이어령 (1977)	③김윤식 (1993)	④김주현 (2005)	⑤권영민 (2009)
쪽수	1	54	53	49	72	222
단어	僞造―ㄹ낭으	僞졸―랑은	僞造―고랑은	僞造―고랑은	僞造―ㄹ낭으	僞造―ㄹ낭으

〈표 15〉 〈골동벽〉의 어휘 비교

"이런 唾棄할怪趣味밧게가지지안은분들에게 僞造-ㄹ낭으눈에씌우는대로 째려부스시오―하고勸하기는 커녕"이라는 대목에서 "僞造-ㄹ낭으"는 구어체인데 전집1에서 "僞졸―랑은"으로 되어 있고, 전집 2와 3에서는 "僞造―고랑은"으로 되어 있다. 아마도 원전의 "ㄹ"을 "고"로 잘못 보아 오식한 듯하다.

9) 동심행렬(조춘점묘 7)

<동심행렬>은 1936년 3월 26일 『매일신보』 1면에 실렸다. "이럿케 登校時間自體가 그네들에게는 惶忽한것이고 規定以上의課程인 것이다"에서 "以上"이 전집2와 3에서는 "以下"로 오기되어 있다.

"普通學校學童이 眼鏡을썻다는것은 事實 해괴망측한일이다"에서 "事實"도 전집2와 3에서는 "實事"로 잘못 되어 있다.

10) 병상이후

<병상이후>는 1939년 청색지에 실려 있다.

"平素같으면 그 畵面이몹시눈이부시여서 (밤에만) 이렇게오랜동안을 繼續하야 바라볼수 없었을것을 그만하야도 그의視覺은 刺戟에對하야 沒感覺이되였었다"에서의 "繼續"이 전집3에서만 "斷續"으로 오식되어 있다.

"또나의周回의모-든것에게對면야서도, 차라리 여지껏以上의 거즛에서 살지아니하하 아니 되었다"에서 원본의 "周回"는 전집1, 2, 3에서는 "周圍"로 바뀌었다가 전집4와 5에서 복구되었다.

판본	청색지 (1939)	①임종국 (1956)	②이어령 (1977)	③김윤식 (1993)	④김주현 (2005)	⑤권영민 (2009)
쪽수	99	68	64	59	134	305
단어	代力身야	代身하여	代身하여	代身하여	代力身야	代力身야

〈표 16〉〈병상이후〉의 어휘 비교

"그는 그友人의길다란편지를 다시끄내여들었을때 前날의 어둔구름을 代力身야無限히 굿세인 「동지」라는힘을느꼈다"에서 원문의 "代力身야"는 전집 1, 2, 3에서는 "代身하여"로 바뀌었다가 정본4와 5에서 회복되었다. 전집4의 주석에서는 "전집1, 2, 3은 '代身'으로 수정했다. '力'이 오식으로 들어간 것인지, 일부러 넣은 것인지 불분명하다. 만일 후자라면 '힘과 몸을 대신하여'라는 의미가 된다"라고 설명한다.

11) 슬픈이야기

<슬픈이야기>는 1937년 6월 『조광』에 실렸다. "나는 가만이 女人의

얼골을 처다보면 참 희고도 애처럽습니다. 이렇게 어듬침침한 밤에 몸
時計처럼 맑고도 깨끗합니다. 女人은 그前에 月光아래 오래오래놀는歲月
이 있었나봅니다"에서 "이렇게 어듬침침한 밤에 몸時計처럼 맑고도 깨
끗합니다"라는 문장이 전집2와 3에서는 빠져 있다. "몸시계"는 '회중시
계'를 뜻하므로 여인의 얼굴을 회중시계에 비유했음을 알 수 있다.

판본	조광 (1937.6)	①임종국 (1956)	②이어령 (1977)	③김윤식 (1993)	④김주현 (2005)	⑤권영민 (2009)
쪽수	260, 262	79, 82	73, 75	66, 68	126, 128	290, 291
단어	氣笛	汽笛	氣笛	氣笛	氣笛	汽笛

〈표 17〉〈슬픈이야기〉의 어휘 비교

"埠頭에서 들녀오는 氣笛소리가 분명합니다"와 "작알실은 貨物車가
작으만한 氣笛을 울니면서 우리곁으로 지나갑니다"에 나오는 기적은『조
광』지에 발표될 때 "汽笛"대신 "氣笛"으로 오식되었다. 전집 1과 5는
이를 고쳐 바로잡았으나 전집2, 3, 4는 원문대로 두었다.

12) 행복

<행복>은 1936년 10월호『여성』31쪽에 실려있다. "勿論 仙이는 내
仙이 가 아니다. 아닐뿐만 아니라 ××를 사랑하고 그다음 ×를 사랑하고
그다음……"이라는 부분의 "仙이 가"는 "仙이가"로 원래 붙여 써야 하
지만 원문에는 떼어져 있다. 전집 2와 3에서는 "가"가 빠져 "仙이"로
되어 있다.

13) 예의(추등잡필 3)

<예의>는 1936년 10월 21일 『매일신보』 1면에 실려 있다. "門이 요란히열리며 四五人의醉漢이 高聲叱咤하면서 暴風과가티 闖入하얏다"에서 "闖入"이 전집3에서만 "침入"으로 오기되어 있다.

판본	매일신보 (1936.10)	①임종국 (1956)	②이어령 (1977)	③김윤식 (1993)	④김주현 (2005)	⑤권영민 (2009)
쪽수	1	109	93	82	97	248
단어	恔怪	駭怪	恔怪	해怪	恔怪	駭怪
	犬吠聲	犬吠聲	犬吠聲	犬吠聲	犬哭聲	犬吠聲

〈표 18〉〈예의〉의 어휘 비교

"걸으면서도 그 藝術의殿堂에서울려나오는 恔怪한犬吠聲을 한참동안이나 등뒤에들을수잇섯다"에서 "恔怪한"의 '恔'는 '괴로워하다' 또는 '근심하고 두려워하다'의 뜻이다. '駭'는 '놀라다, 놀라게하다' 또는 '어지러워지다'의 뜻이다. 원래 '해괴하다'라는 단어의 한자는 '駭怪'가 쓰인다. 전집4에서는 전집1과 3이 오식했다고 주석에 설명되어 있고, 전집5에서는 설명 없이 '駭怪'로 바꾸어 놓았다.

'吠'는 '개가 짖을 폐'이고 '哭'은 '울 곡'자다. '개가 짖다'는 '견곡'보다는 주로 '견폐'로 쓰인다. 전집4에서만 '犬吠聲' 대신 '犬哭聲'으로 되어 있다. 전집4만 원문과 다르게 되어 있는 것이다.

14) 기여(추등잡필 4)

<기여>는 1936년 10월 22일 『매일신보』 1면에 다음과 같이 실려 있다. 인용 부분 중 "奇觀일것은"이 전집2와 3에서는 누락되어 있다.

　　그럿터면 여러學生들압페 恥部를露出식히는榮光을 엇기에 競爭들을하
는 고마운歲月이 올른지도 쏘 마치모르는 것이오, 오기만한다면 진실로
稀代의 奇觀일것은 奇觀일것이나 人類文化의向上發達에 寄與하는바만은
오늘에 比하야 훨신 클것이다.

15) 실수(추등잡필 5)

<실수>는 1936년 10월 27-28일 『매일신보』 1면에 실려 있다.
　28일자의 "그러나 謙遜을지나처 그들의傲慢과侮蔑을容納할수업다. 이
것을 말업시甘受하는것은 우에말한 主人으로서의任務에도背馳되는바 크
다"에서 원문의 "말업시"가 전집3에서는 "법없시"로 오기되어 있다.

16) 약수

판본	중앙 (1936.7)	②이어령 (1977)	③김윤식 (1993)	④김주현 (2005)	⑤권영민 (2009)
쪽수	24	104	93	79	230
단어	띵이로구나(?)	땡이로구나	땡이로구나	명이로구나	명이로구나

〈표 19〉 〈약수〉의 어휘 비교

　"『나는 당신없이는못사는몸이오』하고 얼러보았드니 얼른 그女子가
내안해가되어버린데는 실없이깜짝놀랐습니다. 애―이건 참명이로구나
하고 三年이나 같이 살았는데" 에서 "명"을 전집5의 주석에서는 "운명"
으로 해석한다. 그러나 원전에서는 인쇄가 확실하지 못하여 흡사 "띵이
로구나"로 보인다. 이것을 전집2와 3에서는 "땡이로구나"로, 전집4와 5
에서는 "명이로구나"로 실었다. 이것의 확실한 규명은 원전 인쇄 상태

의 불확실성으로 인하여 쉽지 않은 과제다.

17) 산촌여정

<산촌여정>은 1935년『매일신보』의 9월 27일, 10월 4일, 10월 5일, 10월 8일, 10월 10일, 10월 11일 모두 6회에 걸쳐 1면에 실려 있다.

9월 27일에 실린 "얼마잇스면목이마름니다. 자리물─深海처럼가라안즌冷水를마심니다.　石英質鑛石내음새가나면서肺腑에寒暖計갓흔긴을늣김니다"에서 "긴을"이 전집1, 2, 3에서는 "길을"로, 전집4와 5에서는 "긴을"로 되어 있다. '긴'은『표준국어대사전』에 '기둥'의 옛말이라고 되어 있다. 해석상으로는 '긴'과 '길' 둘 다 어색하지 않은 것 같다. 원문에서 눈으로 보기에는 "긴을"이지만 원래 "길을"이었는지는 알 수가 없다. 원문에서 인쇄 상태가 좋지 못하여 빚어진 결과다.

10월 10일에 실린 "簡易學校겻집 길가에서 들여다보이는房에 틀이쩌들고 잇슴니다. 편발處女가 맨발로 機械를건드리고잇슴니다. 그러면 機械는 허리를 스치는 가느다란실이간즈럽다는듯이 깔깔깔깔 大笑하는것임니다"라는 부분이 있다. 전집4와 5에서는 "둘이"로 되어 있는 부분이 전집1, 2, 3에서는 "틀이"로 되어 있다. 원문에서는 "틀"로 되어 있다. "틀"은 '옷감 짜는 틀'을, "둘"은 '두 사람'을 의미한다. 문맥상으로도 "틀"이 어울린다.

10월 11일에 실린 "구름이 거치고 달이 나왓슴니다. 버레가 舞踏會의 窓문을 열어노흔것처럼 왓작 요란스럽슴니다"라는 대목에서 나오는 "버레"는 전집2와 3에서만 "버래"로 되어 있다. '벌레'의 방언은 '버레'이다.

18) 권태

<권태>는 1937년 5월 11일 『조선일보』에 실려 있다.

"그들에게는 興奮이업다. 벌판에벼락이떠러저도 그것은 雷聲끄테 가끔잇는茶飯事에지나지안는다"에서의 "雷聲"이 전집2와 3에서만 "電聲"으로 오식되어 있다.

"그러나 지금 이 개울가에안즌나에게는 自意識過剩조차가 閉鎖되엇다. 이러케閑散한데 이러케 極度의倦怠가잇는데 瞳孔은內部를向하야열리기를 躊躇한다"에서의 "閑散"이 전집3에서만 "閉散"으로 오식되어 있다.

"소의뿔은 오즉 動物學者를 爲한標識이다. 野牛時代에는 이것으로敵을 突擊한일도잇읍니다─하는 마치 廢兵의가슴에달린勳章처럼 그追億性이 哀傷的이다"에서 "突擊한"이 전집 3에서만 "突擊할"로 오식되었다. 그리고 전집3과 4에서의 "追億性"은 "追憶性"의 오식으로 보이는데, 전집 1, 2, 5에서는 "追憶性"으로 되어 있다.

판본	조선일보 (1937.5.11)	①임종국 (1956)	②이어령 (1977)	③김윤식 (1993)	④김주현 (2005)	⑤권영민 (2009)
쪽수	5	252	187	153	119	284
단어	登待	等待	登待	登待	登待	等待

〈표 20〉〈권태〉의 어휘 비교

"다만 어디까지가야끗이날지 모르는來日 그것이또 窓박게登待하고잇는것을 느끼면서 오들오들 떨고잇슬뿐이다"에서 "登待"는 전집1과 5에서는 "等待"로 되어 있다. 원문에는 "登待"로 되어 있다. 전집2, 3, 4에서 원본대로 고쳐진 것을 전집5에서 원본을 무시하고 왜 다시 "等待"로 돌아갔는지에 대해서는 설명이 없다.

　　"等待"는 '미리 준비하고 기다린다'는 뜻이다. 그러므로 문맥상으로는 "等待"가 맞는다. "登待"는 사전에 없는 단어이다. 전집4의 주석에서는 "登待"라고 원본대로 해 놓은 후, "'等待하고'의 오식인 듯"하다고 주석에 설명되어 있다. 이 잘못이 저자의 잘못인지 인쇄 상의 잘못인지 알 수 없다. 저자가 "等待"대신 일부러 "登待"라고 썼을 가능성도 무시할 수는 없다. 이상은 원래 나름의 조어를 많이 했던 작가이기 때문이다. 일단은 원문에 되어 있는 대로 해야 할 것이다.

제 4 장

이상 수필의 표현적 특성

문학비평에 있어서 형식주의 방법은 객관적인 분석을 통해 작품 이해에 도움을 준다. 신비평가들은 문학의 자율성을 주장했지만, 문학은 삶과 사상에 연결되어 있는 것이 사실이다. 문학을 형식적인 방법만으로 비평하는 것은 좁은 시각일 수 있지만, 전통적 비평 방법을 비롯한 여러 가지 다른 비평과 함께 적용할 때 다른 방법에서는 지적되지 않는 점들을 보여줄 수 있는 장점이 있다.

이상은 작품의 형식에 있어서 누구보다도 관심을 갖고 다양한 실험을 한 작가다. 이상의 경성고공 일본인 동창은 이상이 한 획 한 점을 신중히 하여 그의 건축 설계도가 매우 세밀하고 정확했다고 회고한 적이 있다.[1] 이상의 성격은 꼼꼼하고 치밀하다는 것을 알 수 있다. 그의 글씨체를 보아도 한 자 한 자 정성 들여 정서했음이 드러난다. 자신의 편지에서도 "機能語. 組織語. 構成語. 思索語. 로 된 한글문자 추구시험이오"[2]라고 적은 바가 있다.

---

1) 이승훈, 『이상』, 건국대학교 출판부, 1997, 40~41쪽 참조.
2) 전집4 수필, 247쪽.

이상의 작품이 한 가지 양식에 국한되지 않고 여러 주의를 넘나들고 있는 것도 그의 실험정신 때문이다. 이에 대해 김주현은 이상의 글쓰기에서 "직접적 재현인 환유적 글쓰기"는 리얼리즘에, "간접적 또는 비유적 글쓰기인 은유적 글쓰기"는 모더니즘에, "메타 언어를 통한 상호텍스트적 글쓰기"는 포스트모더니즘과 맞닿아 있다고 분석했다.[3] 결론적으로 김주현은 이상의 기호에 대해 다음과 같은 평가를 한다.

> 이상은 기호를 내용의 축과 표현의 축 등 다양한 차원에서 활용하고 있다. 이는 곧 글쓰기로 나타나며 나아가 미학적 특성으로 연결된다. 적어도 그는 오늘날 우리가 문제 삼고 있는 리얼리즘, 모더니즘, 그리고 나아가 포스트모더니즘적 특성까지 동시에 지니고 있었다. 그러한 가능성은 언어의 사용에서 이미 내포하고 있었다. 언어가 기표와 기의를 통해서 무한 확장할 수 있다는 가능성을 그는 발견하고, 이를 실천했던 것이다.[4]

이 같은 평가로 보아 이상의 글쓰기는 기호를 내용과 표현 면에서 활용했고, 여러 문예사조적 특성을 드러냈으며 이로 인해 문학성 측면에서 효과적인 성과를 올렸다고 할 수 있다. 이상 문학의 표현적 특성을 살피기 위해 시와 소설에서의 형식주의적 접근은 이미 많이 시도된 바가 있고, 여기서는 수필의 표현 형식적인 면을 탐색해 보고자 한다. 어휘와 문체의 특성을 구명하기 위해서는 컴퓨터 통계처리를 통한 계량적 방법에 주로 의존했다. 구성적 측면을 살피는 것은 컴퓨터 통계처리로 가능하지 않으므로 나름의 작품 분석 방법으로 할 수밖에 없었음을 밝혀둔다.

---

3) 김주현, 『이상 소설 연구』, 소명출판, 1999, 270~273쪽 참조.
4) 김주현, 『이상 소설 연구』, 소명출판, 1999, 273쪽.

1. 어휘적 측면

이상의 수필을 이루고 있는 어휘의 특성을 알아보는 것은 그의 작품을 이해하는 데에 있어 많은 도움을 준다. 특정 문학의 어휘 특성 구명을 위해 과거에는 문장 표본 조사를 통한 부분적 자료로 통계를 내곤 했다. 그러나 이제는 컴퓨터에 의한 자료 입력과 통계 추출이라는 방식을 통해 객관적인 근거로 작품을 분석할 수 있는 환경이 조성되었다.[5]

"과거에는 자료 연구를 차원이 낮은 것으로 멸시하는 경향이 있었으며, 이 때문에 한국 문학 연구에 있어서 자료연구가 충실히 이루어지지 못한 것이 현재의 상황"[6]이지만, 앞으로는 문학 자료의 데이터베이스 구축을 통해 보다 과학적인 연구가 활발해질 것이다.

어떤 특정 작가가 작품을 만드는 데에 있어서 어떠한 단어들을 사용했느냐 하는 문제는 그 작가의 개성과 관련된 문제다. 글을 구성하는 것은 단어들이므로 단어들의 양상에 따라 그 작가의 글이 결정된다. 이는 곧 그 작가의 개성을 형성하는 요인이 된다. 그러나 어떠한 특정 시대에 있어서는 특정 단어들이 시대적 분위기와 요청에 의해 선호될 수도 있다.

Josephine Miles는 1974년 *Poetry and Change*라는 책에서 예술적 분석에 있어서 질료 비율의 중요성을 강조했는데 그 비율은 부분들의 내용뿐 아니라 전체 구조에도 연관된다고 했다. Miles는 내용 또는 지시

---

5) 입력된 본문은 가공 프로그램을 거쳐 특정 양식으로 정렬된 뒤 **MS Excel**의 처리 프로그램을 통해 본격적인 자료로 처리된다. 교량 역할을 하는 가공 프로그램으로는 한국학중앙연구원의 김병선 교수가 개발한 '똑똑새' 시리즈와 전주대학교 소강춘 교수팀이 만든 '깜짝새'가 있다. 이 책에서는 김병선 교수의 '똑똑새' 프로그램을 사용하였다.
6) 『문학과 컴퓨터』, 김병선, 강의교재, 2008, 3쪽.

의 용어인 명사, 형용사, 동사와 연결이나 접속 관계를 나타내는 용어인 전치사와 접속사의 두 가지 분류로 영시 문체를 분석하여 두 가지의 비율로 각 시대의 서정 스타일을 알 수 있다고 했다. 언어는 역사성을 갖고 있어서 특정 언어는 시대의 요청에 따라 선호될 수 있다는 것이다.[7] 이상 수필의 어휘도 시대와 어떠한 관련이 있는지를 밝혀내야 하는 과제가 있지만 이는 동시대 다른 작가들의 어휘 연구가 선행되어야 가능한 일이다.

일단 이상 수필의 어휘에서 보이는 인상으로 들 수 있는 것은 부정적 느낌을 주는 단어와 한자가 많다는 것이다. 여기서는 이상 수필의 개인적 개성이 어휘적 측면에서 구체적으로 어떻게 드러나는지 알아보기로 한다.

1) 품사별 분포 특성

이상 수필의 어휘 양상을 계량적으로 살펴보기 위해 먼저 그의 수필 작품 32편을 컴퓨터에 입력하고, 입력된 자료를 대상으로 각 단어의 기본형을 밝혀냈다. 어휘가 문장에 쓰일 때는 체언은 조사가 붙어서 곡용을 하고, 용언은 어미가 붙어서 활용을 하기 때문에, 이러한 활용형 어절로써는 어휘 특성을 살피기 어렵다. 따라서 각 어휘의 기본형 혹은 원형(여기서는 편의상 기본형으로 통일한다)을 밝혀야만 한다. 이러한 기본형 밝히기(lemmatization)를 위해 형태소 분석기와 같은 전산 도구 프로그램이 만들어져 있기는 하지만, 현대 맞춤법에서 많이 벗어나 있는 이상의 텍스트를 대상으로 할 수는 없어서, 일일이 수작업을 통해 활용형 핵심

---

7) 김준오, 『시론』, 삼지원, 2005, 106~107쪽 참조.

어로부터 기본형을 추출했다.[8] 기본형을 밝히는 데 있어서는 국립국어원 발행 『표준국어대사전』의 표제어 목록을 참고하였다. 이어 기본형 단어의 품사를 지정하고 출처를 밝힌 다음 모든 어휘를 MS Excel의 레코드로 저장하였다.

이러한 과정을 거친 표제어의 숫자는 총 18,353개에 달하는데 그 어휘들을 12개의 품사별로 빈도수를 조사했다. 통계치는 다른 자료와의 대조를 통한 비교 분석에서 의미를 찾을 수 있다. 이를 위해 한국 현대시 품사 순위[9], 현대국어 품사 순위[10] 그리고 김학철[11]의 수필집 『우렁이 속 같은 세상』[12]의 통계와 대조하였다. 여기서 김학철의 수필집 『우렁이 속 같은 세상』의 통계를 이용하는 이유는 이 책에서 행하고 있는 것과 같은 방식으로 통계 처리된 수필집이 그 외에는 없기 때문이다. 전정옥은 2004년 『김학철 수필 연구』에서 김학철의 수필집 『우렁이 속 같은 세상』의 수필 28편을 입력하여 총 25,736개의 표제어를 추출했다.

우선적으로 조사한 사항은 품사별 빈도수이다.

---

8) 띄어쓰기 확인과 기본형 밝히기에서 수작업을 많이 필요로 하는 작업의 특성상 미세한 오류가 발생할 가능성을 무시할 수 없다.

9) 한국 현대시 품사 순위는 김병선 교수의 현대시 코퍼스에 포함된 612,117개의 시어를 표제어 중심으로 그 빈도를 조사한 한국현대시데이터베이스(KoPoCo2006)의 통계치에서 인용하였다.

10) 국립 국어연구원의 『현대국어 사용빈도 조사』(2002)의 대상은 한국어코퍼스로 1990년대에 생산된 교재, 교과, 교양, 문학, 신문, 잡지, 대본, 구어, 기타 장르로 구성되어 있다.

11) 김학철(金學鐵, 1916~2001)은 중국 조선족 작가로 소설과 383편의 수필을 썼다. 그의 생애는 원산－서울－심양－상해－남경－무한－장사－류양－낙양－태항산－일본－서울－평양－북경－연변의 행적으로 이루어져 있으며, 항일 운동과 분단의 아픔, 연변의 정치적 박해와 문학 전념기로 생애를 구분할 수 있다. 작품 특성은 마르크스주의 세계관과 유물론적 방법론에 의한 사회비판과 자기비판을 바탕으로 한 중수필이 주류를 이루고, 동지애와 가족애를 다룬 작품도 있다.

12) 『우렁이 속 같은 세상』은 2001년에 펴낸 김학철의 마지막 수필집이다.

순위	품사	빈도	총 품사 중 백분율(%)	종류	평균사 용회수	한국현대시 순위와 백분율(%)	현대국어 순위와 백분율(%)	『우렁이…』 순위와 백분율(%)
1	명사	6,636	36.15	2,799	2.37	40.99	42.62	36.99
2	동사	3,774	20.56	1,132	3.33	24.35	20.64	12.97
3	부사	1,902	10.36	487	3.90	7.43(4)	6.71(4)	7.29
4	형용사	1,834	9.99	506	3.62	9.68(3)	6.75(3)	7.21
5	의존명사	1,040	5.66	60	17.33	2.75(7)	6.50	5.30
6	대명사	1,023	5.57	47	21.76	5.38(5)	3.27(8)	3.69(7)
7	관형사	1,017	5.54	118	8.61	3.85(6)	3.39	4.49(6)
8	보조동사	745	4.05	26	28.65	2.55	보조용언 4.14(9)	보조용언 1.89(9)
9	고유명사	149	0.81	67	2.22	1.17	4.76(6)	2.98(8)
10	보조형용사	129	0.70	13	9.92	0.37(11)		
11	감탄사	56	0.30	24	2.33	0.72(10)	0.45(10)	0.36
12	수사	48	0.26	10	4.80	0.28	0.18(11)	0.44(10)
		총 18,353		총 5,289	평균 3.47			

<표 25> 이상 수필 품사 빈도수

위의 표에 의하면 이상의 수필 어휘 중 상위 5위까지의 품사는 명사
―동사―부사―형용사―의존명사 순이다. 상위 5위까지 순위 비교에서
이상의 수필이 한국 현대시나 현대국어 통계의 순서가 아닌 『우렁이
속 같은 세상』의 순위와 일치함을 알 수 있다. 명사의 사용 비율도
36.1%로 36.99%인 『우렁이 속 같은 세상』과 더 비슷하다.

동사의 백분율은 이상 수필이 20.56%로 12.97%인 『우렁이 속 같은
세상』보다 월등히 높은 비율을 차지한다. 부사와 형용사의 백분율도 『우
렁이 속 같은 세상』보다 대략 3% 정도 높다. 이상 수필의 동사의 백분
율은 오히려 한국 현대시나 현대국어의 비율과 더 비슷하다.

동사의 백분율이 높다고 이상의 수필이 활동적 내용을 담고 있다고

결론을 내리기는 곤란하다. 뒤에 나오는 동사의 빈도수에서 다시 언급하겠지만 이는 육체적 동작보다는 정신적 생각을 나타내는 단어들을 이상이 많이 사용했기 때문으로 풀이된다.

부사와 형용사의 백분율이 높은 것은 그만큼 수식이 많은 문장임을 입증한다. 현대에는 수식이 많은 작품보다 간결한 문장을 추구하는 경향이 있다. 2001년 펴낸『우렁이 속 같은 세상』은 현대 작품이므로 훨씬 간결한 문장임을 추정할 수 있다. 그러나 수식이 많다고 질이 떨어지는 문장이라고 단정할 수도 없다. 이상의 수필 중 다채로운 묘사와 비유를 통한 수사학적 기교를 구사한 문장이 많기에 이런 결과가 나온 것으로 추정된다. 부사와 형용사의 평균 사용회수인 반복지수가 각각 3.90과 3.62이므로 이상은 같은 단어를 자주 사용하지 않았음이 드러난다. 이로써 이상의 수필은 예술성을 의식적으로 추구한 글임을 알 수 있다.

입력된 문장 전체에서의 반복지수는 전체 어휘 수가 18,353이고, 어휘의 종류는 5,289이므로 18,353÷5,289=3.47로 3회를 웃돈다. 반복지수가 낮을수록 어휘가 풍부하게 사용되었다고 평가할 수 있다. 현대시 코퍼스의 반복지수는 14.63이고,[13]『우렁이 속 같은 세상』의 반복지수는 3.52[14]이다. 현대시 코퍼스의 반복지수가 높은 이유는 이것이 여러 작가의 작품을 모은 것이고 특정 단어들이 시어로 선호되는 경향이 있기 때문으로 추정된다. 이상의 수필과『우렁이 속 같은 세상』의 반복지수가 비슷한 것은 한 사람의 글을 대상으로 한 것이고, 특정 단어의 빈

---

13)『문학과 컴퓨터』, 김병선, 강의교재, 2008, 73쪽 참조.
14) 전정옥,「김학철 수필 연구」, 한국정신문화연구원 한국학대학원 석사논문, 2004, 73쪽 참조.

번한 반복을 작가가 의식적으로 피하기 때문으로 짐작해 볼 수 있다.
다음으로 고빈도어를 순위별로 정리한 표를 살펴보면 아래와 같다.

순위	표제어	품사	빈도	총 표제어 수 (18,353) 중 백분율(%)	현대시 표제어 순위	현대국어 표제어 순위	『우렁이…』 표제어 순위
1	것	의존명사	492	2.68	나	것	하다
2	나	대명사	364	1.98	가다	하다(동사)	것
3	하다	동사	268	1.46	이	있다 (보조동사)	있다 (형용사)
4	없다	형용사	252	1.37	하다	있다(형용사)	나
5	있다	형용사	204	1.11	없다	되다	그(관형사)
6	이	관형사	183	0.99	것	수	없다
7	그	대명사	182	0.99	그(관형사)	하다 (보조동사)	우리
8	그	관형사	179	0.97	너	나	되다
9	않다	보조동사	154	0.83	오다	그(관형사)	아니하다
10	한	관형사	146	0.79	있다 (형용사)	없다	또
11	수	의존명사	139	0.75	한	않다	이
12	그러나	부사	114	0.62	밤	사람	아니다
13	하다	보조동사	110	0.59	울다	우리	다
14	있다	보조동사	106	0.57	속	이	같다
15	같다	형용사	103	0.56	소리	그(대명사)	한
16	아니다	형용사	94	0.51	때	아니다	사람
17	보다	동사	92	0.50	마음	보다	수
18	또	부사	88	0.47	우리	등	때
19	보다	보조동사	83	0.45	되다	때	그(대명사)
20	되다	동사	82	0.44	하늘	거	말
20	사람	명사	82	0.44	보다	보다	년
22	오다	동사	75	0.40	우	같다	살다
23	가다	동사	73	0.39	있다 (보조동사)	주다	보다
24	그것	대명사	70	0.38	그(대명사)	대하다	이런
24	일	명사	70	0.38	같다	가다	못하다

순위	표제어	품사	빈도	총 표제어 수 (18,353) 중 백분율(%)	현대시 표제어 순위	현대국어 표제어 순위	『우렁이…』 표제어 순위
26	속	명사	64	0.34	길	년	한번
27	이러하다	형용사	59	0.32	사람	한	그렇다
28	우리	대명사	56	0.30	그대	말	쓰다
29	다	부사	54	0.29	가슴	일	보다
29	알다	동사	54	0.29	바람	이	주다
31	나다	동사	47	0.25	같이	때문	이러하다
31	소리	명사	47	0.25	않다	말하다	모르다
33	때	명사	44	0.23	보다	위하다	먹다
33	모르다	동사	44	0.23	바다	그러나	이
35	번	의존명사	43	0.23	하다	오다	알다
36	길	명사	42	0.22	꽃	알다	일
37	그런	관형사	41	0.22	꿈	씨	하나
37	눈	명사	41	0.22	저	그렇다	버리다
37	생각하다	동사	41	0.22	몸	크다	가다
37	안	부사	41	0.22	내	또	죽다
41	버리다	보조동사	39	0.21	날	일	좀
41	이것	대명사	39	0.21	푸르다	사회	그러니까
41	이런	관형사	39	0.21	눈	많다	받다
44	보다	보조 형용사	38	0.21	못	안	저
44	좀	부사	38	0.21	모르다	좋다	그리고

<표 22> 이상 수필 어휘 빈도수

위의 표는 상위 45개의 상위 어휘 목록을 보여준다. 고순위는 '것', '나', '하다', '없다', '있다'가 차지했다. 현대국어의 순위와 같이 '것' 이 1위를 차지한 것은 수필이 산문이기 때문으로 짐작된다. 산문과 같 은 설명적 문장에서는 '것'이 많이 쓰일 수밖에 없다.

'나'가 2위를 차지한 것은 수필이 일인칭 화자의 생각과 정서를 표 현한 문학 작품이기 때문일 것이다. '나'는 현대시 코퍼스에서는 1위를 차지하고 있지만, 산문인 이상 수필에서는 2위를 차지하고 있다. 그렇지만 '나'가 4위를 차지한『우렁이 속 같은 세상』보다는 높은 순위이므로 이상 수필이 보다 더 자신의 문제에 관심을 집중했다고 할 수 있다. 이는 '우리'가『우렁이 속 같은 세상』에서는 7위인 반면, 이상 수필에서는 28위를 차지하는 것을 보아도 알 수 있다.

10위까지의 어휘를 현대시 표제어 순위와 현대국어 표제어 순위와 비교할 때 두세 개를 제외하고는 거의 비슷한 점도 주목할 만하다.『우렁이 속 같은 세상』표제어 순위와는 10위 중 6개가 일치한다.

45위까지의 어휘 중 명사가 7개, 동사가 9개, 형용사가 5개, 부사가 5개, 대명사가 5개인데 5개 품사 중 동사의 비중이 가장 높은 것도 눈에 띄는 점이다.

12위를 차지하고 있는 '그러나'는 접속 부사로서는 가장 높은 빈도를 가진 단어다. 뒤의 내용이 앞의 내용과 상반될 때 사용하는 '그러나'가 이상 수필에서 많이 쓰인 것과 달리,『우렁이 속 같은 세상』의 경우는 접속부사로 42위의 '그러니까'와 45위의 '그리고'가 많이 사용되었다. 김학철은 앞 내용이 뒷내용의 이유나 근거가 되는 '그러니까'와 단어, 구, 절, 문장의 병렬적 연결을 위해 사용되는 '그리고'를 선호했던 것이다.

'없다', '않다', '아니다', '안' 같은 부정의 뜻을 포함한 .어휘가 이상의 글에 많이 사용되었음도 알 수 있는데 이는 현대국어의 경우보다 순위가 높은 편이다.『우렁이 속 같은 세상』의 경우도 '않다', '아니하다', '아니다', '못하다' 같은 부정적 의미를 포함한 어휘가 고순위에 오른 공통점이 발견된다.

현대시의 시어와는 상위 고빈도 어휘의 구성이 많은 차이를 보이고 있는 것도 주목할 만하다. 시에서 많이 쓰이는 '밤', '바람' 같은 자연현상이나, '하늘', '꽃', '눈' 같은 자연물, '꿈', '마음' 같은 추상어가 이상의 수필이나 김학철의 수필에서는 거의 보이지 않는다는 점이 눈에 띈다.

2) 품사별 고빈도 어휘

(1) 명사 고빈도어

먼저 명사 중 고빈도 어휘는 아래와 같다.

순위	표제어	빈도	총 명사 수(6,636) 중 백분율(%)	『우렁이…』 고빈도 명사	한국 현대시 고빈도 명사
1	사람	82	1.23	사람	밤
2	일	70	1.05	때	속
3	속	64	0.96	말	소리
4	소리	47	0.70	한번	때
5	때	44	0.66	일	마음
6	길	42	0.63	집	하늘
7	눈	41	0.61	작가	우
8	물	36	0.54	전	길
9	집	33	0.49	속	사람
10	말	32	0.48	날	가슴
10	위	32	0.48	이(곤충)	바람
12	마음	31	0.46	세상	바다
12	밤	31	0.46	눈(신체)	꽃
12	여인	31	0.46	감옥	꿈
15	오늘	30	0.45	당시	몸
16	동안	27	0.40	소리	날
16	권태	27	0.40	자신	눈
18	개	24	0.36	동안	눈물

순위	표제어	빈도	총 명사 수(6,636) 중 백분율(%)	『우렁이…』 고빈도 명사	한국 현대시 고빈도 명사
18	생활	24	0.36	뒤	산
18	얼굴	24	0.36	지금	노래
21	날	23	0.34	앞	오늘
22	모양	22	0.33	여자	구름
22	인간	22	0.33	편지	사랑
24	불	21	0.31	이야기	님
25	공지	20	0.30	층층대	봄
25	세상	20	0.30	까닭	별
27	그때	19	0.28	어머니	물
27	도회	19	0.28	나라	손
27	의사	19	0.28	뜻	곳
30	몸	18	0.27	바람	말
30	색시	18	0.27	사이	집
30	앞	18	0.27	누이동생	달
30	전	18	0.27	손(신체)	피
34	빛	17	0.25	인간	앞
34	서방	17	0.25	생각	땅
34	하늘	17	0.25	아내	밑
37	땅	16	0.24	후	어머니
37	방	16	0.24	여성	눈
37	생각	16	0.24	몸	해
37	아내	16	0.24	얼굴	나라
37	자동차	16	0.24	한마디	물결

<표 23> 이상 수필 명사 빈도수

1위를 차지한 명사는 '사람'으로 『우렁이 속 같은 세상』의 경우와 같다. 이상의 수필에서의 중요한 주제는 사람과의 관계를 다룬 것이라고 볼 수 있다. 이상의 수필 어휘에서 상위 41개의 명사 중 사람과 관련된 어휘에는 '사람' 외에도 '여인', '인간', '의사', '색시', '서방', '아내'가 있다. 『우렁이 속 같은 세상』에도 역시 사람과 관련된 어휘가

'사람', '작가', '자신', '여자', '어머니', '누이동생', '인간', '아내', '여성' 총 9개가 나온다. 전정옥은 「김학철 수필 연구」에서 가족과 관련된 단어들이 상위권에 드는 것을 근거로 김학철이 뜨거운 가족애를 나타냈다고 했다. 현대시 코퍼스의 고순위 명사에는 사람 관련 어휘가 '사람', '님', '어머니' 3개뿐이다.

이상의 수필 어휘 중 '어머니'는 두 비교 대상과 달리 고순위에 들지 못했다. 이는 이상이 어려서 백부 집으로 보내진 후 어머니의 사랑을 가까이서 느낄 수 없었기 때문이다. 이상의 수필에 나타나는 여인 관련 어휘의 단어별 총 회수와 그 단어가 등장하는 작품 수를 보면 다음과 같다.

단어	여인	색시	아내	어머니	여자	계집	매춘부
총 회수	31	18	16	14	9	9	7
등장 작품 수	4	5	5	5	6	2	4

〈표 24〉 여인 관련 어휘 빈도수

표에서 보듯이 '어머니' 대신 '여인', '색시', '아내' 같은 여인 관련 어휘가 높은 순위를 차지한 것이 주목할 만하다.[15] '매춘부'도 어휘 통계에서 7회를 차지한다. 이상은 실제로 매춘부와 동거를 했었고, 많은 여인을 사귀었다. 그는 모성애 결핍증으로 인한 여자에의 집착을 나타냈다. 자신의 실제 체험을 이상은 솔직하게 글에서 드러낸 편이므로 통계에서도 그의 이러한 사생활이 드러났다고 보인다. 여인 관련 어휘가 쓰인 예를 보면 다음과 같다.

15) 이상의 수필에 나오는 '새악시'와 '새악씨'를 '색시'로, '아내'와 '안해'는 '아내'로 처리했다. 그 이유는 원본을 구할 수 있는 작품과 그렇지 않고 이상 사후의 전집에 실린 대로 표기된 작품이 섞여 있기 때문이다.

단어	문맥	출처	발표연도
여인	비오는 百貨店에 寂!사람이없고 百貨가 내그림자나 조용이 保存하고 있는 거리에 <u>女人</u>은 희붉은 종아리를 걸어칙겨 연분紅 스카아트 밑에 얄으막이 묵직이흔들니는 曲線!	산책의 가을	1934
여인	新刊雜誌의 表紙와가티 新鮮한 <u>女人</u>들—『넥타이』와 同甲인 紳士들 그리고 蒼白한여러동모들—나를기다리지안는 故鄕—都會에 내裸體의말슴을 飜案하야보내주고십습니다.	산촌여정	1935
여인	中老의<u>女人</u>네가한분 젊은內外인듯십은男女, 十歲前後의小學生이하나, 네사람이다 젊은男丁네는 洋服을입엇고 젊은<u>女人</u>네는 구두를신엇다.	추석삽화	1936
여인	내포켙트에는 걱정이 하나갓득 들어있읍니다. <u>女人</u>은 오늘 유달리 키가적어보이고 또生氣가 없어보입니다. 내 그럴줄을 알았지오. 당신은 너무 젊습니다.	슬푼이야기	1937
색시	조밧 한복판에 놉흔<u>뽕</u>나무가잇습니다. <u>뽕</u>따는<u>새악시</u>가電工夫처럼 놉히 나무우에올나섯습니다. 純白의 가장貪스러운 果實이 열렷습니다.	산촌여정	1935
색시	그박게 손ᄭᅡ락을잘나서 죽는父母를살닐수잇다는 가엽슨 孝法을 이<u>새악시</u>에게如實가르처줄수잇슬만한길이업다. 아—傳說의 힘의 이럿틋 큼이어.	단지한처녀	1936
색시	이貧村에는 盜賊이업다. 人情잇는 盜賊이면 여기 너무나 貧寒한새악씨들을 爲하야훔친바 비녀나 반지를 가만히 노코가지안흐면 안되리라.	권태	1937
색시	아버지는 내모자와 洋服저고리를 걸기爲한 못을 박으섯읍니다. 동생도 다자랐고 망내누이도 <u>새악시</u>꼴이 단단이 백였읍니다.	슬푼이야기	1937
색시	그러나 더 점잖게 「뿌라질」에 들러서 「스튜레일」을 한 잔 마신다. 茶를 나르는 <u>새악시</u>들이 모두 똑 같이 丹楓문의 옷을 입었기때문에 내눈에는 좀 性病模型 같아서 안됐다.	동경	1939
아내	W카페 주인이 「글쎄, 이것 좀 보세요」 하고 보여주면서 하는 말이 그 한강에 가 빠져 자살한 여급은 자기 <u>아내</u>(첩)인데 마음이 양처럼 순하고 부처님처럼 착하고	혈서기삼	1934
아내	나는 술이 건아—하게취해서 어떤女子앞에서 몸을비비꼬면서 "나는 당신없이는못사는몸이오"하고 얼러보았더니 얼른 그女子가 내안해가되어버린 데는 실없이깜짝놀랐습니다.	약수	1936
아내	萬— 내게 <u>안해</u>가 있고 그 <u>안해</u>가 實로 요만 程度의 간음을 犯한 때 내가 무슨 어려운 方法으로 곧 그것을 알 때 나는 『간음한 <u>안해</u>』라는 뚜렷한 罪名 아래 <u>안해</u>를 내어쫓으리라.	정조	1937
아내	간음한 계집이면 나는 언제든지 곧 버린다. 다만 내가 한참 망서려가며 생각한 것은 <u>안해</u>의 한 짓이 간음인가 아닌가 그것을 判定하는 것이었다.	이유	1937

단어	문맥	출처	발표연도
아내	어리석은 남편은 그때 마다 새로운 感傷으로 간음한 안해를 용서하겠지― 이리하여 實로 男便의 一生이란『이놈의 계집이 또 간음하지나 않을까』하고 戰戰兢兢하다가 그만두는 가엾이 虛無한 蕩盡이리라.	악덕	1937
어머니	그재서야 예쌔지타들어오려나보다 하고 선쓱 겁이난다. 집으로얼는 들어가보닛가 어머니가 덜-덜-썰면서 쌔무든이불보통이를 뭉첫다썰넛다하면서갈팡질팡하신다.	보험업는 화재	1936
어머니	쏫티누이 동무되는새악시가 그어머니臨終에 왼손 無名指를쓴엇다. 果然 東洋道德의最高水準을건드렷대서 무슨 償인지 돈 三圓을탓단다.	단지한처녀	1936
어머니	비켜서서 그들은 멀리 건너편北邙山을 손가락질도하면서 잠시 談話하드니 돌아서서 언제쌔지라도 號哭하려드는어머니를 이르킨다. 그러나 좀처럼 이러나려하지안는다.	추석삽화	1936
어머니	우리어머니는 生日도 일음도 몰으십니다. 맨처음부터 친정이없는 까닭입니다. 나는 外家집있는 사람이 퍽부럽습니다. 그러나 우리아버지는 장모있는 사람을 부러워하시지는 않으십니다.	슬푼이야기	1937
어머니	아이들은 지즐줄조차모르는 개들과놀수는업다. 그러타고 머이 찻느라고눈이붉언닭들과놀수도업다. 아버지도 어머니도 너무 나바쁘다. 언니오빠조차바쁘다.	권태	1937
여자	극구칭찬하는 어머니와누이에게 抑制하지못한 슳흠은슬적감추고 일부러 코우슴을 치고―女子란 대개가 도모지잔쯩한게생겨먹엇슴네다.	단지한 처녀	1936
여자	얘―이건 참명이로구나 하고 三年이나 같이 살았는데 그女子는 三年동안이나 같이살아도 이사람은그저 世界에第一게을른 사람이라는것밖에는모르고 그만둔모양입니다.	약수	1936
여자	女子하나를 두男子가 사랑하는경우에는 꼭싸홈들을하는법인데 우리들은 안싸윗다 나는 결이 좀 낫다. 는것은 저는 벌서 妊이와 肉体까지 授受하고나서 나더러 妊이와 結婚하라니까말이다.	EPIGRAM	1936
여자	「아니야! 나는 지금 나만을사랑할 童貞을 찾고있지 한男子 或 두男子를 사랑한일이있는女子를 나는 사랑할수없서 왜?그럼 나더러 먹다 남은 形骸에 滿足하란말이람?」	행복	1936
여자	계집은 두 번째 간음이 發覺되었을 때 實로 첫번째 때 보지 못하던 鬼哭的技法으로 용서를 빌리라. 번번이 이 鬼哭的技法은 그 妙를 極하여 가리라. 그것은 女子라는 動物 天惠의 才質이다.	악덕	1937
여자	銀座는 한 개 그냥 虛榮讀本이다. 여기를 것지않으면 投票權을 잃어버리는것같다. 女子들이 새 구두를사면 自動車를 타기前에 먼저 銀座의 輔道를 디디고 와야한다.	동경	1939

단어	문맥	출처	발표연도
계집	그러나 나는 한번도 『용서』라는 것을 생각해본 일은 없다. 왜? 『간음한 계집은 버리라』는 鐵則에 疑惑을 가지는 내가 아니다. 간음한 계집이면 나는 언제든지 곧 버린다.	이유	1937
계집	용서한다는 것은 最大의 惡德이다. 간음한 계집을 용서하여 보아라. 한번 간음에 맛을 들인 계집은 두번째도 세번째도 간음하리라.	악덕	1937
매춘부	그것은 너무도 끔찍하여서 나에게 發狂의 종이 한 장 거리에 접근할 수 있게 한 그런 이야기인데 요컨댄 욱의 童貞이 天生 매춘부에게 獻上되고 말았다는 해피 엔드.	관능위조	1934
매춘부	매춘부에게 대한 사사로운 사상, 그것은 생활에서 얻는 노련에 편달되어가며 몹시 潛行的으로 진화하여 가는 것이었읍니다.	하이드씨	1934
매춘부	외국인의 친절을 생리적으로 조금 더 즐거워하는 나는 매춘부에게서 국제적인 친절과 호의를 느낍니다. 소하! 소하도 그런 간단한 농담과 외교는 즐기십디다 그려.	악령의감상	1934
매춘부	내게서 버림을 받은 계집이 賣春婦가 되었을 때 나는 차라리 그 계집에게 銀貨를 支拂하고 다시 賣春할망정 간음한 계집을 용서하지도 버리지도 않는 殘忍한 惡德은 犯하지 말어야 한다고 나는 나 自身에게 타일른다.	악덕	1937

<표 25> 여인 관련 어휘 사용 문장 예

'여인'은 네 작품에서 사용되었는데 특히 <슬픈이야기>에서 22회나 사용되었다. 그러므로 '여인'은 여러 작품에 골고루 사용되기보다는 한 작품에서 집중적으로 사용되어 고순위에 올랐다는 것을 알 수 있다. '어머니'는 총 14회 등장하지만 이상 자신의 어머니를 지칭하는 경우는 8회에 지나지 않는다는 점을 주목할 필요가 있다. '여자'는 총 사용 회수는 9회지만 여섯 작품에서 쓰였다. '여자'가 여성 관련 어휘 중 가장 많은 작품에서 사용된 단어인 것이다.

'계집'은 여자나 아내를 낮잡아 이르는 말인데 이상은 두 작품에서만 '계집'을 사용했다. <이유>와 <악덕>에서 간음했다는 의심을 받는 아내를 낮잡아 이르는 표현으로 사용되고 있다. 이상은 아내를 낮잡아 이를 때만 '계집'을 사용했던 것이다. 아내를 낮잡아 표현한 이유도 간음에 대한 의심 때문이었으므로 이상은 정숙하지 못한 아내를 낮잡아 본다는 결론도 가능하다. 창녀를 성모로 표현했던 이상도 아내의 부정에 대해서만은 용납할 수가 없었던 모양이다. 이상이 스스로 19세기 식임을 자인해야 했던 이유가 거기에 있다.

'매춘부'는 <악덕>에서 한 번 사용된 것을 제외하고는 이상이 최초로 발표한 수필 <혈서삼태>의 연작인 <관능위조>, <하이드 씨>, <악령의 감상>에서 주로 사용되었다.

여인 관련 어휘는 위에서 본 것 외에 소녀(6회 사용), 누이(5회), 성모(3회), 애인(3회), 여급(3회), 백모(2회), 소저(2회) 등이 있다. 이상은 다른 작가보다 여인 관련 어휘를 더 많이 자주 사용한 작가인데 특히 성적 대상으로서의 여인 어휘가 다수를 이룬다.

이상 수필 고빈도 명사에서 '일', '집', '생활', '세상', '도회', '방', '자동차'가 발견되는데 이는 그의 수필이 도시 생활에 근거한 세상사에 대한 이야기를 많이 담고 있기 때문이다. 같은 수필 장르인『우렁이 속 같은 세상』에서는 '일', '집', '세상', '감옥', '나라'가 고빈도 명사에 올라 있는데 김학철은 '나라'라는 보다 더 큰 범주의 일에 관심이 높았다. 현대시 고빈도 명사에서는 37위에 '나라'가 있고, '바다', '꽃', '산', '구름', '별', '집', '물', '달', '땅', '눈', '해', '물결' 같은 막연한 장소나 자연물에 관련된 시적 언어가 다수를 이룬다. 현대시에서는 유토피아적 이상향에 대한 추구가 두드러진다면 이상 수필에서는 현실에 근거한 생활 이야기가 주류를 이룬다고 할 수 있다.

(2) 대명사 고빈도어

다음은 이상 수필의 대명사 빈도수를 살펴보기로 한다.

순위	표제어	빈도	총 대명사(1,023) 중 백분율(%)	『우렁이…』 고빈도 대명사	현대시 고빈도 대명사
1	나	364	35.58	나	나
2	그	182	17.79	우리	너
3	그것	70	6.84	그	우리
4	우리	56	5.47	이	그
5	내	52	5.08	저	그대
6	이것	39	3.81	그것	내
7	무엇	35	3.42	무엇	당신
8	여기	22	2.15	이것	무엇
9	너	19	1.85	어디	어디
9	누구	19	1.85	누구	저
11	거기	15	1.46	그녀	그것
11	이	15	1.46	그놈	누
13	제	14	1.36	여기	누구
14	어디	13	1.27	고놈	네
15	당신	10	0.97	이놈	이
15	자기	10	0.97	너	거기
17	그네	9	0.87	요것	이것

〈표 26〉 이상 수필 대명사 빈도수

고빈도 대명사 순위에서 주목할 점은 '나'와 '내'를 합한 백분율이 총 대명사 중 40.66%를 차지한다는 점이다. 이는 이상의 수필이 자신에 대한 관심과 이야기를 많이 다루고 있다는 증거가 된다. 이상은 흔히 자의식 과잉의 작가라고 평가된다. 이상의 자아상은 부정적 자아였지만 자신에 대한 관심은 그 어느 작가보다도 높았음을 알 수 있다. 현대시에서는 '너'가 2위에 올라 이상과 김학철 수필보다 훨씬 빈도가 높은 것이 주목된다.

(3) 형용사 고빈도어

다음은 고빈도 형용사를 보기로 한다.

순위	표제어	빈도	총 형용사(1,834) 중 백분율(%)	『우렁이…』 고빈도 형용사	현대시 고빈도 형용사
1	없다	252	13.74	있다	없다
2	있다	204	11.12	없다	있다
3	같다	103	5.61	아니다	같다
4	아니다	94	5.12	같다	푸르다
5	이러하다	59	3.21	그렇다	아니다
6	좋다	32	1.74	이러하다	희다
7	그러하다	21	1.14	어떠하다	멀다
8	그렇다	20	1.09	좋다	붉다
9	많다	19	1.03	다르다	좋다
9	크다	19	1.03	그러하다	그립다
11	어렵다	16	0.87	많다	슬프다
11	저렇다	16	0.87	크다	깊다
13	젊다	15	0.81	못하다	크다
14	다르다	14	0.76	높다	길다
14	싫다	14	0.76	어리다	아름답다
14	어떻다	14	0.76	어렵다	어리다
17	틀림없다	13	0.70	멀다	곱다
17	아프다	13	0.70	철저하다	검다
19	슬프다	10	0.54	길다	외롭다
19	아름답다	10	0.54	못되다	맑다
21	그윽하다	9	0.49	위대하다	높다
21	깊다	9	0.49	싫다	많다
21	불쾌하다	9	0.49	멀쩡하다	젊다
21	창백하다	9	0.49	괜찮다	이렇다
21	희다	9	0.49	젊다	그렇다
26	가깝다	8	0.43	쉽다	어둡다
26	가난하다	8	0.43	가깝다	적다
26	길다	8	0.43	넓다	차다

순위	표제어	빈도	총 형용사(1,834) 중 백분율(%)	『우렁이…』 고빈도 형용사	현대시 고빈도 형용사
26	답답하다	8	0.43	짧다	고요하다
26	싱겁다	8	0.43	엄청나다	넓다
26	어둡다	8	0.43	엉뚱하다	밝다
32	깨끗하다	7	0.38	유명하다	새롭다
32	덥다	7	0.38	딱하다	하얗다
32	멀다	7	0.38	똑같다	무섭다
32	무섭다	7	0.38	뜨겁다	무겁다
32	작다	7	0.38	비슷하다	아프다
32	좁다	7	0.38	숱하다	다르다
32	추악하다	7	0.38	고상하다	서럽다
39	따뜻하다	6	0.32	강하다	섧다
39	부드럽다	6	0.32	당연하다	아득하다
39	붉다	6	0.32	유감스럽다	낡다
39	새롭다	6	0.32	뒤늦다	끝없다
39	옳다	6	0.32	마땅하다	거룩하다
39	푸르다	6	0.32	밝다	어떻다
45	가련하다	5	0.27	부끄럽다	괴롭다
45	거칠다	5	0.27	고요하다	빨갛다

<표 27> 이상 수필 형용사 빈도수

　　이상 수필의 46위까지의 고빈도 형용사에는 대립어가 많은 것이 하나의 특징으로 드러난다. 예를 들어 '있다-없다', '같다-다르다', '좋다-싫다', '아름답다-추악하다', '크다-작다', '가깝다-멀다', '부드럽다-거칠다'가 있다. 이러한 대립어들이 작품의 어떠한 특성을 나타낸다고 쉽게 단정 짓기는 곤란하지만, 빈도 상 눈에 띄는 하나의 특성으로 일단 거론할 수 있다.

　　현대시에서는 46위까지 색채어가 6개 즉 '푸르다', '희다', '붉다', '검다', '하얗다', '빨갛다'가 나오고, 이상 수필에서는 '창백하다', '희다', '붉다', '푸르다'로 4개, 『우렁이 속 같은 세상』에서는 찾아보기 어렵다. 이는 수필의 특성 상 시보다 사물에 대한 묘사가 적기 때문으로 보인다. 이상 수필에서 '창백하다'는 '희다'와 같이 색채어 중에서는 가장 자주 사용되었는데 이는 그가 각혈로 인해 창백한 안색을 가졌기 때문에 창백함에 민감했기 때문이라 할 수 있다. '창백하다'가 수식하거나 서술하는 대상은 이상 자신이 아닌 공장 소녀, 동무, 여인의 얼굴, 여러 동무들, 월광, 이사(理事)처럼 3인칭인 경우가 대부분이다. '창백하다'는 이상이라는 작가의 개성을 나타내는 색채어로 기억할 만하다.

그 다음 특징은 부정적 이미지의 형용사가 다수 눈에 띤다는 점이다. 김상태는 "이상은 문장 속에서 부정의 어법을 즐겨 쓰고 있다. 그의 작가적 자세가 무의식적으로 표출된 것이다. 그는 모든 사물을 긍정보다는 부정 쪽에서 바라본다. 그는 모든 사람들이 진리인 것처럼 생각하고 받아들이는 사물도 안이하게 수락할 수가 없다"16)라고 분석한 바가 있다. 이상이 비관적인 세계관을 지녔고, 인생이나 사물의 부정적인 면에 주목한 작가라는 것은 고빈도 형용사 통계에서 드러난다.

이상 수필의 부정적 이미지의 고빈도 형용사에는 '없다', '아니다', '아프다', '슬프다', '불쾌하다', '창백하다', '가난하다', '답답하다', '어둡다', '무섭다', '추악하다', '가련하다'가 있다. '없다'와 '아니다'는『우렁이 속 같은 세상』에서도 마찬가지로 높은 순위를 차지하지만,『우렁이 속 같은 세상』에 나오는 부정적 이미지의 형용사 수는 이상 수필의 경우보다 훨씬 적다.

특히 감정을 나타내는 형용사인 '좋다', '싫다', '슬프다', '불쾌하다', '답답하다', '무섭다', '가련하다', '고맙다'가 많이 쓰인 것으로 보아 수필에서 이상이 감정 표현 형용사를 많이 사용했음을 알 수 있다. 그

---

16) 김상태,『문체의 이론과 해석』, 새문사, 1982, 215쪽.

중 부정적 감정이 다수를 차지하는 것이 보인다. 이는 현대시 고빈도 형용사의 예에서도 나타나는 특징이다. 현대시 고빈도 형용사 중에는 '좋다', '그립다', '슬프다', '외롭다', '무섭다', '아프다', '서럽다', '섧다', '괴롭다'가 46위 안에 올라 있다. 이 중에서 '좋다'와 '그립다'를 제외한 형용사들은 부정적 감정을 나타낸다.

'슬프다'는 이상 수필에서는 18위, 현대시에서는 11위를 차지하지만, 『우렁이 속 같은 세상』에서는 46위 안에 들지 않았다. 이상의 수필은 김학철의 수필에 비해 감정의 표현이 풍부한 형용사가 많이 사용되었는데, '슬프다'가 이상의 부정적 마음 상태를 잘 보여줄 것이라 생각되므로 여기서 그 예를 보기로 한다.

단어	문맥	출처	발표연도
슬프다	밤의 <u>슮</u>흔空氣를原稿紙우에 쌀고蒼白한동모에게 편지를씀니다. 그속에는自身의訃告도 同封하야잇습니다.	산촌여정	1935
슬프다	그만해도 다섯해전 거성입은몸이 西道六百五十里에 이렇ㄴ處女를 처음보았고 그<u>슮</u>으고도 흐늑 흐늑한 소꼽작난을 지금껏 잊으랴야 잊을수는 없읍니다.	여상사제	1936
슬프다	「아—니 혼자든데, 旅館에 있다든데.」 「그럼 結婚아직 안했군그래. 왜안했을까」 <u>슮</u>은 仙이의獨白이어!	행복	1936
슬프다	다섯번 凋落과萌動을거듭한 三寸산소가 쇄 거츠른모양을 바라보고 퍽 <u>슬펏다</u>.『세멘트』로 쌔임질한石床은 틈이 벌엇고 親友一同이 해세운石碑도 좀기운듯십헛다.	추석삽화	1936
슬프다	나는 그날밤에도 몸을숨이는秋冷을 진인채 거리를 걸엇다. 天心에 달이 皎皎하야 一步一步가 저윽이 무겁고 쑈한荒莫하여 <u>슬펏다</u>.	예의	1936
슬프다	소의體軀가크면클사록 그의倦怠도 크고<u>슬프다</u>. 나는 소압헤 누어 내細菌가티些少한고독을謙遜하면서 나도 思索의反芻는 可能할른지 몰래좀생각해 본다.	권태	1937
슬프다	「에루테루」—東京市民은 佛蘭西를 HURANSU라고 쓴다. ERUTERU는 世界에서 第一 맛있는 戀愛를 한 사람의 이름이이라고 나는 記憶하는데 「에루테루」는 조곰도 <u>슬프지않다</u>.	동경	1939

〈표 28〉'슬프다' 사용 문장 예

‘슬프다’는 이상 자신의 느낌을 직접적으로 나타내는 경우보다는 다른 대상을 표현하는 데에 더 많이 사용되었다. 일곱 가지의 예 중에서 화자 자신이 슬픈 것은 두 경우뿐이고, 그 외에 슬픈 주체는 "空氣", "소꼽작난", "仙이", "소의 倦怠"로 나타난다. 그러나 다른 대상의 슬픔은 결국 그것을 표현하는 화자 자신의 느낌과 크게 다르지 않다.

(4) 동사 고빈도어

다음은 고빈도 동사 어휘를 보기로 한다.

순위	표제어	빈도	총 동사(3,774) 중 백분율(%)	『우렁이…』 고빈도 동사	현대시 고빈도 동사
1	하다	268	7.10	하다	가다
2	보다	92	2.43	되다	하다
3	되다	82	2.17	살다	오다
4	오다	75	1.98	못하다	울다
5	가다	73	1.93	쓰다	되다
6	알다	54	1.43	보다	보다
7	나다	47	1.24	모르다	알다
8	모르다	44	1.16	먹다	살다
9	생각하다	41	1.08	알다	모르다
10	살다	32	0.84	가다	흐르다
11	들다	30	0.79	죽다	부르다
12	먹다	29	0.76	받다	서다
13	죽다	27	0.71	들다	찾다
14	그리하다	26	0.68	오다	죽다
15	듣다	25	0.66	나다	피다
16	타다	24	0.63	말다	웃다
17	떨어지다	23	0.60	가지다	듣다
17	보이다	23	0.60	나오다	앉다
19	나오다	22	0.58	듣다	나다

순위	표제어	빈도	총 동사(3,774) 중 백분율(%)	『우렁이…』 고빈도 동사	현대시 고빈도 동사
20	느끼다	21	0.55	말하다	떠나다
20	대하다	21	0.55	보이다	불다
20	앉다	21	0.55	부르다	돌다
23	놀다	20	0.52	어찌하다	사랑하다
23	어찌하다	20	0.52	잡다	넘다
25	두다	19	0.50	입다	위하다
25	들어오다	19	0.50	생기다	들다
25	주다	19	0.50	대하다	치다
25	지나다	19	0.50	내다	지다
29	쓰다	18	0.47	다니다	따르다
29	위하다	18	0.47	맞다	나리다
29	치다	18	0.47	나타나다	떨어지다
32	내다	17	0.45	지나다	안다
32	받다	17	0.45	타다	잊다
32	일어나다	17	0.45	위하다	보내다
35	가지다	16	0.42	남다	들다
35	사랑하다	16	0.42	두다	기다리다
35	찾다	16	0.42	놀라다	오르다
38	걷다	15	0.39	돌아오다	돌아오다
38	남다	15	0.39	떠나다	나오다
38	놓다	15	0.39	서다	먹다
38	짖다	15	0.39	일어나다	받다
42	그만두다	14	0.37	당하다	남다
42	묻다	14	0.37	오르다	지나다
42	서다	14	0.37	좋아하다	잡다
42	자다	14	0.37	만나다	타다
42	향하다	14	0.37	만들다	주다
47	생기다	13	0.34	생각하다	짓다
47	쳐다보다	13	0.34	해보다	돌아가다

〈표 28〉 이상 수필 동사 빈도수

표에서 보면 세 가지 비교 대상에서 10위까지의 어휘 중 '하다', '보다', '되다', '가다', '알다', '모르다', '살다' 7개 어휘가 공통적으로 들어 있는 것이 보인다. 이상 수필 고빈도 동사 상위 10위에서 이 7개 어휘를 제외한 어휘는 '생각하다', '오다', '나다'이다. 『우렁이 속 같은 세상』 고빈도 동사 상위 10위에서 공통된 7개 어휘를 제외한 동사는 '못하다', '쓰다', '먹다'이고, 고빈도 시어 중 상위 10위에서 공통된 7개 어휘를 제외한 동사는 '오다', '울다', '흐르다'이다.

형용사의 경우와 마찬가지로 고빈도 동사에서도 대립어가 나타난다. '오다–가다', '알다–모르다', '살다–죽다', '주다–받다' 등이 있다.

동사 어휘 사용에 있어서 반복지수는 품사 빈도수 표에 의하면 3.33으로 나타난다. 이러한 낮은 반복지수는 이상이 전체 수필의 차원에서 볼 때, 어휘를 재활용하기보다는 가능한대로 다양한 동사를 사용했음을 나타낸다.

이상이 6위의 '알다', 8위의 '모르다', 9위의 '생각하다'와 같은 생각과 관계된 사고어(思考語)를 많이 사용한 것도 특징이다. 또한 '살다'와 '죽다'라는 어휘를 통해 이상이 생사의 문제에 관심이 높았음을 알 수 있다. 그러나 생사의 문제는 모든 문학에서 근본적인 관심의 대상이 되므로 『우렁이 속 같은 세상』이나 현대시에서 '살다'와 '죽다'의 고빈도 순위가 비슷하게 나타난다는 점이 주목할 만하다.

김준오는 『시론』에서 1920년대와 1930년대 한국의 시에서는 '님', '영원', '밤', '고향', '죽음' 등의 시어와 여성적 어미가 많이 사용되었는데 이는 일제의 억압에 놓인 상황과 생존의미에 따른 것이라고 한 바 있다. 시가 시대의 주장과 중요 문제에 대해 말한다는 것은 일리 있는 가정이며, 시는 미적 의장뿐 아니라 효과적 주장을 위해 어떤 용어와 문맥을 강조하는 경향을 띤다는 것이다.[17] 한국 근대시에서 '죽음'

이라는 시어가 많이 사용된 것이 암울한 시대 상황과 관계가 있겠지만, 2001년에 펴낸 김학철의『우렁이 속 같은 세상』어휘 빈도에서도 '죽다'가 동사 중 11위라는 고순위를 차지한 것을 보면 생사 문제는 언제나 한시적 존재인 인간과는 뗄 수 없는 문제임을 느끼게 한다.

병에 시달렸던 이상도 생사문제에 깊은 관심을 가진 작가다. 여기서는 '죽다'라는 동사가 문장에서 쓰인 예를 살펴 '죽다'가 자살충동에 시달렸던 이상 자신과 어떤 연관이 있는지 보기로 한다.

단어	문맥	출처	발표연도
죽다	그해에 나는 하마터면 죽을 뻔한 중병에 누웠을 때 욱은 나에게 주는 형언하기 어려운 애정으로 하여 쓸쓸한 東京생활에서 몇 개월이 못되어 하루에도 두장 석장의 엽서를	오스카 와일드	1934
죽다	너무 지나치게 놀라서 그가 정말 죽는다는 줄 알고 그만 겁결에 저렇게 제가 먼저 죽어 버렸으니 생사람만 하나 잡고	혈서기삼	1934
죽다	그런데 Y자는 죽었다. 정말 그 편지가 배달되자 죽었다.	혈서기삼	1934
죽다	그리면그만잠이쌔어버림니다. 죽어버릴싸 그런생각을하여봄니다.	산촌여정	1935
죽다	나는 客숨로돌아와서 죽어가는 燈盞심지를 도두고 讀書를 始作하얏슴니다.	산촌여정	1935
죽다	이럿케해서 더러 죽은어머니를살니는수가 잇다니 그것을 醫學이 엇더케巧妙하게 設明해줄지는몰으나 도모지神話乱以上의神話다.	단지한처녀	1936
죽다	그박게 손싸락을잘나서 죽는父母를살닐수잇다는 가엽슨孝法을 이새악시에게如實히가르처줄수잇슬만한길이업다.	단지한처녀	1936
죽다	길을 것자면『저런人間을랑좀 죽어 업서젓스면』하고 골이 벌컥 날만큼 이世上에 살아잇지안아도 조흘 산댓자 되려 가지가지 害毒이나 쎄치는밧게 재조가업는 人生들을더러본다.	차생윤회	1936
죽다	도모지 엇더케도 손을 대일수업는絶對乞人등 다 自進해서 죽어야하든지 그럿치안으면 某種의權力으로 一朝一夕에 쌔긋이掃蕩을하든지하는게 올흘것이다.	차생윤회	1936
죽다	形言할수업는 무슨鬪爭心을胸中에蓄積식혀서는『저게 겨울내 안죽고 쏘 살앗』하는 意外에도生活의原動力을汲取하자는것일게다.	차생윤회	1936

17) 김준오,『시론』, 삼지원, 2005, 107쪽 참조.

단어	문맥	출처	발표연도
죽다	上海에서는 棄兒를—그것도普通 죽은것을—흔히 쓰레기통에다 한다.	도회의인심	1936
죽다	病이나으라고藥物을 먹었는데 낫지않고죽었다면 사람은 이트집 저트집잡으려듭니다	약수	1936
죽다	죽기前.	행복	1936
죽다	이렇개서 죽나보다.	행복	1936
죽다	나는 죽어서는 않된다.	행복	1936
죽다	사람들은 나날이 저러케들 죽어가는구나 생각하니 저윽이 悲感하다.	추석삽화	1936
죽다	어제까지도 죽는것을생각하는것하나만은 즐거윘다.	권태	1937
죽다	불나비는죽엇든지火傷을입엇스리라	권태	1937
죽다	죽읍시다. 「따불풀라 토닉크쉬사이드 인가요」 아니지요— 두個의 싱글쉬사이드지오.	슬픈이야기	1937
죽다	女人은 내 그윽한空冊에다 樂譜처럼 생긴글字로 證書를 하나쓰고 指章을찍어주었읍니다. 「틀님없이 같이죽어 들이기로」—	슬픈이야기	1937
죽다	닷새만 더참아요. 「참찌요— 그러나 그렇게까지 해서라도 꼭 죽어야되나요」	슬픈이야기	1937
죽다	「그러믄요. 죽은세음치고 그 靈魂을 제게빌려 주실수는없나요」	슬픈이야기	1937
죽다	「언제든지 죽어드리겠다는 抵當을붙여도」	슬픈이야기	1937
죽다	(이런말이잇을수잇다면 그는 「죽어왔다」는것이더適確하겠다)	병상이후	1939
죽다	나날이말녀들어가는 그의體軀가 그에게는 마치 鋼載로마든것으로만 決코 죽거나할것이아닌것으로만自信되였다.	병상이후	1939

<표 30> '죽다' 사용 문장 예

'죽다'는 총 27회로 고빈도 동사에서 13위를 차지한다. 27회 중에서 작가 자신의 죽음과 관계된 것은 1/3정도다. '죽다'가 모두 이상 자신에 관계된 것은 아니지만, 그의 자살 충동과 동반자살 기도, 죽음에 대한 공포에 관계된 내용에서 '죽다'가 사용되었음을 알 수 있다. 자신과 관계가 없는 '죽다'의 사용 중 공익을 위한 죽음은 <차생윤회>에 나오는 3회에 불과하다. 사회에 도움이 되지 않는 인간들은 죽는 것이 낫다는 것이 <차생윤회>에서의 주장이지만, 이는 일제 아래에서의 무능

한 조선인을 비유하는 것일 수도 있다. 억압적 시대상황에서 비롯된 답답한 심정이 자포자기적 죽음을 더욱 부추길 수 있다는 점도 간과할 수는 없다. 다른 비교 대상 자료에서 사용된 '죽다'가 작가 자신이나 시대 상황과 어떤 연관이 있는지는 파악할 자료가 없어 아쉽다.

3) 연접어 빈도의 특성

작품의 어휘를 분석하는 데에 있어서 한 단어만으로 그 특징을 규명하는 방법은 한계가 있다. 이 문제를 조금이라도 해결하기 위해서는 N-gram 검색법이 이용된다. N-gram 검색법은 텍스트에서 N개의 연속되는 단어를 하나의 묶음으로 취급하여 검색하는 것이다. 이것은 어휘의 연결 관계를 살펴보는 연접어 빈도 조사라고 할 수 있다. 이상 수필과 비교할 수 있는 다른 산문에 대한 N-gram 자료는 없는 상태다. 하지만 한국 현대시에 대하여 N-gram 빈도조사가 행해진 바 있으므로 이를 서로 대비하여 고찰하기로 한다. 다만 서술을 기본으로 하는 산문(수필)과, 압축과 생략을 기본으로 하는 운문(시)의 어법은 서로 다를 수 있기에, 이에 유의하여 분석하기로 한다.

어휘 연결 관계의 최소 단위는 2 단어이므로 여기서는 단어 단위의 2-gram을 실행하였다. 그 결과 총 16,691개의 경우가 나왔는데, 문장의 끝과 처음을 잇는 2-gram은 의미가 없으므로 제외한 결과 14,584개의 경우가 나왔다. 이 중 5회 이상 등장하는 것을 살펴보기로 한다.

순위	단어 단위의 2-gram	횟수	현대시 2-gram[18]
1	수(의존명사)−없다(형용사)	76	수−없다
2	수(의존명사)−있다(형용사)	59	나−마음
3	것(의존명사)−같다(형용사)	48	이−몸
4	것(의존명사)−아니다(형용사)	28	수−있다
5	하다(보조동사)−것(의존명사)	23	이−밤
6	없다(형용사)−것(의존명사)	21	나−가슴
7	한(관형사)−번(의존명사)	16	줄−모르다
7	일(명사)−없다(형용사)	16	눈−감다
9	있다(형용사)−것(의존명사)	15	노래−부르다
10	하다(동사)−것(의존명사)	14	줄−알다
11	뿐(의존명사)−아니다(형용사)	13	길−없다
11	생각하다(동사)−보다(보조동사)	13	것−같다
11	있다(보조동사)−것(의존명사)	13	모든−것
14	길(명사)−없다(형용사)	12	푸르다−하늘
14	않다(보조동사)−것(의존명사)	12	꽃−피다
14	일(명사)−있다(형용사)	12	이−땅
14	줄(의존명사)−알다(동사)	12	가다−길
18	것(의존명사)−보다(동사)	11	한−번
18	그런(관형사)−것(의존명사)	11	못−하다
20	되다(동사)−것(의존명사)	10	소리−없이
20	안(부사)−되다(동사)	10	한−개
20	지나다(동사)−않다(보조동사)	10	어디−가다
20	한(관형사)−개(의존명사)	10	바람−불다
20	한(관형사)−장(의존명사)	10	너−나
25	것(의존명사)−없다(형용사)	9	천−년
25	나(대명사)−그(관형사)	9	오늘−밤
25	때(명사)−나(대명사)	9	한−마리
25	않다(보조동사)−수(의존명사)	9	나−몸
25	줄(의존명사)−모르다(동사)	9	것−아니다
30	가다(동사)−보다(보조동사)	8	봄−오다
30	그러나(부사)−그(대명사)	8	가다−곳
30	나(대명사)−눈(명사)	8	

18) 『문학과 컴퓨터』, 김병선, 강의교재, 2008, 85쪽 참조.

순위	단어 단위의 2-gram	횟수	현대시 2-gram
30	나(대명사)-마음(명사)	8	
30	무엇(대명사)-하다(동사)	8	
30	서방(명사)-조카(명사)	8	
30	하다(동사)-수(의존명사)	8	
30	하다(동사)-않다(보조동사)	8	
30	한(관형사)-마리(의존명사)	8	
30	한(관형사)-사람(명사)	8	
40	것(의존명사)-나(대명사)	7	
40	그러나(부사)-그(관형사)	7	
40	나(대명사)-이(관형사)	7	
40	다(부사)-타다(동사)	7	
40	말다(보조동사)-것(의존명사)	7	
40	못(부사)-되다(동사)	7	
40	비(명사)-오다(동사)	7	
40	열(관형사)-번(의존명사)	7	
40	이(관형사)-땅(명사)	7	
40	이(관형사)-세상(명사)	7	
40	있다(형용사)-하다(동사)	7	
51	것(의존명사)-것(의존명사)	6	
51	것(의존명사)-없이(부사)	6	
51	그러나(부사)-그것(대명사)	6	
51	나(대명사)-나(대명사)	6	
51	나다(동사)-것(의존명사)	6	
51	남다(동사)-있다(보조동사)	6	
51	되다(동사)-수(의존명사)	6	
51	들어오다(동사)-것(의존명사)	6	
51	아니다(형용사)-하다(동사)	6	
51	알다(동사)-수(의존명사)	6	
51	오(관형사)-분(의존명사)	6	
51	하다(동사)-일(명사)	6	
51	한(관형사)-층(명사)	6	
64	가다(보조동사)-것(의존명사)	5	
64	겁(명사)-나다(동사)	5	
64	것(의존명사)-그(대명사)	5	

순위	단어 단위의 2-gram	횟수	현대시 2-gram
64	것(의존명사)－생각하다(동사)	5	
64	견디다(동사)－수(의존명사)	5	
64	그때(명사)－나(대명사)	5	
64	그러나(부사)－나(대명사)	5	
64	나(대명사)－또(부사)	5	
64	나(대명사)－한(관형사)	5	
64	낮잠(명사)－자다(동사)	5	
64	두(관형사)－번(의존명사)	5	
64	두(관형사)－사람(명사)	5	
64	또(부사)－나(대명사)	5	
64	또(부사)－생각하다(동사)	5	
64	또(부사)－있다(형용사)	5	
64	몇(관형사)－번(의존명사)	5	
64	밤(명사)－오다(동사)	5	
64	보다(동사)－가다(보조동사)	5	
64	세(관형사)－번(의존명사)	5	
64	소리(명사)－나다(동사)	5	
64	십(관형사)－분(의존명사)	5	
64	없다(형용사)－그(대명사)	5	
64	오다(동사)－것(의존명사)	5	
64	이것(대명사)－나(대명사)	5	
64	있다(보조동사)－뿐(의존명사)	5	
64	있다(형용사)－그것(대명사)	5	
64	짖다(동사)－않다(보조동사)	5	
64	짝(명사)－없다(형용사)	5	
64	하다(동사)－있다(보조동사)	5	
64	하다(동사)－하다(보조동사)	5	
64	한(관형사)－분(의존명사)	5	
64	한(관형사)－잔(의존명사)	5	
64	한(관형사)－푼(의존명사)	5	

〈표 31〉 이상 수필 2-gram 빈도수

위의 표를 보면 이상의 수필 어법에서 어떤 단어들이 자주 짝을 이루는지 알 수 있다. 주목할 현상은 의존명사인 '수'나 '것'과 형용사나 동사, 보조동사가 결합된 형태가 고순위를 차지한다는 사실이다. 이는 '수'와 '것'에 관계된 관용적 표현이 작품에서 많이 사용되었기 때문이다. 이는 수필이 산문의 특성을 지니고 있기 때문이라고 일단 짐작할 수 있다.

'것'은 이상 수필 총 어휘 중 1위를 차지한 단어고, '수'는 전체 어휘 중에서 11위이나 의존명사로는 2위다. 현대국어 표제어 순위에서 '것'은 1위, '수'는 6위를 차지한다.

이상의 수필에서는 '수'의 순위가 현대국어 표제어에서보다 낮다. '수'와 결합된 2-gram이 1위와 2위를 차지한 이유는 '것'과 결합된 2-gram이 훨씬 많은 종류로 나타나기 때문이다. 상위 95개까지 '수'와 결합된 2-gram은 '수(의존명사)－없다(형용사)', '수(의존명사)－있다(형용사)', '않다(보조동사)－수(의존명사)', '하다(동사)－수(의존명사)', '되다(동사)－수(의존명사)', '알다(동사)－수(의존명사)', '견디다(동사)－수(의존명사)'로 7개다.

반면, '것'과 결합된 2-gram은 '것(의존명사)－같다(형용사)', '것(의존명사)－아니다(형용사)', '하다(보조동사)－것(의존명사)', '없다(형용사)－것(의존명사)', '있다(형용사)－것(의존명사)', '하다(동사)－것(의존명사)', '있다(보조동사)－것(의존명사)', '않다(보조동사)－것(의존명사)', '것(의존명사)－보다(동사)', '그런(관형사)－것(의존명사)', '되다(동사)－것(의존명사)', '것(의존명사)－없다(형용사)' 등 상위 95개 중 22개를 차지한다.

『표준국어대사전』에서 의존명사 '수'는 (어미 '-은', '-는', '-을' 뒤에서) 주로 '있다', '없다' 따위와 함께 쓰이며, 어떤 일을 할 만한 능력이나 어떤 일이 일어날 가능성을 나타낸다고 설명되어 있다.

'수'와 결합된 2-gram 형태가 많다는 것은 이상의 글에 어떤 일을 할 만한 능력이나 어떤 일이 일어날 가능성에 관한 표현이 많다는 것을 증명한다. 이는 우리말의 특성이기도 하다. 왜냐하면 간결한 표현을 생명으로 하는 현대시에서도 '수(의존명사)—없다(형용사)'와 '수(의존명사)—있다(형용사)'가 각각 1위와 4위를 차지한 것이 보이기 때문이다.

'것'과 연결된 형태가 많은 1차적 원인은 수필이 산문이기 때문이지만, 세밀히 들여다보면 문장론적으로 보아 불필요한 경우에도 이상이 습관적으로 '것'을 많이 사용했다는 것을 알 수 있다. 그 중에는 '것(의존명사)—것(의존명사)'도 있는데 이는 '것일 것이니', '것이라는 것은', '것일 것이어늘'과 같은 예로 쓰였다. 이로 보아 이상의 문장에는 군더더기가 적지 않음을 확인할 수 있다.

현대시에서 상위 31개까지 '수'와 관계된 것은 2개고, '것'과 관계된 것은 3개이다. 이상의 수필은 상위 31개까지 중에서 '수'와 관계된 것은 3개이고, '것'과 관계된 것은 12개이다. 이로 보아서 이상의 수필은 현대시와 비교했을 때 '수'에 비해 '것'과 연결된 어휘를 빈번히 사용했음을 알 수 있다.

『표준국어대사전』에서 의존명사 '것'의 용법은 다음 여섯 가지로 나온다.

> 첫째, 사물, 일, 현상 따위를 추상적으로 이르는 말.
> 둘째, 사람을 낮추어 이르거나 동물을 이르는 말.
> 셋째, (사람을 나타내는 명사나 대명사 뒤에 쓰여) 그 사람의 소유물임을 나타내는 말.
> 넷째, ('-는/은 것이다' 구성으로 쓰여) 말하는 이의 확신, 결정, 결심 따위를 나타내는 말.
> 다섯째, ('-ㄹ/을 것이다' 구성으로 쓰여) 말하는 이의 전망이나 추측, 또는 주관적 소신 따위를 나타내는 말.

> 여섯째, ('-ㄹ/을 것' 구성으로 쓰여) 명령이나 시킴의 뜻을 나타내면서
> 문장을 끝맺는 말.

화자의 결심이나 추측을 피력하는 문장이 많은 수필에서는 『표준국어대사전』의 넷째와 다섯째 용법의 사용이 많을 수밖에 없다. 다른 작가의 수필과 비교할 자료가 있다면 이상이 '것'과 결합된 2-gram을 어느 정도 빈번히 사용했는지 알 수 있으나 그렇지 못해 아쉽다.

'수'와 '것' 외에 '번', '뿐', '줄', '개', '장', '마리', '분', '잔', '푼' 같은 의존명사가 포함된 2-gram도 다수를 차지한다.

주목할 또 다른 점은 현대시에서 나타나는 '몸', '가슴', '눈', '마음', '밤', '하늘', '땅', '바람', '봄' 같은 신체어나 추상어, 자연현상과 관계된 어휘와 결합된 2-gram이 이상의 수필에서는 29위까지 나타나지 않는다는 점이다. 그 아래 순위에는 '눈', '마음', '땅' 정도가 보인다. 이상의 수필이 현대시보다는 자연과 관련한 서정적인 내용이 적다는 것으로 파악할 수 있다.

4) 기타의 어휘 특성

이상의 수필 어휘에 있어서 간과할 수 없는 특징은 난해한 어휘가 많이 등장하여 이해하기가 쉽지 않다는 점이다. 그 이유로 몇 가지를 들 수 있다.

첫 번째 이유는 한자어가 많이 사용되었기 때문이다. 街蠕(가연 : 거리의 부산한 움직임), 格安品(격안품 : 싼 물건), 喫茶店(끽다점 : 다방), 金鯉(금리 : 금빛잉어), 昨夏(작하 : 지난여름), 睥睨하다(비예하다 : 흘겨보다), 喧噪하다(훤조하다 : 시끄럽다) 등이 사용되었는데 이런 단어들은 일반인들이 잘 사용하지

않는 것들이다. 이상은 어려서 한문공부를 했던 적이 있기 때문에 한문 지식이 상당히 높은 경지에 가 있었다. 한시가 삽입된 작품도 있어서 이상의 수필은 해독하기가 쉽지 않다. 이상은 한자로 쓸 수 있는 단어 는 주로 한자로 표기했다. 예를 들면 "畫具의 殘骸(<오스카 와일드>)", "閑人과對話하는것(<산책의가을>)", "昨夜를訪問(<산촌여정>)", "音響의 痕 跡(<산촌여정>)", "隱然히掩護한다(<차생윤회>)", "破記錄的事實임에틀님업 다(<차생윤회>)", "唾棄할守錢奴的私有觀念(<골동벽>)", "不成文인禮儀(<예 의>)", "天賦의 守衛術을 忘却(<권태>)" 같은 것이 있다. 얼핏 훑어보기에 도 이상의 소설보다 수필에서 한자가 더 많이 눈에 띈다. 칼럼 수필인 <추등잡필 1-5>에 해당하는 다섯 작품의 한자 비율을 알아보면 다음 과 같다.

작품	총 글자	漢字	비율
추석삽화	1,398	327	23.39%
구경	1,330	327	24.59%
예의	1,335	336	25.17%
기여	1,436	400	27.86%
실수	1,416	370	26.13%
계	6,915	1,760	
평균			25.45%

〈표 32〉〈추등잡필 1-5〉 한자 비율

위의 표에서 볼 때 다섯 작품의 총 글자 수는 6,915이며 이 중 한자 는 1,760개로서 25.45%를 차지한다. 그러므로 총 글자의 약 1/4 정도 가 한자로 되어 있다는 것을 알 수 있다.19) 한자가 많은 문장은 어조가

---

19) 『우리말 큰사전(1991년, 한글학회 편)』에 실린 45만여 낱말의 표제어 중, 한자어의 비율 은 약 52.1%라고 하며, 학자에 따라서는 60% 혹은 70% 이상으로 보는 견해도 있다.

권위적이고 과시적인 것으로 분류된다. 그러나 대상을 표현하는 그의 문장이 한자 어휘를 많이 포함하고 있다고 해서 이상 수필이 권위적이고 과시적이라고 단정 지을 수 있는가 하는 문제는 생각해 보아야 한다. 이상은 나름의 개성적 표현을 위해 한자를 동원했을 가능성이 있기 때문이다. 한자를 사용함으로 해서 과장된 엄숙함으로 유머나 풍자를 유발하는 경우가 적지 않다. 예를 들면 "魚族의 頭痛(<공지에서>)" 이나 "學童들의 瞳孔을 노리고 總攻擊의 姿勢를 一刻도 게을니 하지는 안는다(<동심행렬>)", "銀座는 한 개 그냥 虛榮讀本이다(<동경>)" 같은 것을 보아도 이러한 의도를 엿볼 수 있다. 한자를 이용해 남과 다른 독창적 표현을 할 수 있고 과장된 권위와 엄숙함으로 인해 발생하는 웃음의 효과를 작가는 기대할 수 있었다. 그러나 한자 자체의 난해함으로 인해 문장이 쉽게 이해되지 않는 것이 사실이다.

두 번째 이유는 현대에 잘 쓰이지 않는 단어가 사용되었기 때문이다. 꺼들다(당겨서 추켜들다), 버지다(베이다), 귀해하다(귀여워하다), 뙤겨주다(퉁겨주다), 눅거리(싼거리), 작히나(얼마나) 등 요즘에 잘 사용되지 않는 표현이 많이 등장한다.

세 번째 이유는 외국 낱말이 사용되었기 때문이다. 그의 수필에는 일어, 영어, 불어 등의 외국어가 등장한다. 인명이나 지명, 단어를 발음대로 또는 당시의 관습대로 표기했기 때문에 언뜻 보아 알 수 없는 것들이 많다. 예를 들어 마루젱(まるせん, 돛대줄), 타우리스트뷰로([英]tourist bureau, 관광국), 레송―데틀([佛]Raison d'être, 존재의 이유), 에루테루(Werther, 베르테르) 같은 단어가 있다.

2. 문체적 측면

문체를 뜻하는 영어 'style'은 '(끝이 날카로운) 쓰는 기구'를 뜻하는 라틴어 'stilus'에서 비롯되었는데, 주로 작가가 쓰는 글의 개성을 의미한다. 이처럼 개성을 중시하는 측면 때문에 18세기 프랑스 생물학자 Buffon은 "문체란 사람 그 자체다"라고 말하기도 했다. 현대의 문체론은 개인 인격의 반영으로서의 연구와 사고의 형상화 과정에 대한 연구로 나뉜다.

김상태는 『문체의 이론과 해석』에서 문체를 네 관점 즉, 시공간의 차이로 인해 형성된 문체, 청자나 독자의 차이로 인해 형성된 문체, 주제나 소재에 따른 문체, 개성에 따른 문체로 구분했다. 그 중 개성에 의한 문체는 문학자들이, 나머지 셋은 어학자들이 주로 관심을 갖지만 네 가지 모두를 함께 연구할 때 작가의 문체를 제대로 알 수 있다고 했다.

이상의 문체 연구에 있어서 가장 큰 관심을 기울인 연구자도 김상태다. 그는 「이상의 문체 연구 상, 하―소설을 중심으로 한 통계적 방법의 시고」,[20] 「이상의 수필 그 천재성의 증명―문체를 중심으로」[21]라는 논문을 통해 한국문학 연구에 있어서 본격적인 문체론을 전개했을 뿐 아니라, 계량적 문체론을 시도하기까지 했다.

김상태는 1972년 「이상의 문체 연구 상―소설을 중심으로 한 통계적 방법의 시고」에서 이상 작품의 문체 인상으로 다음 여섯 가지를 제시하였다. 첫째, 기존 장르를 무시하는 듯한 문체다. 둘째, 소설은 거의

---

20) 김상태, 「이상의 문체 연구 상, 하―소설을 중심으로 한 통계적 방법의 시고」, 『국어국문학』 60 & 61집, 국어국문학회, 1972 & 1973.
21) 김상태, 「이상의 수필 그 천재성의 증명―문체를 중심으로」, 『수필과비평』 3/4월호, 수필과비평사, 2007.

내적 독백체다. 셋째, 실험성이 강한 문체로 경이와 당황을 느끼게 한다. 넷째, 참신한 비유가 많다. 다섯째, 대체로 간결체 문장이나 만연체도 무시 못할 만큼 보인다. 여섯째, 한자와 영자(가끔은 불어)가 그대로 등장한다.[22] 이 여섯 가지 특성 중 두 번째만 제외하고는 수필의 경우에도 해당된다.

그는 2007년 「이상의 수필 그 천재성의 증명－문체를 중심으로」에서는 이상이 수필에서 평이한 문체 미학으로도 천재성을 드러냈으므로, 실상보다 높이 평가된 괴이한 작가라는 견해는 반박될 수 있다고 주장했다. 김상태는 이상 수필 문체의 특성으로 이상은 장르보다 문학성을 중시하는 글쓰기를 했고, 역설과 반어, 유머와 위트의 문체를 구사했으며, 긴 문장과 짧은 문장을 동시에 사용했고, 다른 작가보다 많은 20종 가까운 종결 표현을 활용했다고 했다. 또한 비약어법과 반복어법, 거창한 어휘를 이용한 불예측성의 문장을 썼다고 분석했다.

이상은 신변 고백적이거나 사회 비판적 내용과 성천 체험을 수필로 썼다. 수필 문체 인상으로 추가할 수 있는 것은 내적 독백체 외에 사회적 비판을 위한 풍자와 유머가 자주 보이고 한자의 사용이 많으며 문법에 맞지 않는 문장이 더러 보인다는 점, 또한 표현 면에서 소설에 비해 실험적 성격이 과격하지는 않지만 특유의 날카로운 안목과 남다른 시각, 체면을 생각하지 않는 솔직성이 두드러진다는 점이다. 수필과 소설 문체의 특징은 비슷한 점이 많지만, 구체적인 비교나 차이점은 보다 정밀한 조사를 통해서 결론이 내려져야 한다.

여기서는 이상 수필의 컴퓨터 통계 처리를 통한 문장 길이와 종결

---

22) 김상태, 「이상의 문체 연구 상－소설을 중심으로 한 통계적 방법의 시고」, 『국어국문학』 60집, 국어국문학회, 1972, 183~189쪽 참조.

표현 측면을 살펴봄으로써 그의 문체가 어떠한 특성을 나타내는지 알아보고 소설의 경우와 비교해 보려 한다.

문체 특성을 계량적으로 살피는 데 있어서는 몇 가지 논쟁점이 있다. 첫째, 통계적 표준을 결정짓는 완전히 객관적인 방법은 없다는 점, 둘째, 텍스트의 언어학적 속성의 완벽한 목록은 없다는 점, 셋째, 통계학적 일탈과 문체적 중요성 사이에 직접적 관계는 없다는 점, 넷째, 주어진 자료의 절대적 지속성은 없으며, 문체의 중요한 특징을 놓칠 우려가 있다는 점, 다섯째, 특정언어의 적당한 조사량을 위한 범위에 대한 합의가 없다는 점이 그것이다. 이러한 논쟁점은 문체 연구에 있어서 통계적 연구의 입지를 약하게 할 수 있지만, 통계적 방법에 의한 연구 없이는 문체에 대한 서술이 확고한 증거를 결여할 수밖에 없다. 왜냐하면 문체를 작가가 글에서 보여주는 특정한 일관성 혹은 경향성이라고 파악할 때 이는 빈도의 문제가 될 수밖에 없기 때문이다. 문체가 빈도의 문제가 되면 문체는 계량될 수 있는 것이 된다. 어떤 작가가 짧은 문장을 선호한다든지, 다른 작가는 추상적 어휘를 즐겨 사용한다든지 하는 확신이나 관찰에 의한 주장도 빈도 통계가 뒷받침되지 않으면 추측에 지나지 않을 뿐이다.23) 그러므로 여기서는 통계적 방법으로 문체의 특성을 살펴봄으로써 보다 객관적으로 이상 수필의 문체를 파악해보고자 한다. 이를 위하여 컴퓨터로 처리가 가능한 사항인 문장 길이와 종결 표현을 통계적 방법으로 도출해 냈다.

---

23) Geoffrey N. Leech & Michael H. Short, *Style in Fiction —A Linguistic Introduction to English Fictional Prose*, Longman, 1981, 42~71쪽 참조.

1) 문장 길이로 본 문체의 특성

작가의 문체 연구에 있어 문장의 길이는 중요한 요소로 작용한다. 문장의 길이는 작가의 선호도에 따라 긴 문장을 쓰는 작가도 있고, 짧은 문장을 쓰는 작가도 있을 수 있다. 산문 문체를 말할 때에 만연체나 간결체라고 하는 것은 바로 작가가 선호하는 문장 길이와 그 분포를 가지고 설명하는 것이다.

한편 작가의 취미와 관련 없이 작품 자체의 필요성에 따라 긴 문장과 짧은 문장이 나타날 수 있다. 예를 들어 인물에 따라 대화의 문장이 길거나 짧은 경향을 보일 수도 있다. 또한 장면 묘사 등에 있어서는 비교적 긴 문장이 사용되는 경향이 있는 반면, 위기의 장면에서 사건의 긴박감을 높이기 위해 짧은 문장으로 서술하는 경우도 있다. 작품 자체의 필요성이라는 것을 밝히기 위해서는 작품의 플롯이나 인물의 성격과 함께 논의해야 한다.

수필의 경우는 자신의 체험과 사고의 기록이므로 문체의 개성도 다른 작품의 경우보다 더 잘 드러날 가능성이 있다는 가정 하에 논의를 전개하기로 한다. 이상의 수필을 읽다 보면 작품에 따라 문장의 길이에 있어서 변화가 심하다는 것을 알아차릴 수 있다. 그러나 이러한 느낌을 객관적으로 증명해내는 것이 중요하다. 문장 길이의 변화가 통계에 의해서도 드러나는지 살펴보아야 할 필요성이 있다.

김상태는 수작업에 의한 계량적 방법으로 이상 소설의 문장 길이를 측정했다. 컴퓨터가 보급되지 않던 시절의 연구여서 이상의 전 작품을 대상으로 계량화하기는 어려웠기 때문에 그는 표본 집단을 선정하여 분석하였다. 그는 이상의 소설 10편[24]과 수필 <권태>의 첫 부분 30

문장과 끝 부분 30 문장을 표본으로 취해 이효석, 김유정, 김동인, 염상섭의 소설 2편씩과 비교했다. 그 결과 이상은 대체로 30자 내외의 단문을 애용했다는 것을 밝혔고, 또 다른 특징으로 문장 길이의 평균편차율[25]이 높다는 것을 발견했다. 그리고 이러한 통계적 현상을 이상의 개인적 성향 혹은 문장론의 원칙 등에 기인하는 것으로 분석하였다.

김상태는 이상 문장의 평균편차율이 높은 이유로, 첫째, 성격적 불균형 내지는 부조화에 기인하는 것, 둘째, 문장 습벽이나 호흡이 표현하는 바의 욕구가 불일치하는 데서 기인하는 것, 셋째 의식적 문장 변화 시도에 의한 것이라고 설명했다.[26] 이 중에서 세 번째 이유는 객관적으로 수치적으로 증명이 가능하다.

당대의 작가 중에서 이상의 친구인 박태원도 <방란장 주인>이라는 원고지 40매 분량의 단편 소설을 단 하나의 문장으로 쓴 적이 있는데, 이를 통해 문장 길이의 변화는 무의식적인 집필의 결과가 아니라 의식적인 조작일 수 있다는 점을 알게 된다. 물론 이상과 박태원 중 누가 상대에게 영향을 주었는지는 더 연구해 보아야 할 일이지만, 이상이 문장 길이에서도 의식적 실험을 하고 있었음이 분명하다.

소설에 비해 유일한 분석 대상 수필인 <권태>는 평균편차율이 낮은

---

24) 소설 10편은 <날개>, <단발(斷髮)>, <실화(失花)>, <환시기(幻視記)>, <동해(童骸)>, <봉별기(逢別記)>, <지주회시>, <지도의암실(地圖의暗室)>, <종생기(終生記)>, <김유정>을 말한다.

25) 김상태는 '평균차착'이란 용어를 사용했는데, 오늘날에는 대부분의 통계처리에서 이를 '평균편차'라고 표시하므로 이 연구에서는 후자로 바꾸어 표시하기로 한다. 문장 길이의 평균편차는 문(文)의 평균일탈자수(平均逸脫字數)이며, 평균편차율은 평균편차를 평균자수(平均字數)로 나누어 100으로 곱한 것이다. 평균편차는 MS Excel에서 AVEDEV() 함수로 산출할 수 있다. 평균편차와 표준편차는 자료의 산포도를 알아본다는 점에서 비슷한 개념이나, MS Excel에서는 표준편차를 STDEV() 함수로 산출한다.

26) 김상태, 「이상의 문체 연구 상—소설을 중심으로 한 통계적 방법의 시고」, 『국어국문학』 60집, 국어국문학회, 1972, 189~201쪽 참조.

것으로 나왔는데, 김상태는 "작품화하려는 의욕적인 노력이 적은 반면 평소의 문장습벽이 비교적 정직하게 나타났기 때문"27)이라고 설명한다. 주관적 장르인 수필에서는 다른 장르에서와 달리 작가의 문장 습관이 더 적나라하게 드러나는 것은 물론이다.

이 연구에서는 이제 이상 수필 전 작품을 대상으로 그의 문체적 개성이 어떻게 드러나는지를 살펴보려 한다. 표본 집단에 대한 분석에서 진일보하여 모집단에 대한 분석을 시도할 수 있는 것은, 바로 컴퓨터의 도움을 받을 수 있기 때문이다. 이 연구에서는 이를 위해 먼저 잘 정제된 이상 수필 전자 텍스트를 준비하였고, 이를 컴퓨터의 통계 프로그램을 이용하여 분석하기로 한다.

문장의 길이를 측정하기 위해서는 반드시 텍스트에서 문장을 어떻게 구획할 수 있는가, 즉 문장 구획의 표지가 무엇인가 하는 것을 결정해야 한다. 한글 정서법의 규정에 따르면 일반적으로 모든 문장은 마침표로 끝나는 것으로 되어 있으므로, 이 연구에서는 이러한 마침표를 문장 구분의 표지로 활용하여 처리했다. 마침표로 활용되는 온점(.), 물음표(?), 느낌표(!) 등이 바로 구분 표지가 되는데, 내포문 같은 경우에는 인용 부분을 따로 독립시키지 않고, 전체를 하나의 문장으로 간주하여 처리하기로 한다.

워드프로세서 파일(hwp 파일)로 되어 있는 분석 대상 텍스트를 통계 처리용 프로그램(MS Excel)으로 보내기 위해서 각 문장을 하나씩의 레코드로 간주하여 텍스트 파일(txt)로 저장하였다. Excel에서 이 텍스트 파일을 읽어 들이고(import), 이를 대상으로 몇 가지 처리를 하였다. 먼저,

---

27) 김상태, 「이상의 문체 연구 상―소설을 중심으로 한 통계적 방법의 시고」, 『국어국문학』 60집, 국어국문학회, 1972, 193쪽.

문장 당 어휘 개수는 어절의 개수를 세는 것으로 대신하였다. 말하자면 조사나 어미는 별도의 어휘 수로 계산하지 않았다는 말이다.[28]

다음, 문장 당 음절 개수는 문장에 사용된 마침표, 쉼표 등의 문장부호와 공백 문자를 제외하고, 그 문장의 길이를 측정하는 방법을 사용하였다.[29] 이하 셀에는 자동 채우기 방법으로 했다. 한글과 한자도 한 글자로 계산되며, 영문자나 숫자도 각각 한 음절씩으로 계산된다. 단어를 대신한 X 혹은 ○ 같은 문장부호도 각각 한 음절로 계산하였다.

이어, 위에서 처리한 통계치에 대하여 보다 발전된 문체 분석을 위하여 평균값, 중간값, 표준편차와 표준편차율, 최댓값과 최솟값을 Excel의 함수를 각각 적용하여 구하였다.[30] 평균값은 자료의 산술 평균이며, 중간값은 자료 중에서 순서로 볼 때 중간에 위치한 수이다. 표준편차는 자료가 평균값에서 벗어난 정도를 나타내는 수치인데, 분산의 양의 제곱근이다. 이 값이 크다는 것은 문장들의 길이가 평균값에서 벗어난 것이 많다는 의미로, 문장의 길이가 더 변화 있게 나타나게 된다. 그러므로 표준편차가 큰 경우는 문체 판정의 신뢰도가 낮아진다. 최댓값은 자

---

28) 어절은 문장에서 띄어쓰기로(즉 공백 문자로) 구분되므로, 하나의 문장에 포함된 어절의 개수는 다음과 같이 계산될 수 있다.
　　문장 당 어휘 개수 = 문장에 사용된 공백 문자(space) + 1
　　이를 Excel에서는 다음 식으로 표현하였다.
　　=IF(LEN(TRIM(A1))=0,0,LEN(TRIM(A1))-LEN(SUBSTITUTE(A1," ","")))+1
　　이 식은 A1 셀에 들어 있는 문장의 길이가 '0'이면(즉 문장이 없으면) 어휘의 개수도 '0'으로 나타내고, 그렇지 않으면, A1 셀의 문장의 길이(각 문자 및 공백의 수)에서 문자의 개수만큼을 뺀 다음, 그 값에 '1'을 더해 주라는 뜻이다. 이 식을 다음 행에 자동 채우기 방법으로 입력하여 한 작품에 나오는 문장들의 어휘 개수를 일괄적으로 계산해 냈다.
29) 다음 식은 A1 셀에 들어 있는 문장에서 공백문자를 모두 지우고 난 다음에 그 문장의 길이를 음절 수로 표시하라는 뜻이다.
　　=LEN(SUBSTITUTE(A1," ",""))
30) 평균값의 수식은 AVERAGE(), 중간값은 MEDIAN(), 표준편차는 STDEV(), 최댓값은 MAX(), 최솟값은 MIN()이다.

료 중 가장 큰 값, 최솟값은 자료 중 가장 작은 값이다.

이상 수필 32편을 대상으로 어휘(w)와 음절(s) 단위의 문장 길이를 측정한 결과는 다음과 같다. 문장 길이 측정에서는 음절 단위의 조사가 더 의미가 있음을 밝혀둔다.

제목	빈도 (w)	평균값 (w)	중간값 (w)	표준편차 (w)	표준편차율 (w)	최댓값 (w)	최솟값 (w)
정조	82	16.400	14	10.065	61.371	29	4
이유	84	7.000	6.5	3.766	53.798	15	1
오스카 와일드	235	23.500	24	12.149	51.698	41	5
예의	523	13.800	12	6.957	50.413	37	1
여상사제	122	11.091	8	8.080	72.855	31	2
약수	362	18.100	16	10.877	60.093	41	4
악령의 감상	347	15.087	11	13.931	92.340	53	1
악덕	107	9.727	8	7.964	81.868	29	1
실수	488	13.943	12	7.304	52.386	36	1
슬픈이야기	1808	6.582	6	4.368	66.372	23	1
서망율도	185	8.043	8	4.416	54.897	21	2
산촌여정	1966	8.936	8	5.272	58.996	28	1
산책의가을	403	11.194	8.5	7.119	63.591	27	3
비밀	45	15.000	15	4.000	26.667	19	11
보험업는화재	505	12.366	12	7.781	62.920	33	2
병상이후	1061	11.168	9	7.208	64.536	42	1
동심행렬	546	11.375	10	6.571	57.765	37	2
동경	736	11.500	9	7.854	68.294	50	1
도회의인심	577	9.459	9	6.004	63.478	34	1
단지한처녀	533	19.036	19	13.552	71.194	65	1
기여	492	17.571	15	9.355	53.239	47	7
구경	459	17.000	15	9.119	53.640	33	2
관능위조	248	20.667	20	8.988	43.491	41	9
공지에서	579	15.237	14	8.362	54.877	44	2
골동벽	564	16.114	16	9.190	57.030	46	4

제목	빈도 (w)	평균값 (w)	중간값 (w)	표준편차 (w)	표준편차율 (w)	최댓값 (w)	최솟값 (w)
EPIGRAM	226	5.022	4	4.454	88.691	19	1
행복	599	5.931	5	4.373	73.739	23	1
혈서기삼	346	15.043	10	17.382	115.545	87	1
하이드 씨	186	11.625	7.5	11.135	95.783	39	1
추석삽화	496	10.143	8	8.324	82.069	46	1
차생윤회	593	22.000	22	12.953	58.875	58	2
권태	2734	8.018	7	5.035	62.801	33	1
평균	569.906	13.052	11.516	8.247	63.184	37.719	2.438
합계	18237						
중간값	490.000	11.995	10.000	7.909		36.500	1.000
표준편차	580.310	4.735	4.981	3.277		14.706	2.462

〈표 33〉 이상 수필 어휘(w) 통계

제목	문장수	빈도 (s)	평균값 (s)	중간값 (s)	표준편차 (s)	표준편차율 (s)	최댓값 (s)	최솟값 (s)
정조	5	220	44.000	39	22.825	51.876	68	13
이유	12	227	18.917	18	10.698	56.553	40	1
오스카 와일드	10	657	65.700	63.5	34.573	52.623	121	15
예의	35	1335	38.143	32	19.170	50.258	96	1
여상사제	11	343	31.182	26	20.168	64.680	85	6
약수	20	1021	51.050	47	28.426	55.683	110	11
악령의 감상	23	981	42.652	31	37.936	88.943	143	2
악덕	11	315	28.636	21	23.432	81.826	86	1
실수	35	1416	40.457	35	19.860	49.090	95	4
슬픈이야기	275	5222	18.989	17	11.921	62.780	70	1
서망율도	23	510	22.174	19	11.069	49.917	49	4
산촌여정	220	5726	26.027	25	14.472	55.604	79	1
산책의 가을	36	1109	30.806	24.5	20.091	65.219	87	8
비밀	3	111	37.000	35	10.149	27.429	48	28
보험업는 화재	41	1425	34.756	35	23.334	67.137	104	5

제목	문장수	빈도 (s)	평균값 (s)	중간값 (s)	표준편차 (s)	표준편차율 (s)	최댓값 (s)	최솟값 (s)
병상이후	95	2942	30.968	26	19.857	64.119	110	5
동심행렬	48	1504	31.333	30	16.539	52.785	93	6
동경	64	2142	33.469	26	22.727	67.905	148	1
도회의인심	61	1542	25.279	24	16.292	64.451	92	2
단지한처녀	28	1471	52.536	49.5	37.546	71.469	179	1
기여	28	1436	51.286	44.5	27.386	53.399	143	22
구경	27	1330	49.259	42	25.610	51.991	99	5
관능위조	12	701	58.417	57.5	24.070	41.204	113	26
공지에서	38	1542	40.579	38	21.736	53.565	110	4
골동벽	35	1555	44.429	41	28.209	63.492	151	12
EPIGRAM	45	620	13.778	11	11.912	86.461	52	2
행복	101	1543	15.277	13	11.982	78.429	75	1
혈서기삼	23	952	41.391	27	45.618	110.211	228	3
하이드씨	16	583	36.438	27	32.811	90.046	123	2
추석삽화	49	1398	28.531	22	22.511	78.902	121	4
차생윤회	27	1581	58.556	50	35.527	60.673	165	4
권태	341	7281	21.352	18	13.277	62.182	79	1
평균	56.188	1585.656	36.355	31.703	22.554	62.039	105.063	6.313
합계	1798	50741						
중간값	31.500	1366.500	35.597	28.500	22.124		97.500	4.000
표준편차	77.685	1609.606	13.190	12.808	9.059		40.922	7.302

〈표 34〉 이상 수필 음절(s) 통계

어휘와 음절에 대한 통계 처리 결과 다음과 같은 현상이 나타남을 발견하였다.

첫째, 이상의 수필 32편의 총 문장 수는 1,798개이며, 작품 당 평균 문장 수는 56개이고, 중간값은 31.5이다. 표준편차율의 평균은 62.039 인데 숫자가 클수록 변화가 크다는 것을 나타내므로 작품의 길이 면에 서 변화가 심하다는 것을 알 수 있다.

둘째, 수필 32편의 총 음절 수는 50,741개다. 글의 총 분량이 가장 긴 수필은 <권태>, <산촌여정>, <슬픈이야기>, <병상이후>, <동경> 순이다. 다만, 문장의 개수가 많은 순서는 <권태>, <슬픈이야기>, <산촌여정>, <행복>, <병상이후>다. 가장 짧은 작품은 <비밀>이다. <권태>는 총 글자 수가 7,281이고, 341개의 문장으로 이루어져 있다. 반면 <비밀>은 총 글자 수가 111개이고, 단 3개의 문장으로 되어 있다. 이로 보아 작품의 길이에 있어서도 편차가 크다는 것을 알 수 있다.

셋째, 한 문장 당 음절 수의 평균값은 36.35이다. 평균음절 수의 고순위는 <오스카 와일드>, <차생윤회>, <관능위조>, <단지한처녀>, <기여>의 순서다. 평균어휘 수의 고순위는 <오스카 와일드>, <차생윤회>, <관능위조>, <단지한처녀>, <악수>다. 이로써 <오스카 와일드>가 긴 문장이 많이 분포되어 있음을 알 수 있다. 또한 연작 칼럼들이 고순위에 많이 올라 있는 것이 특징이다. 단, 음절 수의 중간값 고순위는 <오스카 와일드>, <관능위조>, <차생윤회>, <단지한처녀>, <악수>의 순서다. 어휘 수의 중간값 고순위는 <오스카 와일드>, <차생윤회>, <관능위조>, <단지한처녀>, <악수>, <골동벽>의 순서다. 평균음절 수가 가장 작은 작품은 <EPIGRAM>이고, 그 다음이 <행복>이다.

넷째, 음절 수의 표준편차율에 의하면 편차가 가장 심한 작품의 순서는 <혈서기삼>, <하이드씨>, <악령의 감상>, <EPIGRAM>, <악덕>이며, 어휘 수의 표준편차율에 의해 편차가 심한 작품 순서는 <혈서기삼>, <하이드씨>, <악령의 감상>, <EPIGRAM>, <추석삽화>의 순서다. 문장의 길이에서는 음절 수의 수치를 기준으로 하는 것이 더 정확하다. 특히 <혈서기삼>은 음절 수의 표준편차율이 110.211로 문장의 길이에 있어서 두드러지게 변화가 심하다는 것을 알 수 있다. <혈서기삼>의 경우 총 23개의 문장 중 가장 긴 것이 228자로 되어있고, 2위가 106자, 3위가 57자로 문장 길이가 급격히 줄어든다.

다섯째, 가장 긴 문장이 있는 작품은 위에서 보았듯이 <혈서기삼>으로 이 수필 안에는 228개의 글자로 이루어진 문장이 있다. 그 다음 <단지한처녀>에는 179개의 글자로 이루어진 문장이 있고, <차생윤회>에는 165개, <골동벽>에는 151개, <동경>에는 148개의 글자로 된 문장이 들어 있다. 어휘 수가 가장 많은 문장이 있는 작품 순위는 <혈서기삼>, <단지한처녀>, <차생윤회>, <악령의 감상>, <동경>의 순서이다. 위의 결과에서 볼 때 이상은 작품 길이의 편차가 큰 것은 물론이고, 문장 길이에서도 편차가 크므로 간결체와 만연체를 동시에 구사하고 있음을 알 수 있다. 이는 이상이 의도적인 문장 실험을 했기 때문으로 분석된다.

가장 긴 문장들의 예를 보면 다음과 같다.

> W카페 주인이 「글쎄, 이것 좀 보세요」 하고 보여주면서 하는 말이 그 한강에 가 빠져 자살한 여급은 자기 아내(첩)인데 마음이 양처럼 순하고 부처님처럼 착하고 또 불쌍하고 또 자기를 다시 없이 사랑하였고 한데 자동차운전수 하나이 뛰어들어와 살살 꾀이다가 말을 잘 안 들으니까 이 따위 위조혈서를 보내서 좀 놀라게 한다는 것이 그만 마음이 약한 Y子가 보고 너무 지나치게 놀라서 그가 정말 죽는다는 줄 알고 그만 겁결에 저렇게 제가 먼저 죽어 버렸으니 생사람만 하나 잡고 그는 여전히 뻔뻔히 살아서 자동차를 뿡뿡거리고 다니니 이런 원통하고 분할 데가 어디 또 있습니까.
>
> −<혈서기삼>(전집4 수필 : 37)

> 밤낮으로 고기도썰고 두부도썰고 생선대가리도족이고 나물도뜯고 버들가지를썩거서는 피리도만들고 필육도쌕고 보선감도싹쏙싹쏙썰어내고 허구헌날하는 일이 일일이 殘忍하기짝이업는것뿐이니 앗다 제손까락하

나쯤 비웃한마리 토막치는세음만치면 썩히지―하고 흘녀버린것은 勿論
기癖이오 속으로는 역시 그갸륵한至誠과犯키어려운―片丹心에 아파하지
안을수업섯고 尊敬하는마음으로 하야 머리숙으리지안은수는업섯다.
　　　　　　　　　　　　　　　－〈단지한처녀〉(전집4 수필 : 61)

　日前映畵『罪와 罰』에서 어더들은『超人法律超越論』이라는게 뭔지는
몰으지만 進步된人類優生學的位置에서 보자면 가령遺傳性이確實히잇는不
治의難病者 狂人 酒精中毒者, 遺傳의危險이업드라도接觸혹은空氣傳染이
꼭되는惡疽의所有者 坐 도모지 엇더케도 손을 대일수업는絶對乞人등 다
自進해서 죽어야하든지 그럿치안으면 某種의權力으로 一朝一夕에 깨끗이
掃蕩을하든지하는게 올흘것이다.
　　　　　　　　　　　　　　　－〈차생윤회〉(전집4 수필 : 62)

　문장 구조 면에서 세 문장은 모두 중문과 복문이 섞인 혼합문의 형
태를 띠고 있다. 〈혈서기삼〉에 나오는 인용문은 상황을 설명하는 카페
주인의 말을 옮기느라 문장이 길어졌는데 열거법과 과장법이 쓰였다.

　"마음이 양처럼 순하고 부처님처럼 착하고 또 불쌍하고 또 자기를
다시 없이 사랑하였고" 같은 대목은 주어인 '여급'에 대해 '순하다, 착
하다, 불쌍하다, 사랑하다'라는 4개의 서술어를 열거했다. 내용상으로
는 "양처럼 순하고 부처님처럼 착하고"에서 볼 수 있듯이 여급을 양과
부처님에 직유하여 과장되게 표현했다.

　"자동차운전수 하나이 뛰어들어와 살살 꾀이다가 말을 잘 안 들으니
까 이따위 위조혈서를 보내서 좀 놀라게 한다는 것이"에서도 주어인
'운전수'에 대해 서술어로 '뛰어 들어오다, 꾀이다, 보내다, 놀라게 하
다'가 열거되었다.

　"마음이 약한 Y子가 보고 너무 지나치게 놀라서 그가 정말 죽는다는

줄 알고 그만 겁결에 저렇게 제가 먼저 죽어 버렸으니”에서는 주어인 ‘Y子’에 대해 ‘보다, 놀라다, 알다, 죽어 버리다’라는 서술어가 열거되었다.

“그는 여전히 뻔뻔히 살아서 자동차를 뿡뿡거리고 다니니”에서는 주어인 ‘그’에 대해 ‘살다, 뿡뿡거리다, 다니다’가 열거되었고, “뻔뻔”과 “뿡뿡”이라는 의태어와 의성어를 통해서는 비극적 상황에서도 실소를 자아내게 하는 유머가 드러난다.

<단지한처녀>의 인용문도 열거법과 과장법을 의도적으로 사용하여 긴 문장을 만들었다. “밤낮으로 고기도썰고 두부도썰고 생선대가리도 족이고 나물도뜯고 버들가지를썩거서는 피리도만들고 필육도찍고 보선감도싹쏙싹쏙썰어내고”에서는 생략된 주어인 ‘여자’에 대해 ‘썰다, 죽이다, 뜯다, 꺾다, 만들다, 찢다, 썰어 내다’ 같은 서술어가 나열되었다. 또한 화자는 여인들의 일을 “殘忍하기짝이업는것뿐”이라고 과장해서 표현했다.

<차생윤회>의 인용문은 한자로 된 어려운 용어를 많이 사용하여 거창하게 표현한 것이 눈에 띈다. 총 165개의 글자 중에서 71개의 글자가 한자로 되어 있는데 이는 비율로는 43%를 차지한다. “不治의難病者 狂人 酒精中毒者”, “惡疽의所有者”, “絶對乞人” 같은 단어는 이에 해당하는 우리말이 있는데도 고의적으로 어려운 단어를 작가가 사용했음을 알 수 있다.

이상 수필에서는 문장 길이와 작품 내용과의 상관성이 드러난다는 점도 특징이다. 만연체 즉 긴 문장들은 <혈서기삼>, <악령의 감상>, <단지한처녀>, <차생윤회>, <골동벽> 같은 칼럼식 수필에서 주로 발견된다. 상황 설명이나 생각을 과장시키거나 자세하게 표현하기 위

한 이 문장들은 실험적 성격을 띠고 있다. 긴 문장들은 단순히 장황하게 표현했다고 보기에는 지나치게 길다. 이 문장들에는 작가의 고의적인 실험의 의도가 내포되어 있다고 볼 수밖에 없다.

그렇지만 자신의 사적 이야기를 담은 <EPIGRAM>과 <행복>은 두드러지게 간결체로 되어 있다는 점이 특징이다. 평균음절 수가 가장 작은 작품은 <EPIGRAM>인데 한 부분을 보면 다음과 같다.

> 나는 戀愛보다공부를해야겠어서 그친구그더러 旅費를 좀 꾸여달란것인데 뜻밖에 會話가 이모양이되고말았다.
> 「그럼 다 그만두겠네」
> 「旅費두?」
> 「結婚두」
> 「건 왜?」
> 「싫여!」
> 그러고나서는 한참이나 잠잣고들있었다. 두사람의 敎養이 서로 뺨을친다든지하고싶은衝動을 참느라고그런것이다.
>
> —<EPIGRAM>(전집4 수필 : 81)

평균 음절 수가 두 번째로 작은 작품은 <행복>이다.

> 仙이도 이러났고 인제는 정말 기다리든 그순간이라는것이 닥처왔나보다. 나는 仙이머리를 거더치켜주면서
> 「겁이 나나」
> 「아-뇨」
> 「좀 춥지?」
> 「어떵가요?」
> 입설이 뜨겁다. 쉰개째 담배가 다탄까닭이다. 인제는 아모리하야도 피할 도리가 없다.

「자 그럼 꼭 붓들어요」
「꼭 붓드세요」

―〈행복〉(전집4 수필 : 83)

자신의 개인사를 담은 위의 두 작품이 간결체로 되어 있는 이유는 생략법을 이용한 짤막한 대화가 많이 삽입되어 있기 때문이다. 〈EPIGRAM〉과 〈행복〉은 문장 구조 면에서 주어가 생략되거나 혹은 주어와 서술어가 다 생략되고 목적어만 남거나 간단한 대답 형태의 짧은 대화체가 자주 보이는 것이 특징인 것이다. 이러한 짤막한 대화들은 문장 당 음절 수의 평균값을 낮추는 역할을 했다.

여기서 〈EPIGRAM〉과 〈행복〉에 나오는 대화 외에 지문의 길이도 짧은지 조사해야 할 필요가 있다. 지문의 길이가 짧아야 그 작품의 문체가 간결체라고 말할 수 있기 때문이다. 대화를 제외한 지문의 길이를 조사한 결과 〈EPIGRAM〉의 지문 문장의 음절 수 평균은 19.9이고, 〈행복〉의 경우는 18.26이다. 그러므로 이 두 작품의 지문 문장 길이는 전체 작품의 평균 음절 수인 36.355보다 훨씬 짧은 것을 알 수 있다. 이 두 작품에서 작가는 대화뿐만 아니라 지문에도 간결체를 적용했던 것이다.

〈산촌여정〉과 〈권태〉 같은 성천 기행을 다룬 글도 음절 수 평균값이 낮은 편에 속한다. 이 두 작품은 저자가 칼럼식 수필에서 행했던 문장 길이 실험 대신 다른 식의 시도를 꾀했기 때문인 듯싶다. 〈산촌여정〉에서 이상은 농촌의 사물을 도시의 사물에 비유하는 수사학적 실험을 했고, 〈권태〉에서는 기존 관념을 뒤집는 주제적 측면에서의 파격을 행했기 때문이다.

수필과 소설 작품에서의 평균음절 수와 평균편차율을 비교해 보는 것도 의의가 있을 것이다. 평균편차와 표준편차는 자료의 분산 정도를 알아본다는 점에서 비슷한 개념이나 소설에서 평균편차로 이미 조사되어 있으니 그에 맞추어 수필의 평균편차와 평균편차율을 구해 보았다.

먼저 김상태가 소설 10편의 첫 부분 30문장과 끝부분 30문장을 표본으로 취해 조사한 결과를 나타낸 표를 인용하면 다음과 같다.

작품	평균음절 수	평균편차	평균편차율(%)
날개	21.58	11.85	54.91
단발	34.42	19.1	55.49
실화	22.35	11.98	53.59
환시기	28.35	11.48	40.49
동해	24.73	11.93	48.24
봉별기	25.12	10.93	43.59
지주회시	22.15	15.00	67.72
지도의암실	70.20	40.78	58.00
종생기	30.88	24.20	78.36
김유정	36.25	19.48	53.73
평균	31.603	17.673	55.41

〈표 35〉 이상 소설 음절의 평균편차율 통계

본 조사에서 수필의 평균편차와 평균편차율을 구한 표는 다음과 같다.

작품	평균음절 수	평균편차	평균편차율(%)
정조	44.000	18.000	40.909
이유	18.917	7.736	40.896
오스카 와일드	65.700	27.900	42.466
예의	38.143	14.351	37.624
여상사제	31.182	12.810	41.081

작품	평균음절 수	평균편차	평균편차율(%)
약수	51.050	23.455	45.945
악령의 감상	42.652	27.025	63.360
악덕	28.636	16.628	58.066
실수	40.457	15.006	37.090
슬픈이야기	18.989	9.647	50.800
서망율도	22.174	8.979	40.494
산촌여정	26.027	10.749	41.300
산책의가을	30.806	16.106	52.284
비밀	37.000	7.333	19.820
보험업는화재	34.756	17.616	50.684
병상이후	30.968	14.721	47.537
동심행렬	31.333	12.069	38.520
동경	33.469	16.853	50.353
도회의인심	25.279	11.786	46.625
단지한처녀	52.536	27.574	52.486
기여	51.286	18.490	36.053
구경	49.259	21.695	44.043
관능위조	58.417	16.153	27.651
공지에서	40.579	16.061	39.579
골동벽	44.429	19.535	43.969
EPIGRAM	13.778	8.479	61.541
행복	15.277	8.781	57.481
혈서기삼	41.391	24.892	60.139
하이드씨	36.438	25.047	68.739
추석삽화	28.531	15.526	54.419
차생윤회	58.556	27.613	47.157
권태	21.352	10.156	47.565
평균	36.355	16.524	46.459

〈표 36〉 이상 수필 음절의 평균편차율 통계

이상 소설 음절의 평균편차율 통계표는 각 작품의 전체 분량을 대상으로 조사한 것이 아니므로 정확한 결과는 유보해 두어야 하겠지만 이상 소설과 수필의 대략적 특성을 살피는 데는 무리가 없을 것이다. 이 상 소설 음절 통계표와 이상 수필 음절 통계표를 비교해 볼 때 평균음 절 수의 경우, 소설이 31.603, 수필이 36.355이고, 평균편차는 소설이 17.673, 수필이 16.524이며 평균편차율은 소설이 55.41, 수필은 46.459 이다. 그러므로 수필 문장이 소설보다 평균적으로 약간 길고, 수필에서 도 이상이 소설 못지않게 다양한 길이의 문장을 사용했음을 알 수 있 다. <지도의암실>의 평균음절 수는 70.20으로 긴 문장이 조사 대상 소설 중 가장 많이 사용되었지만, 수필 <오스카 와일드>의 평균음절 수도 65.70으로 이에 크게 뒤지지 않는다.

수필에 있어서도 이상이 다양한 길이의 문장을 구사했다는 것은 이상 이 장르의 구별의식을 심하지 느끼지 않았던 데에서 기인하는 측면도 있 고, 수필에서 문장실험을 적극적으로 시도했다는 사실을 알 수 있다. 이 상은 문장 길이의 문학적 실험 대상에서 수필을 제외한 것이 아니었다.

2) 종결 처리로 본 문체의 특성

문체 연구에 있어서 문장의 마지막 어휘가 어떠한 형태로 되어 있는 가를 살펴보는 연구도 작가의 개성을 파악하는 데 도움을 준다. 이상 수필은 다른 작가의 수필에 비해 읽을 때 지루함을 덜 느끼게 한다. 이 는 문장의 끝이 구어체로 끝나는 경우가 많고, 문장 뒷부분이 과감히 생략된 경우가 자주 눈에 띠기 때문이다. 어휘의 난해함에도 불구하고 독자가 재미를 느낄 수 있는 한 이유는 이러한 특성 때문일 것으로 추 측되는데 이를 통계적 방법으로 알아보아야 할 필요가 있다.

이상의 문장종결의 종류에 관심을 가진 최초의 연구자도 김상태다.

그는 문장 종결 표현을 '종지사(終止辭)'라고 불렀다. 여기서의 '종지사'는 '문장을 끝맺는 말'로, 동사나 형용사 같은 설명어의 종결어미인 '종지사(終止詞)'보다 더 넓은 의미를 지닌다. 그러나 '종지사'는 『표준국어대사전』에 없는 단어이므로 여기서는 '종결 표현'31)이라 부르기로 한다. 그는 종결 표현을 어형 및 결어법과 시제 면에서 살펴보았다. 여기서는 종결 표현의 형태를 중심으로 살펴보고자 한다.

아래 인용된 표는 김상태가 이상의 소설 10편(<날개>, <단발>, <실화>, <환시기>, <동해>, <봉별기>, <지주회시>, <지도의암실>, <종생기>, <김유정>)의 한 작품 당 시작과 끝 각각 30문장씩, 모두 60문장의 종결 표현을 대상으로 조사한 결과다.

종결 유형	~다	~까, ~가	기타	계
개수	481	11	108	600
백분율(%)	80.17	1.84	18.0	100

<표 37> 이상 소설의 종결 표현 통계

위의 표는 평서문의 종결형인 '~다'와 의문문의 종결형인 '~까'와 '~가'의 비율을 조사하고, 나머지는 모두 기타로 분류한 통계표다. 이 표에 의하면 기타의 비율이 높은 것을 알 수 있으나 이도 다른 작가와의 비교를 통해서만 그 의의가 있다.

다른 작가와의 비교를 위하여 김상태는 김동인의 <감자>와 <붉은 산>, 이효석의 <메밀꽃 필 무렵>과 <분녀>, 김유정의 <봄 봄>과 <동백꽃>, 염상섭의 <조그만 일>, <일대의 유업(一代의 遺業)>의 각

---

31) 교육 인적 자원부에서 발간하고 서울대학교 국어 연구소에서 쓴 『고등학교 문법』 교과서는 문장의 마지막을 '종결 표현'으로 적고 있다.

작품 당 시작과 끝 30문장씩, 모두 60문장의 종결 표현을 대상으로 하여 결과를 도출했다. 이를 인용한 표는 아래와 같다.

작품(작가)	~다	비율(%)	~까, ~가	비율(%)	기타	비율(%)
감자(김동인)	56	92.3	3	5	1	1.7
붉은 산(김동인)	59	98.3	0	0	1	1.7
메밀꽃 필 무렵(이효석)	60	100	0	0	0	0
분녀(이효석)	55	91.7	5	8.3	0	0
봄 봄(김유정)	52	86.7	5	8.3	3	5
동백꽃(김유정)	53	88.4	2	3.3	5	8.3
조그만 일(염상섭)	96.6	58	1	1.7	1	1.7
일대의 유업(염상섭)	59	98.3	1	1.7	0	0
평균	계452	94.04	계17	3.53	계11	2.3

<표 38> 작가별 소설 종결 표현 통계

이상은 소설에서 '~다', '~까', '~가'를 제외한 기타 종결 표현을 18% 사용했는데, 이는 위의 네 작가의 기타 비율 2.3%와 비교하면 8배 정도 되는 수치다.

종결 표현 연구는 소설보다 수필에서 더 큰 의의를 찾아낼 가능성이 있다. 왜냐하면 소설에서는 대화체에서 쓰이는 특정 종결 표현들을 제외하면 작가의 개성적 문체를 드러내는 종결 표현을 찾기가 쉽지 않을 것이기 때문이다.

김상태는 종결 표현의 구사에 있어서 이상은 신문학사에서 가장 다양한 종결 유형을 사용했는데 이는 다른 작가보다 평균 3배에 가깝다고 했다. 이유로는 심리 서술을 위한 주관적 문장 구사가 많고, 어법의 일반적 규칙에 대한 의식적 반발을 했으며, 비약어법의 빈번한 사용 때문이라고 분석했다. 또한 이상은 현재 시제를 많이 사용했는데 이는 현

대문학의 특징이며 내적 심리의 서술과 자기 구제 행위로서의 창작을 했기 때문이라고 했다.[32]

본 연구에서는 이상 수필에서 우선 '~다', '~까'와 '~가', 기타 종결 표현의 비율을 알아보았다. 수필 32편을 대상으로 총 1,797개의 종결 표현을 조사한 결과는 다음과 같다.

종결 표현	~다	~까, ~가	기타	계
개수	1,365	78	354	1,797
비율(%)	75.959	4.340	19.699	100

〈표 39〉 이상 수필 종결 표현 간략 통계

조사에 의하면 이상 수필의 기타 종결 표현 비율은 소설보다 1.7% 정도 높다. 이는 대화체가 많은 소설이 수필보다 더 다양한 종결 표현을 사용했을 것이라는 선입견을 깨는 것이다. 이상은 수필에서 소설보다 더 다양한 종결 표현을 구사한 작가인 것이다.

이상 수필의 종결 표현의 종류를 좀 더 자세히 살펴보는 것도 의의가 있을 것이다. 여기서는 종결 표현의 시제나 결어법은 따지지 않고 마지막 음절의 형태만을 보기로 한다.

순위	종결 표현	개수	비율(%)
1	~다	1,365	75.959
2	~라	53	2.949
3	~까	45	2.504
4	~요	37	2.058
5	~가	33	1.836

---

32) 김상태, 「이상의 문체 연구 하—소설을 중심으로 한 통계적 방법의 시고」, 『국어국문학』 61집, 국어국문학회, 1973, 11~23쪽 참조.

순위	종결 표현	개수	비율(%)
6	~나	31	1.725
7	~지	21	1.168
8	~오	12	0.667
8	~고	12	0.667
10	~냐	10	0.556
11	~랴	9	0.500
12	왜	8	0.445
13	~에	7	0.389
14	~자	6	0.333
15	~서	5	0.278
	그 외	143	7.957
계		1,797	100

<표 40> 이상 수필 종결 표현 순위

위의 표를 보면 5회 이상 사용된 종결 표현의 종류가 15개에 달한다. '~라'는 총 53개인데 '~리라'가 47개, '~라'가 4개, '~니라'가 2개로 구성되어 있다. 추측을 나타내는 '~리라'가 다수를 차지함을 알 수 있다. 가벼운 의문이나 불만, 빈정거리는 태도를 의미상 담고 있는 '~나'가 6위를 차지한 것도 이상의 문장의 한 특성을 보여준다.

표에 나오지 않은 것으로 4회 사용된 '~면', '~만', '~려', '~네', 3회 사용된 '~소', 2회 사용된 '~구', '~군', '~누', '~니', '~데', '~어'가 있다.

또한 명사+조사, 명사, 고유명사, 부사, 의문사, 감탄사로 끝난 문장도 있다. 이유를 묻는 부사인 '왜'가 12위에 올라 있는 것으로 알 수 있듯이 이상은 대화가 아닌 부분에서도 구어체 문장을 애용했고, 자문자답형 문장이 자주 눈에 띈다.

문장 끝의 단어가 생략된 경우도 많은데 이를 위해서는 '~고'로 끝난 문장을 살펴 볼 필요가 있다. 8위에 있는 '~고'는 12회 사용되었으며 그것이 사용된 예를 보면 다음과 같다.

문맥	출처
그런데 그 章末에 曰이 혈서가 당신에게 배달되는 때는 나는 벌써 이 세상사람이 아니고 낙원에가 있을 것이라고-	혈서기삼
오늘이 十一月十六日이고 오는오는 空日날이 十二月一日이고 그렇다고.	슬픈이야기
그 바로이웃칸에든젊은이의 感想談에依하면 알늘이 쌔진것갓다고-	도회의인심
너라도 좀 生氣를내라고.	권태
「 … 내게 정말 愛人을 다고」	행복
曲線은 왜 저리도 屈曲이업시 單調로운고?	권태
한개남은 담배에불을 붙어물고-	슬픈이야기
불을보면뛰어들줄을알고-	권태
썩지안흔물을 차저가는것은 귀찬흔일이고-	권태
무슨 일인고-	슬픈이야기
「오냐 지금 나는 光明을보고있다」고.	병상이후
극구칭찬하는 어머니와누이에게 抑制하지못한습흠은슬적감추고 일부러 코우슴을치고-	단지한처녀

〈표 41〉 종결 표현 '~고' 사용 문장 예

'~고'는 앞말이 간접 인용되는 말임을 나타내는 격조사로 쓰이거나, 연결 혹은 종결을 나타내는 어미로 사용되었다. 또한 문장 말미에 마침표 대신 말 줄임이나 여운을 남길 때 사용되는 대시 '-'가 자주 보이는 것이 특징이다. 위의 12문장 중 7문장이 '-'로 끝났는데 '~고' 뒤에 단어가 생략되거나 여운을 주기 위해 작가는 '-'를 사용했다. '-'의 과다 사용은 이상 문장의 특성 중 하나인 것이다.

수필의 종결 표현에 있어서 또 하나의 특징은 이상이 일부 작품에서는 '~습니다'체를 사용하여 호흡을 늘임으로써 비장감을 자아내어 슬픔을 강조하고 은연중에 독자의 동정을 유발한다는 점이다. '~습니다'체는 <슬픈이야기>외에 <여상사제>, <약수>, <산촌여정> 같은 작품에도 쓰였다.

결론적으로 이상은 수필에서 구어체와 생략법을 많이 사용했고, 심리 표현이 풍부한 탓에 다양한 종결표현을 구사했다고 볼 수 있다.

수필은 주로 문어체의 몇 가지 종결 표현을 사용할 것이라는 예상을 깨고 이상은 소설보다 더 다양한 종류를 사용했던 것이다. 이러한 다양한 종결 표현을 사용한 문체에서 얻는 효과는 독자를 지루하지 않게 하는 것이다. 이상은 청자에게 작가 자신의 개인적 감정이나 생각을 변화 있는 방법으로 표현해 내고자 했다. 여러 가지 종결 표현은 이러한 의도를 위해 효과적인 수단이 될 수 있었다.

3) 수사법으로 본 문체의 특성

구인회 동인지에 이상은 '어느 時代에도 그 現代人은 絶望한다. 絶望이 技巧를 낳고 技巧 때문에 또 絶望한다'[33]고 썼다. 그 당시에 이상만큼 지성과 감성을 동원한 밀도 높은 예술적 수필을 쓴 사람은 드물다. 이상은 스스로 문학에서 기교를 추구했음을 고백했다. 존재론적 절망은 문학 즉 기교를 통한 성취 추구로 향했지만, 기교를 위해서는 절망으로 되돌아 올 수밖에 없었다. 그렇지만 문학적 기교를 위해 그가 동원했던 각종 수사법은 작품 속에 남아 있다.

수사법에 있어서 이상은 은유법이나 직유법, 동음이의어법 같은 의미전이에 따른 수사법과 열거법과 반복법, 생략법 같은 문장구조에 따른 수사법, 영탄법과 자문자답법, 과장법과 위악어법 같은 감정에 호소하는 수사법, 인용법과 고어법 같은 상호텍스트적 수사법을 다채롭게 사용함

---

33) 구인회 동인지 『시와 소설』(1936. 3. 13.)의 속표지 첫 장에 이상이 쓴 아포리즘이다.

으로써 문학성 높은 수필을 만들어냈다. 이상은 특히 참신하고 독특한 비유를 구사했고, 아이러니와 패러독스, 유머와 위트를 자주 사용했다.

직유법, 은유법, 의인법, 과장법, 반복법, 점층법, 열거법, 영탄법, 생략법, 설의법, 문답법등 다채로운 수사법이 글을 꾸미고 있는 것은 물론이고, <산촌여정>에서는 농촌의 자연 사물과 현상들을 도시의 인공물 또는 신식 문화에 비유하는 시도를 했다. 예를 들어 베짱이가 내는 소리를 "女車掌이車票찍는소리"에 비유했고, 염소의 동공을 "『세루로이드』로 만든精巧한구슬"로, 옥수수밭의 모양은 "一大觀兵式"으로 표현했다.

칼럼 수필에서는 아이러니와 패러독스를 이용한 풍자적 수사법이 많이 보인다. <보험업는화재>의 "財産도 그대신걸내조각도업는알몸동이가한번되어보고십헛든게다"와   <공지에서>의 "그리고天下에空地라곤요   盆안에노힌쌍   한군데밧게는업다고조와하얏다",   <차생윤회>에서 "한푼바다들고 여내 고개를 끄쩍이고 꽁문이를쌔는꼴을보면서『네놈덕에내가사람노릇을하는것이다.   알기나아니?』하고甚히窮한虛榮心에서苦笑하얏다", <골동벽>의 "이 假짜항아리접시나보랭이는 속은사람이쏘속이고쏘속은사람이쏘속이고해서 잘하면몃百年도견디리라.   하면 그동안에先代에는이런僞造骨董品이잇섯담네-하고그것마자가由緒깁흔骨董品이되고말것이다" 같은 문장에서 그 예를 볼 수 있다.

유머와 위트도 빼놓을 수 없는 특성이다. 곳곳에서 빛을 발하는 유머 감각이 글을 재미있게 만든다. 그 예를 <혈서기삼>에서 보기로 한다.

나는 첫머리 두어줄 읽어내려가다가 욕주가리가 나서 그만두고 대체 피가 어디 있느냐고, 이것은 펜글씨지 어디 혈서냐고 그랬더니 이게 즉 혈서라는, 즉 피를 내었다는 증거란 말이지요, 하며 저 끄트러미 찍혀있는 서너 방울 떨어져 있는 지문 묻은 핏자국을 가리킨다. 코피가 낫는지,

코피치고도 너무 분량이 적고 빈대 지나가는 것을 아마 터뜨려 죽인 모
양인지 正體 자못 불명이다. 그런데 그 章末에 曰이 혈서가 당신에게 배
달되는 때는 나는 벌써 이 세상 사람이 아니고 낙원에 가 있을 것이라고
—요컨대 낙원회관에 애인이 대신 하나 생겼단 말인지도 모를 일이다.
—<혈서기삼>(전집4 수필 : 37-8)

이상은 상황을 비꼬거나 풍자하기 위해 유머와 위트를 자주 사용했
다. <혈서기삼>의 인용 부분에는 유머과 위트가 모두 구사되어 있다.
혈서의 핏자국을 "코피가 났는지, 코피치고도 너무 분량이 적고 빈대
지나가는 것을 아마 터뜨려 죽인 모양인지 正體 자못 불명이다"라고 심
각한 상황 속에서도 화자는 익살을 떤다.

"혈서가 당신에게 배달되는 때는 나는 벌써 이 세상 사람이 아니고
낙원에 가 있을 것이라고—요컨대 낙원회관에 애인이 대신 하나 생겼
단 말인지도 모를 일이다"라는 부분에서는 낙원을 당시에 현존했던 낙
원회관이라는 술집에 비유하는 위트를 발휘했다. 혈서를 쓴 사람에 대
한 못마땅한 마음을 유머와 위트로 비꼬듯 표현한 것이다.

<동심행렬>에서는 한자로 표현한 단어의 과장스러운 엄숙함을 유머
로 이용한 것이 눈에 띈다.

　　그러나 學童들이 敎科書만을주물느다 그만두느냐하면 千萬에 위선, 參
考書라는것이 大槪가 九"포인트"活字로되여 먹엇다. 及其 少年雜誌 등속
에일으른즉슨 甚至於 六號 七"포인트"半을使用하야 오히려 泰然한 出版
業者—게다가 醜惡한極彩色을덥허서 銳意 學童들의瞳孔을노리고 總攻擊
의姿勢를 一刻도 게을니 하지는안는다.
　　아즉도 眼鏡쓴學童보다 안쓴 學童의數爻가 더만흔것으로보아 한편 怪
異도하나 한편 아즉 그들의讀書熱이 四十度에일으지안은것을 차라리多幸
히 생각하고십다. 누구에게라도 眼鏡商을 推奬하고십다. 오늘가튼 不德한

活字虛無時代에 加하야 不完全한照明裝置 밧게업는 이땅에 늘어갈것은
近視眼쑌일터이니 말이다.

—<동심행렬>(전집4 수필 : 75)

위의 인용문에서 "醜惡한極彩色을덥허서 銳意 學童들의瞳孔을노리고
總攻擊의姿勢를 一刻도 게을니 하지는안는다"와 "아즉 그들의讀書熱이
四十度에일으지안은것을 차라리多幸히 생각하고십다" 같은 대목은 과장
법을 구사하는 데 한자를 이용함으로써 그 근엄한 표현이 오히려 웃음
을 자아내게 한다.

유머와 위트는 세태를 풍자하는 칼럼 수필에서 주로 구사되었다. 도
시의 야박한 인심을 풍자하는 <도회의인심>에서도 유머가 적용되었다.

正月에 反對편 이웃집에서 힌쩍을했다. 한가락주겟지햇드니 果然한가
락도안준다. 우리는 지짐이만부첫다. 좀줄가하다가 힌쩍한가락안주는걸,
뭘 하고 혼자먹엇다. 四男妹집은 元來 計算에늣치안은理由가 금음날밤까
지도 아므것도 부치지도 지지지도 안엇기쌔문이다. 그것은 全혀 힌쩍과
지짐이를 그이웃집에 期待하고 잇는수작이 안인가해서 미워서 그런것이
다. 勿論이것은 내 誤解인지도몰으지만—
解土하면서 막다른칸에 든 젊은이가 本妻에서 一躍妾으로失格한 事件
이생겻다. 그러나 아모도그젊은이를 同情하지는 안코 그男便이배불쑤기
라고 험담들만 실컨하다 나자쌔젓다. 그리고 우리집에는 나날이 차자오
는빗쟁이수효가 늘어가기시작이다. 그리다가 建物會社에서 執達吏를데리
고나와 세간기명등속에다가짝지를 부치고갓다. 집세가 너무 만히밀녓다
는理由다. 이런뒤법석이이러난 것을 四男妹는모두學校에갓스니알길이업
고 이쪽이웃亦 어느장님이눈을떳누 하는식이다. 차라리 나는 多幸하다생
각하얏다. 동내방내가 죄다알고 야단들을 치면 더 창피다.

—<도회의인심>(전집4 수필 : 69)

앞에 나오는 "正月에 反對편 이웃집에서 힌쩍을했다. 한가락주겟지햇드니 果然한가락도안준다. 우리는 지짐이만부첫다. 좀줄가하다가 힌쩍한가락안주는걸, 뭘 하고 혼자먹엇다. 四男妹집은 元來 計算에늣치안은 理由가 금음날밤싸지도 아므것도 부치지도 지지지도 안엇기째문이다"라는 부분에서는 이웃뿐 아니라 자신의 야박함을 드러내는 화자의 솔직함으로 인해 유머를 자아낸다.

"이런뒤법석이이러난 것을 四男妹는모두學校에갓스니알길이업고 이쪽이웃亦 어느장님이눈을떳누 하는식이다. 차라리 나는 多幸하다생각하얏다. 동내방내가 죄다알고 야단들을 치면 더 창피다"라는 대목에서도 이웃들의 무관심을 적나라하게 표현했다.

화자 곧 작가의 심정이 이상 수필에서는 고스란히 드러난다. 대부분의 작가들은 자신의 단점이 드러나는 심정 피력을 숨기는 경향이 있지만 이상은 그러지 않았다. 오히려 솔직함을 유머의 수단으로 삼았다. 이 같은 남다른 솔직성은 이상의 수필 문체의 특성이다. 자신과 아내의 내밀한 갈등을 숨기지 않았고, 남들이 비난할까 두려워 군자인 척하지도 않았다. 수필이 자기 고백적 장르라고는 하지만 현재까지도 이상만큼 질투와 원망, 공포와 절망, 소시민적 갈등 같은 감정을 진솔하게 드러낸 글은 드물다.

3. 구성적 측면

흔히 수필은 글자 뜻 그대로 '붓 가는 대로 쓰는 글', 혹은 '무형식의 형식'로 알려져 구성의 필요성이 없는 글로 여겨져 왔다. 또한 수필은 자기 고백적, 체험적이며 진솔한 문학 장르이므로 허구성이 개입되어서는 안 된다는 것이 통설이었다.

그러나 수필의 허구성 수용 여부는 근래에 뜨거운 논쟁의 중심이 되어 왔다. 그 결과 수필 창작에서 이야기의 구성과 표현 과정에서의 허구성은 인정해야 한다는 의견이 대세를 이루고 있다. 필자가 경험한 사건이나 체험은 훼손시키지 않되 문학적 형상화를 위한 장치에 있어서는 어느 정도의 허구성을 허용할 수밖에 없다는 것이다.

인간의 기억이 완전하지 않다는 것을 전제로 할 때 체험의 진실성도 완전할 수는 없는 형편이다. 수필에서의 허구성은 작가와 작품의 화자가 동일하다는 수필의 특성상 제한적인데, 허구성을 전면적으로 허용하면 그 작품은 소설이 되고 만다. 그렇다고 수필의 문학적 장치 면에서의 부분적 허구성을 인정받지 못한다면 그 글은 문학성보다는 사건이나 체험의 기록에 보다 충실한 수기로 구분되어질 수밖에 없다.

'무형식의 문학'이라는 표현은 이제는 수필 창작에 있어서 소재나 주제에 따라 또는 작가의 개성에 따라 다양한 형식의 구성이 가능하기 때문에 생겨난 역설적 표현으로 이해되고 있는 실정이다. 수필에서도 서사문학에서 사용되는 구성법으로 작품을 살피는 것이 가능하다. 서사문학의 구성법도 여러 가지 분류가 있을 수 있겠으나 여기서는 주로 안성수의 구분법으로 이상의 수필을 살펴보고자 한다. 안성수는 「수필의 구성미학」[34]에서 수필의 구성법을 크게 연결법, 삽입법, 병렬법, 몽타주, 패턴, 콜라주 6가지로 나눈다.

---

34) 안성수, 「수필의 구성 미학」, 『수필학』 제8집, 한국수필학회, 2001.

1) 사건과 행동의 순차적 구성 : 연결법

연결법은 중심인물이 사건과 행동을 차례대로 겪은 것을 적는 순차적 구성법이다. 이는 수필의 일반적 구성법으로 대부분의 수필작품이 이에 속하는데 주제의 통일성과 집중력을 이룰 수 있다. 연결법에 속하는 수필 작품이 많기 때문에 수필이 '무형식의 문학'이라고 일컬어진 듯하다.

이상의 수필도 대부분 연결법이기는 하지만 한 가지 중요한 특징은 화자의 의견이 서두에 먼저 제시된 다음 사건이 등장하고 결론이 따르는 수필이 많다는 점이다. 이는 주제를 풀어나가는 방법상 수미상관법(首尾相關法)의 일종으로 볼 수 있다. 이러한 구성은 <악령의 감상>, <차생윤회>, <골동벽>, <추석삽화>, <예의>, <실수> 같은 칼럼식 글쓰기에서 자주 발견된다. 특히 <차생윤회>는 서두에 나오는 화자의 의견이 글의 총 분량의 80% 이상을 차지한다. 또한 칼럼식 수필은 연결법이기는 하지만 사건이 여러 개가 아닌 단일한 사건이 나오는 경우가 대부분이다.

또한 연결법에 속하는 <행복>과 <EPIGRAM>은 소설처럼 대화가 많은 양을 차지하는 수필이다. 장르 구분에 집착하지 않았던 이상이기에 그의 수필은 소설의 성격을 띠기도 했다. 연결법은 다른 구성법과 같이 적용되는 경우가 많다. 작품 전체의 틀은 연결법이되 부분적으로 삽입법이나 패턴, 콜라주 같은 구성을 도입한 작품도 볼 수 있다.

여기서는 칼럼 수필인 <실수>의 전문을 보기로 한다.[35]

---

35) <실수>의 전문을 순서대로 싣되 설명 상 편의를 위하여 단락에 번호를 붙였음을 밝혀둔다.

① 몃해前까지도 東京驛頭에는 릭샤— 즉 人力車가잇섯다한다. 外國觀光團을실은豪華船이와다으면 帝國호텔을向하는 어마어마한人力車의行列을볼수잇섯다한다. 그들 遠來의異邦人들을接待하는갸륵한禮儀리라.

그러나 오늘 그 『쌀라』를 헤쓰리고가는貴重한손님을마지하는데 人力車는廢止되엇고 通俗的인, 그들에게 잇서서는 너무나通俗的인自動車로한다고 한다.

이것은 遠來의珍客을 接待하는 主人으로서의 갸륵한威信을직히는心慮에서이리라.

그러나 그 코놉흔人種을모시는人力車는 이나라에서 아주업서진것이아니다. 아닐쑨만아니라 아즉도 너무 만타.

② 數日前 本町 좁고도복작복작하는거리를貫流하는 세채의 人力車를目睹하얏다. 말할것도업시 白人의中年夫婦를실은人力車와 某호텔專屬의案內人을실은人力車다.

그들은 우리市民이 正히 못알아들을수박게업는國語로지꺼리며 간혹嘲笑비슷이웃기도하고 손에쥐인短杖을들어 어느方向을가리치기도한다. 자못 好奇에그득찬表情이엇다.

寡聞에依하면 저쌱儀禮準則으로는 이 손까락질하는버릇은 크낙한失禮라한다. 하면 世界漫遊를하옵시는거룩한身分의人士니 必是 紳士리라.

그리하면 이 젠틀맨 밋 레디 는 人力車우에안저서 이 낫설은거리와 市民들에게서슴지안코 失禮를하는모양이다.

『이까짓데서는 禮를가추지 안아도조타』하는 애초부터의 괘심한배쌍임에틀림업다.

③ 一瞬 나는 말할수업는 不快한感情에사로잡혀 마음대로 하라면 爲先다수굿이 그 人力車의 채를잡고잇는車夫를亂打한다음 그 無賴漢의夫婦를腕力으로懲戒하야주고십헛다.

그러나 쏘 생각하야보면 그들은 내가 채 알지 못하는 바 世界的地理學者거나考現學者인지도몰은다. 그러지안은 單只 一個平凡한漫遊客에지나지안는다하드라도 그들은 적지안은 『쌀라』를 이짜에널어노코갈것이오 故國에 이짜의風光과民俗을紹介할것이다. 어잿든이들은 足히 珍重히接待하여야만할손님임에는 틀림이업다.

그럿타면?

내가 이들을懲戒하얏다는것이 도리어 내故鄕을辱되게하는것이리라. 그러컷만—

그째 느씬 그 不快한感情은 조곰도 사라지지안는다.

아모쪼록 만흔數효의 外國觀光團을誘致하는것은 우리들이짜의主人된任務일것이며 來訪한그들을謙遜하고도親切한禮儀로接待하야써 그들로하야금 이짜 이百姓들의 印象을 짓짓내쪼토록 하는것 쪼한 직혀야할任務일것이다.

④ 그러나 謙遜을지나처 그들의傲慢과侮蔑을容納할수업다. 이것을 말업시甘受하는것은 우에말한 主人으로서의任務에도背馳되는바 크다.

이쌍에 잇는것을 그들에게 구경식혀주는것은 決코 動物園의 곰이나 말승냥이가 제몸둥이를구경식히는心思와는달르다. 어듸까지든지그들만못하지안은곳 그들에게업는그들보다 나은곳을 紹介하고자랑하자는것일것이어늘—

人力車우에안저서 단장끗흐로손가락질을하는그들의態度는 確實히 動物園求景에近似한態度요 싸라서 無禮오 더업는 屈辱이다.

國家는맛당히 法規로써 그들에게 어쩌한 山間僻地에서라도 人力車를타지못하도록 取締하야야할것이다.

그들이 埠頭, 驛頭에다엇슬째 直接間接으로 이짜의威信을提示하여노아야할것이다. 그것을爲善 人力車로실어 宿所로모신다는것은 해괴망측하기 가짝이업는일이다. 東京쑨만 아니라 서울거리에서도 이 괴人심한人力車의行列을보지안케 되어야올을것이아닌가.

⑤ 年前에 나는 어느公園에서 어쩐白人이 한乞食에게五十錢銀貨를施與한다음 캬메라를戲弄하는 것을 지나가든 一位武骨靑年이毆打하는것을目睹한일이잇다. 이靑年 亦 鄕土를애끼는갸륵한自尊心에서울어난行動이엇슴에틀림업스리라. 그러나 이것은 그異邦人은어찌되엇든잘못된일일것이니 『타우리스트뷰로—』는 한낫 觀光團誘致에만腐心할것이 아니라 이런 失手가 未然에防止되도록 안으로서의 차림차림에도留意하는바가잇서야할것이다.

—＜실수＞(전집4 수필 : 99-102)

<실수>는 화자가 며칠 전 시내에서 백인 관광객 부부와 안내인을 태운 세 채의 인력거를 보고 느낀 점을 적은 수필이다. 백인 부부가 알아들을 수 없는 말로 이야기하며 웃기도 하고 지팡이로 무엇을 가리키기도 하는 모습을 보면서 화자는 모욕감을 느낀다. 그는 인력거 차부와 관광객을 때려주고 싶은 충동이 일기도 한다. 그리고는 동경에서처럼 경성에서도 인력거 대신 자동차로 관광객을 실어날아야 한다는 주장을 한다. 화자의 주장에는 식민지인의 피해의식에 의한 과장되고 과격한 면이 있는 것이 사실이다. 이 수필의 주제는 5장에서 더 다루기로 하고 여기서는 구성적 측면에서 이 작품을 바라보려 한다.

이 수필에서 사건 발생은 단순한 편이다. 화자가 백인 관광객이 인력거를 타고 가면서 보이는 행동을 바라본 것이 전부다. 칼럼식 수필의 특성 상 작가의 생각과 의견이 글의 대부분을 차지하고 있다. ①의 내용에서 보듯이 작가는 서두를 사건으로 시작하지 않고, 동경에서는 외국 관광객을 인력거 대신 자동차에 태우는데 경성에는 아직 인력거가 너무 많다는 불평으로 시작했다. 그 다음에 ②에서는 백인 관광객이 인력거를 탄 채 웃고 지팡이로 무엇인가 가리키는 것을 본 광경을 서술하고 있다. ③에서는 관광객의 행태에 대한 불쾌한 마음과 그들에게 좋은 인상을 주고 싶은 마음이 갈등을 일으키고 있다. ④에서는 관광객의 행태를 무례로 규정짓고 주인으로서의 굴욕을 면하기 위하여 동경처럼 경성에서도 관광객이 인력거를 타지 못하게 국가가 법규를 정해야 한다고 주장한다. ⑤에서는 백인이 거지에게 돈을 준 다음 사진을 찍는 것을 본 어느 청년이 그를 구타한 것을 본 몇 년 전의 사건을 언급하며 청년의 심정은 이해하지만 이런 실수를 방지해야 한다고 주장한다.

의미적 맥락으로 볼 때 ①에서는 ②에서 나올 사건의 주제를 미리

다뤄 관심을 끌고 있다. ②에서는 사건이 등장하고 ③에서는 사건에 대한 화자의 두 가지 다른 생각이 갈등을 일으킨다. ④에서는 의견을 정립하고 ①에서의 언급을 강화한다. 그러므로 ①과 ④는 수미상관을 이룬다. ⑤에서는 또 다른 에피소드를 예로 들며 ④에서의 과격한 주장을 상쇄시키려는 듯 이쪽에서도 조심해야 한다고 한 걸음 물러서고 있다. 이처럼 화자의 생각이 나름의 논리를 지니고 꼬리를 물며 연쇄적으로 피력되고 있는 것이다.

이 글의 거의 대부분은 화자의 의견과 주장이 차지하고 있다. 이는 다른 칼럼식 수필에서도 마찬가지다. 하나의 단일한 사건 발생에 대해 화자의 의견을 연속적으로 피력하는 것을 많이 볼 수 있다. 생각을 나타내는 방식에 있어서는 주제를 미리 언급하여 결론과 연결 짓는 수미상관법의 사용이 잦다는 것이 주목할 만하다.

2) 이야기의 액자 구성 – 삽입법

삽입법은 짧고 간단한 사건이나 이야기가 큰 이야기 안에 들어 있는 액자 구성이다. <슬픈이야기>는 화자의 공상이 글 중간에 들어가 있는 삽입법에 속한다. 화자의 상상이 머릿속에서 그림처럼 펼쳐지는 광경이 들어가 있는 것이다.

작품 속에서 여인이 같이 죽어 주기로 증서를 써주자 화자는 자신 속에 사는 악마가 횡재를 하고 돌아왔다고 표현한다. 여기서 악마는 화자 자신이다. 악마는 장갑을 벗으며 초췌하지만 즐거운 얼굴을 잠깐 거울 속으로 엿본다. 그런 다음 악마는 상상을 시작한다. 깨끗한 도화지 위에 단색으로 풍경화를 그린다는 것은 화자의 머릿속에 떠오르는 상상을 의미한다. 이를 인용문에서 보기로 한다.

① 내속에사는 惡魔는 苦生사리만이한 사람모양으로 키가적습니다. 또 體重도 몇푼어치 안되나봅니다. 惡魔는어듸가서橫財를하고 도라왔읍니다. 장갑을 버스면서 憔悴하나 길거운얼골을 잠간 거울속으로 엿보나봅니다. 그리고나서는깨끗한 圖畵紙우에 單色으로 風景畵를한장 그립니다.

② 거기도 언젠가 한번은 왔다간일이있는 港口입니다. 날이 좀흐렸읍니다. 반찬도맛이 없읍니다. 젊은 사람이 젊은女人을 곁에세우고 우체통에 편지를 넣습니다. 찰삭—어둠은 물과같이 출넝출넝 하나봅니다. 우체통안으로 꼭두선이 빗물이 처겁게튀여서 편지가젖었을가 생각해 봅니다. 젊은사람은 입맛을 다시드니 곁에섰든 女人과 억개를나란이 埠頭를향하야 걸어갑니다. 몇時나되었나—네時? 해는 어즈간이 西로기울고 음산한 바람이 밀물 내음새를품고 불어옵니다. 「담배를 다섯갑만 주십시오. 그리고 五十錢짜리 초콜레이트도 하나주십시오」 여보 허를없이 실깡기갖지—「자— 안녕히게십시오」 골목은길고 鋪道에는 귤껍질이 여기저기 헤여졌읍니다. 뚜— 埠頭에서 들녀오는 氣笛소리가 분명합니다. 뚜—이 뚜—소리에는 옅은보라 色을 칠해야합니다. 埠頭요 올시다— 에그 여기도 뻐스가있구료. 마스트우에서 旗빨이 오늘은 숨이차서 헐떡헐떡 야단입니다. 젊은사람은 앞가슴 둘째단초를 빼여노습니다. 누가 暗殺을하면 어떻게 하게— 築港물은 그냥 마루젱처럼 검습니다. 나무토막이 떴읍니다. 저놈은 大體어듸서 떨어저 나온 놈인구—참 갈매기가 나네— 오늘은 헌옷을 입었읍니다. 虛空中에도 길이진가 봅니다. 자—탑시다. 船壁은검고 굴딱지가 많이 붙었읍니다. 何如間탑시다. 時間이된 모양이지— 뚜— 뚜뚜— 떠나나보. 나좀 드러눕겠소. 「저도요」 좀뚱그란 들窓으로 좀 내다봐야겠군— 港口에는 불이 들어왔읍니다. 女人의 이마를 좀짚허봅니다. 딱근딱근해요. 팔팔끓습니다. 어쩌나— 그러지마우. 담배를 피어 물었읍니다. 한개 피우고 두개피우고 잇대여 세개피우고 네개 다섯개 이렇게해서 쉰개를피우는 동안에 決心을하면됩니다. 여보 그동안에 당신을랑 초콜레이트나 잡수시오船室에도 다불이 켜졌읍니다. 모도들 疲困한가 봅니다. 마흔개 마흔한개— 이렇게해서 어느사이에 마흔아홉개를 태워버렸읍

니다. 혀가아려서 못견듸겠읍니다. 초저녁이 흔들닙니다. 여보— 이꽁초
늘어슨것좀 봐요— 마흔아홉개요— 일어나요— 인제 甲板으로 나갑시다.
女人은 다수굿이 이러나것만 如前이 말이없읍니다. 흐렸군— 별도없이
바다는 그냥門을 닫은것처럼 어둡습니다. 소곰내나는 바람이 女人의 치
마자락을 날립니다. 한개남은 담배에불을 붙어물고— 요거한대가 다타는
동안에 마즈막決心을 하면됩니다. 여보 섧지는안소? 女人은 머리를 左右
로 흔들었읍니다. 다탔소. 門을닫어라— 배를 버서버리는 믻그러운소리
— 답답한 夜陰을떠미는 힘든소리— 바다가 깨여지는 요란한소리— 꿋
빠이. 惡魔는 이 그림한구석에차근차근이싸인을하였습니다.
　③ 두週日이 속절없이 지나가고 공일날이 닥처왔습니다. 江邊모래밭을
나는 女人과함께 것고 있었습니다.

—<슬푼이야기>(전집4 수필 : 125-7)

　위의 인용문에서 ②에 해당하는 "거기도 언젠가 한번은 왔다간일이
있는 港口입니다"라는 문장부터 "門을닫어라— 배를 버서버리는 믻그
러운소리— 답답한 夜陰을떠미는 힘든소리— 바다가 깨여지는 요란한
소리— 꿋빠이"까지는 이상의 머릿속에서 그려지는 공상이다. "惡魔는
이 그림한구석에차근차근이싸인을하였읍니다"라는 문장은 공상이 끝났
음을 의미한다. 그림을 그릴 때 작업이 다 끝난 뒤 화가가 오른 쪽 구
석에 사인을 하듯 자신의 상상도가 완성되었음을 알리는 것이다. 악마
가 깨끗한 도화지에 그린 풍경화는 단색이라는 점도 주목된다. 화려한
색들은 화자의 자살 상상과는 어울리지 않는 색이다. 아마도 검은색이
나 회색이 그의 풍경화를 이루는 색일 것이다.

　이상의 취미는 그림 그리기였다. 그는 어려서부터 화가가 되고 싶었
지만 백부의 반대로 화가가 되는 대신 돈을 벌 수 있는 건축을 전공해
야 했다. 이상은 1924년 고교 교내 미술전람회에 유화 <풍경>을 출품

하여 입선했고, 1929년에는『조선과 건축』표지도안 현상 모집에 1등과 3등으로 당선되기도 했으며, 1931년에는 조선 미술 전람회에 <자상>이 입선했다. 이상은 특히 자화상을 많이 그렸다. 자화상을 자주 그린다는 것은 그만큼 자신에 대한 관심이 높다는 뜻이다. 자아도취이든 자아분열이든 자화상을 많이 그리는 사람은 자신 내부에 해결되지 않은 심리적 갈등이 팽배한 사람이다. 조선 미전에 입선한 경력이 있으니 이상은 화가이기도 했다. 그런 그가 <슬픈이야기>의 액자 구성에서 미술적 비유를 이용했다는 점은 전혀 이상한 일이 아니다.

상상 속에서 화자는 여인과 항구로 가서 우체통에 편지를 넣는다. 부모에게 고하지 않고 친구들에게 전화하지 않고 기아하듯이 죽겠다던 그는 자신의 자살을 알리는 편지를 누구에겐가 보낸다. 그는 자신을 위한 담배 다섯 갑과 여인을 위한 초콜릿을 산다. 그들은 배에 탄 다음 여인은 초콜릿을, 화자는 담배를 핀다. 마흔 아홉 개의 담배를 피우고 화자는 여인과 갑판으로 나간다. 그는 한 개 남은 담배에 불을 붙이고 마지막 결심을 굳힌다. 이윽고 바다가 깨어지는 소리가 나며 둘은 물속으로 뛰어든다. "꿋빠이"라는 마지막 한 마디로 화자의 상상 속 동반자살은 끝나고, 악마는 사인으로 상상화에 종지부를 찍는다.

화자의 상상 속에서의 자살은 성공하지만, 실제에 있어서의 자살은 실패로 끝난다. 용감하게 자살에 성공하고 싶은 나와 자신감 부족으로 자살을 실행하지 못하는 내가 분열을 일으킨다. 이러한 자아분열은 삽입 구성에서 더욱 빛난다. 액자 구성은 주로 목격담이나 증언담의 형태를 취하는 경우가 대부분으로 사실성과 생동감을 증진시키는 효과를 유발하지만 <슬픈이야기>는 특이하게도 상상하는 장면을 액자 속에 집어넣었다. 드라마나 영화에서 주로 사용하는 상상적인 장면을 수필

속에 삽입한 것이 참신하다. 이상이 미술적 기법과 영화적 기법을 동시에 이용한 액자 구성을 취한 것은 그의 수필이 예술성을 획득하는 이유가 된다.

3) 대등한 이야기의 반복 또는 교차 구성 : 병렬법

병렬법은 대등한 관계를 이루는 서로 다른 두 가지 이상의 이야기가 반복 또는 교차되는 것이다. 여기서 중요한 것은 의미와 기능에 있어서 각 이야기들이 주종관계나 종속관계가 되지 않아야 한다는 것이다.

<여상사제>이라는 작품은 화자가 농촌의 처녀를 네 단락의 묘사로 그린 짧은 수필이다. 아래는 작품의 전문이다.

① 지난여름 뒤ㅅ山 머루를 많이 따먹고 입술이 젓꼭지빛으로 깜앟게 물든것을 보았읍니다. 지금 토실토실한 살 속으로 따끈따끈 葡萄酒가 흘읍니다. 단 한사람을위한잔치 단한번 잔치를위하야 豫備된이병, 마개를 뽑기는커냥 아모나 맞어보는것도 아닙니다. 그렇나 紫色뽁스 皮膚에서 겨을ㅅ乃 牧草ㅅ내가 香긋하니 보랍니다.

② 삼ㅅ단같든머리에 다紅빛당기가 고초처럼 열렸읍니다. 물동이물도 가만 있는데 당기는 왜 이렇게 흔들니나요. 꼭 쥐어야지요. 너무 대롱대롱 흔들다가 마음이 달뜨기 쉬웁습니다.

③ 이봄이오드니 저고리에 머리때가 유난이 묻고묻고 하는것이 이상합니다. 아래ㅅ배가 싸르르 앓으다는 핑게로 가야할 나물캐려도 못가곤 합니다.

④ 都會와달리 떠들지않고 오는봄, 조용이 바뀌는 아이어룬, 그만해도 다섯해전 거성입은몸이 西道六百五十里에 이렇ㄴ處女를 처음보았고 그슾

으고도 흐늑 흐늑한 소꿉작난을 지금껏 잊으랴야 잊을수는 없습니다.
　　　　　　　　　　　　　　　－<여상사제>(전집4 수필 : 76)

이 작품에서 네 단락은 농촌 처녀를 그리고 있는데 ①은 그녀의 모습, ②는 마음 상태, ③은 몸 상태, ④는 화자와의 관계를 나타내고 있다. 글의 분량이나 내용상 비중이 네 단락 모두 큰 차이가 없다. 서로 완전히 다른 이야기들이 대등한 상태를 이룬다고 볼 수는 없지만, 처녀의 각각 다른 면을 다루고 있으며 형식상 병렬에 가까우므로 병렬법으로 구분하는 것이 무방하다고 보인다.

4) 이야기의 조립 구성 : 몽타주

'조립'을 뜻하는 몽타주(Montage)는 영화나 사진에서 부분을 편집하여 하나로 조립하는 것이다. 문학에서의 몽타주는 변화가 심한 현대인의 심리상태를 묘사하기에 적합한 기법으로 여겨진다. 몽타주 기법은 시간 몽타주와 공간 몽타주가 있다. 시간 몽타주는 동일한 공간에서 다양한 시간대에 일어난 사건이나 이야기를 모아 놓은 것이고, 공간 몽타주는 동일한 시간에서 일어난 다양한 공간의 사건과 행동을 모아 놓은 것이다. 몽타주는 해체된 삶의 단편적인 이미지들을 제시하여 그 이미지들이 각각의 울림으로 작용하여 하나의 커다란 입체적 상황을 연출한다. 즉 현실성을 강화하고 주제를 유기적으로 표현하기에 적합한 기법인 것이다.

이상의 수필 중 <산책의가을>이 공간 몽타주에 해당한다고 볼 수 있다. 작품 전문은 다음과 같다.

① 女人 유리장속에 가만이 너어둔 간쓰메밀크 그러치 구녕을 뚫지 않으면 밀크는 안나온다 단紅白 惑은 綠 이렇게 色色이 칠로 발너놓은 렛델의 아름다움外에 그리고 意外에도 묵직한 抱擁의즐거움밖에는 없는법이니 여기가을과 空虛가있다.

② 비오는 百貨店에 寂!사람이 없고 百貨가 내 그림자나 조용이 保存하고 있는 거리에 女人은 희붉은 종아리를 걸어칙겨 연분紅스카아트밑에 얕으막이 묵직이흔들니는 曲線! 라듸오는 店員大表 설없게 哀愁를 높이 노래하는 가을숨이는거리에 卋上것 다버려도 좋으나 단하나 가지가지果일보다 훨신맛남직한 桃色종아리 고것만은 참내여늫기가아깝구나.

③ 윈도오안에 石膏 ― 武士는 수염이 없고옉이너스는 분안발는살갈이 차즐길없고 그리고 그 長황한姿勢에 斷念이없는 윈도오안에 石膏다.

④ 소오다의 맛은 가을이 서껴서 靜脈注射처럼차고 유니폼少女들 허리에 번적번적하는 깨끗한반드 물방울 낙수지는 유니폼에 벌거버슨팔목 皮膚는 包裝紙보다 정한 包裝紙고 그리고 유니폼은 皮膚보다 정한皮膚다. 百貨店새물건包裝 ― 반드를 끈아풀처럼 꾀여들고 바뿌게걸어오는 상자속에는 물건보다도 훨신훨신 好奇心이 더들었으리라.

⑤ 여름은갔는데 검둥寫眞은 왜허물이 안벗나. 잘된寫眞에 간즐간즐한 少女 마음이 蒼白한月光아래서 感光紙에 분발르는 생각많은초저녁.

⑥ 果일가개는 문이달렸다. 유리창안쪽에 果일呼吸이 어려서는 살작 香蕉에 복송아―秘密도가렸으니 인제는 아모도 果일사러오지는않으리라. 果일은 마음껏 굴러보아도좋고 덜익은수박같은 主人머리에 부듸처보아도좋겠만 果일은 默默! 복송아에香蕉에, 복송아에香蕉에 복송아에바나나에―

⑦ 印刷所속은죄左다. 職工들얼골은 모도 거울속에 있었다. 밥먹을때도 ――이 왼손이다. 아마 또 내눈이 왼손잡이였는지 몰으지만 나는 쉽

살이 왼손으로 職工과握手하였다. 나는 巧妙하게左된智識으로 職工과 會
話하였다 그들休憩와對座하야—그런데 왼일인지 그들의叙述은 右다. 나
는 이 尨大한 左와右의交叉에서 속거북하게 卒倒할것같길내 그냥 門 밖
으로뛰여나갔더니 果然한발자곡 지났을적에 職工은 一齊이 右로돌아갔
다. 그들이 閑人과對話하는것은 똑職場밖에있는條件인것을 알수있었다.

⑧ 靑溪川헤버러진 수채속으로 飛行機에서 廣告삐라. 鄕國의童垓는 거
진 삐라같이 삐라를주으려고떼지었다 헤여젔다 지저분하게 훗날닌다 마
꾸닝蛔虫驅除 그러나 한童孩도 그것을읽을줄몰은다. 鄕國의童孩는 죄다
蛔虫이다. 그래서 겨우수채구녕에서 노느라고 배앞은것을 니저버린다.
童孩의兩親은 쓰레기래서 너이童孩를내여다 바렸는지는 몰으지만 삐삐
말는 송사리처럼 統制없이왱왱거리면서 잘도논다.

⑨ 롤너스케이트場의 요란한風景, 라듸오效果처럼 이것은 또 季節의왼
季節僞造일가. 月色이풀으니 그것은 恰似郊外의音響! 그런데 롤너스케이
트場은 겨을—이땀흘니는 겨을 앞에서셔 찍걱이녀름은 소름끼치며 땀흘
닌다. 어떻게 저렇게 겨을인체 잘도하는 複寫 氷판우에 너이人間들도 結
局알고보면 人間模型인지 누가아느냐.
　　　　　　　　　　　　　　　－<산책의가을>(전집4 수필 : 39-41)

　<산책의가을>은 모두 9개의 단락으로 되어있는데 '가을의 어느 날'
이라는 시간에 화자가 백화점, 과일가게, 인쇄소, 청계천, 롤러스케이트
장이라는 각각 다른 공간에서 보고 느낀 것을 적은 글이다. 여러 장소
에서 보고 느낀 공허와 정적, 호기심 그리고 인간들에 대한 단상을 모
아 놓음으로 해서 가을에 느끼는 정서를 표현하고자 했다. 이러한 다양
한 느낌과 생각은 종합적으로 모여 화자가 산책하면서 느끼는 가을의
이미지를 형성한다.

　'가을의 어느 하루'를 엄밀히 동일한 시간으로 볼 수 있느냐 하는 문

제와 여러 곳을 산책하면서 다니는 시간이 제각기 다르지 않으냐하는 문제가 있다. 그러나 산책하는 시간이라는 제한된 시간 동안 다닌 여러 장소를 묘사했으므로 공간 몽타주적 성격을 지니는 것으로 해석할 수 있다. 혹자에 따라서는 이 작품을 사건을 순차적으로 적은 연결법으로 분류할 수도 있을 것이다.

5) 사건이나 단어의 반복 구성 : 패턴법

패턴은 공간의 흐름 속에서 비슷한 사건이나 이미지, 말, 환청이 반복되는 것을 뜻한다. 반복성은 심리적으로 최면을 거는 효과를 나타낸다. 독자는 작가가 장치한 반복적인 어떤 요인에 의해 작가가 의도하는 효과대로 끌려갈 가능성이 있는 것이다. 이는 결국 작가가 의도한 주제를 강인하게 의식하도록 하는 역할을 한다.

<권태>는 화자가 성천이라는 시골 마을에서 지내면서 겪는 자연 현상과 시골 사람들의 행동, 자신의 생활을 '권태'로 파악한 글이다. 작품에서 '권태'라는 말은 사건이나 현상, 심리 상태를 표현하는 반복어로 등장한다.

<권태>에서는 "철저한 권태", "압도적 권태", "흉악한 권태", "극권태", "절대권태"라는 극단적 표현이 등장하여 '권태'를 강조하기도 한다. '권태'를 수식하는 표현들의 이러한 일관된 극단성은 화자의 '권태'를 더욱 권태롭게 만든다.

'권태'는 이상 수필의 명사 빈도수에서 16위에 올라 있는 단어다. 회수로는 총 27회가 사용되었다. '권태'는 김학철의 수필집 『우렁이 속 같은 세상』이나 한국 현대시에는 고순위에 올라있지 않다. 이상 수필에

사용된 27회 중 <차생윤회>에서 1회 사용된 것을 제외하고 26회가 <권태>라는 한 작품에서 사용되었다. 작가는 '권태'라는 단어의 반복 사용을 통해 독자가 자연스럽게 권태의 속성을 느끼도록 장치한 것이다. <권태>에서는 한 문장 안에 '권태'가 2회 이상 사용되기도 했다. 그 예를 들어 보면 다음과 같다.

지는것도 倦怠어늘 이기는것이 어찌 倦怠아닐수잇스랴?

―(전집4 수필 : 107)

現代人의 特質이오 疾患인 自意識過剩은 이런 倦怠치 안흘수업는 倦怠 階級의 徹底한 倦怠로말미암음이다.

―(전집4 수필 : 112)

그러나 人工의技巧가업는 畜類의交尾는 風景이倦怠그것인것가티 倦怠 그것이다.

―(전집4 수필 : 112)

모든것에서 絶緣된 지금의 내生活―自殺의端緒조차를 차즐길이업는 지금의 내 生活은 果然 倦怠의極 倦怠그것이다.

―(전집4 수필 : 118)

위의 예에서 볼 때 작가는 의도적으로 '권태'라는 단어를 반복적으로 사용했다고 추정할 수 있다. 이상은 한 단어의 고의적 반복을 통해 주제를 더욱 확실히 부각시키는 효과를 가져왔다. 그러므로 <권태>는 주제를 강화하기 위해 '권태'라는 단어를 이용해 패턴 기법을 적용한 수필이다. 이 작품은 연결법의 특성도 함께 지니고 있음을 밝혀둔다.

6) 문서나 기사의 인용 구성 : 콜라주

콜라주는 편지, 일기, 메모, 공문서, 신문기사 같은 것의 일부를 따오거나 축소해 제시하는 것이다. 원래는 '풀칠'을 뜻하는 현대 미술 기법의 하나인 콜라주는 신문 스크랩, 포스터, 공문서, 광고 등을 떼어다 작품 위에 붙인 것에서 비롯되었다. 때문에 이 기법은 모방이자 동시에 창조행위이기도 하다.

<산촌여정>에는 화자 자신의 시가 삽입되어 있다.

> ① 그리고備忘錄을쓰내어 머루ㅅ빗잉크로山村의詩情을起草합니다.
> ② 그적게新聞을찌저버린
> 째무든흰나비
> 鳳仙花는아름다운愛人의귀처럼생기고
> 귀에보이는지난날의記事
> ③ 얼마잇스면목이마름니다. 자리물─深海처럼가라안즌冷水를마심니다. 石英質鑛石내음새가나면서肺腑에寒暖計갓흔긴을늣김니다. 나는白紙우에그싸늘한曲線을그리라면그릴수도있을것갓슴니다.
>
> ─<산촌여정>(전집4 수필 : 43)

위의 인용문에서 ②에 해당하는 "그적게新聞을찌저버린 / 째무든흰나비 / 鳳仙花는아름다운愛人의귀처럼생기고 / 귀에보이는지난날의記事"까지가 화자의 시다. 성천에서 자연을 접하며 떠오른 시정을 수필작품 속에 그대로 넣었다. 이러한 시정은 본문의 정서에도 영향을 끼쳐 본문 문장을 더욱 시적으로 보이게 하는 효과를 나타낸다. <산촌여정>은 서정성이 본문 전체에 넘쳐흐르는 시적 수필이다. <산촌여정>은 전체적으로는 겪은 행동을 차례대로 적은 순차적 구성인 연결법에 속한다. 그러나 부분적으로는 이처럼 콜라주 기법을 이용했다.

<추등잡필>에서는 삼촌의 묘소 앞 비에 새겨진 글이 인용되어 있다.

① 나는 쏘 碑銘을 읽어 보았다. 하얏스되―
② 公廉正直 信義友篤
　　金蘭結契 矢同憂樂
　　中世摧折 士友咸慟
　　寒山片石 以表衷情
③ 三寸舊友 K氏의作으로 내 붓솜씨다. 오늘 이親友一同이 세운石碑압
헤 酒果가 업는 石床이 보기에限업이쓸쓸하다.

　　　　　　　　　　　　　　　　　―<추등잡필>(전집4 수필 : 90)

위에서 볼 때 ②에 해당하는 삼촌의 친구가 지은 한문 문장이 글 속
에 삽입되어 있다. 화자가 삼촌의 묘소를 방문해 겪은 일을 담은 <추
등잡필>도 전체적으로는 연결법이라 할 수 있으나 비명을 인용해 놓
음으로 해서 부분적으로 콜라주 기법을 적용했다.

<병상이후>에는 화자가 아픈 상태에서 엎드려 쓴 글이 그대로 인용
되어 있다.

① 그는 그대로 배를방바닥에대인채 업드리었다. 그의 앞흔몸과함께
그의마음도차즘차즘압하 들이왔다. 그는 더참을수는없었라. 原稿紙틈에
낑기워있는 3030用紙를끄내여 한두자쓰기를 始作하였다.
②「그렇다 나는 確實다.거즛에살아왔다. ―그때에 나에얌흔몸體驗을
伴侶한 무서운 動搖가왔다―이것을 나는 根本的인줄만 알았다. 그때에
나는果然 한때의慘酷한乞人이였다에살아나 오늘까지의 거즛을버리고 참
에서살아갈수있는「人間」이 되였다―나는 이렇게만믿었다에살아나 그것
도 事實에있어서는 根本的은 아니였다. 感情으로만 살아나앞흔몸가엽슨
한昆虫의 內波紋에 지나지안었든것을 나는 發見하였다. 나는또 한나로서
도또나의周回의모―든것에얌 對면야서도얌 차라리 여지껏以上의거즛에

서 살지아니하하 아니되였다…云云」

③ 이러한文句를 늘어놓는동안에 그는또한 몇절의짧은詩를 쓴것도記憶할수도있었다. 펜이 無聊다.조희우를 滑走하하 동안에 그의 意識은 차츰차츰朦朧하야드러갔다.   어느그의어느句節에서   무슨말을쓰다가펜을떠러트리였는지 그의記憶에서는 全然알아내일길이없다. 그가 펜을든채로그대로意識을잃고말아버린 것만은 事實이다.

－<병상이후>(전집4 수필 : 133)

위의 인용문에서 ②에 해당하는 "그렇다"부터 "云云"까지가 글 속에서 화자가 종이에 쓴 부분이다. <병상이후>의 앞부분은 의사가 화자를 진맥한 후 안방에서 술을 대접받으며 웃음 섞인 대화를 나누는 소리를 듣고 분노한 심정을 피력하고 있다. 그 다음 화자는 병으로 인한 고통에 시달리며 자신을 챙겨주는 사람이 없는 것에도 서운함을 느낀다. 그는 아픈 중에도 원고지에 글을 쓰다 의식을 잃는다. 며칠 후 화자는 친구의 편지를 보고 다시 희망을 얻는다는 순서로 줄거리가 되어 있다. 이런 내용 중에서 화자가 원고지에 글을 적은 부분이 콜라주로 되어 있다. 이 수필도 전체적으로는 연결법이지만 콜라주 기법이 들어가 있다.

이상의 수필에 나오는 콜라주는 아주 이질적인 것을 갖다 붙인 경우는 없다. <산촌여정>에서는 자신의 시를, <병상이후>에서도 자신의 글을, <추등잡필>에서는 삼촌 묘소의 비명에 적힌 글을 콜라주 했다. 수필이라는 장르의 특성 상 이질적인 내용을 갖다 붙이기가 곤란했을 것이라고 추측된다.

한 작품의 구성법을 확연하게 한 가지로 구분하기는 곤란한 경우가 있다. 한 작품이 연결법이면서 동시에 콜라주 기법을 사용할 수도 있는 것이다. 구성법은 이론가들마다 다른 분류법을 사용하기도 한다. 결론적으로 이상의 수필 구성법은 상당수가 연결법에 속하지만, 다른 형식으로 구성된 수필도 적지 않으며, 연결법은 다른 구성법과 동시에 적용되는 경우가 많은 것이 특징이다.

제 5 장

이상 수필의 내용적 특성

문학 비평에 있어서 전통적 접근 방법은 20세기에 들어 형식주의나 신비평주의 방법에 의해 도전을 받았지만, 요즘에는 문학 작품의 이해를 위해서는 다양한 모든 방법을 동원하는 것이 가능하다. 비평은 어디까지나 작품의 이해를 위한 것이다. 언어의 구조와 문체를 분석하거나 작가의 생애와 작품의 역사적 배경을 연구하는 것은 작품의 최종적 이해에 다가가기 위한 여러 갈래의 길이라고 할 수 있다.

문학 작품은 그 자체로 자주성을 지니고 있지만 동시에 작가의 인격과 시대적 환경의 반영이기도 하므로 작품의 이해를 위해서라면 작품과 관련된 내적 외적 특성이나 상관관계를 모두 고려하는 것이 옳다. 그런 의미에서 이번 장에서는 이상 수필의 표현적 특성에 이어 내용적 특성을 유기적으로 살펴봄으로써 보다 다각도적인 작품 이해에 다가가고자 한다.

이상 수필은 주제 면에서 세태 비판, 자연 관조, 애정 갈등, 자아 부정적인 것으로 분류할 수 있다. 19편의 수필이 세태 비판적인 수필이고, 자연을 관조하는 수필에는 3편, 애정 갈등을 다룬 것에는 6편, 자아 부정적인 수필에는 4편이 속한다.

1. 세태비판과 풍자성

세태비판적 수필로는 <혈서삼태 1-5>, <조춘점묘 1-7>, <추등잡필 1-5>, <산책의가을>, <동경>을 들 수 있다. 이 중 <혈서삼태 1-5>, <조춘점묘 1-7>, <추등잡필 1-5>은 연작 수필로 되어 있다. <혈서삼태>는 1934년 6월 『신여성』[1]에 5편 연작으로, <조춘점묘>는 1936년 3월 3일부터 3월 26일까지 『매일신보』에 7편 연작으로, <추등잡필>은 1936년 10월 14일부터 10월 28일까지 『매일신보』에 5편 연작으로 발표되었다. 이 글들은 칼럼 식 글쓰기로서 당시의 세태를 비판하는 내용으로 되어 있는데, 세태비판적 수필에 속하는 것은 모두 19편이다.

이상은 흔히 자아 문제에 주로 몰두한 작가라고 알려져 있다. 그러나 그의 수필 작품에서는 사회적 비판의식도 뚜렷하게 나타난다. 자아에 관해서든 또는 사회에 관해서든 무엇을 비판하려면 느끼고 생각을 많이 해야 한다. 이상이 감수성이 풍부한 동시에 생각을 많이 한 작가라는 것은 4장의 고빈도 동사표에서 21회 사용된 '느끼다'가 20위에, 41회 사용된 '생각하다'가 9위에 오른 것만 보아도 알 수 있다. 김학철의 수필집 『우렁이 속 같은 세상』에서는 '생각하다'가 47위에 올랐고, '느끼다'는 48위 안에 들지 못했다. 이를 보아도 이상이 느끼고 생각하는 일에 집중했음이 증명된다. 그의 지적 비판력은 신문에 연재된 칼럼식

---

1) 『신여성』은 1923년 창간된 여성잡지로 당대 신여성들의 연애관과 결혼관, 가정생활과 사회진출에 관한 풍속과 논쟁을 담고 있었다.

수필을 통해 그 능력이 확실히 드러났다. 그는 당시의 연애 풍속과 도시 세태, 구식 문화를 비판하고, 경성과 동경도 비판적 시각에서 바라보기도 했다.

1) 연애 풍속의 비판 : 〈혈서삼태 1-5〉

〈혈서삼태 1-5〉는 〈오스카 와일드〉, 〈관능위조〉, 〈하이드 씨〉, 〈악령의 감상〉, 〈혈서기삼〉 5편으로 이루어져 있다. 〈혈서삼태〉라는 제목은 〈관능위조〉, 〈악령의 감상〉, 〈혈서기삼〉에 나오는 세 가지 혈서 이야기에서 나왔다. 이 세 혈서들은 각각 다른 세 남자가 매춘부 혹은 여급에게 써 준 혈서들이다.

〈오스카 와일드〉의 첫 부분은 "내가 불러주고 싶은 이름은 『旭』은 아니다. 그러나 그 이름을 욱이라고 불러두자"[2]이고, 〈하이드 씨〉의 첫 부분은 "내가 부를 이름은 물론 小霞는 아니올시다. 그러나 소하라고 부른들 어떻겠습니까"[3]이다.

〈오스카 와일드〉와 〈하이드 씨〉에는 혈서 이야기가 나오지 않는다. 대신 '욱'과 '소하'로 나타나는 친구 문종혁과의 관계를 다루고 있다. 〈오스카 와일드〉와 〈관능위조〉에는 '욱'이, 〈하이드 씨〉와 〈악령의 감상〉에는 '소하'가 등장한다. 네 편의 글이 모두 문종혁과 관련이 있다. 文鍾爀의 '爀'은 '붉을 혁'이다. '旭'은 '아침 해'를 뜻하고 '霞'는 '노을'을 뜻하는데 다 붉은 색이라는 공통점을 지니고 있다. 그러므로 '旭'과 '霞'는 '爀'의 다른 이름에 지나지 않는다.[4]

---

2) 전집4 수필, 31쪽.
3) 전집4 수필, 34쪽.
4) 이경훈, 『이상, 철천의 수사학』, 소명출판, 2000, 205~206쪽 참조.

<관능위조>에서는 화자의 친구인 '旭'이 스스로 쓴 혈서를 화자에게 보여준다.

> 이 <목로의 마리아> 數 章이 욱에게 그 風前燈火 같은 비밀을 이야기하여도 좋은 이유와 용기와 안심을 주었든지 그는 밤이 으슥하도록 나를 함부로 길거리로 끌고 다니면서 그 길고도 사정 많은 이야기를 나에게 들려주었다. 그것은 너무도 끔찍하여서 나에게 發狂의 종이 한 장 거리에 접근할 수 있게 한 그런 이야기인데 요컨댄 욱의 童貞이 天生 매춘부에게 獻上되고 말았다는 해피 엔드. 집에 돌아와서 우표딱지만한 사진 한 장과 삼팔수건에 적힌 혈서 하나와 싹독 잘라내인 머리카락 한 다발을 신중한 태도로 나에게 보여주었다.
>
> 사진은 너무 작고 희미하고 하여서 그 인상을 재현시키기도 어려운 것이었고 머리는 흡사 연극할 때 쓰는 채플린의 수염보다는 조금 클까 말까 한 것이었고 그러나 혈서만은 썩 미술적으로 된 것인데 욱의 예술적 천분이 충분히 나타났다고 볼 만한 가위 걸작의 부류에 들어갈 수 있었다. 물론 그것은 그 매춘부 씨의 작품은 아니고 욱 자신의 自作自藏인 것이었다. 삼팔 핸커치프 한복판에다가 선명한 隷書로『罪』이렇게 한 자를 썼을 따름 물론 落款도 없었다.
>
> 이것이 내가 이 세상에 탄생하야서 참 처음으로 목도한 혈서였고 그런 후로 나의 욱에게 대한 순정적 우애도 어느듯 가장 문학적인 태도로 조금씩 변하여 갔다. 다섯해 세월이 지나간 오늘 엊그제께 하마하더면 나를 배반하려 들던 너를 나는 오히려 다시 그러던 날의 순정에 가까운 우정으로 사랑하고 있다. 그만큼 너의 현재의 환경은 너로 하여금 너의 결백함과 너의 無辜함을 여실히 나에게 이야기하여 주고 있는 까닭이다.
>
> －<관능위조>(전집4 수필 : 32-3)

화자의 친구 '욱'으로 등장하는 문종혁은 이상과 보성고보 동창으로 18세(1927년)부터 5년여 동안 이상의 백부 집에서 같이 생활했다고 한다.5) 문종혁은 군산에서 태어났는데 <오스카 와일드>에도 "욱은 나의

병실에 나타나기 전에 그 고향 군산에서 足部에 꽤 위험한 절개수술을
받고"[6]라는 대목이 나온다. 문종혁은 <심심산천에 묻어주오>라는 글
에서 <관능위조>의 상황에 해당하는 일화를 적어 놓았다.

> 우리 집도 그 중(파산)의 하나였다. 넓은 들판에는 입도차압의 딱지가
> 휘날렸고 집 기둥에도 가산도구에도 차압딱지가 붙었다.
> 나는 스물한 살 처음으로 들판에 나가 보았다. 그리고 그들 빈농의 삶
> 을 보았다.
> 소작인도 지주도 다 못사는 모순. 그리고 우리 집의 처첩 간의 갈등들
> (엄친에게는 많은 소실들이 있었다).
> 모든 것이 모순덩어리였다.
> 나는 질식할 것만 같았다.
> 스물두 살— 나는 창녀의 방에서 나의 손가락을 잘랐다.
> 그리고 죄라는 혈서를 썼다.
> 창녀는 나의 가위 던지는 소리에 잠에서 깨어났다. 그녀가 그게 무슨
> 글자인지 무엇을 뜻하는 것인지 알 리가 없다. 그녀에 대한 사랑의 맹세
> 로 알았던지 그 가위를 들어 자기의 머리채를 쥐고 덥석 잘랐다.
> 이때 이 혈서는 당신(창녀)과는 아무런 관련도 없다고 말할 수가 있겠
> 는가.
> 나는 말없이 그녀의 잘라진 머리채를 혈서의 손수건에 쌌다. 웃을 일
> 이나 그때의 나는 슬프기만 했다.[7]

'욱' 즉 문종혁의 혈서는 기울어진 가세와 복잡한 집안 사정에 실망
한 자신의 처지를 비관하여 쓴 것인데, 곁에 있던 창녀는 혈서가 자신

---

5) 문종혁, <몇 가지 이의>, 김유중·김주현 편, 『그리운 그 이름, 이상』, 지식산업사, 2004,
   131쪽 참조.
6) 전집4 수필, 31쪽.
7) 문종혁, <심심산천에 묻어주오>, 김유중·김주현 편, 『그리운 그 이름, 이상』, 지식산업
   사, 2004, 105~106쪽.

에 대한 사랑을 뜻하는 것인 줄 알고 머리카락을 잘라주기까지 했다는 것이다. 이 이야기를 들은 이상은 글을 쓰면서 <관능위조>라는 제목을 붙였다. 친구의 속사정을 잘 알았던 이상은 내용에 걸맞은 제목을 골랐던 것이다. 사랑 즉 관능을 위조한 혈서의 우스꽝스러움을 보여주고 있다.

<하이드 씨>와 <악령의 감상>에 나오는 '小霞'도 역시 문종혁이다. <악령의 감상>은 계유년 즉 1933년 어느 매춘부가 남자에게서 받은 혈서의 피가 진짜 그 남자의 피인지를 놓고 소동을 피우는 것을 보고 느끼는 화자의 심경을 적은 글이다. "사랑하는 장귀남씨/나의 타는 열정을/당신에게 바치노라"(전집4 수필, 36쪽)라는 혈서를 보고 화자는 "퍽 문학적인 것으로 闡潔 명확, 실로 점 하나 찍을 여유가 없는 완전한 걸작"(전집4 수필, 36쪽)이라고 비꼬고 있다. 소동 끝에 매춘부들이 그 편지의 주인공을 찾아가자고 결의를 하는 것을 보고 화자는 자신의 "예술적 실력"을 한탄하며 "거리로 쫓겨나와서 엉엉 울고 싶은 것을 참 억지로 참았읍니다"(전집4 수필, 37쪽)라고 반어적으로 표현하고 있다.

<혈서기삼>에서는 카페 주인의 첩인 Y子가 어느 운전사의 위조혈서를 보고 놀라 동반자살을 하러 가서 먼저 한강에 뛰어들어 죽은 후, 운전사가 따라 죽지 않고 신고한 내용을 담고 있다.

> 자동차운전수 하나이 뛰어들어와 살살 꾀이다가 말을 잘 안 들으니까 이따위 위조혈서를 보내서 좀 놀라게 한다는 것이 그만 마음이 약한 Y子가 보고 너무 지나치게 놀라서 그가 정말 죽는다는 줄 알고 그만 겁결에 저렇게 제가 먼저 죽어 버렸으니 생사람만 하나 잡고 그는 여전히 뻔뻔히 살아서 자동차를 뿡뿡거리고 다니니 이런 원통하고 분할 데가 어디 또 있읍니까. 그러면서 글쎄 이게 무슨 혈섭니까, 하고 하얀 봉투 속에서

꺼내는 簿記紙든가 無地든가 편지 한장을 끄집어내어 보여준다. 펜으로
자디잘게 만리장서 삐뚤삐뚤 是非曲直이 썩 장관이었다. 나는 첫머리 두
어줄 읽어내려가다가 욕주거리가 나서 그만두고 대체 피가 어디 있느냐
고, 이것은 펜글씨지 어디 혈서냐고 그랬더니 이게 즉 혈서라는, 즉 피를
내었다는 증거란 말이지요, 하며 저 끄트머리 찍혀있는 서너 방울 떨어
져 있는 지문문은 핏자국을 가리킨다. 코피가 났는지, 코피치고도 너무
분량이 적고 빈대 지나가는 것을 아마 터뜨려 죽인 모양인지 正體 자못
불명이다. 그런데 그 章末에 曰 이 혈서가 당신에게 배달되는 때는 나는
벌써 이 세상 사람이 아니고 낙원에 가 있을 것이라고—요컨대 낙원회관
에 애인이 대신 하나 생겼단 말인지도 모를 일이다.
—<혈서기삼>(전집4 수필 : 37-8)

  화자는 혈서에 속아 자신의 목숨을 버린 여인에 대해 무지로 인한
어처구니없음을 느끼는 동시에 혈서를 보낸 사람에 대해 분노를 느낀
다. 그는 운전사가 먼저 죽어 낙원에 가 있기는커녕 "낙원회관"에 가
있을지 모른다며 냉소한다. 당시에는 실제로 종로 2가에 '낙원회관'이
라는 카페가 있었다고 한다.8)

  이처럼 화자는 세 가지의 사례를 통해 당시의 혈서에 얽힌 연애 풍
속을 보여주면서 여인들의 무지와 남자들의 뻔뻔함을 비판하고 있다.

  또한 <오스카 와일드>와 <하이드 씨>에서 '욱'과 '소하'로 나타난
문종혁과의 동성애적인 감정 묘사도 주목을 끈다.

  우리는 그 狹窄한 단간방 안에 백호나 훨씬 넘는 캠버스를 버티어 놓
고 마음 가는 데까지 자유로이 분방스러히 창작생활을 하였으며 渾然한

---

8) 당시의 '낙원회관'에 관한 설명이 다음과 같이 언급된 책이 있다.
  "당시 다방은 서울 시청 앞의 '낙랑 팔라'와 종로 2가의 '멕시코'가 있었고, 카페(빠아)로
  는 종로 2가 지금 태극당 자리에 '낙원회관'이 있었고, 인사동에 몇 개의 작은 카페들이
  있었다." (이승훈, 『이상』, 건국대 출판부, 1997, 62쪽.)

靈의 포옹 가운데에 오히려 서로를 잇는 몰아의 경지에 놀 수 있었느니라.

그러나 욱 너도 역시 그부터 올라오는 불 같은 열정을 능히 斷片斷片으로 토막쳐 놓을 수 있는 냉담한 일면을 가진 영리한 書生이었다.

－〈오스카 와일드〉(전집4 수필 : 32)

제목에 나오는 '오스카 와일드(1854~1900)'는 아일랜드의 작가로 동성애를 한 인물로 알려져 있다. 김주현은 이상의 글에 나오는 "'하이드 씨', '메퓌스트', '악마', '영혼', '악령' 등은 이전 분신문학과의 관련상을 짐작하게 해주며, 이들은 내적 분신으로서의 '악마'의 모습을 띠고 있다"9)고 분석한다. 분신문학으로 거론되는 것으로는 스티븐슨의 『지킬박사와 하이드』, 괴테의 『파우스트』, 셸리의 『프랑켄슈타인』, 오스카 와일드의 『도리언 그레이의 초상』을 들 수 있다. 『도리언 그레이의 초상』도 동성애를 다룬 글이다.

제목에 오스카 와일드의 이름을 쓴 것과 글의 내용으로 보아 은근히 문종혁과의 동성애적 감정을 나타내려 한 것으로 보인다. 아래의 〈하이드 씨〉에서도 그 같은 내용이 나온다.

나는 물론 소하의 경우에서도 상당한 「지킬 박사」와 상당한 「하이드」를 보기는 봅니다만은 그러나 소하가 퍽 보편적인 열정을 얼른 단편으로 사사오입식 종결을 지어버릴 수 있는 능한 手腕이 있는데 반대로 나에게는 倫敦市街에 끝없이 계속되는 안개와 같이 거기조차 컴마나 피리어드를 찍을 재주가 없읍니다.

일상생활의 중압이 이 나에게 교양의 淘汰를 부득이하게 하고 있으니 또한 부득이 나의 빈약한 이중성격을 「지킬 박사」와 「하이드 씨」에서 「하

---

9) 김주현, 『이상 소설 연구』, 소명출판, 1999, 249쪽.

이드 씨」와 「하이드 씨」로 이렇게 진화시키고 있습니다.
-<하이드 씨>(전집4 수필 : 34-5)

두 글에서는 '욱'과 '소하'로 나오는 문종혁이 "냉담한 일면"과 "능한 수완"을 가진 것에 비해 화자 자신은 "빈약한 이중성격"을 지니고 있음을 한탄하고 있다. "渾然한 靈의 포옹 가운데에 오히려 서로를 잇는 몰아의 경지"에서 놀았던 두 사람이 정신적 동성애를 했는지 육체적 관계까지 발전했었는지는 알 수 없으나 당시의 시대 상황에서 이만큼이라도 화자 자신의 동성애적 감정을 드러냈다는 것은 획기적인 일이다.

2) 도시 세태의 비판 : 〈조춘점묘 1-7〉, 〈산책의가을〉, 〈동경〉

〈조춘점묘〉는 7편의 연작 수필로 되어 있다. 그 중 〈보험업는화재〉, 〈단지한처녀〉, 〈차생윤회〉, 〈공지에서〉, 〈도회의인심〉의 밑바닥에는 당시 경성이라는 근대화 과정 속의 도시에서 일어나는 소외 계층의 애환이 서려있다는 공통점이 있다. 이상의 수필이 도시 생활에 근거한 세상사에 대한 이야기를 많이 담고 있는 것은 앞장에서 '일', '집', '생활', '세상', '도회', '방', '자동차' 등의 어휘가 고빈도 명사 목록에 올라 있는 것과 무관하지 않다. 칼럼 수필이 다수를 차지하는 것이 이러한 단어들이 고순위에 오른 이유다.

〈보험업는화재〉는 자신이 사는 동네의 공장에서 일어난 화재를 화자가 구경하면서 느낀 것을 적은 글이다. 그 중 한 부분을 보기로 한다.

듯자니 工場은 火災保險덕에 한폰드짜리알콜병하나쓰내놋치안코 數萬

圓의補償을바드리라한다. 火災保險—참 이것은 엇던種類의고마운하느님
보다도훨신더고마운하느님에틀님업다.

   어머니는엇지되든지간에 그째마음갓서는『비러먹을! 몽탕 다 타나
버리지』하고 실업시심술이낫다. 財産도 그대신걸내조각도업는알몸동이
가한번되어보고십헛든게다. 勿論 火災保險하느님이 내게 아모런補償도끼
칠바는아니련만……

                              —<보험업는화재>(전집4 수필 : 58)

   공장의 불이 자신의 집에 덮칠까봐 화자와 어머니는 두려워했다. 그
러나 화자가 보기에 가난에 찌든 집안에서 건져낼 만한 물건은 아무
것도 없었다. 다행히 불이 꺼져 피해는 없었지만 불에 탄 공장이 화재
보험 덕에 아무 피해도 입지 않는다는 것을 알고 화자는 심술이 났다.
그래서 차라리 "걸내조각도업는알몸동이"가 되어 보고 싶다고 어깃장
을 부렸다. 부자인 공장주인은 화재에도 끄덕 않을 것을 알고, 화자는
보험도 들지 못한 자신의 처지에 대해 새삼 소외감을 느낀 것이다.

   <단지한처녀>는 화자의 누이의 친구가 병든 어머니를 살린다고 손
가락을 자른 사건을 듣고 느낀 생각을 적은 글이다.

   무슨 物質的인文化에 그저 盲從하자는게 아니라 時代와 生活시스템의
變遷을조차서 거기짤으는역시새로운 卽 이時代와 이生活에準矩되는適確
한倫理的尺度가생겨야할것이고가아니라 意識的으로 立法해 내어야할것
이다.

   斷指—이 너무나毒한道德行爲는 오늘우리가질머지고잇는 엇던種類의
生活시스템이나 思想的푸로그람으로재어보아도 송구스러우나 一種의 無
智한 蠻的事實인것을否定키어려운外에아모取할것이업다.

                              —<단지한처녀>(전집4 수필 : 59-60)

색시는 "學校도변변이못가본閨中處女"다. 근대화된 도시의 학교 교육에서 소외된 색시의 효심을 이해하지 못하는 것은 아니나 화자는 "可憐한無智와可憎한傳統"에 분개한다. 그래서 시대의 변천을 따라 새로운 윤리적 척도가 세워져야 한다고 주장한다. "斷指"는 새 시대에서 효심의 발로가 아닌 "一種의 無智한 蠻的事實"에 지나지 않는 것을 화자는 갈파하고 있다.

<차생윤회>는 화자가 종로에서 하루에 세 번 거지에게 적선을 베풀고 나서 느낀 생각을 적은 글이다.

> 하로 鐘路를오르내리는동안에세번 積善의베푼일이잇다.
> 　破記錄的事實임에틀님업다. 한푼바다들고 여내 고개를 쓰쩍이고 꽁문이를쌔는꼴을보면서『네놈덕에내가사람노릇을하는것이다. 알기나 아니?』하고甚히窮한虛榮心에서苦笑하얏다. 自身 亦地上에살資格이그리업다는것을각금늣기는까닭이다. 그러나 다음瞬間『나를먹여살니는내 바로上部構造가쏘이러케 滿足해하겟지』하고 소름이聯쫙끼첫다. 그째의나는틀님업시 엇던 점잔은분들의 虛榮心과 生活原動力을提供하기위하야 쑤멀쑤멀하는『거지的存在』고나 눈의불이번쩍나지안을수업섯다.
> ―<차생윤회>(전집4 수필 : 64)

거지에게 적선을 하면서 정신적 허영심을 느꼈던 화자는 곧 자신의 상부구조도 자신에 대해 이런 감정을 느끼고 만족해 할 것을 생각하고는 섬찟해 한다. 푼돈으로 허영심을 사는 서민 계층은 더 부자인 사람에게는 역시 "거지的存在"에 지나지 않는다. 근대화된 도시의 자본주의 사회에서 하부 계층에 속하는 자의 경제적 소외감이 글에 나타나 있다.

<공지에서>도 역시 화자의 경제적 소외감이 드러나는 작품이다. 화자는 산책을 나가 덕수궁과 대한문 쪽으로 다니면서 덕수궁의 텅 빈

마당을 보고는 땅이 심심할 것을 걱정하고, 연못의 스케이트장을 보고
는 얼음 아래 물고기들을 염려한다. 또한 보험회사의 신축용지라고 써
붙인 공지를 보고는 세상에 사실상 "所有者의許諾이업시 一步의半步를
엇지옴겨노으리오"라고 탄식한다.

> 봄이왓다. 가난한房안에 왜쏘아리盆하나가 철을차저서 요리조리 싹이
> 튼다. 그 닥굽한되도안 되는흙우에다가 늘 잉크병을올녀노코하다가 싹트
> 는것을보고 잉크병을치우고 겨으내그대로두엇든落葉을거두고맑은물을한
> 주발주엇다. 그리고天下에空地라곤 요 盆안에노힌쌍 한군데밧게는업다고
> 조와하얏다 그러나 두다리를쎗고누어서담배를피우기에는 이 동글납작한
> 空地는 너무좁다.
>
> ─<공지에서>(전집4 수필 : 67)

봄이 되어 화자는 싹이 트는 화분에 물을 주며 "天下에空地라곤 요
盆안에노힌쌍 한군데밧게는업다"고 좋아하다가 그 공간이 누워 담배를
피울 공간도 안 되는 크기임을 절감한다. 땅을 소유하지 못한 자의 비
애가 느껴지는 대목이다.

<도회의인심>은 화자가 사는 연립 주택의 가난한 이웃들 간에 벌어
지는 야박한 인심을 그리고 있다.

> 正月에 反對편 이웃집에서 힌썩을햇다. 한가락주겟지햇드니 果然한가
> 락도안준다. 우리는 지짐이만부첫다. 좀줄가하다가 힌썩한가락안주는걸,
> 뭘 하고 혼자먹엇다. 四男妹집은 元來 計算에늣치안은이유가 금음날밤싸
> 지도 아므것도 부치지도 지지지도 안엇기쌔문이다. 그것은 슾혀 힌썩과
> 지짐이를 그이웃집에 期待하고 잇는수작이 안인가해서 미워서 그런것이
> 다. 勿論 이것은 내 誤解인지도몰으지만─
>
> ─<도회의인심>(전집4 수필 : 69)

화자의 이웃들은 명절에 음식을 하면서 서로 나눠 먹지도 않는다. 모두들 어려운 형편이라 음식을 여러 가지 하거나 모두에게 나눠 줄 형편이 안 된다. 아예 아무 음식도 하지 않은 집도 있다. 그래도 서로가 잘 아는 시골이었으면 없는 형편에도 서로 나누어 먹었을 텐데 도시의 익명성에 근거한 몰인정함은 인심을 허락하지 않는다.

들고 나는 이사가 잦음으로 인해 도시인들은 정을 주기를 꺼린다. 이 글에서도 젖먹이를 잃은 이웃에게 부의도 안하고, 옆에 살면서 대화를 안 해본 집도 있고, 옆집 여자가 본처에서 첩이 되어도 동정을 하지 않고, 집달리가 와서 딱지를 붙여도 상관하지 않는 무관심을 보여준다. <도회의인심>은 산업화된 도시의 각박함을 소외 계층의 곤궁한 생활상을 통해 드러내는 작품이다.

<골동벽>은 화자가 아는 이의 골동품 자랑을 들으며 느낀 생각을 적은 글이다. 이조 항아리를 싸게 샀으니 와서 구경하라는 연락을 받고 지인의 집에 간 화자는 그 물건 값이 싸지도 않고 예술적 가치도 별로 없다고 느낀다. 예술품이기 보다는 실용의 목적으로 만들어진 항아리를 오래 되었다는 이유로 떠받드는 것은 "可驚할無知"라고 화자는 주장한다.

어느時代의生活樣式 民俗 民俗藝術等을 알고저할째에 비로서 骨董品의 地位가 重大해지는것이지 그러니까骨董品은 骨董品만을모아놋는博物館과 倂存하지안코는 그存在理由가 消滅할뿐 아니라 何等의 『구실』을못한다. 갓흔時代것갓흔傾向ㅅ것을 한데모아노코 봄으로해서 果然 具體的인 歷史的인 智識을 어들수 잇는것이지—그러닛가 勿論만을수록조타—그러치안코 외짜로 썰어진 한破片은 原人『피데칸토롭부스』의 단한개의骨片처럼 너무 짐작을세울길에 貧困하다. 그것을 항아리한개 접시두조각해서 自己

枕頭에늘어놋코 그中에 조흔것은 누가알가바 쉬쉬숨기기까지 하는 當世
骨董人氣質은 爲先 앗가 말한 考古學的意義에서 可憎한일이오 둘재 그 唾
棄할守錢奴的私有觀念이 밉다.

ー<골동벽>(전집4 수필 : 71-2)

골동품은 시대별로 박물관에 모여 있어야 의의가 있지, 개인이 몰래
몇 개 지니고 있는 것은 "可憎한일"이며 "守錢奴的私有觀念"일 뿐이라고
화자는 지적한다. 또 모르고 위조 골동품을 산 다음 비싼 값에 속여 되
파는 무리들의 행태를 비웃고, 위조품도 세월이 지나면 골동품이 될 것
이라고 갈파한다. 이 글에서도 골동품을 살 형편이 되지 못하는 화자의
삐딱한 시선이 드러나지 않는 것은 아니지만 골동품 수집의 의의를 날
카롭게 지적하고 있다.

　<동심행렬>은 도시의 보통학교 학동들의 등교를 보고 느낀 소감을
쓴 글이다. "七八歲로 열아믄살까지 男女가뒤석긴 絢爛한行列"은 "嚴格
한 中古 敎育"을 받은 세대가 보기에는 신기한 일이다. 학동들은 "란도
셀"과 그림책, 크레용을 지녔고, 남학생들은 양복과 경편운동화 차림이
며 극채색 소년잡지를 들었다. 새로운 문물을 지닌 학동들에 대한 묘사
에 이어 화자는 어린이들의 안경에 주목한다.

아즉도 眼鏡쓴學童보다 안쓴 學童의數爻가 더만흔것으로보아 한편 怪
異도하나 한편 아즉 그들의讀書熱이 四十度에일으지안은것을 차라리多幸
히 생각하고십다. 누구에게라도 眼鏡商을 推奬하고십다. 오늘 가튼 不德
한活字虛無時代에 加하야 不完全한照明裝置 밧게업는 이쌍에 늘어갈것은
近視眼쑌일터이니 말이다.

ー<동심행렬>(전집4 수필 : 75)

화자는 활자가 너무 작아 아이들 눈을 괴롭힌다고 개탄하며 아이들 독서열이 아직 그리 뜨겁지 않은 것이 다행이라고 여긴다. 이어 앞으로 근시안이 증가할 것이니 안경상을 하면 좋을 것이라고 한다. 과거와 달리 아이들까지도 안경을 쓰는 세태에 대해 화자는 낯설어 하면서도 아이들을 측은해 한다. 예전에 볼 수 없었던 물건들을 갖추었지만 활자시대를 맞아 아이들의 눈이 혹사당할 것을 염려하는 마음이 나타나 있다.

이처럼 <조춘점묘 1-7>는 화자가 도시 생활에서 보고 겪은 일들을 비판적 시각에서 날카롭게 묘사하고 있는 칼럼식 글쓰기라 할 수 있다. <조춘점묘 1-7> 외에 도시 세태를 비판한 작품으로는 <산책의가을>과 <동경>이 있다. 그러나 이 두 작품은 도시의 풍경을 대조적인 시각에서 바라보았다.

<산책의가을>은 1934년 10월 『신동아』에 발표되었지만 잊힌 채 있다가 하동호에 의해 1977년 8월호 『문학사상』에 소개된 작품이다. 이 글은 화자가 京城 시내를 산책하면서 산책자의 시선으로 본 광경에 대한 느낌을 담았다. 화자는 여인의 종아리를 보며 마음이 흔들리기도 하고 백화점과 과일가게, 인쇄소를 지나친다. 그러나 글의 후반부에 이르러서는 청계천과 롤러 스케이트장을 보고 자학적 비판성을 드러낸다.

青溪川헤버러진 수채속으로 飛行機에서 廣告삐라. 鄕國의童垓는 거진 삐라같이 삐라를주으려고떼지었다 헤여졌다 지저분하게 훗날닌다 마구 닝蛔蟲驅除 그러나 한童孩도 그것을읽을줄몰은다. 鄕國의童孩는 죄다蛔蟲이다. 그래서 겨우수채구녕에서 노느라고 배앞은것을 니저버린다. 童孩의兩親은 쓰레기래서 너이童孩를 내어다 바렸는지는 몰으지만 삐삐말는 송사리처럼 統制없이왱왱거리면서 잘도논다.

―<산책의가을>(전집4 수필 : 41)

화자는 청계천에서 광고지가 비행기에서 뿌려져 수채 안으로 들어가자 아이들이 그것을 주우려고 모이는 것을 본다. 아이들이 그것을 읽을 줄도 모르고 수채 속에서 노는 것을 보고 화자는 아이들이 "회충" 같다고 여기며, 그들이 노는 모양을 "빼빼말는 송사리"에 비유한다. 교육받지 못해 무식하고, 놀 곳이 마땅하지 않은 아이들을 보며 화자는 "鄕國의童垓"에 대해 자학적 시각을 드러낸다. 화자는 "鄕國"이라는 단어에서 일본과의 차별성을 나타내고 있다. 이는 식민지 치하의 어린이들에 대한 연민에서 비롯된 감정이라 볼 수 있다.

롤러 스케이트장에 이르러서 화자는 스케이트를 타는 사람들을 보고 "어떻게 저렇게 겨을인체 잘도하는 複寫水판우에 너이인간들도 結局알고 보면 人間模型인지 누가아느냐"(전집4 수필, 41쪽)라고 의문을 던진다. 가짜 빙판 위에서 놀고 있는 사람들이 "人間模型"일 수 있다는 지적은 "향국"의 고달픈 현실과 상관없이 새로운 오락을 즐기는 계층에 대한 반감을 표출한 것으로 보인다. <산책의가을>에서는 식민치하의 현실에 대한 연민과 자각이 은근히 드러나고 있다.

<동경>은 이상이 1936년 후반 동경에 도착해 시내를 보고 느낀 점을 적은 글이다. 그는 이 글에서 동경에 대한 감탄 대신 실망을 드러낸다. 상상하던 고층 빌딩이 생각보다 훨씬 작다고 하고, 자동차에서 배출되는 독가스 냄새에 불쾌해 하고, 긴자(銀座)는 "허영독본"이라고 비꼬고, 백화점들은 싼 것을 무시하는 고객을 위한 곳이라고 평한다. 찻집의 색시들은 단풍무늬 옷을 입어 성병환자 같다고 묘사한다. 글의 내용에서 동경에 대한 호의적인 시선을 찾아볼 수 없는 것이다.

銀座는 한 개 그냥 虛榮讀本이다. 여기를 것지않으면 投票權을 잃어버

리는것같다. 女子들이 새 구두를사면 自動車를 타기前에 먼저 銀座의 鋪
道를 디디고 와야한다.

　낮의 銀座는 밤의 銀座를위한 骸骨이기때문에 적잖이 醜하다. 「사롱
하루」구비치는 「네온사인」을構成하는 부지깽이같은 鐵骨들의 얼크러진
모양은 밤새고난 女給의 「퍼머넨트웨이쁘」처럼 襤褸하다. 그렇나 警視廳
에서 「길바닥에 唌을뱉지 말라」고 廣告板을 써 늘어 놓있음으로 나는 침
을 배앝을수는 없다.

－＜동경＞(전집4 수필 : 137)

화자는 새 구두를 신은 긴자의 여인들의 혀영심을 비꼬고, 네온사인
의 철골을 여급의 헝클어진 퍼머 머리에 비유한다. 화자는 침을 뱉고
싶지만 경시청의 경고 때문에 그럴 수도 없다. 침을 뱉고 싶다는 것은
동경에 대한 적대적 감정을 나타낸다.

동경에 대한 화자의 시선이 이처럼 비우호적인 이유로는 몇 가지를
추측해 볼 수 있다. 첫째는 동경이 식민 지배국의 수도이므로 그에 대
한 반감 때문일 것이다. 식민치하 국민으로서 화자는 동경에서 지내는
생활의 불편함과 차별적 상황에 접해 있었으므로 동경에 대해 호감을
갖기는 힘들었을 것이다. 둘째는 동경에 먼저 다녀 온 친구들이 자랑하
던 동경의 문물에 대해 자신도 같이 감탄하기에는 자존심이 허락하지
않아서일 것이다. 친구들의 이야기를 듣고 상상과 호기심 속에 아픈 몸
을 이끌고 찾아 온 동경이었지만 동경은 화자에게 문제 해결의 장소이
기는커녕 더욱 더 절망만을 안겨주는 장소에 불과했다. 셋째는 작가로
서의 남다른 시각을 글에서 드러내고자 했기 때문일 것이다. 다른 사람
들은 동경을 다녀오고 감탄과 찬양하는 시각을 드러냈지만 화자는 동
경의 추한 면과 단점에 주력함으로써 다른 이들과의 다른 관점을 보이

고자 한 것이다. <권태>에서 자연에 대한 흔한 찬양 대신 비관적 시
각을 드러낸 것과 비슷한 경우라 할 수 있다.

이처럼 <산책의가을>과 <동경> 두 작품은 각각 경성과 동경에 대
한 부정적 느낌을 담고 있지만, 전자에는 연민이, 후자에는 적대감이
바탕이 되고 있다는 점이 다르다 할 것이다.

3) 구식 문화의 비판 : 〈추등잡필 1-5〉

<추등잡필 1-5>은 5편의 연작으로 이루어진 수필이다. 이 수필들은
당시 신식 문명이 들어와 도시인으로서의 새로운 자각과 의식이 형성
되는 시기에 화자가 느낀 감정을 적은 글들이다. 이때에는 봉건질서가
무너지고 사회는 산업화되어 가는 과정에서 사람들의 의식도 많은 변
화를 요구받고 있었다. <추석삽화>와 <예의>는 개화된 도시에 걸맞은
문명인으로서의 예의를 갖추지 못한 사람들에 대한 비판을 담고 있다.

연작 중 첫 작품인 <추석삽화>는 5년 전 돌아가신 삼촌 즉 화자를
키워 준 백부의 묘소를 추석 날 찾은 화자가 미아리 공동묘지에서 보
고 느낀 것을 담고 있다.

> 中老의女人네는 號哭한다. 號哭하며 이러날줄을모른다. 젊은內外는 소
> 리업시 멋번이나 香피우고 盞붓고 절하고 하드니슬적 비켜스는것이다.
> 小學生도짜라 비켜슨다.
> 비켜서서 그들은 멀리 건너편北邙山을 손가락질도하면서 잠시談話하
> 드니 돌아서서 언제까지라도 號哭하려드는어머니를 이르킨다. 그러나 좀
> 처럼 이러나려하지안는다.
> 그쌔 이날만잇는 이北邙山專屬의乞人이왓다. 와서 채祭祀도 긋나지 안
> 흔祭物을 求乞하는것이다. 그態度가 마치 제것을 제가要求하는것과가티

픽거만하다. 夫妻는 頑强히 쑤지즈며 拒絶한다. 승강이가 잠시 繼續된다.

―<추석삽화>(전집4 수필 : 90-1)

화자가 비석 앞에서 생각에 잠겨 있을 때 이웃 분묘에 중로 여인과 젊은 내외, 소학생이 왔다. 여인이 호곡을 끝내기도 전에 걸인이 다가와 "제것을 제가要求하는것과가티" 거만하게 제물을 구걸한다. 젊은 내외가 거절하지만 승강이는 계속된다. 결국 걸인은 다른 시주를 찾아 떠난다. 화자는 걸인의 뻔뻔함에 기분이 상해 있는데, 버스 정류장에 내려와서는 목로술집에서 상을 당한 사람끼리 싸우는 광경을 목도한다. 이 글에서는 걸인과 싸움하는 사람들의 예의 없는 광경을 담담한 필체로 묘사하고 있다.

<예의>에서 화자의 어조는 좀 더 확고해진다. 이 글은 다방에서 일어난 일을 그리고 있다. 취한들은 다른 사람들을 의식하지 않고 큰 소리로 노래를 불렀고, 어느 손님의 커다란 개는 손님들의 냄새를 맡으며 돌아다녔다. 취한은 그 개에게 차를 끼얹어 다방 분위기를 아수라장으로 만들었다. 손님들의 예의 없음을 바라보고 화자는 처참한 심정이 되었다.

> 五分 十分 二十分, 이 適當한休憩가 冷化하려들든 내 血管의피를 얼마
> 간 덥혀주기시작하는 즈음에―
> 門이 요란히열리며 四五人의醉漢이 高聲叱咤하면서 暴風과가티 闖入하
> 얏다. 그들은 한복판 그中번듯한坐席에 어즈러히 자리를잡드니 茶를請하
> 야 수선스러히 마시며 傍若無人하게 放歌하는것이엇다. 그바람에 音樂은
> 간곳업고禮儀도간곳업고 그들의 醜猥한聲響이 室內를흔들 뿐이다.
> 내心情은 다시 거츠러드러갓다. 몸부림하려드는 내 서글픈心情을 나
> 自身이 이기기 어려윗다. 나는 一秒라도 바쎄이곳을쩌나고십허서 자리를

거더차고이러서 문싼으로나가랴하는 즈음에―

　이번에는 油頭白面의一壯漢이 獅子만이나 한『쎄파-드』를한마리 끌고 드러오는것이아닌가. 나는 大驚失色하야 뒤로물러스면서 보자니까 그 개는 그육중한 쏘리를 흔들흔들 흔들며 이坐席저坐席의客을 두루두루 코로 맛터보는것이다.

　그때 醉漢中의한사람이 마시다남은茶를 이 無禮한개를 向하야 씨언젓다. 개는 질겁을하야 뒤로 물러스드니 그 山이 울고골작이 문허질것갓튼 크낙한목소리로 이 醉漢을向하야 지저대는것이엇다.

―＜예의＞(전집4 수필 : 96)

화자는 다방에는 "오즉平和가잇고 不成文의 整然하고도 優雅淡泊한 禮儀準則이 잇는것"(전집4 수필, 95쪽)이라고 생각한다. 새로운 사회에 생겨난 신식 공간에서는 그에 따르는 공동의 신식 禮儀가 필수적이라고 여기는 화자가 목격한 취한들과 개를 끌고 온 사람의 행태는 "서글픈心情"을 일으켰다. 이상은 이처럼 칼럼식 글쓰기를 통해 신식 공간에 어울리지 않는 행동을 고발하고 있다.

＜구경＞과 ＜기여＞, ＜실수＞는 근대화 과정에서 겪는 약자의 피해의식과 자존심 문제를 다루고 있다. 먼저 다룰 작품인 ＜구경＞은 화자가 경성 고공 재학 시절 형무소에 견학을 가서 본 일을 다룬다. 견학 목적은 죄수들이 동원된 마포 벽돌 공장의 건축재료 제조 상황을 보는 것이었지만, 화자는 벽돌 제조보다 죄수들의 생활이 더 흥미로웠다. 화자는 뒤에 쳐져서 죄수들을 살피다가 그들의 증오에 가득 찬 시선에 놀란다.

　刑務所罪囚들도 내가 본대로는 意外로 活潑하게 오히려生活難에 쪼듯기어 헐쩍헐쩍하는娑婆의勞役軍들보다도즐거울듯이 일하고잇는것이엇다

다만 그러면서도 남의어쩐눈도 실혀하는싸닭은 말하자면 對等의地位를
쩌난 憐悯, 侮蔑, 同情, 忌恋, 이런것을 嫌惡하는人情 本然의發露가아니고,
다름업는것이아닐까한다.

—<구경>(전집4 수필 : 93)

화자는 죄수들이 구경꾼의 우월심을 담은 연민이나 모멸, 동정을 거
부하기 때문에 증오의 시선을 보냈다고 생각한다. 그리고는 그들이 싫
어하는 구경을 금해야 한다고 주장한다. 죄수라는 사회적 약자의 인권
에 대해 언급한 것은 당시로서는 파격적인 사상이었을 것이다.

<기여>는 화자가 대학 부속병원에 치료를 받으러 가서 임상 강의의
대상이 되었던 경험을 다룬다. 화자가 침대에 누워 있는 사이에 십 수
명의 의대생들이 우르르 들어오고, 의사는 화자의 환부를 주무르며 강
의를 했다. 자신의 의사를 묻지도 않고 행해진 이러한 봉변에 화자는
분개한다.

그러나 또 생각해보면 사람은 누구나 다반드시 이러케 實驗動物로 提
供되어야할 責任이 잇다는것은아니리라. 患部를 내어보이는것은 어느 사
람에게잇서서도 愉快치못한일일것이다. 醫學만이 홀로 文化의發達向上을
질머진것은 아니겟고, 이社會에서 生活을 享有하는이치고는 누구나 적든
만튼 文化를 擔當하는一員임에 틀림업다. 許諾업시 醫學의研究材料로 提
供될 그런 호락호락한몸은 하나도업슬것이다. 그럿타면 醫師는, 教授는,
博士는, 그가어쩐種類의 微微한人間에 不過한경우일지라도 반드시 그의
感情을 尊重히잇서서一言懇曲한請託의 말이 잇서야할것이오 一言 承諾의
말이 잇슨다음에야 教材로 使用할수잇을것이겟다.
要는 이런種類의寄與를 欣然히하게하는 새로운道德觀念의樹立과 새로
운感情慣習의普及에 잇슬것이다.

—<기여>(전집4 수필 : 98)

이상은 성병을 앓았던 것으로 알려져 있다. 이 작품의 첫 부분에도 "그다지 名譽롭지못한 그러나 생각해보면 쏘 그러케까지 不名譽라고까지할것도업는 疾患을가지고 어썬學府 附屬病院에를갓다"고 되어 있다. 이는 성병을 은밀히 드러내는 대목이라 할 수 있다. 그리고 내용 중에 내보인 부분이 "恥部"라고 되어 있는 것으로 보아 화자는 남에게 보이기 가장 민망한 부위를 여러 사람에게 드러낸 꼴이 되었다. 화자는 치료를 받는 환자라는 약자의 "感情을 尊重히하야 一言懇曲한請託의 말이 잇서야할것"을 주장한다. 그리고 거기서 나아가 의학의 발전을 위해서는 환자의 사고가 바뀌어 흔쾌히 실험 대상이 되거나 유해를 제공하는 관념의 전환도 필요하다고 역설한다.

<실수>는 화자가 시내에서 인력거를 타고 관광 중인 백인 중년부부를 보고 느낀 점을 적은 글이다. 몇 해 전까지만 해도 동경에도 인력거가 있었지만 폐지되었는데 그 이유를 화자는 외국 손님을 맞는 주인으로서의 위신을 지키기 위한 것으로 파악한다. 그래서 화자는 인력거 위의 백인들이 웃고 무언가 가리키는 것을 보고 불쾌해 한다.

> 人力車우에안저서 단장씃흐로손가락질을하는그들의態度는 確實히 動物園求景에近似한態度요 짜라서 無禮오 더업는 屈辱이다.
> 國家는맛당히 法規로써 그들에게 어쩌한 山間僻地에서라도 人力車를타지못하도록 取締하야야할것이다.
> 그들이 埠頭, 驛頭에다엇슬째 直接間接으로 이짜의威信을提示하여노아야할것이다. 그것을爲善 人力車로실어 宿所로모신다는것은 해괴망측하기 가짝이업는일이다. 東京쭌만 아니라 서울거리에서도 이 괘ㅅ심한人力車의行列을보지안케 되어야올을것이아닌가.

—<실수>(전집4 수필 : 101-2)

화자는 백인 부부의 행동이 못마땅한 나머지 국가에서 법으로 인력거를 타지 못하게 해야 하고, 동경에서도 인력거가 폐지되었다면 경성에서도 폐지되어야 한다고 주장한다. 이러한 주장의 이면에는 식민지인으로서의 피해의식이 숨어 있는 것으로 보인다. 일본으로부터 지배를 받는 처지의 지식인으로서 자존심에 상처를 받아 백인 부부의 단장으로 사물을 가리키는 행동에 과도하게 불쾌해 하고 있는 것이다. 정작 분노의 대상인 일본에 대해서는 검열상 감정을 표출할 수가 없어 작자는 백인 부부에게 분노의 화살을 돌린다. 우리나라보다 강대국에 대한 열등의식과 피해의식이 보이는 대목이라 할 수 있다. 화자는 동경에서 인력거를 금했으면 경성에서도 인력거를 폐지해야 한다며 목소리를 높인다. 일제의 한국인 차별정책에 대한 반감이 인력거라는 장치를 통해 드러나고 있다고 보아야 한다.

이상은 한때 일제에 대한 저항의식이 없이 자기 자신에만 몰두한 작가라는 비난을 받은 적이 있다. 그러나 최근에는 수필 작품의 곳곳에 은밀히 숨겨져 있는 그의 항일의식이 연구에 의해 드러나고 있다. <실수>에서도 이상의 이러한 항일의식을 엿볼 수 있다.

이에서 볼 때 <구경>과 <기여>, <실수>는 식민 지배 현실에서 비롯된 민감한 약자의식을 죄수와 환자, 식민지 국민이라는 입장에서 조명하고 그들의 권리를 주장하는 글이라 할 수 있다.

<추석삽화>와 <예의>는 상황과 공간에 걸맞은 예의를 갖추지 못한 사람들에 대한 사례를 통해 발표지인 『매일신보』를 통해 국민을 계도하고자 하는 목적을 지닌 글이다.

<조춘점묘 1-7>와 <추등잡필 1-5>은 『매일신보』에 발표된 단상 혹은 칼럼식의 글들이다. 작자인 이상은 이러한 발표지면의 특성을 충

분히 인식하고 있었을 것이다. <조춘점묘 1-7>와 <추등잡필 1-5>은 다른 작품들보다 훨씬 객관적인 시선에서 쓰인 글들이다. <조춘점묘 1-7>가 주로 당시의 세태와 물질적 소외계층의 애환을 비판적 시선으로 그렸다면, <추등잡필 1-5>은 죄나 병, 피지배상태라는 상황으로 인한 사회적 약자 계층의 억울한 사정에 주목하고 그들의 권리 향상을 주장하는 글들과 사회적 공간에서의 무례함을 지적한 글들로 이루어져 있다.

2. 자연관조와 긍정성

이상의 수필 중 자연관조적인 수필로 분류할 수 있는 것은 <산촌여정>, <서망율도>, <여상사제>다. <산촌여정>에는 성천이라는 농촌을 관조하며 느낀 자연에 대한 긍정성이 드러난다. <여상사제>는 성천의 여인을 묘사한 글이고, <서망율도>는 밤섬을 바라보며 쓴 글이다. 이 글들에는 화자의 심정이 직접적으로 드러나기보다는 간접적 혹은 암시를 통해 나타난다는 특징이 있다.

1) 자연의 긍정성과 도시적 감수성의 조화 : <산촌여정>

<산촌여정>은 1935년 9월 27일부터 10월 11일까지 『매일신보』에 발표했던 작품인데 글의 배경은 평남 성천이다. 이상은 1935년 9월 초순에 성천으로 간 것으로 추정되고 있다. 이 시기는 이상에게 정신적, 육체적으로 그리고 경제적으로 힘든 시기였다. 그는 금홍과 3년 간의

동거 생활을 청산했고, 8월 29일 권순희와 정인택의 결혼식 사회까지 봐주었다. 사업상으로도 거듭 실패하여 금전적으로 어려움을 느꼈다. 그는 이런 상황에서 문종혁이 사는 인천에 하루 들렀다가 성천으로 갔다. 성천 군청에는 친구 원용석이 근무하고 있는 중이었다.[10) 그는 이상이 1935년 9월 경 성천에서 3주 정도 머문 것을 기억한다.[11)

　이상이 성천에 관해 쓴 글은 9편이다. <첫번째 방랑>, <산촌여정>, <이 아해들에게 장난감을 주라>, <어리석은 석반>, <모색>, <권태>, <야색>, <여상사제>, <무제-초추>[12)가 이에 해당한다. 이 작품들 중 6편-<첫번째 방랑>, <이 아해들에게 장난감을 주라>, <어리석은 석반>, <모색>, <야색>, <무제-초추>는 일어로 쓰여 유고로 남아있던 것이 번역되어 이상의 사후 발표되었다. 성천 관련 글 중 첫 번째로 발표한 작품은 <산촌여정>이다. 이상의 생전에 발표된 성천 관련 글은 <산촌여정>과 <여상사제>뿐이다.

　이상의 <아름다운조선말>[13)이라는 글에는 "無關한친구가 하나있대서 걸핏하면 成川에를 가구가구 했습니다"란 문장이 나온다. 이상은 동광학교, 보성고보와 경성고공의 동기 동창인 원용석이 있는 성천에 몇 번 간 적이 있음을 알 수 있다.

　<산촌여정>은 이상의 작품 중 수사학적 화려함으로 인해 높은 평가를 받고 있다. 화려함뿐만 아니라 자연의 사물과 농촌의 생활을 도시의

---

10)　고은, 『이상 평전』, 향연, 2003, 282~302쪽 참조.

11)　『대한일보』, 1966년 8월 25일자에는 원용석의 회고에 대한 다음과 같은 내용이 실렸다. "成川에 온 箱을 元씨는 거기서 30里쯤 떨어진 龍澤온천에 보내어 요양하게 했는데, 肺에는 온천이 좋지 않다는 걸 나중에야 알고 1주일만엔가 나왔다는 것이고 그리고는 元씨의 웃방을 비워줘서 거기서 箱으로 하여금 약 2주일간을 쉬게 했다고 한다."

12)　<무제>인 작품은 4개가 있어, '初秋'로 시작하는 이 작품을 <무제-초추>로 표기했다.

13)　『중앙』에 1936년 1월 발표되었다.

사물과 생활에 비유했다는 참신함 때문에 더욱 주목을 받는다.

<산촌여정>에서 이상이 도시 생활의 일면을 엿볼 수 있는 어휘와 표현들을 사용한 예를 들면 다음과 같다.

> 香氣로운MJB의味覺,
> 都會地의夕刊,
> 女車掌이車票찍는소리,
> 理髮所가위소리,
> 『파라마운트』會社商標처럼 생긴 都會少女,
> 『세실·B·데밀』의 映畫,
> 『르넷산스』應接室에서들니는扇風機소리』,
> 野菜『사라다』에노히는『마스파라가스』14) 입사귀,
> 『조셋트』치마,
> 『외스트민스터』卷煙,
> 都會의妓生의 아름다움,
> 薄荷보다도 훈운한『리그레추윙껌』 내음새,
> 人力車에 紅日傘,
> 『럭비』球를안ㅅ고쮜는 이『제너레슌』의젊은勇士,
> 航空郵便『포스트』,
> 敎會,
> 『세루로이드』로 만든精巧한구슬을『오브라-드』로 싼것,
> 『카-마인』빗 쑥구마,15)
> 『코삭크』觀兵式,
> 眼藥『스마일』,
> 『하도롱』빗皮膚,
> 『고고아』빗입설,
> 『간쓰메』,

---

14) 원본에서 '아스파라가스'를 오식한 것으로 추정된다.
15) 말총으로 만든 붉은 색 털로 군졸의 벙거지 뒤에 늘어뜨리던 것이다.

M百貨店『미소노』化粧品,

『스위-트썰』,

超流線型帽子,

『화-스너』를裝置한갑붓한『핸드쌕』,

『아스팔트』,

工場少女,

『초골레이트』,

『콜크』,

『그리스마스추리』,

『피에다』畵幅全圖,

軟式『테니스』공,

『카메라』,

『싸불랜즈』,

『후래슈쌕』,

斷腸의『스틸』,

蓄音機,

『하이칼나』芳香,

舞踏會,

新刊雜誌,

『넥타이』.

도회지인 경성에서 태어나고 자란 이상은 서구문물의 유입과 산업화의 영향으로 도시문명의 생활에 젖어 지냈다. 즉, 그가 신문과 잡지를 읽고, 영화와 음악을 즐기고, 서구식 음식을 먹고, 기독교 문명을 접했고, 도회 소녀나 기생과 만나고, 신식 옷과 물건을 가까이 했음을 알수 있다.

문혜윤은 「1930년대 어휘의 장과 문학어의 계발―어문운동의 맥락과 『문장강화』의 지향」이라는 논문에서 "외국어의 남발이라고 생각될 수준의 어휘 사용도 당시의 문학가들에게는 현대적인 감각을 표현해 주는 신선한 단어로 느껴졌을 수 있다"면서, 이상의 경우에는 이러한 외국어들이 다른 단어들과의 부조화로 인해 "새로운 세계 인식의 방식을 제시"했다고 평가했다.16) 이상은 새로운 문장 표현을 위해 의도적으로 생경한 외국어를 수집하다시피 하여 글 속에서 활용하고 있다. 이로 인해 문장 실험의 한 가지가 행해졌던 것이다.

도회인인 이상은 성천 기행에서 전원 풍경을 보고 느끼며 모처럼 경이로움과 마음의 평화를 얻는다. 이러한 자연으로부터의 위로를 통해 그의 시각은 긍정적으로 나타난다. 죽기 전 동경에서 성천을 배경으로 쓴 <권태>가 자연의 단조로움과 농촌의 궁핍함에 초점을 맞춰 부정적인 시각으로 쓰인 것과는 대조적이다.

여기서는 성천에서 느낀 화자의 긍정성이 도시적 감수성과 어떻게 조화를 이루고 있는가 하는 것을 살펴보기로 한다.

> 그러나空氣는水晶처럼맑아서 별빗만으로라도 넉넉이 조와하는『누가』福音도읽을수잇슬것 갓슴니다. 그리고또참 별이 都會에서보다 갑절이나 더만이 나옴니다. 하도 조용한 것이 처음으로 별들의 運行하는 기척이들니는것도갓슴니다.
>
> 客主ㅅ집房에는 石油燈盞을 켜놋슴니다. 그 都會地의夕刊과 갓흔그윽한내음새가 少年時代의꿈을불음니다. 鄭兄! 그런石油燈盞밋헤서밤이이슥하도록『호까』──煙草匣紙──부치든생각이남니다. 벼쌩이가한마리 燈盞에 올나안저서그연두ㅅ빗色彩로혼곤한내꿈에마치英語『틔』字를쓰고근너긋 듯이 類달는記憶에다는군데군데『언더라인』을하야놋슴니다쓸퍼하는것처럼 고개를 숙이고都會의女車掌이車票찍는소리갓흔그聲樂을 가만이듯슴

---

16) 문혜윤, 「1930년대 어휘의 장과 문학어의 계발─어문운동의 맥락과 『문장강화』의 지향」, 『상허학보』 Vol. No. 17, 2006, 202~216쪽 참조.

니다. 그러면그것이㫪理髮所가위소리와도갓하짐니다. 나는 눈까지감人고
가만이㫪仔細이 들어봄니다.
─<산촌여정>(전집4 수필 : 42-3)

화자는 공기도 맑고 별도 많이 보이는 성천에서 마음이 순화되어
"조와하는『누가』福音도읽을수잇슬것" 같은 심정이 된다. 도시에서보다
배나 더 많이 보이는 별들과 별들의 움직임도 들릴 것 같은 고요함은
화자에게 자연이 주는 안식이다. 그래서 화자는 석유등잔에서 석간신
문 냄새를 맡고 "少年時代의꿈"마저 불러일으킨다. 어린 시절의 꿈을
회상하는 것은 다시 희망을 찾고자 하는 화자의 바람이다. 베짱이가 내
는 소리에서는 "都會의女車掌이車票찍는소리"와 "理髮所가위소리"를 연
상하며 도회적 감수성을 드러낸다.

> 來日은盡終日 花草만보고놀니라, 脫脂綿에다『알콜』을무처서 왼갓근심
> 은문질느리라, 이런생각을먹슴니다. 너무도꿈자리가뒤숭숭하야서그리는
> 것임니다. 花草가피여만발하는꿈『그라비아』原色版꿈 그림冊을보듯이즐
> 겁게꿈을꾸고십슴니다. 그리면簡單한說明을爲하야 爽快한詩를지어서 七
> 『포인트』活字로配置하는것도좃슴니다.
─<산촌여정>(전집4 수필 : 44)

정서가 순화된 화자는 하루 종일 화초만 보면서 놀고 싶어지고, 모든
근심은 "脫脂綿에다『알콜』을무처서" 지워버리겠다고 다짐한다. 도시적
향락에 젖어 있던 화자가 화초만 보고 놀 생각을 하는 것은 커다란 변
화다. 더욱이 비관적이고 근심에 잠겼던 화자가 그 근심을 깨끗이 지우
고자 결심하는 것은 자연에 의해 삶의 긍정성을 발견했다는 증거다. 화
자는 희망에 부풀어 꿈속에서도 꽃이 만발한 화려한 꿈을 꾸고 싶어

한다. 시도 우울한 것이 아닌 상쾌한 것을 쓰고자 하는 변화를 보여 준다.

教會가보고십헛습니다. 그래서『에루살렘』聖域을數萬里 써러저잇는 이
마을의 農民들까지도 사랑하는神압헤서 悔改하고십헛습니다 발길이 讚頌
歌소리나는곳으로감니다.
―<산촌여정>(전집4 수필 : 47)

화자는 자연에서 위로를 얻어 삶을 긍정하자 신마저 인정하고 싶어
졌다. 그리하여 "神압헤서 悔改"하고자 하는 마음으로 발전했다. 예루
살렘에서 멀리 떨어진 시골 농민도 사랑하는 신이라면 자신도 사랑해
줄 것 같은 마음에서 화자는 "讚頌歌소리나는곳"으로 발길을 옮긴다.

그러나가난하나마 무명가치튼튼한皮膚우에 汚點이업고『추윙껌』『초
골레이트』代身에 응어리는쌔여먹고 달적지근한쏘아리를불며 숭굴숭굴
한이시골새악시들을 더나는씀즉이 알고십습니다. 祝福하여주고십습니다.
教會는보이지안습니다. 都會人의狡猾한視線이 수집어서수풀사이로 숨어
버리고 鐘ㅅ소리의 餘韻만이近處에 내음새처럼남어서徘徊하고잇습니다.
或그것은安息을 일흔내魂이들은바 幻聽에 지나지 앗는지도 모릅니다.
―<산촌여정>(전집4 수필 : 49)

화자는 교회 쪽으로 가면서 본 농촌 처녀들을 더 알고 싶어 한다. 그
녀들은 "『추윙껌』『초골레이트』代身에 응어리는쌔여먹고 달적지근한
쏘아리"를 분다. 껌과 초콜릿 대신에 꽈리 부는 것이 화자에게는 신기
하게만 여겨진다. 신기한 그녀들에 대한 도시인의 호기심은 당연했고,
그녀들을 "축복"해주고 싶다고까지 느낀다. 그러나 화자는 교회를 찾
을 수 없었다. 화자는 교회가 "都會人의狡猾한視線"이 부끄러워 숨었는
지도 모른다고 하며 혹 자신이 종소리의 환청을 들은 것일지도 모른다

고 여긴다. 어쩌면 화자는 교회를 찾지 못한 것이 아니라 교회에 들어
서기를 주저했을 수도 있다. 신을 찾고 싶기는 했지만 막상 수줍은 것
은 교회가 아닌 자신이었을 것이다.

구름이 거치고 달이 나왔습니다. 버레가 舞踏會의 窓문을 열어노흔것
처럼 왓작 요란스럽슴니다. 아지못하는 路傍의人을 思慕하는都會人的인
鄕愁가잇슴니다. 新刊雜誌의 表紙와가티 新鮮한 女人들―『넥타이』와 同
甲인 紳士들 그리고 蒼白한여러동모들―나를기다리지안는 故鄕―都會에
내裸體의말슴을 飜案하야보내주고십슴니다. 잠―聖經을 採字하다가 업질
러버린印刷 職工이 아무러케나 주서담은 支離滅裂한 活字의꿈 나도갈갈
이 찌어진 使徒가되여서 세번아니라 열번이라도 굶는家族을 모른다고그
림니다.
근심이 나를除한世上보다큼니다. 내가閘門을열면 廢墟가된이肉身으로
근심의潮水가숨여들어옵니다. 그러나 나는 나의 『메소이스트』甁마개를
아즉쏩지는 안습니다. 근심은나를싸고돌며 그리는동안에 이肉身은風磨雨
洗로 저절로다말라 업서지고말것임니다.
밤의 슴흔空氣를原稿紙우에 쌀고蒼白한동모에게 편지를씀니다. 그속에
는自身의訃告도 同封하야잇슴니다.
─<산촌여정>(전집4 수필 : 53)

밤에 방으로 돌아 온 화자는 벌레의 울음소리를 들으며 무도회의 음
악소리를 떠올린다. 그 소리를 들으며 화자는 도시를 그리워하는 향수
를 느낀다. 도시가 고향이기에 시골에 있는 화자가 그리워해야 할 곳은
도시다. 도시의 여인들과 신사, 친구들에게 화자는 "裸體의말슴" 즉 솔
직한 심정을 전하고 싶어 한다. 성경을 읽다 잠이 든 화자는 굶고 있는
가족들에게 죄책감을 느낀다. 크나큰 근심을 안고 있기는 하지만 화자
는 "『메소이스트』甁마개"를 아직 뽑지는 않겠다고 한다. 마조히스트의

고통은 지금 아니라도 육신을 죽도록 괴롭힐 것이기 때문이다. <산촌여정>의 마지막 부분인 이 대목에는 화자의 가족에 대한 근심과 죄책감이 드러나 있다. 낮에는 자연 속에서 긍정적이고 희망적인 기운을 느꼈지만, 밤이 되자 자신을 짓누르는 현실의 고민이 다시금 다가온 것이다. 그래도 화자가 성경을 읽고 있는 것을 보면 삶의 긍정성을 회복하려는 안간힘이 느껴진다.

<산촌여정>은 자연의 긍정적인 면을 화자의 도시적 감수성과 결합시켜 다양한 수사법으로 표현해낸 서정적인 수필이라 할 수 있다.

2) 자연관조에 나타난 신화·원형성 : <서망율도>, <여상사제>

이상의 수필 중 1936년 3월 『조광』에 발표된 <서망율도>와 1936년 4월 『여성』에 발표된 <여상사제>는 표현에 있어서 시적 묘사가 두드러지는 수필들이다. 두 작품은 발표된 시기가 한 달 차이이며, 비슷한 시기인 1936년 봄에 쓰인 것으로 짐작된다.

<여상사제>[17]의 시간적 배경이 봄인 이유는 "都會와달리 떠들지않고 오는봄, 조용이 바뀌는 아이어룬, 그만해도 다섯해전 거성입은몸"이라는 대목이 글에 나오기 때문이다. '거성'은 '居喪'의 방언이므로 이는 1932년 이상의 백부가 돌아가신 것을 의미한다. 그러므로 이상은 거상을 겪고 5년 후인 1936년 봄에 성천을 방문한 것이 된다. 1935년 9월에 이어 다음 해인 1936년 봄에 다시 성천을 방문한 것이다. 이상은 성천에 여러 번 갔을 가능성이 있지만 성천을 정확히 몇 번 방문한 적이 있는지는 확실히 알 수가 없다.

---

17) 1936년 4월, 『여성』에 발표되었다.

이상의 다른 글들과 달리 이 두 작품에서는 화자 자신의 감정이 극도로 절제되어 있다. <서망율도>와 <여상사제>는 관조적 시선에 의한 시적 비유와 상징으로 이루어진 수필이기 때문에 이 두 작품은 신화·원형적 비평의 방법으로 다루는 것이 합당해 보인다.

<서망율도>는 제목에서 나타난 대로 밤섬을 서쪽에 두고 바라보는 화자의 시각에 비친 풍경이 관조적으로 묘사되어 있다. <서망율도>는 짧은 작품이므로 전문을 인용해 보기로 한다.

　　三冬에 배꽃이 피었다는 洞里에는 마른나무에 까마귀가 看守처럼 앉어있을뿐이었다.

　　비탈에서는 赤土빛罪囚들이 赤土를헐어낸다. 느끼하니 냄새풍기는 진창길에 발만 성가시게적시고 그만 갈ㅅ바를 잃었다.

　　江으로나 가 볼까— 울면서 水彩畵 그리든 바위우에서 나는 度없는 眼鏡알을닦았다. 바위아래 갈피를잡지 못하는 三月 江물이 충 충 하다. 시언치않은볓이 들었다 낳다 하는 밤섬을西에두고 歷靑 풀어놓은것 같은 물결을 나는 몇번이나몇번이나 나려다보았다.

　　『鄕邦의風土는 毛髮같아

　　건드리면 새빩애진다』

　　개ㅅ가에서 짐 푸는소리가한가하다. 개흙묻은 장작떼미곁에서 낮닭이 겨웁고 배들은 다 돛幅을나렸다. 벌서나려놓은 빨내방망이 소리가 얼마만에야 그도 등뒤에서들녀왔다. 나는 별안간 사람이 그리워졌다.

　　개ㅅ가에서 한집목노를들넜다. 손이없다.

　　무명조개껍질이너덧 석시놓인 火爐ㅅ가에헤뜨려저있을뿐— 목노 뒤ㅅ房에서 아주먼네가 人事없이 나온다. 손버질것같은 素服에 반지는 끼지 않았다. 알큰한달내나물에 한잔술을 마시며 나는 목노우에 싸늘한聖母를 느꼈다. 아픈血族의 『저』를 느꼈다.

　　『鄕邦의 風土는

　　　　毛髮같아

>   건드리면
>   새빨애진다』
> 그러고나서는
> 『血族이 점으도록
> 내 아픈데가 다아서
> 부드러운 구두속에서도
> 일마다 아리다』
> 밤섬이 쌌을 티우랴나 보다. 걸핏하면 뺨얻어맞는 눈에 江건너 일판이
> 그냥 노—랗게 헝크러저서는 흐늑히늑 해보인다.
>
> −<서망율도>(전집4 수필 : 54-5)

이 글에는 뚜렷한 색채를 지닌 사물이 많이 등장한다. 먼저 첫째 줄에 "까마귀"가 등장한다. 까마귀는 검은 빛깔 때문에 시초의 어두움과 관계된 암흑에 대한 무의식적 공포감, 창조적 능력과 정신적 힘, 메신저를 상징하고, 기독교에서는 고독을 의미한다고 한다.[18) 여기서는 "마른나무에 까마귀가 看守처럼 앉어있을뿐이었다"라는 문장에서 보듯이 질병을 앓고 있던 화자가 죽음에 대한 공포를 의식하는 상징으로서 까마귀가 이용된다. 간수는 감옥을 지키는 사람이다. 이때의 감옥은 질병에서 벗어날 수 없는 화자의 상태를 뜻한다. 죽음으로부터 도망칠 수 없는 화자를 위에서 아래로 내려다보며 간수처럼 쳐다보는 까마귀는 공포의 상징일 수밖에 없다. 각혈 후 항상 죽음을 의식해야 했던 이상은 까마귀를 간수에 비유했던 것이다.

"비탈에서는 赤土빛罪囚들이 赤土를헐어낸다"는 문장에는 적토색이 강조되어 있다. 이상은 수필 <구경>에서 구경 간 형무소에서 본 죄수들의 "赤土色服裝"을 언급했었다. 이에 대해 이보영은 마포 형무소가

---

18) 이승훈 편저, 『문학상징사전』, 고려원, 1995, 78~80쪽 참조.

조선인 정치범 수용소였고, 적토는 조선의 흙, 고향의 흙을 의미하며 적토색은 당시의 식민지적 현실을 상징한다고 분석한 바 있다. 글에서 두 번이나 반복되는 "鄕邦의風土는 毛髮같아 / 건드리면 새빩애진다"에 서도 붉은 색이 강조되어 있다. 이보영은 "이상이 국가 상실자 곧 망국 인이어서 '국가'라는 말을 쓸 자격이 없다. 그럼에도 불구하고 '향방'이 라 했다"며 "감히 사전에도 없는 그 말을 한 것은 국가 회복을 염원한 때문"이라고 했다. 또한 그는 <서망율도>에 나오는 "모발"을 마포 형 무소 죄수의 모발로 보고 있다. 그는 "삭발의 가위만 닿아도 얼굴이 새 빨개질 만큼 분개하리라. 이상에게 일제의 한국 침략은 원주민 '모발' 의 강제 삭발과 다름이 없다. 따라서 '향방의 풍토'를 죄수(원주민)의 '모발'에 비유한 것"이라고 주장한다.[19]

일반적으로 적색은 피, 상처, 죽음의 고통, 승화, 격정, 감상, 생명 부 여의 원리, 불의 순화와 관련이 있다고 한다.[20] "鄕邦의風土"가 붉어지 는 것은 반체제적 저항을 의미할 수도 있지만, 한편으로는 적색의 격정 적 측면에서 바라볼 때 성적인 흥분을 의미하는 것일 수도 있다.

강의 상징적 의미는 두 가지인데 토양의 경작에 필요한 물로서의 비 옥성과 되돌아 갈 수 없는 시간의 경과 곧 상실과 망각을 의미한다.[21] "바위아래 갈피를잡지 못하는 三月 江물"이라는 표현에서 볼 때 화자가 강에서 긍정적 이미지보다는 부정적 이미지를 표현하고 있음이 드러난 다. 이는 시간의 흐름으로 인한 상실감 때문에 마음이 불안함을 나타낸 다. "三月 江물이 충 충 하다", "歷靑 풀어놓은것 같은 물결"은 N. 프

---

19) 이보영, 「문학을 통한 반체제적 저항—이상수필의 경우」, 『수필과 비평』 3/4월호, 수필 과 비평사, 2007, 87~100쪽 참조.
20) 이승훈 편저, 『문학상징사전』, 고려원, 1995, 284~287쪽 참조.
21) 이승훈 편저, 『문학상징사전』, 고려원, 1995, 11쪽 참조.

라이의 원형적 이미지에 의하면 악마적 성격을 띤 '죽음의 물'에 해당
한다.[22]

"시언치않은빛"이라는 대목에서는 별도 부정적으로 묘사되어 있다.
빛은 문학 작품에서 도덕성과 지성, 창조력과 우주적 에너지, 움직임을
상징한다.[23] 그러므로 "시언치않은빛"은 화자의 도덕성과 에너지가 시
들해져 감을 의미한다.

화자는 사람이 그리워 목로를 찾는다. 손이 없는 목로에는 소복을 입
은 여인이 있을 뿐이다. 화자는 그녀에게서 "싸늘한聖母"를 느낀다. 이
상은 작품 곳곳에서 창녀를 성모에 비유하곤 했다. 그의 수필 <관능위
조>에는 다음과 같은 대목이 나온다.

> 생활에 면허가 없는 욱의 눈에 매춘부와 성모의 구별은 어려웠다. 나
> 는 그때 창작도 아니오 수필도 아닌 <목로의 마리아>라는 글을 퍽 길게
> 써보던 중이요 또 그 중에 敍景的인 것의 몇 장을 욱에게 보낸 일도 있
> 었다. 항간에서 늘 目睹하는「言爭하는 마리아 群象」보다도 훨씬 청초하
> 여 가장 대리석에 가까운 마리아를 마포강변 목로술집에서 찾았다는 이
> 야기다.
>
> −<관능위조>(전집4 수필 : 32)

위의 글에 나오는 "마리아"는 "마리아를 마포강변 목로술집에서 찾
았다"는 대목으로 보아 <서망율도>의 "성모"를 뜻한다고 여겨지나,
<목로의 마리아>라는 작품이 <서망율도>를 뜻하는 것 같지는 않다.
<목로의 마리아>는 긴 분량의 글이라고 되어 있기 때문이다. 아마도
그 중 일부분을 떼어 <서망율도>로 발표했을 가능성은 있다.

---

22) 노드롭 프라이, 임철규 역, 『批評의 解剖』, 한길사, 1982, 209쪽 참조.
23) 이승훈 편저, 『문학상징사전』, 고려원, 1995, 248~250쪽 참조.

<슬푼이야기>에는 "「저기저 自動車들은 비는오는데 어듸를 저렇게 갑니까네. 그고개넘어 聖母의市場이 있읍니다. 「一圓짜리가 있다니 정말 불을질느고 십습니다,」라는 대목이 나온다. 여기서 "聖母의市場"은 사창가를 의미하고 "一圓"[24]은 창녀에게 지급되는 화대를 뜻한다. 이경훈도 이상의 글에 나오는 성모가 창녀를 뜻한다고 지적한 바 있다.[25] 이처럼 이상은 창녀를 성모 혹은 마리아로 표현하기를 즐겼다.

심리학자 융에 의하면 통속극에서 페르소나, 아니마, 그림자는 각각 주인공, 여주인공, 악당에 투사된다고 한다. 페르소나는 우리가 세상에 보여주는 가면이고, 아니마는 남성의 정신 안에 있는 여성성을 가리키는 명칭이자 영혼의 이미지인데 독일 속담에는 "모든 남자는 그의 안에 자신의 이브를 지니고 있다"는 말이 있다. 인간의 정신은 양성이며, 특별한 의미나 힘이 부여된 여성은 누구나 아니마의 상징이 된다. 또한 그림자는 무의식적 자아의 어두운 면에 해당한다.[26]

융의 학설에 의하면 이상의 글에 나타나는 성모는 자신의 영혼의 이미지가 투사된 아니마인 셈이다. 육체는 비록 여러 남자에 의해 더럽혀진 창녀의 몸이지만 영혼은 성모처럼 깨끗하고 고결한 여인의 이미지는 사창가를 빈번히 들락거린 이상이 추구하는 영혼과 닮아 있다. 창녀에게 이상이 이미지를 덧입히는 행위는 더럽혀진 자신의 육체 위에 순결한 영혼을 씌우고자 하는 의도가 숨어 있는 것이다.

성모는 원형적 여성에서 '영혼의 동반자'를 의미한다. 또한 이미지

---

24) 주요섭의 「결혼 생활은 이러케 할 것」(『신여성』 2권 5월호, 1924, 20쪽)이라는 글에는 "하로밤에도 여러 남자에게 생식긔를 일 원 혹은 오 원식 밧고 파라서 생애하는 창기나 매음부"라는 대목이 있다.
25) 이경훈, 『이상, 철천의 수사학』, 소명출판, 2000, 19쪽 참조.
26) Wilfred L. Guerin 외, 최재석 옮김, 『문학비평의 이론과 실제』, 한신문화사, 2000, 200~202쪽 참조.

분석에서 무서운 어머니는 관능, 성적 탐닉, 공포, 위험, 어두움, 해체, 거세, 죽음과 관련된다.[27] <서망율도>에 나오는 성모는 "싸늘한聖母"다. 그러므로 성모의 이미지를 지닌 목로의 여인은 무섭고도 위험한 관능과 성적 탐닉의 대상이 되는 것이다.

성모의 품에 안긴다는 것은 자신을 희생적 속죄양으로 인식한다고도 볼 수 있다. J. G. 프레이저에 의하면 "신을 상징하는 인신 살해 관습이 고대 이탈리아의 아리키아 숲 이외의 지역에서도 익숙한 것으로서 성행하고 있었다"[28]고 하며, 역사적으로 대표적인 속죄양은 예수이다. 화자는 성모의 품에 안겨 자신을 죽음을 앞둔 속죄양으로 인식하고자 함을 알 수 있다. 이상은 질병으로 인해 자신의 생이 오래 남지 않았음을 직감하고 있었으므로 이러한 속죄양 심리는 설득력을 갖는다. 속죄양 심리는 영웅의식과도 상통하는 부분이 있다.

목로의 여인이 소복을 입고 있다는 것도 상징적이다. 흰색은 적극적인 면에서는 빛, 순수, 순진, 영원을 의미하지만, 부정적인 면에서는 죽음, 공포, 초자연적인 것, 불가사의한 우주적 신비의 눈부신 진리를 뜻한다고 한다.[29] 목로의 여인이 입은 소복은 죽음을 뜻하기도 하고, 동시에 성모의 순수함을 의미하는 양가적 상징으로 사용된다. 이 여인에게서 화자는 "아픈血族의 『저』를 느꼈다"고 표현한다. 이 부분에 대해 이보영은 다음과 같이 해석한다.

---

27) Wilfred L. Guerin 외, 최재석 옮김, 『문학비평의 이론과 실제』, 한신문화사, 2000, 182쪽 참조.
28) James George Frazer, 신상웅 옮김, 『황금가지』, 동서문화사, 2007, 857쪽.
29) Wilfred L. Guerin 외, 최재석 옮김, 『문학비평의 이론과 실제』, 한신문화사, 2000, 181쪽 참조.

　　그녀에게서 주인공은 '싸늘한 (민족의) 성모를 느끼고 그녀를 '혈족'으로서'의 '자기'와 동일시한 것도 한국인이 한일합병 후에 잃어버린 성스러운 신앙의 대상을 거기서 찾아보려고 한 때문이다. 따라서 그녀와 맺는 성관계도 의례적인 것으로 보아야 한다.[30]

　이보영은 "저"를 이상 자신으로 해석하고 있다. 이상은 한자로 표기 가능한 단어는 대부분 한자로 표기했으므로 "저"에 해당하는 한자어로 이를 해석하기 보다는 '자신(自身)'을 나타내는 순수 우리말인 '저'로 풀이하는 것이 합당해 보인다.

　"血族이 점으도록 / 내 아픈데가 다아서 / 부드러운 구두속에서도 / 일마다 아리다"라는 부분을 이보영은 화자가 여인과 성관계를 맺는 것으로 풀이했다. 이경훈은 이상의 작품에 등장하는 신발을 콘돔으로 해석한 바 있다.[31] 그러므로 "부드러운 구두"는 콘돔이며 성병을 앓고 있었던 이상의 성기가 콘돔을 씌웠음에도 불구하고 고통을 느끼는 것을 묘사한 것으로 보인다. 이렇게 볼 때 "鄕邦의風土는 毛髮같아 / 건드리면 새빫애진다"는 문장은 반체제적 저항성보다는 성적 흥분을 나타내는 것으로 해석하는 것이 더 나을 것이다.

　마지막 문장인 "江건너 일판이 그냥 노―랗게 헝크러저서는 흐늑히늑 해보인다"는 부분에서는 노란색이 나온다. 노란 색은 태양의 빛, 조명, 확산, 도량, 직관, 지성, 영광의 상태를 상징한다.[32] 이는 성관계를 마친 화자의 성적 충족감을 의미하며 그러한 기분은 "노―랗게 헝크러저서는 흐늑히늑"한 것으로 묘사된다.

---

30) 이보영, 「문학을 통한 반체제적 저항―이상수필의 경우」, 『수필과 비평』 3/4월호, 수필과 비평사, 2007, 100쪽.
31) 이경훈, 『이상, 철천의 수사학』, 소명출판, 2000, 75쪽 참조.
32) 이승훈 편저, 『문학상징사전』, 고려원, 1995, 284~288쪽 참조.

이처럼 <서망율도>에는 검정색의 까마귀와 강물, 적토빛 죄수와 적토, 새빨개진 향방의 풍토, 여인의 소복, 반복 묘사된 새빨개진 향방의 풍토에 이어 노란 일판이 차례로 글에 묘사되어 있다. 순서로 보아 흑색 → 적색 → 백색 → 적색 → 황색으로 색깔이 언급된 것이다.

『문학상징사전』에 의하면 색채가 암시하는 심리적 의미는 아래와 같이 색채와 연금술과의 관계로 해석되기도 한다.

> 정신적 진화를 상징하는 '위대한 작업'의 세 가지 주요 국면은 다음과 같다. (1)흑색에 상응하는 1차적 질료, (2)백색 수은, (3)적색의 유황이 그 것이며, 이 적색은 최후에 황금색의 돌을 생산한다. 여기서 흑색은 발효, 화석, 소멸, 참회의 상태를 상징하고, 백색은 계시, 상승, 폭로, 용서의 상태를 상징하며, 끝으로 적색은 고통, 승화, 사랑의 상태를 상징한다. 황금색은 영광의 상태를 상징한다. 따라서 흑색 → 백색 → 적색 → 황금색의 계열은 정신이 상승하는 과정을 지시한다.[33]

<서망율도>를 이러한 색채와 연금술의 관계에 의한 심리적 상징으로 분석하면 정신의 상승 과정으로 볼 수 있다. 죽음에 대한 공포에 시달리다 성모의 품에 안겨 용서를 빌고, 고통 섞인 사랑을 통해 육체적 정신적 만족을 얻는다는 것이 이 글에 숨겨진 심리적 과정이다.

4장의 고빈도 형용사 표에서 색채어 가운데 가장 높은 순위를 차지한 것은 '창백하다'와 공동 21위에 오른 '희다'이고, 그 다음이 '붉다'다. 이상은 흰색 이미지를 통해 계시, 상승, 폭로, 용서의 감정을, 붉은색 이미지를 통해 고통, 승화, 사랑의 감정을 간접적으로 드러냈다고 볼 수 있다.

---

33) 이승훈 편저, 『문학상징사전』, 고려원, 1995, 284~287쪽 참조.

<여상사제>는 신화·원형적 비평의 시각에서 볼 때 성년식이라는 통과제의를 내포하고 있는 작품이다. <여상사제>는 네 단락으로 구성되어 있다.

지난여름 뒤ㅅ山 머루를 많이 따먹고 입술이 젓꼭지빛으로 깜앟게 물든것을 보았읍니다. 지금 토실토실한 살 속으로 따끈따끈 葡萄酒가 흘읍니다. 단 한사람을위한잔치 단한번 잔치를위하야 豫備된이병, 마개를뽑기는커냥 아모나 맞어보는것도 아닙니다. 그렇나 紫色뿔스 皮膚에서 겨을ㅅ乃 牧草ㅅ내가 좁긋하니 보랍니다.

삼ㅅ단같든머리에 다紅빛당기가 고초처럼 열렸읍니다. 물동이물도 가만 있는데 당기는 왜 이렇게 흔들니나요. 꼭 쥐어야지요. 너무 대롱대롱 흔들니다가 마음이 달뜨기 쉬웁습니다.

이봄이오드니 저고리에 머리때가 유난이 묻고묻고 하는것이 이상합니다. 아래ㅅ배가 싸르르 앞으다는 핑게로 가야할 나물캐려도 못가곤 합니다.

都會와달리 떠들지않고 오는봄, 조용이 바뀌는 아이어룬, 그만해도 다섯해전 거성입은몸이 西道六百五十里에 이렇ㄴ處女를 처음보았고 그슲으고도 흐늑 흐늑한 소꿉작난을 지금껏 잊으랴야 잊을수는 없읍니다.

─<여상사제>(전집4 수필 : 76)

이 글의 전반부에는 "葡萄酒", "紫色뿔스 皮膚", "다紅빛당기" 같은 붉은 색 이미지가 나온다. 포도주는 문학 작품에서 희생과 피, 젊음과 영원한 삶, 신비한 풍요, 영혼의 성스러운 황홀을 의미한다.[34] 이 글에서는 젊음의 피를 상징한다. "단 한사람을위한잔치 단한번 잔치를위하

---

34) 이승훈 편저, 『문학상징사전』, 고려원, 1995, 492~493쪽 참조.

야 豫備된이병, 마개를뽑기는커냥 아모나 맞어보는것도 아닙니다”에서 포도주 병은 처녀의 몸을 상징한다.

두 번째 단락의 “다紅빛당기”도 마찬가지로 활력과 성숙을 의미하는 것으로 보인다. 흔들리는 댕기는 흔들리는 마음을 나타낸다. 세 번째 단락에서는 육체적 성숙으로 인한 신체의 변화를 그렸다. 호르몬이 왕성해짐에 따라 “머리때”도 저고리에 더 많이 묻어나고, 생리로 인해 배가 아프기도 한다.

네 번째 단락의 “都會와달리 떠들지않고 오는봄, 조용이 바뀌는 아이 어룬”이라는 대목에서는 소녀에서 여인으로 바뀌는 과정이 묘사되어 있다. 그 과정은 조용하게 진행이 된다. 이처럼 이 작품은 소녀가 성년이 되어가는 통과제의를 묘사하고 있다.

<여상사제>는 성천 여행에서 본 시골 처녀의 모습을 묘사한 글로 추정된다. 글에 “그만해도 다섯해전 거성입은몸이 西道六百五十里에 이렇ㄴ處女를 처음보았고”라는 대목이 있기 때문이다. “西道六百五十里”는 京城에서 평안남도 성천까지의 거리인 약 250km에 해당한다. 이상은 성천에서 만난 시골 처녀의 모습을 객관적 시선으로 차분하게 묘사하고 있다. 이 수필은 이상의 수필 중 ‘자연관조적 수필’로 분류되어 있다. 여인을 바라보며 쓴 글을 ‘자연관조적’이라고 일컬을 수 있는가 하는 문제는 무엇을 자연으로 정의할 것인가와 연관되어 있다.

『표준국어대사전』에 ‘자연’은 ‘사람의 힘이 더해지지 아니하고 저절로 생겨난 산, 강, 바다, 식물, 동물 따위의 존재 또는 그것들이 이루는 지리적, 지질적 환경’이라고 정의되어 있다. 이에 의해 인간도 자연의 일부로 보아 무리가 없을 것이다. 그러므로 <여상사제>를 ‘자연관조적 수필’의 범주에 넣는 것이 가능하다.

화자는 그런 처녀를 처음 보았고, "그윽으고도 흐늑 흐늑한 소꼽작난"을 잊을 수 없다고 말한다. 화자가 그 처녀와 구체적으로 어떤 "소꼽작난"을 했는지는 알 수가 없지만, 성숙한 여인이 되어가는 처녀에게서 화자는 봄을 느끼고 있다.

<서망율도>와 <여상사제>는 시적 은유와 상징으로 봄을 묘사한 글들이므로 이 두 작품을 신화·원형적 측면에서 들여다보았다. 이러한 비평의 방식은 "문학연구의 역사적 미학적 영역을 넘어서 인류가 지닌 가장 오래된 제식과 신앙이 시작한 옛날로, 우리 자신의 개인적 심성의 깊은 곳으로 우리를 끌고간다"[35]고 할 수 있다. 그러나 이러한 방법에도 한계는 있다. 문학은 "원형과 제식적 정형을 위한 매개체 이상의 것"[36]으로서, 작품자체의 미학적 요소를 등한시해서는 안 되기 때문이다.

궁극적으로 비평의 방법은 작품에 따라 달라져야 한다. 작품의 성격에 따라 그에 맞는 비평의 방법을 선택해야 하는 것이다. 이상의 글들은 어느 다른 작가들보다도 더 다양한 비평론이 동원되어 왔다. 이는 그만큼 이상의 글쓰기가 여러 가지 다채로운 모습을 취하고 있다는 증거가 된다.

3. 애정갈등과 이중성

이상 작품의 주제 가운데 중요한 부분을 차지하는 것은 여인과의 사

---

35) Wilfred L. Guerin 외, 최재석 옮김, 『문학비평의 이론과 실제』, 한신문화사, 214쪽.
36) Wilfred L. Guerin 외, 최재석 옮김, 『문학비평의 이론과 실제』, 한신문화사, 214쪽.

랑이다. 4장의 고빈도 명사 표에서 여인, 색시, 아내 같은 여인 관련 어휘가 37위 안에 있고, 고빈도 동사 표에서 '사랑하다'가 35위에 오른 것을 보아도 그가 사랑 문제에 관심이 많았음을 알 수 있다. 김학철 수필 『우렁이 속 같은 세상』의 고빈도 동사 표에서는 '사랑하다'가 48위 안에 들어 있지 않았다. 김학철도 여인에 대한 관심은 높아 고빈도 명사 표에서 여자, 어머니, 누이동생, 아내, 여성이 37위 안에 들었지만 이성적 사랑의 대상 외에 어머니와 누이동생이 들어 있는 점이 눈에 띈다. 반면 이상이 우선적으로 관심을 가졌던 대상은 육체적 사랑의 대상이 될 수 있는 여인들이었다.

1936년 8월 『여성』에 발표되었던 <EPIGRAM>과 1936년 10월 『여성』에 발표된 <행복>, 1937년 4월 『삼사문학』에 발표된 <십구세기식 1-4>은 1936년 6월부터 같이 살기 시작한 변동림과의 이야기를 담은 글이다. 이 글들은 1937년 2월 『조광』에 발표된 소설 <동해>와 1939년 3월 『문장』에 발표된 소설 <실화>와 관계가 있다. 이 작품들은 모두 이상과 그의 친구 사이에서 애정의 곡예를 펼치는 여인에 관한 것이다. 이상의 다른 작품에도 변동림으로 추측되는 여인이 등장하지만 이들 작품들의 내용은 보다 밀접하게 연관되어 있다.

이상과 변동림의 결혼생활 당시의 정황으로 보아 수필 <EPIGRAM>, <행복>, <십구세기식 1-4>과 소설 <동해>, <실화>에 나오는 여인은 변동림이라고 추정되어 왔지만, 후에 화가 김환기와 재혼하면서 김향안으로 이름을 바꾼 변동림은 1986년부터 다음 해까지 『문학사상』에서 연재된 글에서 이를 부인했다.

소설의 경우 모델과 꼭 같은 얘기란 흥미 없는 實話다. 작가의 천품에 따라서 모델은 창조된다.

이상의 소설 <날개>의 경우 실제의 금홍이는 소설 속의 금홍이가 아니다. <날개>를 창작하기 위해서 이상이 창조한 인물이다.

<종생기>, <동해>의 경우도 같은 얘기다. 나는 방품림을 걸으면서, 많은 소재를 이상에게 제공했다. 사랑이라든가 질투라든가 하는 애정의 문제로 얘기했다. 그럴 땐 나는 남녀란 어디까지나 1 대 1의 인간 대 인간이란, 인간의 존엄성을 들고 나왔다. 그러면 이상은 골짜기가 메아리치는 웃음을 터뜨렸다. 연거푸 웃었다. 처음 들어본다는 듯이 웃었다.

그러나 이상은 나의 진보적인 발언을 진부한 얘기를 꾸미는 수식으로 이용했다. 그는 나를 배신한 거다.[37]

변동림은 자신이 이상의 글을 위한 소재를 제공한 것은 맞지만, 소설 속 인물은 자신이 아니라고 했다. 물론 이상의 작품에 등장하는 '선이', '연이', '임이', 그 외 변동림으로 생각되는 여자 등장인물에 관계된 일들이 이상과 변동림 사이에 일어났던 일과 완전히 같다고 단정하기는 어렵다. 그러나 금홍이 <날개>를 비롯한 글들의 소재와 상황을 제공했듯이, 변동림도 마찬가지다. "남녀란 어디까지나 1 대 1의 인간 대 인간이란, 인간의 존엄성을 들고 나왔다"라는 대목은 소설 <동해>의 "貞操라는것은 一對一의確立에있읍니다"와 거의 일치하고, "이상은 골짜기가 메아리치는 웃음을 터뜨렸다. 연거푸 웃었다. 처음 들어본다는 듯이 웃었다"라는 대목은 <동해>의 "가소롭구나"하며 남자가 웃는 장면을 연상시킨다. 이상과 변동림과의 사이에 있었던 대화나 정황이 글과 비슷한 것이 사실이다.

---

37) 김향안, <이상(理想)에서 창조된 이상>, 김유중·김주현 엮음, 『그리운 그 이름, 이상』, 지식산업사, 2004, 200쪽.

　여인을 사이에 두고 이상과 친구가 삼각관계에 있었다는 글의 내용
도 변동림은 부인했다. 그녀는 "오늘날까지도 이상 연구자들은 삼각관
계가 있었다고 생각한다. 그러나 삼각관계라는 것은 시일을 따져 봐도
증명이 되지 않는가?"[38]라며 구체적인 정황을 밝히지는 않고 삼각관계
사실 자체를 부정했다. 김윤식은 <실화>와 <동해>의 여인이 권순희
라면서 이상이 "구인회패를 속일 천하의 학설을 만들어내는 일은 의외
로 간단했다. 변동림을 절대로 작품 속에 노출시키지 않겠다는 것이야
말로, 보물처럼 지켜야 될 마지막 '秘密'이었다"[39]고 주장했다. 그러나
<실화>와 <동해>의 여인은 변동림과 비슷한 부분이 더 많은 것이 사
실이고, 또한 다른 대목에서는 어느 다른 여인에 관한 이야기를 하는
것인지를 독자가 알 길은 없다. 글 속의 내용과 실제의 상황이 얼마만
큼 일치하는지는 작자만이 알 것이다.

1) 질투심과 체념 : <EPIGRAM>

　<EPIGRAM>은 수필로 분류되어 있지만, 대화가 글의 대부분을 차
지한다. 소설로 분류하기에는 분량이 적어 수필로 분류되어 온 듯하다.
이상의 글쓰기는 장르의 구분이 모호하다는 것을 보여주는 글이다. '아
무도 모를 내 비밀(秘密)'이라는 부제가 붙어 있는 이 글은 화자가 친구
와 만나 대화를 나누는 형식으로 되어있다. 화자가 친구에게 여비를 빌
려 달라고 하자 친구는 '임이'[40]와 결혼해서 가면 돈을 다 내주겠다고

---

38) 김향안, <이상(理想)에서 창조된 이상>, 김유중·김주현 엮음, 『그리운 그 이름, 이상』,
　　지식산업사, 2004, 201쪽.
39) 김윤식, 『이상 소설 연구』, 문학과 비평사, 1988, 54쪽.
40) '임이'는 변동림으로 추정되는 인물이다.

한다. 화자가 그의 제안을 거절하자 친구는 임이와 자신의 관계는 "꼭
한번밖에" 없었다고 다음과 같이 주장한다.

「왜 내가 姙이와 그런일이 있었대서 그리나? 不快해서!」

「뭔지 모르겠네!」

「한번 꼭 한번밖에없네. 毒味란말이있지」

「純粹허대서 자랑인가?」

「부러 그리나?」

「에피그람이지」

암만해도會話로는 解決이안된다. 會話로안되면 行動인데 어떤行動을하
나. 勿論 싸워서는 안된다. 친구끼리는 情다워야하니까. 그래서 우리는
우리두사람의共同의敵을하나 찾기로한다. 친구가

「李를알지? 姙이의첫男子!」

「자네는 무슨目的으로 妥協을하려드나」

「失戀허기가싫어서 그런다구나 그래둘까」

「내 고집두 그비슷한理由지」

나는 당장에 허둥지둥한다. 내 咨嗇한論理는 눈쌀을찦흐린다. 나는
꼼짝할수가없다. 이렇게까지 나는 咨嗇하다. 친구는

「끝끝내 이러긴가?」

「守勢두攻勢두다 우리 집어치세」

「연간히 겁을집어먹은 모양일세그려!」

「누구든지 그야 墮落허기는 싫으니까!」

요 이야기는 요만큼만해둔다. 姙이의男子가 셋이되였다는것을漏설한
댓자 그것은 벌서 秘密도 아모것도아니다.

— <EPIGRAM>(전집4 수필 : 82)

친구끼리 싸우기 싫어 그들은 "姙이의첫男子"라는 공동의 적을 찾는
다. 그러다 그들은 "守勢두攻勢두다 우리 집어치세"라며 신경전을 멈춘
다. 이 글의 마지막은 "요 이야기는 요만큼만해둔다. 姙이의男子가 셋이

되였다는것을―漏설한댓자 그것은 벌서 秘密도 아모것도아니다"라며
끝맺는다. 글의 내용으로 보아 화자는 임이에 대한 질투심을 억지로 참
고 있다. 친구와 임이가 단 한 번 관계를 가졌다는 것을 그는 믿지 못
한다. 자신이 인색하다는 것을 알면서도 화자는 여자에게 관용을 베풀
마음의 여유가 없다. 상황이 어색해지자 화자의 친구는 여자의 첫 남자
를 거론하며 화자의 공격을 모면하려고 한다. 그러나 화자는 공격 대신
체념을 택한다.

수필이 아무리 자신의 경험을 담고 있는 장르라고는 하지만 이상처
럼 내밀한 생활을 작품 속에 드러낸 예는 흔하지 않다. 이상의 소설은
사소설적 성격을 띠고 있는데 <EPIGRAM>도 극히 사적인 수필이라
할 수 있다.

그의 소설 <실화>에는 이상의 친구인 S가 이상의 수필 <EPIGRAM>
에 대해 언급하는 부분이 나온다.

「箱! 姸이와 헤어지게. 헤어지는게 좋을것같으니. 箱이 姸이와 夫婦?라
는것이 내눈에는 똑 부러그러는것같아서 못보겠네.」
「거 어째서 그렇다는 건가」
이 S는, 아니 姸이는 일즉이 S의것이 었다. 오늘 나는 S와더브러 담배를
피우면서 마조앉어 談笑할수 있다 그러면 S와 나 두사람은 親友였든가.
「箱! 자네(EPIGRAM)이라는글 내 읽었지. 한번 허허―한 번. 箱! 箱의 서
푼짜리 優越感이 내게는 우쉬 죽겠다는걸세. 한번?―한번―허허―한 번」
「그렇면(나는 失神할만치 놀랜다) 한번以上―몇번. S!몇번인가」
「그저 한번 以上이라고만 알아두게나그려」

―<실화>(전집4 소설 : 338-9)

이 글에서 여자의 이름은 '임이'가 아닌 '연이'다. 그러나 '임이'와

'연이'는 동일인물이다. <EPIGRAM>에는 친구가 임이와 한 번 관계를 맺었다고 고백한 것으로 묘사되어 있는데 <실화>에서 친구는 그 사실을 부정하고 "한번以上"이라고 해서 '箱'을 놀라게 한다. 수필은 허구가 아닌 사실에 근거한 글이라지만 <실화>에서 친구가 이상의 글을 읽고 부정한 것을 보면 <EPIGRAM>에 나오는 것처럼 두 사람이 실제로 대화를 나눈 적은 없는 듯하다. 그렇다면 <EPIGRAM>은 허구를 사용했다는 점에서는 오히려 소설에 가까울 것이다. 그렇다고 해서 <EPIGRAM>은 소설이며, <실화>는 소설로 분류되어 있고 분량도 <EPIGRAM>보다 길지만 글의 성격상 수필에 가깝다고 단정 짓기도 어렵다. 어느 사건이 진실인지 독자가 알 수는 없기 때문이다. <실화>에는 "姸이는 飮碧亭에 가든날도 R英文科에 在學中이다"41)라는 대목이 나온다. 변동림은 당시 이화여전 영문과에 다니고 있었으므로 연이는 변동림으로 여겨졌다. <EPIGRAM>은 화자가 여인의 다른 남자에 대해 질투를 느끼지만 체념할 수밖에 없는 무기력한 심정을 그리고 있다.

2) 복수심과 불신 : 〈행복〉

<행복>도 대화가 많이 삽입된 소설적 형식으로 되어있고, 이 수필의 '선이'도 역시 변동림으로 추정된다. 내용은 다음과 같다. 화자는 '仙이'와 함께 물에 빠져 동반자살을 하려다 물속에서 허우적대며 선이가 다른 남자의 이름을 부르자 실망하여 혼자 물 밖으로 나와 그냥 가려다 그녀를 건져내 결혼한다. 그 후 화자는 신부에게 복수하는 마음으

---

41) 전집4 소설, 342쪽(이 페이지의 주석 820번에도 "'연'은 변동림을 의미하며"라고 되어 있다).

로 살아간다. 선이가 어쩌다 아양을 떨어도 그는 냉담해진다.

이 수필의 <행복>이란 제목은 반어적이다. 화자는 아내의 정절을 의심하여 결코 마음의 평안을 누리지 못한다. 결혼생활은 아내에 대한 끊이지 않는 의심으로 인해 불행의 연속인 것이다.

> 나는 가끔 내게 물어 본다.
> 「너는 무엇을願하느냐? 復讐? 천천이 천천이 하야라 네 殞命 하는날이야 끝날일이니까」
> 「아니야! 나는 지금 나만을사랑할 童貞을 찾고있지 한男子 或 두男子를 사랑한일이있는女子를 나는 사랑할수없서왜?그럼 나 더러 먹다남은 形骸에 滿足하란말이람?」
> 「허—너는 잊었구나? 네 復讐가畢하는 것이 네 落命의날이라는것을. 네 一生은 임이 네가復活하든 瞬間부터 祭壇우에 올녀놓여 있는 것을어쩌누?」
>
> —<행복>(전집4 수필 : 85)

화자는 죽는 날까지 아내에게 복수하며 살 것을 다짐하고 있다. 그러나 세 달이 지나자 화자는 복수하는 것에 권태를 느낀다. 이 글의 마지막 대목에서는 화자의 심리적 갈등이 드러난다.

> 勿論 仙이는 내 仙이 가 아니다. 아닐뿐만 아니라 ××를 사랑하고 그다음 ×를 사랑하고 그다음…….
> 그다음에 지금 나를 사랑한다. 는 체하야보고 있는 모양같다. 그런데 나는 仙이만을사랑한다. 그러니까 우리는—
> 어떻개야만좋을까 까지 發展한 幻術이 뚝 天井을새여떠러지는 물한방울에 와르르 믏어저 버렸다. 창밖에서는 비ㅅ소리가 내懶怠를 이러니, 저러니 하고 是非하는 것같은 벌서 새벽이다.
>
> —<행복>(전집4 수필 : 86-7)

　화자는 자신이 선이만을 사랑한다고 주장한다. 그렇지만 선이가 자신을 사랑하는 것은 그런 척하는 것에 지나지 않는다고 여긴다. 다른 남자와 교제가 있었던 선이를 화자는 신뢰하지 못하며 그로 인해 괴로움에서 벗어날 수 없었다. 화자는 이러한 괴로움을 해소하기 위해 여자를 괴롭히는 것으로 마음을 달랬던 것이다.

　이상의 실제 생활에서 그는 이미 기생이었던 금홍과 3년 간 동거생활을 했었고 그 외에도 사창가 출입이 잦았다. 이성 편력이 선이보다 화려한 화자가 선이의 과거를 용서하지 못하는 것은 스스로 생각해도 이치에 맞지 않는 일이었다. 더구나 당시 경성에서는 자유연애풍조가 퍼져 있던 때이기도 했다.

　이승훈은 『이상』이란 책에서 변동림에 대해 "금홍이나 순옥과 같은 유녀가 아니라 자유연애론을 주장하는 인텔리 여성이었다"고 설명하며 "그런 그녀에게 이상이 19세기식 정조 관념을 강조하는 것은 아이러니이며 이런 문제가 그녀와 갈등을 빚는 원인이 된다"고 지적한 바 있다.[42]

　이상은 여인들을 통해 작품의 소재와 영감을 많이 얻었다. 4장의 고빈도 명사 조사에서 여인 관련 어휘가 아내와 어머니를 제외하고 여인, 색시, 여자, 계집, 매춘부 하는 식으로 다양하게 등장하는 것을 보아도 그가 여인에 대해 관심이 많았음을 알 수 있다. 수많은 사창가 여인을 비롯해 금홍, 권순희(권순옥), 변동림 등의 여인은 성욕을 발산하는 대상이자 작품의 소재로 중요한 역할을 했다. 이상의 극히 사적인 글들을 읽으면 생활에서 글이 나왔는지, 글을 위해 생활이 만들어졌는지 의심이 들기도 한다. 짧은 생애 동안 그는 색다른 체험을 많이 한 까닭이다.

---

42) 이승훈, 『이상』, 건국대학교 출판부, 1997, 91쪽.

어린 시절의 남다른 체험이야 그가 조작할 수 없는 것이라 해도 글을 쓴 이후 그의 생은, 특히 각혈을 한 다음 죽음에의 공포를 느끼자 그는 문학을 통해 죽음을 넘어서는 그 무엇을 추구한 것이 아닐까. 그렇다면 그에게는 문학을 위한 것이라면 못할 것이 없었을 터이다.

이에 대해 김윤식은 "삶의 방식이 작품을 낳은 것이 아니라 그 정반대라는 점이야말로 이상 문학의 최대의 秘密이다"[43]라고 하면서, "한국 문인으로, 스스로를 작품을 쓰기 위해 그러한 삶을 선택한 사람은 이상을 빼놓으면 단 한사람도 없었다. 이상 문학의 위대성은 이러한 정신력에서 왔다"[44]고 평했다. 생활을 글 속에 담아낸 것과 문학을 위해서 상황을 만들어 간 것, 둘 중에서 무엇이 먼저인지, 어디까지가 진실이고 어디까지가 조작인지는 작가만이 알고 있는 비밀이다.

3) 이중성과 갈등 : 〈십구세기식 1-4〉

〈행복〉을 발표한지 약 6개월 후 이상은 〈십구세기식 1-4〉을 『삼사문학』에 실었다. 〈십구세기식 1-4〉은 4편의 연작 즉 〈정조〉, 〈비밀〉, 〈이유〉, 〈악덕〉으로 되어 있다.

〈정조〉에는 "내가 이 世紀에 容納되지 않는 最後의 한꺼풀 幕이 있다면, 그것은 오직 『간음한 안해는 내어쫓으라』는 鐵則에서 永遠히 헤어나지 못하는 내 곰팡내 나는 道德性이다"(전집4 수필, 103쪽)라는 대목이 나온다. 화자는 자신의 정조관념이 여자에게만 순결을 강요하는 19세기 식임을 스스로도 알고 있었던 것이다.

---

43) 김윤식, 『이상 소설 연구』, 문학과 비평사, 1988, 45쪽.
44) 김윤식, 『이상 소설 연구』, 문학과 비평사, 1988, 125쪽.

<비밀>은 단 3개의 문장으로 이루어진 수필이다. 전문을 소개하면 아래와 같다.

秘密이 없다는 것은 財産 없는것 처럼 가난할뿐만 아니라 더 불쌍하다. 癡情世界의 秘密―내가 남에게 간음한 秘密, 남을 내게 간음시킨 秘密, 즉 不義의 兩面―이것을 나는 萬金과 오히려 바꾸리라. 주머니에 푼錢이 없을 망정 나는 天下를 놀려먹을 수 있는 實力을 가진 큰 富者일수 있다.
―<비밀>(전집4 수필 : 103-4)

<비밀>의 첫 문장은 "秘密이 없다는 것은 財産 없는것 처럼 가난할뿐만 아니라 더 불쌍하다"(전집4 수필, 103쪽)라고 되어 있다. 이와 비슷한 문장이 소설 <실화>에는 4번 나온다. <실화>의 첫 문장은 "사람이 秘密이 없다는것은 財産없는것처럼 가난하고 허전한 일이다"로 시작되고, 네 번째 단락에는 "사람이― 秘密이 없다는것은 財産없는것처럼 가난하고 허전한 일이다", "그러나 불상한 이상先生님에게는 이 복잡한 交通을 향하야 빈정거릴 아모런 秘密의材料도 없으니 내가 財産없는 것보다도 더 가난하고 승겁다"라는 두 문장이 나오고, 아홉 번째 단락 마지막 부분에는 "사람이― 秘密하나도 없다는것이 참 재산없는것 보다도 더 가난하외다그려! 나를 좀 보시지오?"(전집4 소설, 351쪽)라고 나온다. 한 작품에 비슷한 문장이 네 번이나 나와 비밀의 중요성을 강조한다.

여기서 화자가 말하는 "사람이 秘密이 없다는것은 財産없는것처럼 가난하고 허전한 일이다"의 의미는 상대 여인이 다른 남자와의 관계에 대한 많은 秘密을 갖고 있는 데 반해서 자신은 숨기고 있는 여자가 없으므로 해서 분한 심정을 느낀다는 것이다. 화자는 그 분한 심정을 "가난하고 허전"하다고 표현한다.

화자는 자신이 과거에 겪은 여성 편력은 비밀이 아니라고 여긴다. 남자의 여성편력은 공개해도 흉이 되지 않았던 예로부터 내려오던 고정관념에 그는 사로잡혀 있다. 현재 상황만을 놓고 볼 때 자신 외에 다른 남자가 있는 여자보다 한 여자만 바라보는 자신의 처지가 억울하다는 것이 화자의 생각이다.

소설 <동해>에는 나와 임이의 정조관념에 대한 대화가 나온다.

나 스스로도 不快할 에필로―그 로 貴下들을引導하기위하야 다음과 같은 薄氷을 밟는듯한 會話를 組織하마.

『너는 네말맞다나 두사람의男子 惑은 事實에 있어서는 그以上 훨신 더 많은 男子에게 내주었든 肉體를걸머지고 그렇게도 豪氣있게 또 正正堂堂하게 내 城門을 闖入할 가 있는것이 그래 鐵面皮가아니란 말이냐?』

『당신은 無數한賣春婦에게 당신의 그 당신 말맞다나高貴한肉體를 廉價로 求景시키섰읍니다. 마찬 가지지요』

『하하! 너는 이런 社會組織을 깜박 잊어버렸구나. 여기를 너는 西藏으로 아느냐, 그렇지않으면 男子도哺乳行爲를하든 피데칸트롶스 時代로 아느냐. 可笑롭구나. 未安하오나 男子에게는 肉體라는 觀念이없다. 알아듣느냐?』

『未安하오나 당신이야말로 이런 社會組織을 어째 急速度로 逆行하시는 것같읍니다. 貞操라는것은 一對一의確立에있읍니다. 掠奪結婚이 지금도 있는줄아십니까.』

『肉體에對한 男子의 權限에서의嫉妬는 무슨 걸래쪼각같은 敎養나브랭이가아니다. 本能이다 너는 이 本能을 無視하거나 그 稗氣滿滿한 敎養의 掌匣으로 整理하거나하는재조가 通用될줄아느냐?』

『그럼 저도 平等하고溫順하게 당신이定議하시는『本能』에依해서 당신의過去를 嫉妬하겠읍니다. 자―우리 數字로 따저보실까요?』

評―여기서부터는 내 敎材에는 없다.

―<동해>(전집4 소설 : 312)

앞의 글에서 화자와 임이는 남녀의 정조관념을 놓고 입씨름을 한다. 화자가 임이와 여러 남자와의 관계를 의심하며 그녀에게 "철면피"라고 하자 임이는 수많은 매춘부를 상대한 당신도 마찬가지 아니냐고 맞받아친다. 그러자 화자는 이곳이 서양도 아니고, 남자에게는 정조관념이 없다며 가소로워 한다. 여자는 이에 정조는 "一對一의확립"에 있을 뿐이라고 한다. 그러나 이 글에서도 정조는 여자에게만 해당할 뿐이라는 화자의 19세기 식 정조관념이 드러난다. 두 사람의 이 같은 관점의 차이는 필연적으로 갈등을 낳을 수밖에 없다. 갈등을 해결하지 못한 화자는 결국 여자를 버리기로 한다.

<이유>에서는 화자가 아내를 버린 이유가 설명되어 있다. 아래의 인용문은 <이유>의 전문이다.

> 나는 내 안해를 버렸다. 안해는 『저를 용서하실 수는 없었읍니까』한다. 그러나 나는 한번도 『용서』라는 것을 생각해본 일은 없다. 왜? 『간음한 계집은 버리라』는 鐵則에 疑惑을 가지는 내가 아니다. 간음한 계집이면 나는 언제든지 곧 버린다. 다만 내가 한참 망서려가며 생각한 것은 아내의 한 짓이 간음인가 아닌가 그것을 判定하는 것이었다. 不幸히도 結論은 늘 『간음이다』였다. 나는 곧 안해를 버렸다. 그러나 내가 안해를 몹씨 사랑하는 동안 나는 우습게도 아내를 辯護하기 까지 하였다. 『될 수 있으면 그것이 간음은 아니라는 結論이 나도록』 나는 나 自身의 峻嚴 앞에 哀乞하기 까지 하였다.
>
> ㅡ<이유>(전집4 수필 : 104)

아내를 사랑하는 화자는 아내의 행동이 간음이 아니라고 부정해보려 했지만 화자의 구식 정조관념을 벗어나지 못해 결론은 항상 간음으로 판정을 내릴 수밖에 없었다. <십구세기식 1-4>은 1937년 4월 『삼사문학』에 발표되었다. 이때는 이상이 아내 변동림을 경성에 놔두고 혼자 동경에 와 있던 시기다. 심리적으로 이상은 이미 아내를 버린 것으로 짐작할 수 있는 대목이다.

<악덕>에서는 버린 아내를 용서해서는 안 된다는 스스로에 대한 다짐이 반복된다.

> 용서한다는 것은 最大의 惡德이다. 간음한 계집을 용서하여 보아라. 한 번 간음에 맛을 들인 계집은 두번째도 세번째도 간음하리라. 왜? 不義라는 것은 財物 보다도 魅力的인 것이기 때문에—
> 계집은 두번째 간음이 發覺되었을 때 實로 첫번째 때 보지 못하던 鬼哭的 技法으로 용서를 빌리라. 번번이 이 鬼哭的技法은 그 妙를 極하여 가리라. 그것은 女子라는 動物 天惠의 才質이다.
> 어리석은 남편은 그때 마다 새로운 感傷으로 간음한 안해를 용서하겠지— 이리하여 實로 男便의 一生이란 『이놈의 계집이 또 간음하지나 않을까』하고 戰戰兢兢하다가 그만 두는 가엾이 虛無한 蕩盡이리라.
> 내게서 버림을 받은 계집이 賣春婦가 되었을 때 나는 차라리 그 계집에게 銀貨를 支拂하고 다시 賣春할망정 간음한 계집을 용서하지도 버리지도 않는 殘忍한 惡德은 犯하지 말아야 한다고 나는 나 自身에게 타이른다.
>
> —<악덕>(전집4 수필 : 104-5)

화자는 간음한 아내를 용서하는 것은 악덕이라고 다짐한다. 신뢰를 잃은 아내는 남편의 의심으로부터 벗어날 수 없고, 간음에 맛을 들인 여자는 계속 간음을 할 것이라고 결론을 내린 것이다. 결국 화자는 "간음한 계집을 용서하지도 버리지도 않는 殘忍한 惡德은 犯하지 말아야 한다"고 스스로를 타이르기에 이른다. 화자의 19세기 식 이중적 정조 관념으로 인한 갈등은 여자를 버리는 것으로 마무리 된다.

남녀 간의 내밀한 이야기를 이상처럼 솔직히 드러낸 경우는 우리 문학사에서 흔치 않다. 이는 당시 일본 문단의 사소설[45]이 이상에게 적지 않은 영향을 주었기 때문인 것 같다. 대표적 일본 사소설은 1907년 다야마 가타이의 『이불』,[46] 1918년 시마자키 도손의 『신생(新生)』,[47] 1920년 이와노 호메이의 『오부작(五部作)』[48]이 꼽힌다. 이 작품들의 내용은 작가의 실제 생활을 그리고 있는데 비도덕적이라고 비난받을 만한 사건들이 묘사되어 있다. 작가가 자신의 치부를 드러내면서까지 자신의 인간적 본능을 글에서 드러내는 이유를 안영희는 다음과 같이 분석한다.

> 작가는 사소설의 핵심이 되는, '있는 그대로의 진실'을 소설 속에서 밝히면서 자기희생을 감수한다. 사소설작가는 자신의 존재를 예술에 바치고 예술을 위해서 인생을 희생하는 선택된 사람이라는 이미지를 갖는다. 그러나 그들은 결코 사회를 대상으로 싸우는 일은 하지 않는다.
> 도덕적 가치는 고백행위 그 자체에 있는 것이지 주위 인간에 대한 작가나 주인공의 태도에 있는 것이 아니다. 일반적으로 일본에서 고백행위는 도덕적으로 높이 평가되기 때문에 그 속에 숨어있는 중대한 문제는 자기고발자로서의 공적인 행위로 용서된다.[49]

---

45) 사소설은 20세기 초두 일본 자연주의를 모체로 성립한 문학 장르이다. 일본 자연주의는 유럽 자연주의를 모범으로 하고 진실의 충실한 재현과 노골적인 묘사를 선전문구로 했다. 서구 자연주의는 추악한 사회현실을 숨기지 않고 있는 그대로 그리는 문예사조이다. 그러나 일본 자연주의에서는 가치관을 배제한 무조건적인 현실묘사가 있는 그대로의 자기를 표출하는 것이라는 방향으로 독특하게 해석되었다. 서구 자연주의가 사회와의 관계 속에서 타인과 개인을 포착한다면 일본 자연주의는 사회와 차단된 좁은 공간에서 작가의 사생활만을 그린다(안영희, 『일본의 사소설』, 살림, 2006, 5~6쪽).
46) 내용은 중년의 작가가 젊은 여제자에게 느끼는 사랑과 질투를 담고 있다.
47) 내용은 아내를 사별한 작가가 집안 일을 봐주던 조카를 임신시킨 일을 담고 있다.
48) 내용은 유부남과 젊은 애인들과의 사이에 벌어지는 애증으로 인한 사건을 다룬다.
49) 안영희, 『일본의 사소설』, 살림, 2006, 80쪽.

특이한 글을 쓰려면 특이한 상황을 필요로 한다. 행복한 상황보다는 불행한 상황에 대해 독자의 관심이 크기 때문에 문학에 인생을 희생하기로 한 작가는 불행한 처지를 만들 수밖에 없다. 사소설 작가들은 “불행한 처지를 표현함으로써 승화한 것이 아니고, 글을 쓰기 위해 불행한 처지를 필요로 했던 것”50)이라며 글로 인해 파멸에 이른 일본 작가로 안영희는 하라 다미키, 다나카 히데미쓰, 다자이 오사무 등을 들고 있다.

이상의 경우에도 피치 못할 불행한 상황 외에 자신이 자초한 타락한 생활의 면면이 많이 드러난다. 자살 충동 같은 파멸 지향적 성향으로부터도 그는 벗어날 수 없었다.

미야기 오토야는 『사소설의 심리학』이라는 책에서 사소설 작가들의 심리 특성으로 정신분열, 사고와 행동과 감정의 부조화, 자폐증, 어느 정도의 광기를 들었고, 특히 객관화 능력의 부족과 자기 행동에의 자부심을 특징으로 하는 자기도취라는 공통점을 지닌다고 분석했다.51) 이는 이상의 심리를 설명할 때도 자주 거론되는 증상들이다.

일본에서는 사소설의 전통이 오늘날에도 이어져 내려오고 인기를 얻고 있는데 그 이유는 독자들의 ‘엿보기 취미’와 ‘작가에 대한 친밀감’ 때문이라고 한다. 작가의 사생활을 엿봄으로 해서 작가를 잘 아는 것 같은 친밀감으로 인해 작품은 인기를 얻는다. 이상의 작품이 우리나라에서 아직까지 인기가 있는 것도 이런 이유에서일 것이다. 그러나 이상의 작품이 사생활과 관계가 있다고 해서 그의 작품이 100% 자신의 사생활을 드러낸다고 하기는 어렵다. 이상은 심리적 불안정의 다른 한 편으로 치밀한 계산과 문학적 장치를 염두에 두고 글을 썼을 가능성이

---

50) 안영희, 『일본의 사소설』, 살림, 2006, 80쪽.
51) 안영희, 『일본의 사소설』, 살림, 2006, 78~79쪽 참조.

크기 때문이다. 결국 작품의 사실성 정도는 이상 본인만이 알고 있다. 역사, 전기적 방법으로 그의 작품을 다룰 수는 있되 조심스럽게 접근해야만 하는 이유가 여기에 있다.

이상의 문학에서 사창가 체험이나 여인과의 애정갈등적 요소는 적지 않은 부분을 차지한다. 이상은 수필에서 사창가 체험은 직접적으로 다루지 않았고, <EPIGRAM>, <행복>, <십구세기식 1-4>에서 애정갈등을 표현했다. 장르적 모호성이라는 문제가 있기는 하지만, 이 작품들의 일관된 주제는 여자에게만 정절을 강요하는 화자의 19세기 식 정조관념으로 인한 애정갈등이다. 자신의 처지로서도 옳지 않고, 시대에 뒤졌다는 것을 알면서도 구시대의 정조관념을 포기하지 못하는 화자의 갈등을 다루고 있다는 점이 이 작품들의 특징이다.

4. 자아부정과 상실감

이상은 작품에서 긍정적 자아상을 드러내기보다는 부정적 자아상을 더 자주 드러냈다. 이는 그가 살아 온 과정의 환경과 성격으로부터 형성된 것이다. 이상의 부정적 자아상은 그의 수필에서 다양한 부정적 심리로 표출되고 있다. 4장의 고빈도 형용사 표에서 '없다', '아니다', '아프다', '슬프다', '불쾌하다', '창백하다', '가난하다', '답답하다', '어둡다', '무섭다', '추악하다', '가련하다' 같은 부정적 이미지의 어휘가 다수 눈에 띠는 것이 그 증거다.

여기서는 그의 부정적 자아상이 수필 작품에서 어떻게 드러나고 있는지를 살펴보려고 한다. 이상의 수필 중 자아부정적인 것으로 분류될 수 있는 작품들은 <약수>, <권태>, <슬픈이야기>, <병상이후>다.
이상의 수필 중 대표작으로 꼽히는 <권태>는 성천의 자연을 보고 느
낀 자신의 내면적 감정을 그린 글이다. 자연을 소재로 했지만 주제로
볼 때 자아 성찰에 의한 부정적 감정의 고백적 성격이 더 강하다고 보
아 자아부정적 수필로 분류했다.

1) 피해의식 표출 : 〈병상이후〉, 〈약수〉

자아부정적 작품들 중 집필 시기가 가장 먼저인 것으로 추정되는 글
은 <병상이후>다.

<병상이후>는 1939년 5월 『청색지』에 유고로 발표되었지만, 이 유
고를 입수해 싣게 된 경위가 잡지에는 나와 있지 않다. 잡지의 편집 겸
발행인은 구본웅이고, 출판도 구본웅 소유의 창문사에서 했다. 그러나
구본웅이 어디서 유고를 얻어 잡지에 실었는지는 알 수가 없다. 일문을
번역한 것인지, 원래부터 국문인지도 확실하지 않지만 국문으로 실려
있다.

<병상이후>의 글 아래에는 "(義州通工事場에서)"라는 설명이 붙어
있다. 이상이 의주통공사장에서 근무한 것은 1929년 경성고공을 졸업
한 후 총독부 기수로 일하기 시작해 1933년 3월 사직한 시기 사이의
일이고, 이상은 1930년 여름에 첫 각혈을 한 것으로 알려지고 있으므
로 이 글의 집필 시기는 1930년에서 1933년 봄 사이인 것으로 추정된
다. 이상은 지병인 폐병으로 인한 각혈로 얼굴이 창백했다고 하는데,
그의 작품에는 이런 사실이 직간접적으로 여러 차례 노출되어 있다.
'창백하다'가 다른 모든 색채어를 젖히고 고빈도 형용사 21위에 올라

있는 것이 그 한 증거가 될 수 있다. 또한 '의사', '몸', '아프다'도 고빈도 어휘에 속해 있는데, 병으로 인한 자신의 고민이 <병상이후>에 솔직하게 드러나 있는 것이다.

이 작품은 현재는 수필로 분류되어 있지만 3인칭인 '그'가 서술자로 되어 있다. 최초의 발표 잡지인 『청색지』에도 소설로 구분되어 있다. 이상의 글쓰기의 장르적 모호함을 볼 수 있는 작품이다. 수필로 분류된 작품 중에서 가장 먼저 집필된 것으로 보이는 만큼 다른 작품보다 소설적 형태를 더 많이 지니고 있다. 이 글의 내용은 아파서 누워 있는 그를 진찰하러 온 한의사가 진맥을 마치고 말없이 한숨짓다가 안방으로 가서 큰 소리로 웃으며 술잔을 부딪치는 소리를 듣고 느낀 분노와 약이 식을 때까지 아무도 그것을 마시라고 권하지 않은 것에 대해 서운해 하는 마음을 전반부에 담고 있다. "안房에서들니는 談笑의소리에서 醫師의 우슴소리의 누구의 것보다도 가장 큰것을그는 들을수있었다. 모든것은 눈물날만치 분하였다"52)라는 대목과 "「나의앞흐고 苦로운것을 하늘이나 땅이나알지 누가아나」 이러한 우스꽝스러운말을 그는그대로自身에서經驗하였다"53)라는 대목에서 '그'의 분노와 소외감을 읽을 수 있다. 이러한 감정은 어려서부터 따뜻한 사랑을 경험하지 못한 데서 오는 피해의식의 발로라고 할 수 있다.

수개월 동안 극도의 절망감 속에 살아왔던 그는 글을 쓰다 의식을 잃는다. 의사가 다녀 간 지 며칠 후 그는 친구가 보낸 편지에 쓰여 있는 "아무쪼록 광명을 보시오!"란 구절에서 일말의 희망을 얻는다는 것이 후반부의 내용이다.

---

52) 전집4 수필, 129쪽.
53) 전집4 수필, 131쪽.

이 글은 대화는 없고, 심경 서술에 의한 주인공의 내면 세계를 그리고 있다. 병으로 인한 죽음에 대한 공포와 주위의 무관심에 대한 서운한 감정, 그러한 가운데에서도 글쓰기에 매달리며 희망을 포기하지 않는 마음이 글에 나타난다.

주목할 점은 작품 속에서 '그'가 생각한 부분이 '그'가 쓴 글에 그대로 삽입되어 있다는 점이다.

> 朦朧히 떠올나오는 그동안 數個月의 記憶이 (더욱이) 그를다시 夢現往來의昏睡狀態로 잇끌었다. 그亂意識가운데서도 그는搖가왔다. —이것을 나는 根本的인줄만 알았다. 그때에 나는 果然 한때의 慘酷한乞人이였다. 그러나 오늘날까지의거즛을버리고 참에서살아갈수있는 「人間」이되었다 —나는 이렇게만 믿었다. 그러나, 그것도事實에있어서는 根本的은 아니였다. 感情으로만 살아나가는 가엽슨 한昆虫의 內的波紋에지나지 안었든 것을 나는 發見하였다. 나는 또한 나로서도 또 나의 周圍의—모든것에게 對하54)宏壯한무엇을 分明히創作(?)하였는데 그것이무슨모양인지 무엇인지等은 도모지記憶할길이없는것은 當然한일이다.—
>
> —<병상이후>(전집4 수필 : 131-2)

위의 글은 '그'의 생각을 묘사한 대목인데 "이것을나는 根本的인줄만 알았다. 그때에 나는 果然 한때의 慘酷한乞人이였다. 그러나 오늘날까지의거즛을버리고 참에서살아갈수있는 「人間」이되었다—나는 이렇게만 믿었다. 그러나, 그것도事實에있어서는 根本的은 아니였다. 感情으로만 살아나가는 가엽슨 한昆虫의 內的波紋에지나지 안었든것을 나는 發見하였다. 나는 또한 나로서도 또 나의 周圍의—모든것에게 對" 부분이 아래의 '그'가 쓴 글에 다시 나타난다.

---

54) 『청색지』에서 '對하여'를 오식한 것으로 보인다.

그의 압흔몸과함께 그의마음도차즘차즘압하들이왔다. 그는 더참을수
는없었라. 原稿紙틈에 낑기워있는 3030用紙를끄내여 한두자쓰기를 始作
하였다. 「그렇다 나는 確實히 거즛에살아왔다.—그때에 나에게는 體驗을
伴侶한 무서운 動搖가왔다 —이것을 나는 根本的인줄만알았다. 그때에
나는果然 한때의慘酷한乞人이였다 그러나 오늘까지의 거즛을버리고 참
에서살아갈수있는 「人間」이되였다—나는 이렇게만믿었다 그러나 그것도
事實에있어서는 根本的은 아니였다. 感情으로만 살아나가는 가엽슨한昆
虫의 內波紋에 지나지안었든것을 나는 發見하였다나. 는또[55] 한나로서도
또나의周回의모-든 것에게對하면야서도, 차라리 여지껏以上의거즛에서
살지 아니하하[56] 아니되였다…云云」 이러한文句를 늘어놓는동안에 그는
또한 몇절의 짧은詩를 쓴것도記憶할수도있었다. 펜이 無聊히 조희우를滑
走하는 동안에 그의 意識은 차츰차츰朦朧하야 드러갔다.

—<병상이후>(전집4 수필 : 133)

이상이 고의로 같은 문장을 다시 썼는지, 아니면 퇴고가 되지 않아
그런 것인지는 알 길이 없다. 이 작품은 유고로 발표된 것이니 퇴고가
되지 않았을 가능성도 배제할 수가 없는 것이다. <병상이후>의 문장
은 이상의 후기 작품보다 덜 다듬어져 있고, 주제 면에서는 병자로서의
소외의식과 유년기로부터의 피해의식으로 인해 발생되는 의사나 가족
에 대한 원망과 냉소적 심정이 나타나 있다.

<약수>는 1936년 7월 『중앙』지에 발표되었다. 작품 속에서 드러나
는 이 수필의 시간적 배경은 3년 간 같이 살았던 금홍이 떠난 후이다.
이상이 금홍과 결별한 것은 1935년이다. 이 수필의 내용은 약수에 얽
힌 두 가지 사건을 회고하고 있다. 첫 번째 사건은 1932년 5월 7일 백
부가 사망하기 전날, 백모가 이상에게 약수를 떠오라고 시킨 일이다.

---

55) 『청색지』에서 '하였다. 나는 또'를 오식한 것으로 보인다.
56) 『청색지』에서 '아니하면'을 오식한 것으로 보인다.

그 약수를 마신 백부가 다음 날 사망하자 백모는 후회를 하며 트집을 잡았고 이에 대해 화자는 서운한 감정을 나타내고 있다. 두 번째 사건은 금홍과 같이 살 당시 금홍이 몸이 아픈 자신에게 약수를 떠다주지 않는 이상을 원망했던 일이다.

> 바른대로말이지 나는 藥水보다도 藥酒를좋아하는편입니다.
> 술때문에 집을망치고몸을망치고해도 술먹는사람이면後悔하는법이없지만 病이나으라고藥물을 먹었는데 낫지않고죽었다면 사람은이트집저트집잡으러듭니다
>
> ―<약수>(전집4 수필 : 78)

위의 인용문은 서두 부분이다. 백모가 약수를 먹여도 소용없이 남편이 사망하자 약수를 먹인 것을 후회하는 것을 화자는 듣기 거북해 한다. 뇌일혈로 쓰러진 백부를 위해 약박골에 가서 약수를 길어다 준 것은 자신이기 때문이다. 화자는 백모의 부탁으로 하는 수 없이 약박골로 갔었다.

> 그때친구한사람이 약박골 바로 넘어서 살았는데 그저 밥 국 김치 숭늉 모도가 藥물로 뒤범벅이었것만 그의家族들은그리튼튼하지도못할뿐아니라 그먼저해에는 그의망내누이를 肺患으로잃어버렸습니다. 그래서 나는 이것은 迷信이구나 하고 병을 들고 약박골로가서 한병 얻어 가지고오는 길에 그친구집에들러서 來日은 우리집에 초상이날것같으니 仕退時間에 좀 들러달라고그래놓고왔습니다.
>
> ―<약수>(전집4 수필 : 78)

매일 약수를 먹는 친구 가족이 건강치 않은 것을 보고 화자는 약수의 효능을 미신이라고 여기고, 내일 백부가 돌아가실 것이라고 예상했

다. 자신의 예언이 다음 날 그대로 들어맞자 화자는 당황해한다.

> 臨終을마치고 나는뒤ㅅ곁으로 가서 五月ㅅ속에서잉잉거리는 벌떼 파
> 리떼를 보고 있었습니다. 한물진 芍藥꽃잎알이 하나 가만이졌습니다.
> 익키! 하고 나는 가만이깜짝놀랐습니다. 그래서 또 술이 시작입니다.
> 伯母는 공연히 藥物을잡수시게해서 그랬느니마니 하고 자꾸 後悔를 하
> 시길래 나는 듣기 싫여서 자꾸 술을먹었습니다.
>
> —<약수>(전집4 수필 : 79)

작약 꽃잎 하나가 떨어지는 것을 보고 화자는 백부의 죽음을 연상하
며 자신의 예언에 대해 죄책감을 느낀다. 백모가 후회를 하는 것도 자
신을 비난하는 것으로만 느껴져서 화자는 듣기 싫어 술을 마신다.
다음은 금홍과의 사이에 얽힌 이야기다.

> 얘 - 이건 참명이로구나 하고 三年이나 같이 살았는데 그女子는 三年
> 동안이나 같이살아도 이사람은그저 世界에第一게을른사람이라는것밖에
> 는모르고 그만둔모양입니다. 게을르지않으면 부지런이 술이나먹으러단
> 이는게 또 마음에안맞었다는것입니다. 한번은 病이나서 신애-로 알으면
> 서 나더러 藥物을떠오라길래 그것은迷信이라고 그랬드니 뾰루퉁하는것
> 입니다.
>
> —<약수>(전집4 수필 : 79)

아픈 자신을 위해 약수를 떠다 주지 않는 화자에게 금홍은 싫은 내
색을 했다. 화자는 아내가 떠난 것이 약수를 안 길어다 주어서인지 자
신이 약주를 너무 많이 먹어서인지 잘 모르겠다며 세상이 시들해졌다
고 표현한다. 그리고는 "누가 술만끊으면 내 爲해주마고 그리지만 世上
에 藥物안먹어도 사람이살겠거니와 술안먹고는못사는사람이많은것을모

르는말입니다"(전집4 수필, 79~80쪽)라고 결론짓는다.

이 글은 화자가 떠난 사람들 즉 세상을 떠난 백부와 자신을 떠난 여인에게 정성스러운 마음으로 대해 주지 못한 것에 대한 회고를 담고 있다. 그러나 약수를 마시면 낫는다는 것이 미신임을 알지 못하는 사람들에 대한 안타까움 또한 담고 있다. 그들을 위하지 않아서가 아니라 미신임을 알기 때문에 약수에 대해 시큰둥했던 자신의 마음을 알아주지 못하는 사람들과의 심적 거리 때문에 화자는 마음이 편치 못하다. 그런 저런 이유들로 해서 술을 계속 마실 수밖에 없다고 화자는 결론짓는다.

이상은 어려서 어리광이 받아들여지지 못함으로 해서 피해의식을 갖게 되었다. 충족되지 못한 절대적 사랑은 그가 성장해서도 남의 말이나 행동에 상처를 잘 받는 피해의식을 형성했다. <병상이후>와 <약수>는 이러한 피해의식으로 인한 소외감과 원망하는 심정이 드러난 작품이다.

2) 자기연민 표출 : <슬픈이야기>

이상의 수필 <슬픈이야기>는 '어떤 두 주일 동안'이라는 부제를 달고 있다. 11월 16일 화자는 여인으로부터 동반자살을 하겠다는 각서를 받는다. 두 주일쯤 후인 12월 1일에 화자는 여인과 동반자살하려고 바닷가로 가지만 결국 실패한다는 내용이다. '어떤 두 주일 동안'은 이러한 동반자살을 위한 결심과 기다림의 기간을 말한다.

이 수필은 『조광』에 1937년 6월, 유고로 발표되었다. 지어진 시기로 『이상 평전』을 쓴 고은은 이상이 1936년 동경으로 간 후로 추정하고 있다. 이 시기에 이상은 <종생기>, <권태>, <실락원>, <동경>을 썼다. 삶의 종반을 예상한 듯 이상은 <종생기>를 썼고, <슬픈이야기>에도 과거사를 돌아보는 내용이 들어 있다.

이상은 1935년 겨울 변동림을 만났다.57) 내용상 수필 <행복>은 <슬픈이야기>와 연결되는 부분이 많고, <슬픈이야기>의 시간적 배경은 1935년 말이며, 여인은 변동림으로 추정된다.

작가 이상만큼 그의 문학이 전기론적 관점에서 자세히 해부된 작가도 드물다. 그의 인생 자체가 극적인 요소를 지니고 있는데다가 그는 일상의 삶을 주로 작품화했기 때문이다. 이상의 소설조차도 자신의 삶과 연관된 것이 많고, 시나 수필도 대부분 자신의 이야기를 담고 있다. 그러나 전기론적 관점에서의 연구도 이상의 작품을 완전히 이해하는 경지까지 이를 수는 없었다. 이러한 이유로 이상의 작품을 정신분석적인 차원에서 시도하는 일이 시작되었다. 이 방면의 연구는 1950년대 후반 유석진의 <이상의 연구>가 최초이며, 1973년 김종은은 <이상의 이상(理想)과 이상(異常)>58)에서 이상을 "순환성 성격의 소유자"로 파악했다. 이후로는 서울대 의대 정신과 교수인 조두영에 의해 <이상의 인간사와 정신분석>,59) <정신의학에서 바라본 이상—이상 문학의 승화 작업, 심리 구조 분석>60)이 발표되었다. 조두영은 이상 이해의 기본 열쇠로 "양자(養子)로서의 이상"과 "기아(棄兒)로서의 이상"을 들고 있다.

김상환은 <이상 문학의 존재론적 이해—존재사적 문맥화 작업과 타당성 검증>에서 존재론적으로 이상을 파악하고자 하여 그를 "분열과

---

57) 고은,『이상 평전』, 향연, 2003, 314쪽.
58) 1973년『문학사상』7/8월호에 발표되었다.
59) 1986년『문학사상』11월호에 발표되었다.
60)『이상 문학연구 60년』, 문학사상사, 1998, 113~132쪽.

갈등 혹은 불일치의 경험은 단순히 개인적이고 사적인 차원을 넘어 모더니즘 문명의 본성에 대한 통찰과 이어져 있다. 이상은 분명히 모더니즘 문명의 본성이 파편화에 있다는 것을 깨달았던 최초의 한국인에 속한다"61)고 평가한다.

정신분열병의 발병원인에 대해서 학자들은 아이가 성장 도중에 겪은 부모, 특히 어머니와의 관계와 형제관계, 이성 관계에서 원인을 찾으려는 노력을 한다. 일반적으로 알려진 정신분열증의 증상은 초기에 사고가 산만해지고 비현실적인 생활과 생각으로 생활이 무질서해지며, 여러 가지 망상이 생기기 쉽다고 한다. 감정도 비현실적이어서 사랑, 돈벌이, 출세, 직업 등 문제에 대해서 비현실적인 생각에 몰두하며, 공연히 우울했다가 바보스럽게 기분이 좋아져서 환경에 맞지 않는 웃음을 짓기도 한다. 또한 정신분열증 환자는 때로는 이해할 수 없는 폭력을 폭발시키며 혼자서 자폐적이 되어 방문을 잠그고 방 안에서 나태한 생활을 즐기고 타인과의 접촉을 싫어한다.

이상은 나태하고 불규칙적인 생활을 했다고 하는데 폐결핵 때문에 기력이 없어서 누워 있었다고만 볼 수는 없다. 그는 심지어 며칠 간 세수도 하지 않고 지낼 정도였다. 그가 방 안에서 글을 많이 썼다고는 하지만 생활이 나태했던 것만은 사실이다. 체형적 특성으로는 세장형(細長型)이 정신분열증에 잘 걸린다고 하는데 이상은 사진이나 친구들의 증언을 보아도 틀림없는 세장형이었다. 그러나 정신분석적 접근법은 한계가 있다. 즉 그 작품 내용들이 작가의 인생의 어느 부분에 해당하는지 또는 작가가 지닌 심리의 어떤 면에 해당하는가 하는 것은 어느 정

---

61) 김상환, 「이상 문학의 존재론적 이해—존재사적 문맥화 작업과 타당성 검증」, 권영민 편, 『이상 문학연구 60년』, 문학사상사, 1998, 133~164쪽.

도 맞출 수가 있으나 작가의 재능은 분석하기가 곤란한 것이다.[62] 정
신분석적 방법만으로는 작품의 예술성을 설명할 수 없다는 점도 지적
된다. 그렇다고는 해도 정신분석적 문학 연구는 텍스트에 숨어 있는 비
밀의 이해를 돕는 것이 사실이다.

이상이 정신분열증적 성향을 가졌다는 것으로 인해 이상의 문학이
폄하될 수는 없다. 창의적 인간은 정서적 충격에 지속적으로 노출되어
성격이 괴팍하거나 정신질환에 시달리거나 동성애자가 되는 경향이 많
다고 한다. 그들은 변태적 취미를 즐기기도 하는데 이러한 남들과 다른
정서적 경험이 새로운 인지체계를 만들어내기 때문이다. 이상의 성장
과정이 정신적 질환에 취약한 상황이었다 해도 이것으로 또 모든 것을
속단할 수는 없다. 이상의 성장과정과 질병, 문학에 대한 집착과 욕심
을 모두 함께 고려해야만 한다.

<슬픈이야기>에는 자살 계획을 세운 화자의 고통과 절망으로 가득
찬 자기연민적 심리가 다양하게 묘사되어 있다. 이러한 자기연민으로
부터 비롯된 심리 양상을 살펴보기로 한다.

(1) 자책감와 복수심

자살충동은 이상의 글쓰기에서 빈번히 나타난다. 가까이에 친부모가
있음에도 백부 집에서 성장해야 했던 이상은 어려서부터 자폐적인 증
세를 나타냈다. 어려서 친구들과 어울려 놀기보다는 혼자 있기를 좋아
했다는 점을 볼 때 활동적인 성격이 아님을 알 수 있다. 이상은 보성고
보 시절에도 방과 후 집으로 돌아가지 않고 조용한 학교 마당에서 거

---

62) 조두영, 「이상 문학에 대한 정신분석적 접근법의 한계」, 『이상문학 연구 60년』, 문학사
　　상사, 1998, 259~260쪽 참조.

울을 가지고 교사의 벽에 반사하는 놀이를 혼자 즐겼다고 한다. 이상의
폐쇄적이며 자기애적 성향은 주위 인물들의 증언으로 밝혀진 바가 있
으며, 자살몽상과 자살기도도 이상에게 예외는 아니었다.

　　두루맥이 아궁탱이 속에서 바른손이 왼손을아구에 꼭─쥐고 땀을 흘
　니고 있읍니다. 내마음이 虛空에있거나 물속으로 가라앉었을 둥안63)에도
　肉身은 肉身끼리의 사랑을 잊어버리거나 게을니하지는 않는가봅니다. 머
　리카락은 帽子속에서 헐크러진채 끽소리가 없읍니다. 어떻게 생각하면
　이가난한 母體를 依支하고 저러고지내는 그 各部分들이 無限히 측은한것
　도 갔읍니다. 땅으로치면 土薄한不毛地 세음일 게니까─ 눈도켕하니 힘
　이없고 귀도 몬지가 잔뜩앉어서 주접이 들었읍니다. 목에서는 소리가 제
　대로 나기는나지만 낡은 風琴처럼 다 潤澤이없읍니다. 코속도 그저 늘
　도배한것 낡은것모양으로 구중중합니다. 二十餘年이나 하나를믿고 다수
　굿이 따라지내온 그네들이 여간가엽고 또끔찍한것이 아닙니다. 이런 그
　윽한 忠誠을 지금 그냥없이하고 母體나는 亡하려드는것입니다.
　　一身의 食口들이─손, 코, 귀, 발, 허리, 종아리, 목 등─ 主人의 心思를
　무던이 짐작하나봅니다. 이리 비켜스고 저리비켜스고 서로서로 처다보기
　도하고 不安스러워 하기도하고 하는中에도 서로서로 依支하고 如前히 다
　수굿이 닥처올일을 기다리고만 있는것같읍니다.
　　　　　　　　　　　　　　　　　　　　　　─〈슬픈이야기〉(전집4 수필 : 120-1)

　화자는 〈슬픈이야기〉 초반부에서, 학창시절 사생하던 다리와 졸업
기념 사진을 찍었던 목교가 있는 시냇물 근처로 가서 나무토막에 앉아
해질 무렵의 물속을 들여다보고 있다. 그러다 차가운 날씨에 두루마기
속에서 두 손이 서로 꼭 쥔 채 땀 흘리고 있는 것을 느낀다. 마음이 어
떻든지 육체끼리의 사랑은 계속되는 것을 감지하며 그의 감각은 머리

---

63) 원본에서 '동안'을 오식한 것으로 추정된다.

카락, 눈, 귀, 목, 코의 상황으로 옮겨간다. 모자 속에서 헐크러진 채 끽소리가 없는 머리카락, 퀭하니 힘이 없는 눈, 먼지가 잔뜩 앉은 귀, 낡은 풍금처럼 윤택 없는 소리를 내는 목, 낡은 도배처럼 구중중한 콧속 같은 각 부분들에게 모체인 화자 자신은 무한히 측은함과 가엾음, 끔찍함을 느낀다. 이십 여 년이나 자신을 믿고 다소곳이 따라 지내온 그네들이지만 자신은 이런 그윽한 충성을 그냥 없이 하고 죽으려는 것이다.

자신의 몸을 깨끗하고 건강하게 유지하지 못하는 것을 자책하는 동시에 화자는 자살시도를 앞둔 상태에서 신체의 각 부분에게 미안함을 느낀다. 신체 부분들의 믿음과 충성을 모두 헛된 것으로 만들 자살이기에 그 부분들은 가여우면서도 끔찍하다. 일신의 식구들은 주인의 죽고자하는 심사를 짐작하고 불안해하면서도 서로 의지하고 닥쳐올 일을 기다리고 있는 것 같다고 화자는 묘사한다. 신체 각 부분을 의인화하여 묘사했지만, 각 부분이 느끼는 불안함은 화자 자신의 불안이다. 측은하고, 가엾고, 끔찍한 것도 자신이다.

이상은 거울을 들여다보기를 즐겼는데 여기서는 그리스 신화의 나르시스처럼 물속에 자신을 비춰보고 있다. 나르시스는 자신의 미모에 반해 물속에 빠져 죽었지만, 이상은 가엾기 그지없는 스스로를 죽이고자 한다.

이상은 작품에서도 거울을 많이 다루었다. 이승훈은 "거울을 모티프로 한 시로는 <거울>(1933), <오감도 시제8호 해부>(1934), <오감도 시제15호>(1934), <명경>(1936) 등이 있고 소설로는 <날개>(1936)가 있다"[64]고 했다. <오감도 시제15호>에는 "나는至今거울속의나를무서워

---

64) 이승훈, 『이상』, 건국대출판부, 1997, 36쪽.

하며떨고잇다.거울속의나는어디가서나를어떠케하랴는陰謀를하는중일가", "나는드듸어거울속의나에게自殺을勸誘하기로결심하얏다"(전집4 시, 93쪽)라는 대목이 나온다. 이승훈은 이상의 두 자아에 대해 "거울 밖의 자아가 거울 속의 자아로부터 독립될 때 거울 속의 자아는 무서움, 공포, 두려움의 대상이 되고, 따라서 거울 밖의 자아는 그를 죽이고 싶은 충동에 시달린다"[65]며 "거울 속의 자아로 표상되는 이상적 자아 혹은 본질적 자아는 공포의 대상으로 드러난다"[66]고 분석했다. 자살 충동은 이러한 공포를 감추고 있는 스스로에 대한 연민에 기인한다고 할 수 있다.

화자는 너무나도 침착하고 객관적인 시선으로 자신을 응시하고 있다. 절망적 상황이지만 오히려 그것을 천천히 즐기고자 하는 것 같기도 하다.

이상은 김기림에게 보내는 편지인 <사신(私信)(4)>에서 다음과 같이 호소했다.

> 膏肓에 든, 이 文學病을— 이 溺愛의, 이 陶醉의…… 이 굴레를 제발 좀 벗고 瓢然할수 있는 제법 斤量나가는 人間이 되고싶소. 여기서같은 環境에서는 自己腐敗作用을 이르켜서 그대로 煙化할것 같소. 東京이라는 곳에 오직 나를 매질할 貧苦가 있을 뿐인 것을 너무 잘 알고 있지만 컨디순이 必要하단 말이오. 컨디순, 師表, 視野, 아니 眼界, 拘束, 어째 適當한 語彙가 發見되지 않소만그려!
>
> —<사신(4)>(전집4 수필 : 244)

이상은 자신이 고치기 힘든 문학병에 걸려 있다는 사실을 자각하고 있었다. 문학 때문에 자신이 점점 더 황폐해져 가고 있었으므로 그 굴

---

65) 이승훈, 『이상』, 건국대출판부, 1997, 38쪽.
66) 이승훈, 『이상』, 건국대출판부, 1997, 38쪽.

레에서 벗어나고 싶어 하는 심정이 보인다. 그는 그 탈출구를 동경 행으로 생각하고 있었다. 편지에서 이상은 자신이 처한 정신적 상황을 정확히 인지하고 있었음이 드러나는 것으로 볼 때, 이상의 자살충동은 처지에 대한 비관만이 아니라 문학을 위해 극한 감정을 느끼려는 의도가 숨어 있다고 보인다.

1930년 각혈이 시작되고 이상은 1933년 3월 총독부 기수직을 사임했다. 그는 경성 고공을 졸업한 후부터는 친부모 가족과 백부의 가족, 할머니까지의 생계를 책임져야 하는 상황에 놓여 있었다. 그러나 이상은 문학병이 들어 밤새워 책 읽고 글 쓰는 일이 계속되어 직장에서는 멍한 상태로 지냈다. 뒤이어 시작된 각혈로 직장을 그만두지 않을 수 없게 된 그는 돈을 벌어야 한다는 압박감과 이에서 벗어나고 싶은 심정을 동시에 느끼지 않을 수 없었다.

무슨일이 있으려나— 大闕에초상이 났나보다— 나는 팔장을끼고 오래동안 잊어버렸든 우두 자죽을 맨저보았습니다. 우리 어머니도 우리아버지도 다 얽으셨읍니다. 그분들은 다마음이 착하십니다. 우리아버지는 손톱이 일곱밖에 없읍니다. 宮內部活版所에 단이실적에 손까락셋을 두번에 잘니우셨읍니다. 우리어머니는 生日도 일음도 몰으십니다. 맨처음부터 친정이없는 까닭입니다. 나는 外家집있는 사람이 퍽부럽습니다. 그러나 우리아버지는 장모있는 사람을 부러워하시지는 않으십니다. 나는 그분들께 돈을갖다 들인 일도없고 엿을사다 들인일도없고 또한번도 절을해본 일도 없읍니다. 그분들이 내게 經濟靴를 사주시면 나는 그것을신고 그분들이 몰으는 골목길로만 단여서 다해뜨려버렸읍니다. 그분들이 月謝金을 주시면 나는 그분들이 못알아보시는 글字만을 골나서 배웠읍니다. 그랬건만 한번도 나를 사살하신일이 없읍니다. 첫떨어저서 나갔다가 二十三年만에 돌아와보았드니 如前히 가난하게들 사십디다. 어머니는 내다님과 허리띠를접어 주셨읍니다. 아버지는 내모자와 洋服저고리를 걸기爲한 못

을 박으셨읍니다. 동생도 다자랐고 망내누이도 새악시꼴이 단단이 백였
읍니다. 그렇것만 나는 돈을벌줄 몰읍니다. 어떻게하면 돈을버나요 못법
니다. 못법니다.

-<슬픈이야기>(전집4 수필 : 122-3)

이상의 아버지 김연창은 얼굴이 얽었고, 관내부 활판소에서 일하다
손가락 셋을 잘린 뒤 이발관을 차렸으나 그 이발관에 가면 손가락이
잘린다는 소문이 돌아 번창하지는 않았다. 이상의 어머니도 역시 얼굴
이 얽었고, 부모도 모르는 처지였다.

이상은 1932년 백부가 사망하고 나서 친부모에게로 돌아갔다. 자신
을 친히 키우지 않은 친부모와의 관계는 부모가 자신이 어디를 다니는
지, 무엇을 배웠는지도 모르며, 그러므로 잔소리할 거리도 없는 것으로
표현된다. 겉으로는 담담한 회고지만, 이면에는 부모와의 거리감이 묻
어난다.

그의 여동생 옥희는 "술 마시고 친구와 동행일 때 말고는 집안 식구
와 거의 말을 하는 일이 없었습니다. 집에 오면 으레 이불을 둘러쓰고
엎드려서 무엇인가를 끄적거리고 있기가 일쑤였습니다"[67]라고 회고했
다. 이상은 친부모에게 몸은 돌아왔지만, 마음은 돌아오지 않았다. 그
는 여전히 부모를 의식 깊은 곳에서 용서할 수 없었기에 마음의 벽을
굳게 세워두고 있었다. 그는 부모가 미웠지만, 그들은 착하고 가난한
사람들이었다. 부모를 원망하고 싶지만 그럴 수 없는 상황이었다. 그들
을 위해 돈도 벌어야 했다.

"그렇것만 나는 돈을벌줄 몰읍니다. 어떻게하면 돈을버나요 못법니

---

67) 김옥희, <오빠 이상>, 김유중·김주현 편, 『그리운 그 이름, 이상』, 지식산업사, 2004,
  61쪽.

다. 못법니다"라는 문장에는 자신의 경제적 무능력에 대한 한탄과 자책이 들어 있다. 한편으로는 세상과 타협해 돈을 벌고 싶지는 않다는 절규로 들리기도 한다. 그렇지만 이상의 상재(商才)에 대한 김소운의 평가가 맞는다면 이상은 어느 정도 돈을 벌었지만 관리하는 능력에 문제가 있었을 수도 있다. 이상은 총독부 기수 시절에도 급료를 탕진했다. 친구들과 어울려 다니며 엽색 행각에 돈을 즉흥적으로 낭비해서 병든 백부의 약값도 제대로 댈 수 없을 지경이었다. 고빈도 형용사 순위에서 '가난하다'가 26위에 올라 있는 것을 보아도 그가 가난 때문에 고통을 받았고 이를 처절하게 의식하고 있었음이 드러난다.

총독부 일을 그만둔 뒤 이상 가족의 재산은 줄어들기만 했다. 이상의 경제적 실패로 인한 가족의 처참함, 그 속에 흐르는 장남으로서의 중압감과 이에서 벗어나고 싶은 마음으로 인해 가족에 대한 애정과 증오의 양가적 감정이 나타난다.

일반적으로 아이들은 어머니를 알아보는 나이가 지나서 자기 어머니와 떨어지면 그 이전에 헤어지는 것보다 충격이 더 심하고 남자 아이가 더 상처를 받는다고 한다. 또한 "2~3세 아이가 어머니와 헤어지면 처음에는 항거하고, 그 뒤에는 낙담하고, 마지막에는 무관심해진다. 그러나 이 외견상의 무관심은 내부의 억눌린 분노를 말한다"[68]고 분석되어 있다.

이상은 만 2세에 어머니와 떨어졌으니 어머니를 알아보는 나이였고, 남자아이였으니 정신적으로 심한 충격을 받았음이 틀림없다. 또한 차츰 내부의 분노도 억눌린 상태에서 커져갔을 것이다.

---

68) 조두영, 「정신의학에서 바라본 이상」, 권영민 편, 『이상문학 연구 60년』, 문학사상사, 1998, 122쪽.

동무도 없어젓읍니다. 내게는 어룬도 없읍니다. 버릇도 없읍니다. 뚝심
도 없읍니다. 손이 내뺨을 만집니다. 남의손같이 차듸차구나—「무슨 생
각을 그렇게 하시나요— 이렇게야왯는데」母體가 亡하려드는 氣色을 알
아채렸나봅니다. 여내 慰問이 끊지지않습니다. 그러면 무얼 하나— 속절
없지— 내마음은 버얼서 내마음 最後의 財産이든 記事들까지도 몰래 다
내다 버렸읍니다. 藥한봉지와 물한보새기가 남아있읍니다. 어느날이고
밤깊이 너이들이 잠든틈을타서 살작 亡하리라 그생각이 하나적혀있을뿐
입니다. 우리어머니 아버지께는 씀하지않고우리 친구들께는 電話걸지않
고— 棄兒하듯이 亡하렵니다.

—<슬픈이야기>(전집4 수필 : 123)

화자에게 남아있는 것은 자살하기 위한 약 한 봉지와 물 한 보시기
다. 이는 문자 그대로 해석되기보다는 오로지 자살하고 싶은 마음밖에
없다는 뜻으로 풀이된다. 깊은 밤, 아무도 모르게 특히 부모에게 고하
지 않고, 친구들에게 전화하지 않고 "棄兒하듯이" 죽고 싶다고 하는 대
목에서 이상에게 어린 시절 기아된 정신적 충격이 얼마나 컸는지 엿보
인다.

어른들 생각으로는 이상으로 하여금 백부의 뒤를 잇게 해서 그 밑에
서 좋은 교육도 받고, 호의호식하며, 재산도 물려받아 가문을 이끌어
가는 것이 이상을 위해서도 좋은 일이라고 여겼을 법하다. 이상의 부모
는 이상이 백부의 사랑을 극진히 받고 자신들보다 좋은 집에서 생활하
니 이상에 대해 더 이상 신경을 쓰지 않았던 듯하다. 그러나 어린 이상
이 원한 것은 단지 어머니의 따뜻한 품과 보살핌이었다. 기아되어 입은
이상의 정신적 상처는 자기 폐쇄적이고 자아 분열을 유발하는 주된 요
인이 되었다.

"어느날이고 밤깊이 너이들이 잠든틈을타서 살작 亡하리라" 하는 대

목은 자신이 잠든 틈을 타서 백부 집에 버려진 데 대한 복수를 하려는 것이다. 부모가 자신을 잠든 틈에 몰래 버렸듯이, 이상도 부모가 잠든 틈에 살짝 죽음으로써 자신이 당한 고통에 대한 복수를 하려는 것이다. 자신을 버린 부모에 대한 분노가 간접적으로 표현되고 있다.

이상의 심리를 이야기할 때는 양가적 감정을 거론하지 않을 수 없다. 부모에 대한 애정과 증오를 동시에 느낌으로 해서 자책과 복수심이 같이 나타나는 것은 당연한 일이다.

(2) 악마성과 불안감

이상의 글에는 악마적 성격이 더러 나타난다. 일반적으로 죄악시되는 악마성을 이상은 글에서 자주 노출했다는 점이 특징이다. 그는 기독교의 선악 개념에 대해 상당한 관심을 가지고 글을 썼다. 이에 대해 김승구는 이상의 글에 나타나는 기독교 표상에 대해 다음과 같이 썼다.

> 식민지 시단 전반을 통해서 기독교적 표상이 시 속에 인입된 사례는 이상 시를 제외하고는 매우 드물다. 그것은 달리 보면 이상에게 있어서 기독교가 남다른 함의를 가지고 있다는 것을 의미할 수도 있는 것이다. 그러나 이상은 잘 알려져 있다시피 기독교 신자였던 적이 없다. 그에게 있어서 기독교는 서구적 산물일 뿐, 그것이 매개하는 사랑이나 구원의 가치에 대해서 이상이 큰 의미를 두지는 않았던 것으로 보인다. 그렇다면 이상에게 있어 기독교는 하나의 지식의 차원이나, 색다른 시적 영감의 차원에서 시적 창조를 충동한 매개였다는 가정도 가능하다.[69]

이상은 기독교에 관심이 많았다. 수필 <산촌여정>에는 "空氣는水晶

---

69) 김승구, <이상 시에 나타난 기독교 표상에 관한 고찰>, 신범순 외, 『이상 문학연구의 새로운 지평』, 역락출판사, 2006, 399쪽.

처럼맑아서 별빗만으로라도 넉넉이 조와하는 『누가』福音도읽을수잇슬 것갓슴니다"라는 구절이 있다. 이로 보아 그는 성경을 읽었음도 알 수 있다. 그러나 다른 글 어디에도 기독교에 귀의했다는 내용이나 암시는 보이지 않는다.

기독교적 세계관에서 인간은 선 아니면 악에 속한다. 이상은 자신의 마음속에서 들끓고 있는 감정들이 악마적이라는 사실을 잘 알고 있었다. 마음의 평안을 얻지 못하고 비관적이며 쫓기는 듯한 피해의식 끝에 악마가 자신의 주인을 끌고 가는 궁극적 종착역은 자살이다.

> 비는 인제 제법옵니다. 帽子채양에서도 물이 뚝뚝 떨어집니다. 두루맥이는 속속듸리 젖저서 인제는 저고리가 젖기 시작했읍니다. 아모도보는 사람이없읍니다. 아모도없는데 뉘게다가 붓그러워 해야합니까. 나는 누구나 만나거든 붓그러워해드리럽니다. 그러나 그이는 내가왜 붓그러워해 하는지 몰읍니다. 내속에서사는 惡魔는 꿈生사리만이한 사람모양으로 키가 적습니다. 또體重도 몇푼어치 안되나봅니다. 惡魔는어듸가서橫財를하고 도라왔읍니다. 장갑을 버스면서 憔悴하나 길거운70)얼골을 잠간 거울속으로 엿보나봅니다.
>
> ─＜슬픈이야기＞(전집4 수필 : 125)

이상의 ＜공포의 성채＞라는 글에는 "성장함에 따라 여러가지 이상한 피를 피의 냄새를 그는 그의 기억의 이면에 간직하고 있다", "어느날 손도끼를 들고─그 아닌 그가 마을 입구에서부터 살륙을 시작한다. 모조리 인간이란 인간은 다 죽여버린다. 그리고 집으로 돌아와서 다 죽여버렸다"라는 대목이 있다. 물론 실제 상황이 아닌 공상을 표현한 것이지만 화자의 마음속에 악마적 잔인함이 잠재되어 있음을 나타냈다. 이

---

70) 원본에서 '즐거운'을 오식한 것으로 추정된다.

상은 인간의 내면에 숨겨진 악마성에 주목하고 있었던 것이다.

<슬픈이야기>에서 "내속에사는 惡魔"라고 표현한 것처럼 화자는 자기 자신을 살해하려는 악마적 충동에 사로잡혀 있었다. 자신 속에 사는 악마는 고생을 하여 키가 작고, 체중도 가볍다는 것은 자신이 그만큼 악마에 많이 시달렸다는 뜻이다.

"惡魔는어듸가서橫財를하고 도라왔읍니다"라는 문장의 의미는 동반 자살을 해줄 사람을 찾았다는 뜻이다. 화자는 여인에게서 틀림없이 같이 죽어주겠다는 증서를 받았다. 악마는 화자 외에 여인 하나도 덤으로 죽음으로 끌고 갈 수 있게 되어서 횡재를 한 것이다. 그래서 악마의 얼굴은 "초췌"하지만 즐거울 수 있었다. 이상은 자신의 마음에 내재된 악마성을 의식하고 있었고, 글 속에서 이러한 상태를 날카로운 시선으로 표현해 내고 있다.

이상은 기아된 이후 항상 불안에 시달렸다. 얼굴을 익힌 어머니와의 갑작스러운 이별은 어린 이상을 불안하게 만들기에 충분했다. 그의 마음은 안정을 몰랐고, 따라서 남에게 안정을 줄 수도 없었다. 어린 시절, 버려지고 남겨진 것에 대한 불안은 존재 자체의 불안을 야기했다.

고은의 『이상 평전』에는 이상이 총독부에 다닐 때 백부가 결혼을 권유한 적이 있다는 대목이 나온다. "백부의 먼 외숙이 되는 우씨 가의 딸이 있다고 했다. 동대문 밖의 농가라고 했다. 그러나 그는 그것만은 안 된다고 잘라 말했다"71)고 적혀있다. 이상은 평범한 규수와 안정적 결혼 생활을 시작하는 것을 원하지 않았다. 그 이유로는 여러 가지가 있을 수 있다. 그렇지만 우선 그는 자신의 건강 하나 챙기기에도 버거

---

71) 고은, 『이상 평전』, 향연, 2003, 163쪽.

운 상태였고, 집안의 장자로서 책임을 부담스러워 하고 있었기 때문에 결혼하여 다른 사람을 더 떠맡는다는 것은 불안을 가중하는 일이었다. 그는 여인과 한 가정을 만들기보다는 여인과 죽음으로 동행하기를 원했다.

> 두週日이 속절없이 지나가고 공일날이 닥처왔읍니다. 江邊모래밭을 나는 女人과함께 것고 있었읍니다. 나는 기침을합니다. 콜녹콜녹— 코올녹— 감기가 촉생이되였읍니다. 바람이 上流를향하야 人情없이 불어옵니다. 내포켙트에는 걱정이 하나갔득 들어있읍니다. 女人은 오늘 유달리 키가 적어보이고 또生氣가 없어보입니다. 내 그럴줄을 알았지오. 당신은 너무 젊습니다. 그렇게 젊은 몸으로— 이렇게 작구期日이 遷延되는데에서 나는 不安이 점점 커갈뿐입니다. 바람을 띵띵먹은 돛폭을둘식 셋식 세워서 商賈船은 뒤에뒤니어 올나가고 있읍니다. 노래나 한마듸 하시구려— 하늘은차고 땅은젖었읍니다. 菓子보다도 거벼운 女人의 體重이였읍니다. 나는돌아서서 간신히 담배를 붙어물고 겸사겸사한 숨을쉬였읍니다. 기침이 납니다. 저리가봅시다. 防風林 욱어진속으로 鐵路가 놓여있읍니다. 까치 한마리도없이 落葉은 落葉대로 싸여서 이世上에 이렇게 荒凉한데가 또 있겠읍니까.
>
> —<슬픈이야기>(전집4 수필 : 127)

약속한 두 주일이 지나고 화자는 여인과 동반자살 하러 바닷가로 향했다. 주머니 안에 걱정이 하나 가득 들어 있을 수밖에 없는 이유는 여인이 키가 작아 보이고 생기가 없으며 너무 젊기 때문이다. 망설임으로 죽음이 지연될까봐 화자의 불안은 점점 더 커졌다. 불안한 삶을 자살로 마감하려는 시도가 연기되면 불안감을 종식시킬 수 없다는 데에 생각이 미치자 더욱 불안해질 수밖에 없었다. 그는 돌아서서 담배를 피며 한숨을 쉰다. 주변 풍경은 황량하기 이를 데 없는데 이는 계절 탓만이 아니라 자신의 마음이 불안하기 때문이다.

자살하려는 악마적 충동에 시달리지만 화자는 자신은 물론 동반자살하려는 여인에게까지 연민을 느낀다. "菓子보다도 거벼운 女人의 體重"에서 화자는 미안함과 연민이 드러난다. 화자의 불안은 자살할 날이 연기되는 것 외에 죽음에 대한 두려움에서 비롯된 것이기도 하다. 악마성의 지배 아래에 있는 한 불안에서 벗어나기는 힘든 일이다.

(3) 패배감과 소극성

양자의 심리 특성 중 하나는 열등감이다. "친부모가 나를 양자로 주어 버렸다는 것은 내게 큰 흠이 있기 때문이라 생각하고, 쓰레기 취급 받은 데서 오는 수치심과 분노가 생긴다. '나는 살 가치가 없는 놈'이라는 심한 열등감이 생기고, 원죄의식이 평생 밑에 깔려 있게 된다"[72]고 한다.

> 내곁에는 내女人이 그저 벙어리처럼 서있는채입니다. 나는 가만이 女人의 얼골을 처다보면 참 희고도 애처럽습니다. 이렇게 어듬침침한 밤에 몸時計처럼 맑고도 깨끗합니다. 女人은 그前에 月光아래 오래오래놀는歲月이 있었나봅니다. 아—저런 얼골에— 그러나 입맞츨 자리가하나도 없읍니다. 입맞츨 자리란 말하자면 얼골中에도 正히 아모것도아닌 자그만한 뷘터전이여야만 합니다. 그렇것만 이女人의 얼골에는 그런空地가 한군데도 없읍니다. 나는 이태엽을 감아도 소리안나는 女人을 가만이 가저다가 내마음에다 놓아두는中입니다. 텅텅뷔인 내母體가 亡할 때에 나는 이 「시모-느」와같은 女人을滯한채 그러랍니다. 이女人은 내마음의 잃어버린 題目입니다. 그리고 未久에 내다버릴 내마음 暫間걸어두는 한개못

---

72) 조두영, 「정신의학에서 바라본 이상」, 권영민 편, 『이상문학 연구 60년』, 문학사상사, 1998, 121쪽.

입니다. 肉身의 各部分들도 이母體의 虛妄한것을 默認하고 있나봅니다.
女人—도아닌대몸에는 손까락하나 대이지않으리다. 죽읍한것을 「따불풀
라 토닉크쉬사이드인가요」 아니지요— 두個의 싱글쉬사이드뷘터전이나
는手帖을 끄내서 집혔읍니다. 오늘이 十一月十六데도고 오는오는 空日날
이 十二月一데도고 그렇다고을 「두 週데도군요」 참 그러쿤요. 女人의 窓
戶紙같이 蒼白한 얼골에 금이가면서 그리로 우숨이 가만이 내다보나봅니
다. 女人은 내 그윽한空冊에다 樂譜처럼 생긴글자로 證書를 하나쓰고 指
章을 찍어주었읍니다. 「틀님없이 같이죽어 들이기로」— 네- 感謝하다뿐
이 겠읍니까. 나는 내가第一 좋와하는 노래를 생각하고 횟바람을 불었읍
니다. 나는世上의 모든 罪悚스러운일을 잊어버리기로 決心하였읍니다. 그
리고 깨끗한 손수건을 旗처럼 흔들었읍니다. 敗北의 紀念입니다.

—<슬푼이야기>(전집4 수필 : 124-5)

화자는 수첩을 꺼내 달력을 보며 11월 16일인 오늘에서 2주일 뒤이
고 공휴일인 12월 1일을 가리킨다. 여인과 같이 죽을 날짜를 잡는 것
이다. 여인은 공책에다 같이 죽기로 맹세하는 증서를 쓰고 지장을 찍어
준다. 화자는 감사해 하며 휘파람을 분다. 잊어야 할 "世上의 모든 罪悚
스러운일"이란 그의 원죄의식을 포함한 죄책감을 일컫는다. 버려진 것
에 대한 수치심과 분노는 열등감을 낳고 자신이 죄인이라는 죄의식을
수반했다.

화자는 같이 죽어줄 여자가 있어 기분이 좋아 "깨끗한 손수건을 旗
처럼" 흔든다. 그러나 그 깃발은 패배를 기념하는 것임을 자신도 잘 알
고 있다. 화자는 자살하고는 싶지만 혼자서 하고 싶지는 않았다. 미지
의 장소에 혼자 남겨지는 것, 그것은 자살보다 두려워하는 상태였다.
혼자 버려진 슬픔을 다시 느끼는 것은 이 세상에서의 고통을 잊기 위
해 시도하는 자살보다도 무서웠다. 화자는 공포의 장소에 동행해 줄 여

인이 필요했다. 어머니처럼 그의 곁에서 그의 무서움을 달래 줄 여성을 구하자 그는 기뻤다. 여인의 얼굴에 입 맞출 만한 "공지"가 하나도 없었던 이유는 우두자국이 많은 어머니의 얼굴이 여인의 얼굴에 겹쳐 보였기 때문이다.

그가 굳이 여인과 동반자살하려는 이유는 어머니와 함께 죽고 싶기 때문이다. 어려서 어머니와 헤어져야 했던 보상으로 그는 어머니와 같이 죽기를 원하는 동시에 어머니에게 복수를 하고 싶어 한다. 어머니에 대한 이상의 감정은 그리움과 미움이 뒤섞여 있는 것이다. 4장의 고빈도 명사에서 '어머니'가 '여인', '색시', '아내'의 아래 순위를 차지하고 있는 것을 보아도 그의 마음속에서 어머니에 대한 애정이 차지하고 있는 비중을 엿볼 수 있다. 이는 어머니의 사랑에 대한 결핍이 결국 다른 여인에 대한 집착으로 향할 수밖에 없었다는 것을 보여준다.

여인의 얼굴에서 어머니의 얼굴을 보며 그는 여인을 "내마음의 잃어버린 題目"이자 "내마음 暫間걸어두는 한개못"으로 표현한다. 두 표현 모두 이상이 그리워하고 의지하고 싶었던 어머니를 상징한다. 화자는 그런 어머니 같은 여자와 죽게 되어 휘파람을 분다.

그렇지만, 기쁨 뒤에 오는 패배감을 피하기는 어려웠다. 이 세상에 적응하지 못하고 아니 이 세상은커녕 백부의 집에 적응하지 못하고, 다시 돌아 온 친부모의 집에도 적응하지 못한 자신은 세상의 낙오자일 뿐이었다.

어려서 자신감은 누군가 뒤에서 자신을 철저히 편들어 주는 사람이 있을 때 생성된다. 이러한 역할은 대부분 어머니가 맡는다. 친어머니와 헤어진 이상은 백부가 아무리 사랑해 주었다 해도 무언가 결핍된 감정을 느껴야만 했다. 부정은 공정한 사랑이다. 시비를 가려서 잘한 것은

칭찬하고, 잘못된 것은 야단치는 식이다. 어머니처럼 무조건적으로 자
신의 편을 들어주는 사람이 없었기 때문에 이상은 자신감을 키울 기회
를 잃었다.

> 　나는 얇으막한 女人의억개를 어루만지면서 그薔薇처럼생긴 귀에다 대
> 이고 부드러운 發音을 하였읍니다. 집이갑시다. 「싫여요— 저는 오늘 아
> 즈나왔세요」, 닷새만 더참아요. 「참찌요— 그러나 그렇게까지 해서라도
> 꼭 죽어야되나요」 「그러믄요, 죽은세음치고 그 靈魂을 제게빌려 주失手
> 는없나요」, 안됩니다. 「언제든지 죽어드리겠다는 抵當을붙어도」, 네.
> 　世上에 이런일도 또있습니가. 나는 주머니속에서 몇벌 편지를끄내서는
> 그자리에서 다 찢어 버렸읍니다. 콤이 이편지를 받었을때에는 나는벌서
> 아모개와함께 이世上사람이 아니리라는 내마즈막 虛榮心의 레터-페퍼들
> 이였읍니다. 그러나 그게 뭐란말입니까. 果然 지금 나로서는 혼자 내한命
> 을 끈을만한 自信이없읍니다. 修養이 못되였읍니다. 그러나 힘써 얻어보
> 오리다. 까치도오지안는 이 그윽한 숲웁속에 이무슨 난데없는 떼喪章이
> 쏟아진것입니다. 女人은 샛팔애졌읍니다.
>
> 　　　　　　　　　　　　－＜슬푼이야기＞(전집4 수필 : 128)

　여인과 같이 죽으려던 화자는 집에 도로 가자고 여인에게 말한다. 예
정된 날짜에 선뜻 자살을 행할 자신감이 없었던 그는 닷새를 연기하자
고 말한다. 그러나 여인은 오히려 오늘 아주 나왔다고 말하며 이렇게
망설이면서까지 꼭 죽어야 하느냐고 묻는다. 이어서 죽은 셈 치고 영혼
을 자신에게 빌려달라고 하지만 화자는 거절한다. 여인에게 영혼을 맡
기는 것은 있을 수 없는 일이다. 여인은 자신을 언제 버릴지 모른다.
여인이 언제든 죽어준다는 저당을 붙이겠다고 해도 그는 믿지 않는다.
여기서 여인에 대한 믿음 부족은 어머니에 대한 신뢰 상실을 의미한다.
모성에 대한 신뢰가 없는 사람은 항상 자신감이 부족하고 소극적일 수

밖에 없다. 이상이 백부가 권한 결혼을 거부하고 여급과만 사랑을 나누었던 것도 자신감 부족에서 연유한 책임 회피의 성격을 띤다.

여인을 놓아두고 혼자 죽을 자신도 화자에게는 없었다. 그는 친구에게 자살했음을 알리는 글을 쓴 편지를 도로 꺼내어 찢으며 혼자 명을 끊을 만한 자신이 없음을 한탄한다. 자신감을 힘써 얻어 보겠다고 다짐을 하지만 부질없음을 자신도 안다. 그는 수풀 속에 찢어진 종이 조각들을 날려 "떼喪章"을 쏟아내는 것으로 자신에 대한 불만족을 표시한다. 이는 자신의 소극성에 대한 분노를 드러내는 행동이다. 진짜 속마음으로 그는 자살할 의도가 없었을 수도 있다. 어차피 자신의 생명을 갉아먹고 있는 폐결핵을 앓고 있어서 조만간 죽을 운명인 그는 서두를 이유가 없었다. 자살 시도는 다가오는 죽음에 대한 반항의 몸짓에 불과했다.

수필 <행복>에서 화자는 쉰 개의 담배를 피운 다음, 여인과 같이 바다에 뛰어들지만 여인이 비명을 지를 때 다른 남자의 이름을 부르는 것을 듣고 정신을 차려 물 밖으로 나온다. 혼자 가려다 화자는 여인을 살려 내고 결혼하여 복수를 꿈꾼다. <행복>은 <슬픈이야기>에서 자살할 날짜를 닷새 미룬 후에 일어난 자살 사건과 그 이후의 이야기를 그린 것일 가능성이 크다.

위에서 살펴본 것처럼 <슬픈이야기>에는 화자의 자기연민에 의한 여러 가지 심리적 양상이 나타난다. 이와 같은 어둡고 부정적인 심리는 영원을 소유하지 못한 인간의 비극일 수밖에 없었다.

3) 자아상실 표출 : 〈권태〉

수필 〈권태〉는 그의 사후인 1937년 5월 4일부터 11일까지 『조선일보』에 발표되었다.[73] 이상은 이 글을 동경에 있던 1936년 12월 19일 새벽에 썼다고 작품 끝에 밝혔다.

이 글은 이상이 평남 성천에 머물면서 느낀 그곳의 자연과 생활상에 대한 내면기록이라고 할 수 있다. 이상은 성천의 자연과 생활상을 '권태'라고 규정짓는다. 권태는 곧 자신의 마음 상태를 드러내는 표현으로, 그는 외부적 상황과 조건을 자신의 불안한 내면과 결부시켰던 것이다. '권태'는 이상 수필의 명사 빈도수에서 16위에 올라 있으며, 회수로는 총 27회가 사용되었다. 총 사용 회수인 27회 중 〈차생윤회〉에서의 1회를 빼면 26회가 〈권태〉에서 사용되었다. 작가는 '권태'라는 단어를 반복해서 사용하여 독자가 자연스럽게 권태를 느끼도록 장치했음은 이미 앞에서 살펴보았다.

일제 식민지 아래에서의 1930년대는 서구문명이 물밀듯 밀려오고, 산업화가 진행되는 시기이기도 했다. 서구문명의 세례를 맛본 이상은 바쁘게 돌아가는 도시 문명의 상황과 성장과정에서 복잡한 심리적 고통을 겪었고, 동양과 서양의 지식을 골고루 접한 지식인이었다. 그런 이상이 벽촌인 성천에서 느끼는 심정이 여느 시골사람과 같을 수는 없었다.

〈산촌여정〉과 〈여상사제〉는 농촌 풍경을 화려한 수사학을 동원하여 묘사한 작품이다. 이 두 작품에서 자연은 도시인 이상에게 경이의

---

73) 『조선일보』 1937년 5월 4일자 신문에는 이상의 〈권태〉를 싣게 된 경위가 다음과 같이 밝혀져 있다. "「終生記」를가지고 夭折한作家 이상은 그 타고난 稟質보담 그 남기고간바가 너무적다. 이일이 恨된다하야 그의 至友인 朴泰遠氏가 遺篋을 뒤적이다가 마침 未發表의 이 遺稿 한篇을 어덧다고傳하기에 이제 그 遺骸가 故土에도라오는 날을 맞추어 실게된것이다."

대상이다. 경성에서 나고 자란 그에게 성천 여행은 처음에는 서정적 자연 체험이었던 것이다. 그러나 <권태>라는 작품에 이르면 자연은 절망감을 더할 뿐인 대상이다. 이는 이상이 <권태>를 동경에서 썼다는 사실과 관련이 있다. 동경에서의 절망감은 성천에 대한 묘사도 부정적인 것으로 바꾸어 놓았다.

성천 기행 관련 수필 중 제일 마지막 글인 <권태>는 내용상 그 이전에 쓰인 미발표 일문 유고인 <첫번째 방랑>, <이 아해들에게 장난감을 주라>, <어리석은 석반>, <모색>, <야색>, <무제-초추>를 바탕으로 하고 있다.[74]

<권태>는 연구자들의 관심을 많이 모은 수필이다. <권태>에 관한 논문으로는 이경훈의 「<권태>의 사상」[75]과 유양선의 「이상의 수필 <권태>의 의미망」,[76] 이우경의 「이상의 <권태>의 세 공간구조와 자의식의 양상」[77]이라는 논문이 있다. 그 외에 이상의 글쓰기 전반에 대해 다루는 글들에서도 <권태>는 자주 거론된다.

이상이 자연에서 권태를 느낀 것은 자연에 대한 긍정적 해석에 대한 반기였다. 여기서는 이상의 전기적 사실들을 살피는 동시에 프로이트와 라캉의 정신분석학적 방법을 부분적으로 적용해보고, 이상이 니체의 영향을 받았을 가능성을 타진해보기로 한다.

---

74) 이에 대해 김주현은 「이상문학에 있어서 성천 체험의 의미」(『한국근대문학연구』, 한국근대문학회, 2001. 4.)에서 "<무제-초추>, <어리석은 석반>, <이 아해들에게 장난감을 주라> 등의 일부가 <권태>에 변용 또는 흡수·통합된다(89쪽)"고 분석했다.

75) 이경훈, 「<권태>의 사상」, 『이상, 철천의 수사학』, 소명출판, 2000.

76) 유양선, 「이상의 수필 <권태>의 의미망」, 『어문연구』 제30권 4호, 한국어문교육연구회, 2002.

77) 이우경, 「이상의 <권태>의 세 공간구조와 자의식의 양상」, 『이화어문논집』 제10집, 이화여대한국어문학연구소, 1989. 3, 669~697쪽.

이상은 도시문명이 활성화 되던 시기에 성장한 현대인이었다. <권태>에는 도시적 현대인의 자아 상실에서 비롯된 특성이 다양한 양상으로 나타난다. 이러한 특성을 살펴봄으로 해서 이상이 자연에 대해 느낀 반응을 이해해 보고자 한다.

(1) 도시 생활 중독과 자의식 과잉

이상은 요양을 위해 평남 성천으로 갔다. 각혈과 성병으로 인한 육체적 쇠약 외에도 경제적 궁핍, 금홍과 권순희를 잃은 정신적 괴로움에서 잠시 벗어나고자 한 것이다. 그러나 도시의 문화 생활을 즐기던 이상이 농촌의 단조로움을 견디기 어려운 것은 당연하다.

> 나는아츰을먹엇다. 할일이 업다 그러나 無作定 넓다란 白紙가튼『오늘』이라는것이내아페 펼처저잇스면서 무슨 記事라도 조으니 强要한다 나는 무엇이고하지안흐면안된다. 무엇을해야할것인가硏究해야된다. 그럼—나는崔서방네집사랑 툇마루로將棋나두러갈까. 그것 조타.
> 崔서방은 들에나갓다. 崔서방네사랑에는 아모도업나보다. 崔서방의 족하가 낫잠을잔다. 아하—내가아침을먹은것은 열時나 지난後니까 崔서방의 족하로서는 낫잠잘時間에틀림업다.
> —<권태>(전집4 수필 : 107)

늦게 일어나 10시가 넘어 아침을 먹었지만, 화자는 할 일이 없자 당황한다. 구경거리도 없고, 갈 곳도 마땅치 않은 상황이다. 당시의 경성은 서구의 문화가 도입되고, 신식 물건과 건물들이 만들어지며, 분주히 오가는 사람들이 있는 곳이었다.

이상의 친구인 김소운은 <이상 이상(異常)>이라는 글에서 "하나에서 열까지 이상은 도회인이었다"라고 회고하고, 이어 "이상은 우정에 있어서도 현실적이요, 도회적이었다"면서 이상은 "희희낙락 담소하다가도 일어설 때는 제가 마실 찻값으로 10전 경화 하나를 테이블 위에 내놓는 것을 잊지 않았다"고 썼다.[78] 이상은 배천 온천 기생인 금홍을 서울로 데려온 첫날 저녁, 그녀를 조선호텔로 데려가서 같이 저녁을 먹었다고도 한다.[79] 이상은 당시에 벌써 '더치 페이'로 알려진 서구식의 음식 값 지불법을 실천했으며, 여인을 최고급 호텔에 데려가 저녁을 사줄 정도로 수준 높은 생활을 맛보았다. 이상은 단순히 도시에 사는 사람이 아니라 골수까지 도시적 생리와 문화에 익숙했던 사람인 것이다.[80]

화자는 다채롭고 바쁜 생활에 중독되어 시골에서도 무엇이고 해야 한다고 생각한다. 그는 최 서방네로 장기를 두러 가지만 최 서방은 없고 조카가 낮잠을 자고 있다. 그는 최 서방의 조카를 깨워 장기를 둔다. 화자는 번번이 장기에서 이긴다.

> 나는 不得已 또 이긴다. 인제 그만두잔다. 勿論 그만두는수박게업다.
> 일부러 저준다는것조차가 어려운일이다. 나는 왜 저 崔서방의족하처럼 아주 영영 放心狀態가 되어버릴수가업나? 이 窒息할것가튼 倦怠속에서도 些細한勝負에拘束을밧나? 아주 바보가 되는수는업나?
> 내게 남아잇는 이 치사스러운 人間利慾이 다시업시 밉다. 나는 이 마즈막것을 免해야한다. 倦怠를認識하는 神經마저버리고 完全히 虛脫해버려야 한다.
> —<권태>(전집4 수필 : 107-8)

---

78) 김소운, 「이상 異常」, 김유중・김주현 엮음, 『그리운 그 이름 이상』, 지식산업사, 2004, 69쪽 참조.
79) 김소운, 「이상 異常」, 김유중・김주현 엮음, 『그리운 그 이름 이상』, 지식산업사, 2004, 71쪽 참조.
80) 이상이 계산에 밝기는 했지만 문종혁의 글인 「심심산천에 묻어주오」에 의하면 이상은 친구인 문종혁이 경제적으로 어려운 처지에 놓였을 때 집문서를 건네주고 되돌려 받지 못한 적도 있었다고 한다.

도시는 인구 밀도가 높고 따라서 경쟁의 사회다. 어릴 적부터 신식 교육을 받으며 경쟁 속에서 살아 온 이상에게 경쟁은 당연한 일이다. 그는 또래들보다 몇 년씩 앞서서 학교를 졸업했고, 당시 한국인으로서 엄두내기 어려웠던 총독부에 취직할 수 있었다. 그는 남보다 앞서는 것에 익숙해 있는 상태였다. 그러나 그는 고임금의 총독부 기사직에 만족할 수 없었다. 친구들이 동경 유학을 가고 예술적 성취를 향해 달리는 것을 보고 초조했을 그의 심정을 짐작할 수 있다. 이상은 동경 유학 중인 문종혁에게 다음과 같은 심정을 밝힌 적이 있다.

> "혁! 내가 안 보이나? 패배한 내 이 슬픈 모습이 안보이나? 나만이 이 구질구질한 건축기사들 속에서 고사리처럼 끼워서 질식해 죽어 가는구나! 혁! 내가 안 보이나? 피곤한 자는 쓰러지는구나! 나는 부처님의 옷자락을 잡고 슬피 울고 있다."[81]

이는 예술적 성취에 대한 욕심이 많았던 이상의 패배감과 승부욕이 느껴지는 내용이다. 그는 건축기사라는 직업인에 만족할 수 없었다. 당시 지식인을 사로잡았던 예술 세계의 경쟁에서 그는 이기고 싶어 했다.

이상의 남겨진 편지 중 <사신(2)>[82]는 1936년 일본의 동북제대에 유학 간 김기림에게 보낸 것이다. 이 편지에서 그는 김기림의 도일 유학을 거론하며 "그것은 무슨 한 계집에 對한 嫉妬와는 比較할 것이 못 될 것이오. 나는 그렇게까지 내自身이 미웠고 부끄러웠오이다"[83]라고

---

81) 문종혁, 「심심산천에 묻어주오」, 김유중·김주현 엮음, 『그리운 그 이름 이상』, 지식산업사, 2004, 104쪽.

82) 이 편지에는 "氣象圖는 造版이 完了되었습니다"라는 대목이 나온다. 이상은 1936년 7월 8일 만들어진 김기림의 시집 『기상도』의 조판을 했다. 또 1936년 3월 13일 나온 구인회 동인지 『시와 소설』도 김기림에게 보내 주겠다는 내용도 나온다. 이로 보아 이 편지가 1936년 3월 14일 이후에서 7월 8일 사이에 작성된 것임을 알 수 있다.

자신의 경쟁의식을 고백한다. 그리고는 자신도 "이달 下旬頃에는 東京 사람이 될것 같소"라며 동경 행으로의 의지를 보인다. 구인회 회원들 중 대부분이 일본유학을 다녀 온 것에 대해 이상은 콤플렉스를 느꼈을 법하다. 특히 자신과 친한 김기림, 정지용, 이태준, 박태원은 모두 일본 유학파였고, 화우인 구본웅과 문종혁도 일본 유학 경험이 있었으므로 이들과 만나 대화할 때 이상이 느꼈을 소외감을 상상할 수 있다.

몇 달 후 드디어 동경에 도착한 이상은 <사신(7)>에서 동경에 대해 "그래도 뭐이 있겠거니 했더니 果然 속빈 강정 그것이오"84)라고 실망을 표시한다. 동료 문인들이 먼저 경험한 동경에 대해 감탄하기에는 이상의 자존심이 허락하지 않았을 것이다. 동경에서 쓴 수필 <동경>에도 "나는 京橋곁 地下共同便所에서 簡單한 排泄을 하면서 東京갔다 왔다고 그렇게나 자랑들 하든 여러친구들의 이름을 한번 暗誦해 보았다"85)라는 대목이 나오는 것으로 보아 이상의 이러한 심리를 짐작할 수 있다.

또한 이상의 동경 행에는 일본 문단에서도 인정받고자 하는 속마음이 있었다고 한다. 고은은 당시 상황에 대해 "그는 그가 계획한 일본의 작가들을 만날 수 없었으며 군소 작가의 몇을 만난 일이 있어도 그를 인정해 주지 않았다"고 하며, 이상이 일본 작가로부터 "당신은 왜 남의 나라 말을 그렇게 잘도 하시오?"라는 면박을 받기도 했다고 『이상 평전』에 적고 있다.86) 자신의 좌절을 이상은 동경을 비하함으로써 풀어 보려고 했다. 이러한 절망감은 또한 <산촌여정>에서 보였던 자연에 대한 긍정성이 부정성으로 바뀐 계기가 되었다.

---

83) 전집4 수필, 238~239쪽.
84) 전집4 수필, 251쪽.
85) 전집4 수필, 138쪽.
86) 고은, 『이상 평전』, 향연, 2003, 357~358쪽 참조.

성천에서 그는 심심풀이용의 장기 게임에서도 이기고자 하는 도시적 승부욕에의 집착을 버릴 수 없었다. 사소한 승부욕에 대한 구속에서도 벗어나지 못하는 자신을 이상은 "치사스러운 인간"이라고 부른다. 이상의 <사신(6)>[87]에는 "期於코 東京 왔오. 와보니 失望이오. 實로 東京이라는 데는 치사스런 데로구려!"[88]라는 문장이 있고, <사신(7)>에는 "東京이란 참 치사스런 都십디다. 예다 대면 京城이란 얼마나 人心 좋고 살기 좋은 「閑寂한 農村」인지 모르겠읍디다"[89]라는 대목이 있다. 이상은 편지에서 동경은 "치사스런 도시"로, <권태>에서 자신은 "치사스런 인간"으로 평한다. '치사하다'의 뜻은 '쩨쩨하고 남부끄럽다'이므로 동경은 자신을 인정하지 않는 쩨쩨한 곳이고, 자신은 승부욕에서 벗어날 수 없는 쩨쩨한 인간인 셈이다.

그러나 이상에게 '치사하다'라는 단어는 이중의 의미를 지닐 가능성이 있다. '치사'는 한자 '侈奢'로 이상이 '奢侈'를 적극적으로 사용함으로써 '사치스럽다'는 뜻 외에 '치사(恥事)하다'는 뜻을 나타내려 한 것이라고 볼 수 있다.[90] 그의 수필 <동경>에는 "新宿은 新宿다운 성격이 있다. 薄氷을 밟는듯한 侈奢"[91]라는 대목이 있다. <산촌여정>에도 "이 숲흐로는호박넝쿨 그素朴하면서도大膽한 호박꽂에『스파르타』式 꿀벌이 한머리 안자잇습니다. 濃黃色에反映되여 『세실・B・데밀』의 映畵처럼 華麗하며 黃金色으로侈奢합니다",[92] "이健康한味覺은 王侯와가치至尊스

---

87) 이 편지는 이상이 김기림에게 1936년 11월 14일 쓴 것이다.

88) 전집 4 수필, 249쪽.

89) 전집4 수필, 250쪽.

90) '侈奢'는 일본식 한자어에는 들어 있지 않으나, 중국식 한자어에는 들어 있다. 한편 당대에 시인 김동명도 '侈奢品'이란 어휘를 그의 시에서 한 차례 사용한 적이 있으나(김동명 <人權>(1947)) 이 어휘가 보편적이지는 않았다.

91) 전집4 수필, 136쪽.

92) 전집4 수필, 45쪽.

럽우며 侈奢스럽습니다"93)라는 문장이 나온다.

여영택은 「이상의 산문에 관한 고구」에서 이상이 언어 구사에 있어서 세심했으며, 의식적으로 오용하기도 했다고 밝혔다. 이상은 "한자 숙어의 앞뒤를 바꾸어서 전도(顚倒)시켜 놓았다"94)는 것이다. 그러므로 이를 적용하면 '치사하다'는 '사치하다'라는 뜻으로 읽힐 수 있다. 동경이 기대보다 실망스러운 곳이기는 하지만 경성보다 사치스러운 곳임에는 틀림이 없다.

또한 경성은 동경에 비하면 "人心 좋고 살기 좋은 「閑寂한 農村」"이라고 하는데 이는 경성에 대한 예찬으로만 받아들일 일은 아니다. <사신(7)>을 쓰고 한 달 후 <권태>에서 이상은 "한적한 농촌"인 성천을 예찬하고 있지 않기 때문이다.

한가하고 단조로우며 욕심이 없는 농촌 생활에 동화되지 못하는 자신의 도시적 현대성을 자각하며 이상은 차라리 바보가 되거나 "권태를 認識하는 神經마저버리고 完全히 虛脫해"지기를 바란다. 그러나 이런 생각은 잠깐일 뿐이다.

> 來日. 來日도 오늘하든 繼續의일을해야지 이 끗업는 倦怠의來日은 왜 이러케 끗업시잇나? 그러나 그들은 그런것을생각할줄모른다. 間或 그런 疑惑이 電光과가티 그들의 胸裏를스치는일이잇서도 다음 瞬間 하로의 勞役으로말미암아 잠이오고만다. 그러니 農民은참不幸하도다. 그럼— 이 凶惡한倦怠를自覺할줄아는 나는 얼마나 幸福된가.
> 댑싸리나무도 축 늘어젓다. 물은 흐르면서 가끔웅뎅이를만나면 썩는다. 내가안저잇는데는 그런웅뎅이가이다. 내아페에서 물은 조용히썩는다.
> —<권태>(전집4 수필 : 109-10)

---

93) 전집4 수필, 50쪽.
94) 여영택, 「이상의 산문에 관한 고구」, 『국어국문학』 8집, 국어국문학회, 1968, 122쪽.

매일 같이 반복되는 노역으로 인한 피곤함으로 삶의 의미를 깊이 생각할 겨를도 없이 잠이 들고 마는 농부들이 화자가 보기에는 딱하고 불행해 보일 수밖에 없다. 아침에 일어나자마자부터 시작되는 농부의 노역은 하루 종일 계속된다. 게으름을 경계하고 부지런함이 미덕인 사회에서 찬양 받아야 할 농부의 노동이 화자에게는 생각할 여유를 앗아가는 불행의 근원으로만 보일 뿐이다.

화자의 권태는 농부에게는 휴식이다. 고된 노동 뒤의 한가함은 자연스럽고도 당연한 쉼이며 내일을 위한 준비인 것이다. 그러나 화자에게는 농부의 휴식이 권태의 노예로 사로잡힌 풍경으로만 보인다. 권태의 노예이면서도 그것을 자각할 줄 모르는 농부에 비하면 "凶惡한倦怠를自覺할줄아는" 자신은 행복한 존재인 것이다. 김상환은 그 자각이 "역사적 진보의식의 자기확인"이며, "이상의 행복은 그런 역사의 진보 가능성에 눈뜨고 있는 계몽적 인간의 자기의식에서 온다"고 분석한다.[95] 미래에 대한 기대나 변화에 대한 희망이 없는 기계적, 반복적 시간에 함몰되어 있는 농부의 무지함은 곧 불행이다.

농부의 "凶惡한倦怠"를 목도하는 화자의 눈에 비친 축 늘어진 댑싸리나무와 물이 썩어가는 웅덩이는 농부의 처지에 다름 아니다. 이는 곧 농촌의 권태로운 시간의 흉악성으로만 비치는 것이다. 늘어지게 하고 썩게 하는 정체된 시간은 속도의 시간에 익숙한 도시인에게는 흉악할 수밖에 없다.

부지런함과 노동에 대한 순종을 당연한 가치로 여겨왔던 봉건 사회적 미덕을 화자는 지적 우월감과 도시인의 시각으로 가차 없이 파괴시

---

95) 김상환, 「이상 문학의 존재론적 이해」, 권영민 편, 『이상문학연구60년』, 문학사상사, 1998, 153쪽.

킨다. 또한 자연의 섭리에 대한 자신의 몰이해에 대한 자각이나 반성
대신 화자는 철저히 자신의 주관적 시각을 견지한다.

　김윤식은 <권태>는 성천 여행 당시의 계몽주의자 이상의 시각과 그
것을 반성적으로 교정하고 보완하는 탈계몽주의자의 시각이 동시에 혼
류하는 중층적 텍스트가 아닐까 하는 의심을 가졌다.[96] 이상이 성천여
행에서 농민에 대해 느꼈던 우월감은 동경에서는 동경시민에 대한 열
등감으로 바뀐 것이다. 그렇다면 이상의 성천 농민에 대한 실망과 분노
는 곧 자신에 대한 실망과 분노가 된다.

　　이마을에는 新聞도오지않는다. 所謂 乘合自動車라는것도通過하지안흐
니 都會의消息을 무슨方法으로알랴?
　　五官이 모조리 剝奪된것이나 다름업다. 답답한하늘 답답한地平線 답답
한風景 답답한風俗가운데서 나는 이리디굴저리디굴 굴고시플만치 답답
해하고 지내야만된다.
　　아무것도 생각할수업는狀態以上으로괴로운狀態가 또 잇슬까. 人間은
病席에서도 생각한다. 아니 病席에서는 더욱 만히생각하는法이다. 끗업
는倦怠가 사람을掩襲하얏슬때 그의瞳孔은內部를向하야열리리라. 그리하
야 忙殺할때보다도 몇倍나 더 自身의內面을省察할수잇슬것이다.
　　現代人의 特質이오 疾患인 自意識過剩은 이런 倦怠치 안흘수업는 倦怠
階級의 徹底한 倦怠로말미암음이다. 肉體的閑散 精神的倦怠이것을 免할수
업는 階級이 自意識過剩의絶頂을表示한다.
-<권태>(전집4 수필 : 111-2)

　산업화된 사회 구조상 육체적 노동이 결여되고, 잡다한 지식을 습득
한 도시인은 생각을 많이 하게 된다. 어려서의 독특한 성장 환경은 이

---

96) 김윤식, 「1930년대 한국의 모더니스트들에 대한 동경의 의미와 이상의 동경 체험에 대
　　하여」, 『이상연구』, 문학사상사, 1987, 4장과 7장 참조.

상에게 특히 심한 자의식 과잉 질환을 가져왔다. 4장의 고빈도 대명사에서 서술 주체를 가리키는 어휘인 '나'와 '내'를 합한 백분율이 총 대명사 중에서 약 41%를 차지한다는 사실은 그만큼 이상이 자신의 문제에 집착했다는 것을 보여준다.

신문도 오지 않고 자동차도 통과하지 않는 성천에서는 도시의 소식을 알 길이 없다. 화자는 답답한 마음을 "五官이 모조리 剝奪된것이나 다름업다"고 표현한다. 또한 권태 속에서 더 자신의 내면을 잘 성찰할 수 있고, "現代人의 特質이오 疾患인 自意識過剩"이 나타난다고 스스로 진단한다.

"倦怠치 안흘수업는 倦怠階級"과 "肉體的閑散 精神的倦怠이것을 免할 수업는 階級"은 도시적 지식인이자 이상 자신이다. 즉 육체노동 대신 생각은 많지만, 생의 권태에서 벗어날 수 없는 사람이다. 도시적 지식인의 특성을 화자는 자의식 과잉에 의한 권태에서 찾는다.

이상은 자화상을 많이 그렸다. 23세에 그림을 포기하고 문학으로 완전히 방향을 돌리기까지 그는 주로 자신의 얼굴을 그렸다. 이를 뒷받침하는 내용의 글도 있다.

> 상같이 자화상을 그린 화가가 또 있는지 모르겠다. 그는 그의 화인으로서의 전 생애를 자화상만 그렸다. 자화상과 씨름을 했다. 성장을 한 자화상이 아니라 반 고호와 같이 생겨먹은 대로 입은 그대로 그렸다.
> 그가 그린 풍경화와 정물화가 몇 장, 인물화로는 그의 누이동생 옥희를 모델로 한 소녀좌상 두어 점, 모두 합쳐 보았자 10여 점에 불과할 것 같다. 그 외에는 전부가 자화상이다.[97]

---

97) 문종혁, <심심산천에 묻어주오>, 김유중 · 김주현 엮음, 『그리운 그 이름 이상』, 지식 산업사, 2004, 117쪽.

친구 문종혁은 이상이 자화상을 많이 그렸다는 것을 이처럼 증언한 바가 있다. 1931년 조선미술전람회에 입선한 이상의 그림도 자화상이었다. 자화상을 많이 그렸다는 것은 그만큼 자신에 대해 깊이 천착한다는 의미로 볼 수 있다. 자화상에 집착한 이상은 스스로 자의식 과잉 상태임을 알고 있었고, 이는 "現代人의 特質"임을 드러낸 것이다.

> 나는 消化를促進시키느라고 길을 왔다갓다 한다. 돌칠적마다 멍석우에 누은사람의 數가 늘어 간다.
> 이것이 屍體와 무엇이달를까? 먹고잘줄아는 屍體—나는 이런失禮로운 생각을停止해야만되겠다. 그리고 나도 가서 자야겟다.
> 房에도라와 나는 나를살펴본다. 모든것에서 絶緣된 지금의 내생활— 自殺의端緒조차를 차즐길이업는 지금의 내 生活은 果然 倦怠의 極 倦怠 그것이다.
>
> —〈권태〉(전집4 수필 : 118)

밤이 되자 사람들은 마당에 멍석을 펴고 하나 둘씩 모여 잠을 잔다. 그들은 별도 보지 않고 멍석에 눕자마자 잠이 든다. 화자에게 별은 현실 세계에서 벗어난 이상 세계다. 마음속에 이상을 품고 있지 않고, 생각하려고도 하지 않는 농촌 사람들이 화자에게는 너무나 이상했고, 그런 사람들이 "먹고잘줄아는 屍體"로만 여겨졌다. 주어진 노동을 성실히 이행하고 난 뒤 지쳐 잠이 든 농부를 바라보는 화자의 시각은 기존의 가치를 뒤집는 것이며 과격하기까지 하다. 농촌 사람들에 대한 도시인의 우월성도 엿보인다.

성천을 방문하기 한 달 전인 1935년 8월 3일 이상이 쓴 〈공포의 성채〉에는 다음과 같은 대목이 나온다.

한때는 민족마저 의심했다. 어쩌면 이렇게도 번쩍임도 여유도 없는 빈상스런 전통일까 하고.

하지만 결코 그렇지는 않았다.

가족을 미워하는 것부터 시작해서 그는 또 민족을 얼마나 미워했는가. 그러나 그것은 어찌 보면 「대중」의 근사치였나 보다.

사람들을 미워하고—반대로 민족을 그리워하라, 동경하라고 말하고자 한다.

-<공포의 성채>(전집4 수필 : 200-1)

위의 글은 화자가 자신을 3인칭인 '그'로 표현하고 있다. 이 글은 "빈상스런 전통"을 가진 민족에 대한 의심과 미움을 나타내다가 마음을 돌이켜 민족을 그리워하고 동경하려는 의지가 나타난다. 농부들을 "먹고잘줄아는 屍體"로 여겼다가 그런 "失禮로운생각을停止해야만" 하는 것과 비슷한 심리다. 이상의 마음 속 저변에 깔린 민족에 대한 '의심'과 '미움'은 식민지 상황에 놓인 민족적 열등감의 발로였을 것이다. 이상은 한일합방이 되던 해에 태어나 평생을 일제 하에서 보냈다. 민족적 자긍심을 가질 역사적 상황을 그는 경험해보지 못했던 것이다. 민족적 열등감에서 벗어나려 해 보지만 자신도 어쩔 수 없이 한국인이기에 그는 마음을 돌이켜 민족을 용납해야 하는 것이다.

답답하고 단조로운 일상에 파묻혀 현실에만 충실하게 살아가는 사람들을 화자는 이해할 수가 없었다. 그러나 평생 농촌에서만 살아온 농부는 자신의 생활이 너무나 당연하고 자연스러울 뿐이다. 화자는 농부를 바라보는 부정적 시각이 자신의 문제에서 기인함을 깨닫고 그들을 시체로 바라보는 "失禮로운생각을停止해야만" 하겠다고 느낀다.

화자는 방으로 돌아와 자신을 살펴본다. 요양하러 와 있는 자신이 할 일은 자기 자신이나 돌아보는 것뿐이다. 고통의 근원인 가족 관계와 질병, 사회적 좌절과 생활고로부터 떨어져 있으니 평소의 바람인 자살 의 도마저 희미해졌다. 이러한 상황을 화자는 "倦怠의 極 倦怠"로 파악하 기에 이른다.

(2) 현실 불만족과 자살 충동

세 살 때 어머니의 품을 떠나 백부의 집으로 보내진 이상은 부모로 부터 버려졌다는 피해의식에 평생 시달린다. 어릴 적의 심리적 불안으 로 인한 자의식 과잉과 자아 분열 현상으로 인해 이상은 온전한 자아 정체감을 가질 수 없었다.[98]

『환상의 미래』라는 책에서 프로이트는 신에 대한 믿음은 유아적 무 력함의 보편적 상태가 신화적으로 재현된 것이라고 주장했다. 이상화 된 아버지와 마찬가지로 신은 전능한 보호자를 원하는 유아적 소망이 투사된 존재라는 것이다. 실제의 아버지가 이상적인 아버지와 크게 차 이가 나면 아이는 나중에 커서 이상적인 신의 이미지를 구축하는 데에 도 어려움을 겪는다고 한다.

이상에게 있어서 실제의 아버지는 언제나 무력한 존재였다. 경제적

---

98) 정신분석을 창시한 초기에 프로이트는 어떤 생각과 행동을 반복하게 하는 힘이 유년기 에 받은 어떤 상처에 기인한다고 보았다. 유아적 환상은 구강기의 탐욕과 박해환상, 자 아전능 환상, 항문기의 가학과 피학 환상, 오이디푸스 환상과 거세환상 등으로 구성된다. 이 환상들이 현실에서 충족되지 않을 경우, 무의식에서 그 불만족은 평생 동안 원상태로 보존된다. 그 결과 개인의 현실 인식은 무의식의 환상들에 의해 왜곡되며, 환상을 현실 에서 충족하려는 비합리적 욕망과 행동이 반복해서 일어난다는 것이다. 한편, 라캉도 태 어날 때부터 개인을 운명적으로 둘러싸는 환경이 개체의 정신구조 형성에 막대한 영향 을 미친다고 강조한다. 아이는 유아기에 이미지들에 집착하는 거울단계를 겪는다. 자기 도취적 상상계인 이 이미지 애착상태를 벗어나 사고의 주체가 되려면, 무엇보다도 상징 계를 정신에 온전히 수용해야 한다. 상징계를 충분히 습득한 후에는 그것의 정체를 주체 적으로 인식하는 과정을 거쳐야 한다. 그래야 상징계와 교류하는 동시에 때로 그것의 제 약에서 벗어나 삶의 진정한 주체가 된다고 한다.

으로 무능하고 형의 권위에 눌려 아들까지 양보했던 아버지였다. 이런 아버지를 이상은 <위독>의 연작시 중 하나인 <육친>이라는 시에서 "크리스트에酷似한한襤褸한사나이"라고 묘사한다. 또한 그는 "나는이육중한크리스트의別身을暗殺하지안코는내門閥과내陰謀를掠奪당할까참걱정이다"[99]라고 적고 있다. <실낙원>의 '육친의 장'이라는 부제의 글에도 "나는 이 模造基督을 暗殺하지 아니하면 안된다. 그렇지아니하면 내 一生을 押收하랴는 氣色이 바야흐로 濃厚하다"[100]라는 문장이 나온다. 여기서도 아버지를 "모조기독"으로 표현하며 그를 암살하고자 하는 마음이 나타나 있다. 이러한 아버지 살해 충동에서 그가 오이디푸스 콤플렉스를 원만히 극복하지 못했음이 드러난다.

아버지와의 관계는 신앙관 형성에도 영향을 준다. 한 사람이 "그간의 삶에서 관계를 맺어온 '의미 있는 타자'들과의 관계적 삶의 질이 신앙형성에 중요한 영향을 준다"[101]는 것을 인정할 때 이상이 올바른 하나님 상을 갖기는 어려운 일이다.

> 그러타면 아모것도생각말기로 하자. 그저 限量업시넓은 草綠色벌판, 地平線, 아모리變化하야보앗댓자 結局 稚劣한曲藝의域을버서나지안는 구름, 이런것을 건너다 본다.
> 　地球表面積의百分의九十九가 이 恐怖의草綠色이리라 그러타면 地球야말로 너무나 單調無味한 彩色 이다 都會에는 草綠이 드믈다. 나는 처음 여기漂着하얏슬때 이 新鮮한草綠빗에 놀랏고 사랑하얏다. 그러나 닷새가못되어서 이 一望無際의草綠色은 造物主의 沒趣味와 神經의粗雜性으로말매암은 無味乾燥한 地球의餘白인것을發見하고 다시금놀라지안흘수업섯다.
> 　　　　　　　　　　　　　　　　　　　－<권태>(전집4 수필 : 108)

---

99) 전집4 시, 115쪽.
100) 전집4 시, 126쪽.
101) 권수영, 『프로이트와 종교』, 살림, 2005, 84쪽.

이상은 처음 성천에 도착했을 때는 도시에서 보기 어려운 초록색 자연에 놀랐고, 이를 사랑했다. 그러나 닷새가 되지 않아 그는 이 초록색을 무섭고, 단조로우며 무미한 색채로 여기게 된다. 자연에 대한 불경은 곧 자연의 창조자인 조물주에 대한 불경이다. 이 공포의 초록색이 화자에게는 "造物主의 沒趣味와 神經의粗雜性"으로 인한 것으로만 비치는 것도 이상한 일은 아니다. "造物主의 沒趣味와 神經의粗雜性"은 자신의 유년기 상처를 방치한 아버지에 대한 원망으로 읽을 수도 있다.

라캉의 이론에서 상상계에 해당하는 외가나 어머니의 응시의 시선을 오래 향유하지 못한 채 상징적 질서인 백부 집에 양자로 가게 된 이상은 상징계적 삶을 너무 어린 시절부터 감당해야 했다. 상상계적 큰 타자인 어머니로부터 충분히 충족되지 못하고 나르시시즘을 확립하지 못한 상태에서 상징계의 엄숙한 백부와 새 백모가 주는 공포감은 이상의 어린 시절을 지배했다.[102]

세심하지 못한 배려 때문에 어린 시절 혼자서 아득한 공포를 느껴야만 했던 이상의 피해의식은 해소되지 못한 채 남겨져 있다. 또한 아버지라는 권위자에 대한 실망과 원망은 조물주라는 최대의 권위자에 대한 반기의식의 토대가 된다.

> 길을걸어본댓자 所得이업다. 낫잠이나 자자. 그리하야 개들은 天賦의 守衛術을 妄却하고 낫잠에耽溺하야버리지안흘수업슬만큼 墮落하고말앗다. 슬픈일이다. 지즐줄모르는 벙어리개, 직힐줄모르는겔름뱅이개, 이 바보개들은 伏날 개장국을 끌여 먹기爲하야 村民의犧牲이 된다. 그러나 불상한개들은 陰曆도 모르니 伏날은 몃날이나남앗나 全然 알길이 업다.
>
> ─<권태>(전집4 수필 : 111)

---

102) 김승희, 『이상 시 연구』, 서강대 박사논문, 1991, 112~113쪽 참조.

이상 문학의 반체제적 저항에 주목한 연구자는 이보영이다. 그는 이상의 문학에 정치의식이 반영되어 있다고 주장한다. 그 정치적 요소가 일제의 검열 때문에 위장되어 있다는 것이다. 그렇지만 그는 <산촌여정>과 <첫번째 방랑>에는 반체제적 저항이 짙게 암시되어 있지만, <권태>는 정치와 직접적 관련이 없으며 <권태>는 1930년대 유행한 소위 '불안의 문학'의 영향을 받고 있을 뿐이라는 것이다.[103]

그러나 "지즐줄모르는 벙어리개, 직힐줄모르는겔름뱅이개, 이 바보개들"은 일제의 강압에 압도당한 동시대인으로 읽을 수 있다. 이상의 일제에 대한 반감은 그러한 상황을 용납한 우리 국민에 대한 분노와 질책으로 나타난다. 당시 사람들은 입이 있어도 일제에 항거하지 못하는 "벙어리"이자 식민지인으로서 일자리를 얻기 힘든 "겔름뱅이"일 수밖에 없고, 스스로가 언제 희생이 될지도 모르는 "바보"인 것이다. 그들은 또한 무지해서 "불상한개들"이다. 자신도 이러한 식민지인의 범주에서 벗어날 수 없다는 데에서 화자는 무력감을 느낄 수밖에 없었고, 이러한 무력감은 조물주에 대한 반감을 불러 일으켰다. 결국 화자에게 비친 조물주의 모습은 무력한 조물주일 뿐이었다.

> 이러서서 두팔을 노피 하늘을向하야처든다. 그리고悲鳴에가까운소리를 질러본다. 그리드니 그냥 그 자리에서들 경중경중 뛴다. 그리면서 그悲鳴을兼한다.
> 나는 이 光景을보고 그만 눈물이낫다. 여북하면 저러케놀까. 이들은 놀줄조차모른다. 어버이들은 너무가난해서 이들 귀여운애기들에게 작난감을사다줄수가업섯든것이다.

---

103) 이보영, 「문학을 통한 반체제적 저항」, 『수필과 비평』 3/4월호, 수필과 비평사, 2007, 83~105쪽 참조.

이　하늘을向하야두팔을뻐치고　그리고소리를질르면서　뛰는그들의遊戲
가 내눈에는 암만해도遊戲가티　생각되지안는다. 하늘은 왜저러케어제도
오늘도來日도푸르냐, 山은 벌판은 왜저러케어제도오늘도來日도푸르냐는
造物主에게對한 咀呪의悲鳴이 아니고무엇이랴.
－<권태>(전집4 수필 : 116)

화자는 길에서 놀고 있는 아이들을 지켜본다. 풀을 뜯어다 돌로 짓찧
는 놀이를 하던 아이들은 일어서서 두 팔을 쳐들고 뛴다. 화자는 이 모
습을 심심해하다 지친 아이들의 새로운 유희로 바라보지 않는다. 아이
들의 소리 지르는 동작을 "造物主에게對한 咀呪의悲鳴"으로 생각한다.
어제도 오늘도 내일도 푸른 하늘과 벌판처럼 변화를 일으키지 않고, 반
응도 없고, 무덤덤한 조물주를 견디기 어려운 것은 바라보는 화자 자신
이다.

시골의 초록은 사실상 건강의 상징이다. 이상은 성병과 폐결핵 증상
으로 생명의 위협을 받고 있는 상황이었다. 암울한 건강 상태와 미래를
생각할 때, 건강해 보이기만 하는 푸른 하늘과 벌판을 쳐다보는 것은
환자에게는 고통이었다. '푸르다'는 고빈도 형용사 39위에 올라 있고
<권태>에서 많이 보이는데 푸름에 대한 긍정성보다는 푸름에 대한 지
겨움을 나타내기 위해 사용되었다. 위의 인용문에 두 번 나오는 '푸르
다'도 "푸르냐"라는 원망 섞인 물음의 형태를 취하고 있다. 자신의 처
지와 아무런 상관이 없어 보이는 푸른 하늘과 벌판, 그것을 만든 조물
주에 대해 화자는 "咀呪의悲鳴"이라도 지르고 싶은 심정이었다.

이러케閑散한데　이러케　極度의倦怠가잇는데　瞳孔은內部를向하야열리
기를　躊躇한다.

아무것도 생각하기실타. 어제까지도 죽는것을생각하는것하나만은 즐
거웟다. 그러나 오늘은 그것조차가 귀찬타. 그러면 아무것도생각하지말
고 눈뜬채졸기로하자.

—〈권태〉(전집4 수필 : 112)

자살 충동은 이상의 다른 글에서도 곳곳에 나타난다. 실직과 질병,
기아된 자로서의 상처와 가족에 대한 의무에 시달리던 그는 현실로부
터의 도피처이자 탈출구로 자살을 염두에 두고 있었다. 부모로부터 버
려졌다는 피해의식 때문에 그는 질병에 걸린 자신의 건강관리도 제대
로 하지 않았다. 기아에 의한 피학대 경험은 자신에 대한 가학적 충동
을 불러일으킨다. 그 극단적 표현은 자살 충동이다. 이는 버려졌던 자신
의 존재는 존중받을 가치가 없다는 자학의 노출이기도 하다. 부모보다
먼저 죽음으로써 자신을 버린 부모에게 복수하고 싶은 심리도 생긴다.

성천에 관계된 글인 〈야색〉에는 "인간은 자기 한 몸을 마음대로 처
리할 수 있고 간섭받지 않는 완전한 자유를 지녔다. 자살이 바로 그것
이다"104)라는 대목이 나온다. 기존의 유교적 가부장제 사회에서 신체
는 부모로부터 물려받은 것이므로 소중히 해야 한다는 의식이 지배하
고 있었다. 이는 가문 중시와 효행의 연장선상에 있는 개념이다. 그러
나 이상은 가족의 구속을 부담스러워하는 것은 물론이고 소중히 해야
할 자신의 몸을 살해하고자 하는 유혹에 시달리고 있었다. 자신의 몸에
대해 "간섭받지 않는 완전한 자유"를 지녔다는 생각은 서구적 개인주
의의 영향이다. 그러나 이상은 자살하지는 않았다. 〈야색〉에서 "그러
나 자살하려고 마음먹었다가 자살하지 않고 있는 것도 역시 자유다"105)

---

104) 전집4 수필, 204쪽.
105) 전집4 수필, 204~205쪽.

라고 그는 변명을 한다.

자살충동에 빈번히 시달리면서도 그는 막상 자살할 용기는 없었다. 이로 보면 그의 자살 충동은 자신을 에워 싼 현실에 대한 실망감의 표현일 뿐이다. 그의 병은 그를 죽음으로 점점 가까이 데려가고 있었으므로 그는 사실 자살할 필요가 없었다. 이상의 자살 충동은 자신의 병환으로 인한 죽음의 공포를 의식한 것에 불과하다. 죽기보다는 살고자 하는 것이 병에 시달리는 사람의 솔직한 심정이다. <권태>를 쓰고 두 달 가까이 지난 후 <사신(9)>[106]에서 이상은 동경에 온 솔직한 이유를 "살아야겠어서, 다시 살아야겠어서 저는 여기를 왔읍니다"[107]라고 고백하고 있다. 그리고 이어서 "저는 제 自身을 속여 왔나봅니다"라고 하며, "正直하게 살겠읍니다"라고 다짐한다.

"어제까지도 죽는것을생각하는것하나만은 즐거웠다"는 문장은 솔직한 심정이 아니었다. 이는 아무것도 생각하기 싫은 권태를 강조하기 위한 것에 지나지 않는다. "極度의倦怠"는 자살생각마저 귀찮은 상태로 만들어 버린다. "아무것도생각하지말고 눈뜬채졸기로" 마음을 먹는 것이 권태에 어울리는 행동이다. 자살할 의욕마저 상실케 하는 권태야말로 "極度의倦怠"인 것이다.

(3) 신의 죽음과 디오니소스적 삶

자연은 고대로부터 찬미의 대상이었다. 문학에 있어서도 자연은 최상의 경이와 예찬을 받아왔다고 해도 과언이 아니다. 이러한 자연 예찬

---

106) 이 편지에는 "오늘은 陰曆으로 除夜입니다"라는 대목이 나오므로 이 글을 양력 1937년 2월 10일에 쓴 것임을 알 수 있다.
107) 전집4 수필, 257쪽.

은 신에 대한 믿음과 결부되어 있다. 조물주가 만든 자연이기에 자연은 그 위대함을 인정받아 왔다. 그러나, 1859년 찰스 다윈의『종의 기원』이 간행되면서 신앙은 사상 최대의 타격을 받게 되었다. 이후 과학이 더욱 발달하면서 인간의 의식은 획기적 변환을 이룬다. 이로 말미암아 기존의 정신적 유산은 해체되고 붕괴되기 시작한 것이다.

니체는 이제까지의 인간의 신에 대한 관념을 과감히 타파했다. 그는 '신은 죽었다'는 한 마디로 사람들에게 충격을 주었다. 그러나 알고 보면 니체의 종교관은 한 마디로 설명할 수 있을 만큼 간단한 것은 아니다. 강영계는 이에 대해『니체와 정신분석학』에서 다음과 같은 분석을 한다.

> 니체는 신의 존재를 부정하는가? 니체는 비종교적인가? 이 두 물음들에 대한 답으로는 긍정과 부정 모두 가능하다. '신은 죽었다'는 니체의 언명은 그가 신 존재를 부정한다는 것을 뜻한다. 그렇지만 니체가 부정하는 신은 기독교의 신을 비롯해서 기존의 허구적 도덕을 소유한 신들이다. 니체는 여러 종류의 신들이 존재하며 새로운 여러 신들의 존재도 가능하지만 소위 유일신은 존재하지 않는다고 말한다. 니체가 지적하는 그리스 신들(호메로스의 신들)은 힘에의 의지의 표현이다. 니체는 허구적 신 곧 노예도덕을 동반하는 신은 부정하지만 힘에의 의지의 표현인 신들은 인정한다.[108]

니체가 다른 어떤 종류의 신을 인정하건 그가 서양 사회를 떠받치고 있던 기독교의 유일신을 부정한 것만은 분명하다. 이러한 기독교적 가치에 대한 부정과 신에 대한 의미 상실은 필연적으로 허무주의를 동반할 수밖에 없었다. 니체는 여러 종류의 허무주의를 거론하며 오로지 강

---

108) 강영계,『니체와 정신분석학』, 서광사, 2004, 202쪽.

자의 염세주의인 디오니소스적 염세주의를 미래의 염세주의 형식으로 제시했다.

그리스인들의 예술의 이중적 원천은 아폴론과 디오니소스였다. 아폴론은 태양과 빛, 진리 예언과 참된 인식의 신이며 지혜와 안정의 원천이다. 반면 디오니소스적 예술은 도취와 황홀, 자기망각이며, 스스로를 잊는 동시에 스스로를 신으로 느끼며, 자신이 예술작품이 되어 버린다고 니체는 주장한다. 그는 또 실존의 경악스러운 것과 부조리한 것을 변형시키기 위해서는 숭고한 것과 익살스러운 것이 필요하다고 한다.[109]

신을 믿지 않는 사람에게 신은 죽은 것이나 마찬가지다. 이렇게 신이 추방된 장소에서 근대인은 자아 중심적 세계관을 완성해 가기 시작한다. 이를 김상환은 이상이 "탈신학화된 계몽적 세계관을 계승"하고 있었다고 지적하며 "이상에게서 근대적 유산은 분명히 해체되고 파괴되는 양상을 보여주고 있다"고 말한다. 또한 그는 "권태는 경이감의 완전한 소멸, 흥미와 경탄의 전적인 부재를 말한다. 경이감의 근거가 비밀이라면, 그 권태는 자연의 비밀에 대한 완전한 정복을 확신하는 시대, 즉 과학적 합리주의가 현실적으로 완성되는 시기에만 성립할 수 있는 기분이다"[110]라고 이상의 <권태>를 파악한다.

성경을 읽은 것은 확실하나,[111] 이상의 종교관이 정확히 무엇이었는지는 알기가 힘들다. <야색>에는 이상의 종교관을 추측할 수 있는 대

---

109) 프리드리히 니체, 이진우 역, 『니체 전집 3 유고(1870~1873)』, 책세상, 2001, 91~108쪽 참조.
110) 김상환, 「이상 문학의 존재론적 이해」, 권영민 편, 『이상문학연구60년』, 문학사상사, 1998, 144~148쪽.
111) <산촌여정>에 "조와하는 『누가福音』"이란 대목이 나온다.

목이 보인다.

> 과연 이 한 몸은 광대한 우주에 비하면 티끌만한 가치도 없다. 그런데
> 도 이 야망은 어떻게 된 것인가. 이 불안은 뭔가. 이 악에의 충동은 또
> 뭔가. 신은 이 순간에 있어서 건강체인 나의 앞에선 단연 무력하다. 그러
> 나 그렇다고 해도 나는 그 신을 이길 수는 없지만. 그러나 나는 신에 대
> 해 저주의 마음 같은 것은 추호도 갖고 있지 않다. 신을 이기겠다는 의
> 욕도 갖고 있지 않다. 왜냐하면 나의 이 불안감은 끝없는 환희 속에서
> 신의 의지, 신의 제재를 인정하지 않기 때문이다.
>
> —<야색>(전집4 수필 : 204)

위의 인용문에 의하면 이상은 신의 존재는 인정하지만 인간에 대한
신의 의지는 인정하지 않으려는 것으로 보인다.

그가 신을 기독교의 하나님과 전적으로 동일한 개념으로 인식했던
것인지 확실하지는 않으나, 이상은 니체의 사상을 알고 있었다. 문종혁
의 글에 다음과 같은 대목이 나오기 때문이다.

> 그는 문학만이 아니다. 영화를 보아도 감독이나 배우의 연기 면을 이
> 야기할 뿐 스토리 같은 점에는 관심이 없다.
> 음악이 나오면 베토벤이 나오고 슈베르트가 나오고 오케스트라가 나
> 온다.
> 철학이 나오면 소크라테스가 나오고 니체, 헤겔이 나온다.
> 이것이 그가 18, 9세에서 20세 미만의 아직 학생모를 쓴 그의 입에서
> 나오는 이야기들이었던 것이다.
> 언제 그렇게도 많은 책들을 읽었는지 모를 일이다. 또 그것이 수박 겉
> 핥기식의 것이 아니요 그 알맹이를 알고 있는 것이다.[112]

---

112) 문종혁, <심심산천에 묻어 주오>, 김유중·김주현 엮음, 『그리운 그 이름 이상』, 지식
산업사, 2004, 97쪽.

이상은 친구인 문종혁과 니체에 대해서도 이야기를 나누었던 것이다. 다방면에 호기심이 많고 새로운 것을 추구하던 이상은 자신의 집에 기거하던 문종혁과 저녁을 먹은 후 본정(지금의 명동)으로 가 책방에 들러 책을 서서 읽고 귀가했다고 한다.113) 이상의 지적 호기심은 당대의 철학 사상의 흐름을 놓치지 않았다.

<현대미술의 요람(現代美術의 搖籃)>114)이라는 글에서 이상은 다음과 같이 썼다.

> 王權과敎權은점차離乘115)하야 法王廳威嚴失墜로 말매암은 民衆의開明과自覺이 基督敎만이 精神的文化的唯一의典據아님을알게하얏슬뿐아니라 從來 敎權으로하야抑壓되엿든希臘『로마—』의古典文化가운데 얼마나人間本然의精神生活이橫溢하고잇는것을 發見하자 새삼스러히놀내며一方깃버하엿다
>
> 그리하야中世紀的束縛인 禁慾的인것 神秘的인것을極端으로 排擊하며 自由奔放한現世的인것 自然的인것 樂天的인것인 古典의再認識에로 그들의발길은옴겨갓다.
>
> —<현대미술의 요람>(전집4 수필 : 281)

위의 글은 니체의 이름을 거론하지는 않았지만 흡사 니체의 사상과 비슷하다. 니체는 삼 대째 목사인 집안에서 태어났지만 아버지는 그가 6세에 사망했다. 니체는 어려서부터 두통에 시달렸으며 류머티즘과 매독, 말년에는 정신질환을 앓기도 했다. 이상은 니체의 삶에서 자신과의 공통점을 느꼈을 가능성이 있다. 스스로 의식을 했는지의 여부와 상관

---

113) 문종혁, <심심산천에 묻어 주오>, 김유중·김주현 엮음,『그리운 그 이름 이상』, 지식산업사, 2004, 97~98쪽 참조.

114)『매일신보』에 1935년 3월 14일부터 23일까지 발표되었다.

115) 원본에서 '離乖'를 오식한 것으로 추정된다.

없이, 이상의 삶 또한 니체의 디오니소스적 삶을 추구하고 있는 상태였다. 그는 심각한 질병에 시달리고 있음에도 불구하고 술과 여자, 예술을 통한 도취와 황홀, 자기망각에 빠지기를 즐겼다. 이상이 설혹 니체의 영향을 의식하지 않았다고 하더라도 그의 글에서 드러나는 성향이 니체적인 것임에는 틀림없다. 프로이트에 의하면 성적 충동을 억제할 정신력이 성립하는 시기는 네 살부터 사춘기에 해당하는 잠재기라고 한다. 감정적으로 순탄하지 않은 어린 시절을 보낸 이상에게 성적 욕구에 대한 자제력 결핍은 디오니소스적 삶을 부추기는 역할을 했다.

> 그들의一生이 또한 이 벌판처럼 單調한倦怠一色으로 塗布된것이리라. 일할때는 草綠벌판처럼 더워서숨이칵칵 막히게 승거울것이오 일하지안흘때에는 겨울荒原처럼 거츨고구주레하게 승거울것이다.
>
> 그들에게는 興奮이업다. 벌판에벼락이떠러저도 그것은 雷聲끄테 가끔잇는茶飯事에지나지안는다. 村童이 범에게물려가도 그것은 猛獸가 사는 山村에 가끔잇는 神罰에지나지안는다. 實로 電信柱하나 업는벌판에서 그들이무엇을 對象으로 興奮할수잇스랴.
>
> ─<권태>(전집4 수필 : 109)

농부의 단조로운 삶을 바라보며 화자는 숨이 막히는 듯한 답답함을 느낀다. "일할때"나 "일하지안흘때"에도 "승거"움기는 마찬가지다. 전통과 관습에 아무런 의심도 품지 않고 순종하는 농부의 삶은 안정적인 아폴론적인 삶을 대변한다. 흥분이 없는 그들의 삶에서는 "벌판에벼락이떠러"지는 것조차 별일이 못 된다. 아이가 범에 물려 가도 그것은 "神罰"이라 생각하고 말 것이라며 화자는 한탄한다. 도시화의 상징물로 표현된 "電信柱하나 업는벌판" 속에서 그들이 흥분하지 않는 것은 자연스러운 일이다. 갖가지 사건과 소식, 서구적 물건들과 행동 양식, 동·

서양의 지식까지 흡수하며 도시의 디오니소스적 삶을 영위하던 화자에게 정체된 과거의 삶, 변화 없는 일상은 숨이 막히며, 거칠고, 구질구질한 싱거움 그 자체다.

'흥분'이라는 한 단어로 대변되는 디오니소스적 삶은 이상에게는 삶의 의의였다. 신을 잃어버린 자, 무력한 아버지를 가진 자, 자신의 정체성에 대한 불안에 시달리는 자로서 이상은 허무주의에 빠질 수밖에 없었다. 그 허무주의를 극복하는 방법은 폭음과 난잡한 성생활, 도피적 글쓰기를 통한 도취와 황홀, 자기 망각의 디오니소스적 길이었다. 도시의 디오니소스적 삶에 익숙한 화자가 보기에 아폴론적 시골의 삶은 싱거워 보이는 것이 당연했다.

> 마당에서 밥을먹으면 머리우에서 그無數한 별들이 야단이다. 저것은 또어쩌라는것인가. 내게는 별이 天文學의 對像될수업다. 그러타고 詩想의 對像도아니다. 그것은 다만 香氣도觸感도업는 絕對倦怠의 到達할수업는 永遠한彼岸이다. 별조차가 이러케승겁다.
>
> ─<권태>(전집4 수필 : 117)

마당에서 밥을 먹으며 화자는 하늘의 무수한 별들을 쳐다본다. 그에게 별은 "天文學"이나 "詩想의對像"이 아니다. 별들은 "絕對倦怠의 到達할수업는 永遠한彼岸"일 뿐이다. 느낄 수 없고 만질 수 없으며 절대 권태의 삶을 허락할 뿐인 조물주가 있는 곳인 하늘은 화자에게는 도달할 수 없는 곳이다. 현실에서 자신과 아무런 관계가 없는 신이기에 하늘은 화자에게 싱거운 곳일 뿐이다.

같은 대상이라도 쳐다보는 사람의 마음 상태에 따라 달리 보이게 마련이다. <산촌여정>에도 별에 관한 내용이 나온다.

空氣는水晶처럼맑아서 별빗만으로라도 넉넉이 조와하는『누가』福音도 읽을수잇슬것갓습니다. 그리고쏘참 별이 都會에서보다 갑절이나더만이 나옵니다. 하도 조용한 것이 처음으로 별들의 運行하는 기척이들니는것도갓습니다.

―<산촌여정>(전집4 수필 : 42-3)

<산촌여정>을 쓸 당시 이상은 별빛에 "조와하는『누가』福音도읽을수잇슬것" 같은 심정이었다. 누가복음을 좋아한다는 것은 신을 긍정하고 싶어 하는 마음이다. 공기가 맑고, 도회보다 별들이 많이 보이는 것과 조용한 것도 신기했다. 이상은 성천을 방문해서 처음에는 자연에 대해 서정적 감동을 느껴 그 경이로움을 찬미하고 신마저 긍정적으로 받아들이고 싶은 자세였음을 알 수 있다.

그러나 <권태>에서는 "그無數한 별들이 야단이다. 저것은 또어쩌라는것인가"라며 별들마저 원망하는 심정을 드러낸다. <권태>에 이르러 <산촌여정>의 서정적 감동은 사라지고 무신론적 비애감이 노출된다. 동경 생활에서의 실망과 절망은 화자의 자연과 신에 대한 시각을 <산촌여정>에서의 긍정적 시각에서 <권태>의 부정적 시각으로 바꾸어 놓기에 충분했다. 이제 신은 "香氣도觸感도업는" 대상으로서 화자에게 "到達할수업는 永遠한彼岸"에 다름 아닌 존재가 된 것이다.

불나비가달려들어불을끈다불나비는죽엇든지火傷을입엇스리라그러나 불나비라는놈은사는方法을아는 놈이다불을보면뛰어들줄을알고―平常에 불을燋燥히차저단일줄도아는 情熱의生物이니말이다.

그러나 여기 어디 불을 차즈려는情熱이 잇스며 뛰어들불이잇느냐. 업다. 나에게는 아무것도업고 아무것도업는내눈에는 아무것도보이지안는다.

―<권태>(전집4 수필 : 118)

방에 들어 와 자려는데 불나비가 달려들어 불을 끄는 것을 보고 화자는 불나비에게서 디오니소스적 정열을 발견한다. 죽음이나 상처를 두려워하지 않고 불 속으로 뛰어드는 불나비는 "사는方法을아는놈"이다.

이상 자신도 불나비와 같은 삶을 추구하고 있는 중이었다. 질병으로 인한 쇠약과 죽음의 위협에도 아랑곳 하지 않고 그는 불규칙하고 건전하지 못한 정열을 발산하고 있었다. 불나비는 디오니소스적 정열의 화신이다. 자신처럼 "사는方法을아는" 불나비에게서 화자는 동류의식을 느낀다. 이곳 시골 성천에는 "뛰어들불"이 없는 답답한 곳이다. 여기 사람들은 불을 찾으려는 "정열"도 없고, 이곳에는 "뛰어들불"이 없다. 불나비 같은 정열을 간직한 화자에게 "뛰어들불"이 없는 시골 생활은 권태일 뿐이다.

> 暗黑은 暗黑인以上 이좁은房것이나 宇宙에꽉찬것이나 分量上差異가업스리다. 나는 이 大小업는 暗黑가운데누어서 숨쉴것도 어루만즐것도 또 慾心나는것도 아무것도업다. 다만 어디까지가야끗이날지 모르는來日 그것이또 窓박게登待하고잇는것을 느끼면서 오들오들 떨고잇슬뿐이다
>
> 　　　　　　　　　　　　　　　　　　　－〈권태〉(전집4 수필 : 118-9)

암흑 속에 자려고 누운 화자는 아무런 욕심을 느끼지 않는다. 다만 끝없는 내일을 두려워 할 뿐이다. 디오니소스적 정열을 추구해 온 그이지만 결과는 일시적인 만족일 뿐이었다. 신을 잃어버린 데에서 오는 존재에 대한 불안은 내일에 대한 두려움을 낳았다.

수필 〈권태〉의 마지막 부분인 이 단락에서 이상은 하루를 끝맺는 장면으로 마무리를 하고 있다. 오늘, 디오니소스적 정열을 발휘할 기회가 없었기에 자려고 누운 그에게는 더욱 진한 허무주의만 엄습해 왔다.

자신을 망각할 술도 여자도 사건도 없는 하루였다. 디오니소스적 정열로 허무주의를 극복하지 못한 하루의 끝은 캄캄할 뿐이었다. 오늘과 다름없을 내일, 정열과 흥분이 없을 내일을 계속 맞는다는 것은 "오들오들" 떨리는 공포였다. '답답하다', '어둡다', '무섭다', '좁다' 같은 형용사가 고빈도 형용사 순위에 올랐던 것은 이런 공포의식에서 기인한다.

이러한 심리 상태는 글을 쓸 당시 동경에서의 좌절로 인한 측면이 크다. 동경 문단에서 인정받고자 하는 시도도 좌절되었고, 가난과 병환으로 인해 동경에 더 머물 수도 그렇다고 서울로 돌아 갈 수도 없는 진퇴양난의 상태에 빠져 있었다. 이상은 <사신(7)>에서는 "나도 보아서 來달中에 서울로 도루 갈까 하오"116)라고 했다가 <사신(9)>에서는 "친구, 家庭, 燒酒, 그리고 치사스러운 義理 때문에 서울로 돌아가지 못하겠읍니다"117)라며 마음의 갈피를 잡지 못한다. 내일을 알 수 없는 공포, 현실적 좌절로 인한 두려움, 신을 잃은 존재의 불안은 "좁은房" 안을 암흑으로 채우고 있다.

이상의 수필 <권태>만큼 도시적 현대인의 특성을 잘 묘사한 작품도 드물다. 많은 현대인은 신을 잃어버렸고, 자신의 정체성과 현실에 의문을 품고 있으며, 디오니소스적 정열의 포로가 되어 있다.

이상은 이 작품에서 시골 생활의 단조로움을 도시인의 정서로 날카롭게 파악한다. <산촌여정>에서와 달리 <권태>에서의 온통 초록으로 뒤덮인 자연과 똑같은 노동과 일과가 반복되는 시골의 모습은 화자에게는 극도의 권태로 비쳤다. 건강과 생명의 상징인 초록색 자연은 숭배와 찬미의 대상이기는커녕 공포의 대상이었다. 농부의 순종적 노동도

---

116) 전집4 수필, 251쪽.
117) 전집4 수필, 257쪽.

숭고한 가치이기보다는 자의식이 결여된 반복적 움직임일 뿐이었다. 어려서부터 신식 교육기관을 통해 광범위한 지식을 습득한 지식인으로서 자의식 과잉과 자신의 정체성에 대해 질문을 던지는 것이 이상에게는 당연한 일이었다. 도시와 달리 아직도 봉건적 폐쇄성에 갇힌 시골은 도시인이 보기에는 딱할 만큼 답답한 곳이었다. 동경에서의 좌절은 화자의 시각을 더욱 부정적으로 변화시키기도 했다.

부모로부터 버려졌다는 유아기의 정신적 상처로 인해 이상은 자연을 만든 조물주마저 믿지 못한다. 조물주에 대한 불신은 아버지에 대한 반항이자 자신에 대한 절망이기도 하다. 19세기 후반에 이르러 신과 종교에 대한 관념의 변화는 사람들에게 충격을 주었다. 찰스 다윈의『종의 기원』에서 제기된 자연 선택 개념은 유신론적 진화론으로 해석될 여지가 있었지만, 시간이 흐를수록 진화론은 무신론적이며 유물론적으로 해석되는 경향이 더 두드러지게 되었다. 마르크스는 "종교는 인민의 아편이며, 인류의 오랜 역사적 과정에서 생겨난 사회적 역사적 산물일 뿐"이라고 주장했다. 또한 니체는 "기독교는 소크라테스와 더불어 시작된 괴상한 사고방식의 가장 유해한 최근의 단계"라고 했고, 프로이트는 "종교는 인류의 보편적인 강박신경증"이라고 목소리를 높였다. 이제 많은 이들에게 신을 믿는 것은 구시대의 봉건적 가치가 되어 버렸다.

당시만 해도 한국 문단에서 자연을 보고 권태를 느끼는 행위는 불경에 해당했다. 이상도 <산촌여정>에서는 기존의 관습대로 자연을 예찬했다. 그러나 일말의 희망이었던 동경 생활에서 절망을 느낀 후에 쓴 <권태>에 이르러서는 자연에 대한 무조건적인 존경과 감탄의 표출 대신 이상은 생각하는 자아를 활용하여 의심하는 시각을 드러낸다. 그 결과 그는 자연의 권태성을 파악하기에 이른다. 절대적인 확신이 아닌 상대적 의심은 필연적으로 불안을 낳았고, 정신적 상처를 위로받을 절대적 가치에 대한 상실은 자아 상실과 자살 충동으로 이어졌다. 그는 자살에 대한 유혹도 거침없이 글 속에 드러낸다. 결국 <권태>에 나타난 "극권태", "흉악한 권태", "절대권태"는 현대인의 자아 상실로 인한 극도의 허무감을 이르는 표현이다.

이상이 허무주의를 극복하는 방법은 니체가 제기한 디오니소스적 삶의 추구와 닮았다. 도취와 황홀에서 자기 망각에 이르는 길이 이상의 삶에 대한 열정의 표시이자 분출인 셈이었다. 신도 절대 가치도 없는 곳에서 도덕성의 붕괴는 필연적이다. 순간적 쾌락과 자기만족적 기쁨이 가져오는 퇴폐성과 불나방 같은 정열은 도덕성을 대치한다.

<권태>는 기존의 가치에 대한 중대한 도전이자 반발이었다. 이 글이 이상의 생존에 발표되었더라면 그는 사회 각층으로부터 빗발치는 비난을 받았을 것이다. 그러나 도시적이며 무신론적인 인간이 느끼는 자신만의 시각을 솔직하고 용감하게 표현했다는 데에서 이 수필이 갖는 현대성이라는 의의를 찾을 수 있다.

이상이 당시로서 파격적인 내용의 수필을 쓸 수 있었던 것은 죽음을 앞둔 자포자기적 심정에서 비롯된다. 육체적 정신적 경제적 절망의 상황에서 그는 고통의 몸부림과 같은 글을 남겼다. 일본에서 극한의 궁핍과 좌절, 쇠약을 겪으며 죽기 네 달 전 쓴 <권태>에는 그의 마지막 심리 상태가 고스란히 녹아 있다. 자신의 고민과 상처가 담긴 글은 죽음 앞에 선 자의 솔직함을 드러낸다. 이상의 문학은 죽음의 대가를 치르고 현대문학의 앞길을 여는 역할을 했다.

제6장

이상 수필의 문학사적 의의

이 연구는 이상 수필의 형식과 내용을 종합적으로 분석하는 것을 목적으로 하였다. 이를 위해 먼저 작품의 장르를 확정 짓고, 최초 발표본과 여러 판본을 대상으로 원전 비평을 시행한 후, 어휘와 문체의 특성을 컴퓨터 통계 자료로 규명했다. 주제는 세태비판과 자연관조, 애정갈등과 자아부정이라는 네 가지 측면으로 분류하여 살폈다.

한국 근현대 문학사에서 가장 난해한 작품을 쓴 작가인 이상의 글은 관심의 대상이 되어 그동안 1,500편이 넘는 논문이 생산되었으나, 그의 수필문학의 본령에 대해서는 아직 충분한 연구가 이루어지지 못한 상태이다. 이상은 구인회 가입 후부터 동료회원들의 영향을 받고 본격적으로 수필을 쓰기 시작했으며, 그가 수필창작 활동을 한 시기인 1930년대에는 문학적 기교와 예술성이 높은 수필이 발달했다.

연구 대상 범위는 국문으로 발표되고, 다섯 종류의 전집 모두에서 수필로 분류된 32개의 작품으로 정했다. 일문 유고들은 그 작품을 이상이 썼다 해도 번역 과정에서 원래의 의도와 다르게 표현될 가능성이 있고, 다른 작품의 초고로 보이는 것들도 있어 제외했다.

원전 비평을 위해서는 시범적으로 <서망율도>와 <여상사제>를 대상으로 11가지 판본을 비교했다. 판본들의 제목과 어휘 표기의 변화를 조사하고 판본별 특성도 밝혔다. 1936년에 발표된 두 작품은 사이 ㅅ 표기와 분철된 단어가 많고, 설측음은 ‘ㄹㄹ’을 ‘ㄹㄴ’으로 표기하고 있다. 한자로 표기할 수 있는 단어는 90% 이상을 한자로 표기하고 있다. 띄어쓰기는 1933년에 제정된 한글 맞춤법 통일안의 정서법이 제대로 적용되지는 않았다. 이 두 작품 외에 다른 작품들에서 해석상 논란의 여지가 있는 어휘는 최초 발표본과 다섯 종류의 전집을 비교 검토하여 원문의 오류를 바로잡고 교정본을 확정하였다.

표현 형식 분석에 있어서는 컴퓨터 통계 처리를 통해 어휘와 문체의 특성을 계량적으로 분석했다. 먼저 대상이 되는 32편의 수필을 입력하고 기본형을 추출한 다음 품사별로 고빈도 어휘에 대해 조사했다. 계량적 현상을 비교하기 위해, 한국현대시의 시어 빈도, 현대국어의 빈도 및 수필문학으로는 김학철의 『우렁이 속 같은 세상』의 어휘 빈도를 활용하였다.

분석 결과 고빈도 명사 어휘로는 ‘사람’이 1위를 차지했고, ‘여인’, ‘색시’, ‘아내’, ‘어머니’, ‘여자’, ‘계집’, ‘매춘부’ 같은 여인 관련 어휘들이 많이 사용되었다. ‘일’, ‘집’, ‘생활’, ‘세상’, ‘도회’, ‘방’, ‘자동차’ 등의 어휘도 고순위에 포함되었는데, 이는 그의 수필이 도시 생활에 근거한 세상사에 대한 이야기를 담고 있는 데서 기인하는 것으로 분석하였다.

고빈도 대명사 어휘의 순위에서는 서술 주체인 ‘나’와 ‘내’를 합한 비율이 총 대명사 중 약 41%를 차지하는 것이 특징이다. 이는 흔히 자의식 과잉의 작가라고 평가되는 이상이 수필문학에서 자신의 이야기

및 스스로에 대한 관심을 적극적으로 표현했음을 말해 준다.

고빈도 형용사 어휘에서는 쌍을 이루는 대립어와 부정적 인상의 형용사가 다수 보인다. 쌍을 이루는 대립어에는 '있다-없다', '같다-다르다', '좋다-싫다', '아름답다-추악하다', '크다-작다', '가깝다-멀다', '부드럽다-거칠다'가 있다. 부정적 인상의 고빈도 형용사 어휘로는 '없다', '아니다', '아프다', '슬프다', '불쾌하다', '창백하다', '가난하다', '답답하다', '어둡다', '무섭다', '추악하다', '가련하다'를 들 수 있다. 이러한 형용사들은 이상의 암울한 현실과 부정적 세계관을 드러낸다. 이상 수필에서 색채어 중 '창백하다'는 '희다'와 함께 가장 자주 사용되었다. '창백하다'는 이상이라는 작가의 개성을 나타내는 색채어로 주목할 만하다.

동사 어휘에 대한 분석 결과, 반복지수가 비교적 낮았는데, 이는 이상이 다양한 동사를 사용했다는 것을 뜻한다. '알다', '모르다', '생각하다' 같은 생각과 관계된 사고어도 많이 구사되었고, '살다'와 '죽다'라는 동사가 고빈도어에 속하는 것으로 보아 이상이 생사의 문제에 관심이 높았음을 알 수 있다.

이상 수필에는 유난히 한자가 많이 사용되었고, 현대에 잘 사용되지 않는 단어와 외국 낱말이 자주 등장하고 있는데, 이러한 어휘 특성은 이상 수필을 난해하게 만드는 원인이다.

어휘 단위의 빈도 특성을 보완하기 위해 행한, 두 개의 인접한 어휘 쌍 즉 연접어의 빈도 조사에서는 의존명사인 '수'나 '것'에 형용사나 동사, 보조동사가 결합된 형태가 고순위를 차지했다. 이는 '수'와 '것'에 관계된 관용적 표현이 작품에서 많이 사용되었고, 수필이라는 장르가 산문으로서의 특성을 가진 데서 기인한다.

이상의 수필 32편의 문장 단위의 계량적 연구 결과, 총 문장 수는 1,798개, 총 음절 수는 50,741개로 나타났다. 작품 당 평균적으로 56개의 문장이 사용되었고, 작품에 따라 그 편차가 매우 크다. 문장의 길이 면에서 한 문장 당 음절 수의 평균값은 36자이며, 문장이 긴 수필은 <오스카 와일드>, <차생윤회>, <관능위조>, <단지한처녀>, <기여> 순이다. 문장 당 평균음절 수가 가장 작은 두 작품은 <EPIGRAM>과 <행복>이며, 음절 수의 표준편차율이 높은 작품은 <혈서기삼>, <하이드씨>, <악령의 감상>, <EPIGRAM>, <악덕> 등이다. 가장 긴 문장이 있는 작품은 <혈서기삼>인데 한 문장에 228개의 음절이 들어 있다. 이러한 긴 문장은 이상 수필을 난해하게 만드는 또 다른 이유가 된다.

이상 수필은 작품 길이의 편차가 큰 것은 물론이고, 문장 길이에서도 편차가 크므로 간결체와 만연체 중 어느 하나로 문체 특성을 설명해 낼 수는 없다. 만연체 문장들은 칼럼식 수필에서 주로 발견되고, 상황이나 생각을 과장시키거나 자세하게 표현하기 위해 사용했다. 자신의 사적 이야기를 담은 <EPIGRAM>과 <행복>은 짧은 대화문과 심경 서술로 인해 간결체로 되어 있다.

또한 이상의 수필 문장은 그의 소설 문장보다 약간 길고, 소설과 마찬가지로 다양한 길이의 문장을 사용했으며, 문장 종결 표현에 있어서도 다른 작가보다 훨씬 다양한 유형들을 구사했다. 이로써 이상은 수필에서도 실험적 문학성을 중시했으며, 내용적 특성에 적절한 형식적 특성을 구사했다고 볼 수 있다.

수사법에 있어서도 이상은 여러 가지 기교를 이용했는데 특히 자신만의 참신하고 독특한 비유를 구사했고, 아이러니와 패러독스, 유머와 위트를 자주 사용했으며, 농촌의 자연 사물과 현상들을 도시의 인공물 또는 신식 문화에 비유하는 시도도 했다. 구성에 있어서는 대다수의 작품이 연결법이지만 삽입법, 병렬법, 몽타주, 패턴, 콜라주 기법도 적절하게 활용되었다.

내용적 측면에서 세태비판적 수필에는 <혈서삼태 1-5>, <조춘점묘 1-7>, <추등잡필 1-5>, <산책의가을>, <동경>이 속한다. 총 19편으로 가장 많은 비중을 차지하는 이 글들에는 당시의 연애풍속, 소외계층의 애환, 약자의 피해의식, 도시 문명에 대한 풍자적 시각이 드러난다.

자연관조적 수필에는 <산촌여정>, <서망율도>, <여상사제>가 있다. <산촌여정>에는 성천에서 느낀 자연에 대한 긍정성이 나타나고, <서망율도>와 <여상사제>는 시적 은유와 상징으로 봄을 형상화 했는데 신화·원형적 요소가 포함되어 있다.

애정갈등적 수필에는 <EPIGRAM>, <행복>, <십구세기식>이 있는데, 여자에게만 정절을 강요하는 화자의 19세기 식 정조관념으로 인한 갈등이 나타난다.

자아부정적 수필에는 <병상이후>, <약수>, <슬픈이야기>, <권태>가 속한다. <병상이후>에는 죽음에 대한 공포와 주위 사람들의 무관심에서 비롯된 소외감이, <약수>에는 주위 사람의 비난에 대한 화자의 피해의식이, <슬픈이야기>에는 자신의 성장과정과 가정환경, 질병과 경제난에서 비롯된 자기연민이, <권태>에는 조물주에 대한 불신에 따른 자아상실적 양상이 나타난다. 특히 <권태>는 기존의 가치를 부정하는 도시적 현대인의 절망을 극명하게 서술한 장편 수필이다.

연구를 종합하여 볼 때, 이상 수필은 표현상 새로운 문학 기법의 실험을 통한 독창적이고 화려한 수사법과 다양한 문체를 구사했으며, 내용상으로는 풍자적 비판과 다면적 상징, 체험과 생각의 치부를 드러내고 기존의 가치에 도전하는 솔직성을 바탕으로 한 글이다. 이상 수필의 특성을 고찰한 이 책은 그의 수필에 대한 이해를 넓히고, 나아가 이상 문학 전체와의 유기적 연관성 구명에 도움을 주며, 보다 깊이 있는 후속 연구를 이끌어 낼 것이라 생각한다.

앞으로 남겨진 과제는 유고의 분류와 분석에 있어 한층 정밀한 연구가 행해질 필요가 있고, 국문유고와 일문유고의 비교, 번역과정에서의 문제점도 충분히 살펴야 한다는 점이다. 표현과 내용적 측면에서 수필 장르와 소설 및 시문학 장르와의 대비가 필요하고, 동시대의 여타 작가들과의 관련성을 대비할 필요가 있다고 본다. 아울러 계량적 분석 방법을 보다 발전적으로 적용하여 수필 문장의 언어적 특성을 정밀하게 밝혀야 할 것으로 본다. 이는 차후의 과제로 남겨 둔다.

참고문헌

1. 기본 자료

김기림 편, 『이상선집』, 백양당, 1949.
김윤식 편, 『이상문학전집2 : 소설』, 문학사상사, 1991.
김윤식 편, 『이상문학전집3 : 수필』, 문학사상사, 1993.
김종년 편, 『이상전집』, 가람 기획, 2004.
김주현 편, 『정본 이상문학전집』, 소명출판, 2005.
권영민 편, 『이상 전집』, 문학에디션 뿔, 2009.
이승훈 편, 『이상문학전집1 : 시』, 문학사상사, 1989.
이어령 편, 『이상문학전집』, 갑인출판사, 1977.
임종국 편, 『이상전집』, 태성사, 1956.

2. 연구 논저

강경구, 「郁達夫와 이상 소설의 비교연구」, 『중어중문학』 34집, 영남중국어문학회, 1999.
강영계, 『니체와 정신분석학』, 서광사, 2004.
고석규, 「시인의 역설」, 『문학예술』, 1957.
고은, 『이상 평전』, 향연, 2003.
구광모, 「友人像과 女人像−구본웅 이상 나혜석의 우정과 예술」, 『신동아』 11월호, 2002.
권수영, 『프로이트와 종교』, 살림, 2005.
권영민 편, 『이상문학연구 60년』, 문학사상사, 1998.
權 瑚, 『고전수필개론』, 동문선, 1998.
김덕신, 「'한글 마춤법 통일안'(1933) 보급을 통한 조선어학회의 활동−『한글』(1934)지를 대상으로」, 『어문학』 제91집, 2006.
김명환, 「이상의 시에 나타나는 수학기호와 식의 의미」, 권영민 편, 『이상문학 연구 60년』, 문학사상사, 1998.
김미정, 「이상문학에 나타난 외국문학 수용양상−자아정체성 형성과 관련하여」, 『비교문학』 18집, 1993.

김민수, 「시각예술의 관점에서 본 이상 시의 혁명성」, 권영민 편, 『이상문학 연구 60 년』, 문학사상사, 1998.

김민수, 『멀티미디어 인간 이상은 이렇게 말했다』, 생각의나무, 1999.

김병선, 「석정시의 계량적 문체 연구 시론」, 『석정문학』 제18집, 석정문학회, 2005.

김병선 외 편, 『한국현대시어 빈도사전』, 한국문화사, 2007.

김병선, 『문학과 컴퓨터』, 강의교재(미출판), 2008.

김병선, 『문학계량학의 이론과 실제』, 강의교재(미출판), 2008.

김상선, 「絶對追求의 逆說－이상의 隨筆을 중심으로」 上, 『수필문학』 10월호, 수필문학사, 1975.

김상선, 「絶對追求의 逆說－이상의 隨筆을 중심으로」 下, 『수필문학』 11월호, 수필문학사, 1975.

김상태, 「이상의 문체 연구 上」, 『국어국문학』 60집, 국어국문학회, 1972.

김상태, 「이상의 문체 연구 下」, 『국어국문학』 61집, 국어국문학회, 1973.

김상태, 「이상의 수필 그 천재성의 증명－문체를 중심으로」, 『수필과 비평』 3/4월호, 수필과비평사, 2007.

김상태, 『문체의 이론과 해석』, 새문사, 1982.

김상환, 「이상 문학의 존재론적 이해－존재사적 문맥화 작업과 타당성 검증」, 권영민 편, 『이상 문학연구 60년』, 문학사상사, 1998.

김성수, 『이상 소설의 해석』, 태학사, 1999.

김성진, 「조선후기 소품체 산문 연구」, 부산대 박사논문, 1991.

김소운, 『하늘 끝에 살아도』, 동화출판사, 1968.

김승구, 『이상, 욕망의 기호』, 월인출판사, 2004.

김승희, 「이상시 연구－말하는 주체와 기호성의 의미작용을 중심으로」, 서강대 박사논문, 1992.

김승희, 「김해경의 삶과 이상적 자아 사이의 갈등과 비극－수필을 통해 본 이상의 삶과 자의식」, 『문학사상』, 문학사상사, 1993.

김영진, 「심노숭론」, 『눈물이란 무엇인가』, 태학사, 2001.

김옥순, 「상상력의 비유어로 꽃피운 이상과 현실－이상의 수필과 시적 상상력의 관계, <山村餘情>을 중심으로」, 『문학사상』, 문학사상사, 1993.

김용직, 「극렬 시학의 세계－이상論」, 『한국현대시사』, 한국문연, 1996.

김욱동, 『수사학이란 무엇인가』, 민음사, 2008.

김유중·김주현 편, 『그리운 그 이름, 이상』, 지식산업사, 2004.

김윤식, 『이상연구』, 문학사상사, 1987.

김윤식, 『이상 소설 연구』, 문학과 비평사, 1988.

김윤식 편, 『이상 문학전집4 : 이상연구에 관한 대표적 논문 모음』, 문학사상사, 1995.

김윤식,『이상 문학 텍스트 연구』, 서울대출판부, 1998.
김정동, 「이상과 1930년대의 東京」,『건축역사연구』9호, 한국건축역사학회, 1996.
김종은, 「이상의 理想과 異常」,『문학사상』7월호, 1974.
김주현,『이상 소설 연구』, 소명출판, 1999.
김주현, 「1990년대 이상 연구의 현황 및 전망」, 이상문학,『이상 리뷰』창간호, 역락출판사, 2001.
김주현, 「이상 문학에 있어서 성천 체험의 의미」,『한국근대문학연구』제2권 제1호, 한국근대문학회, 2001.
김준오, 「도시적 감수성과 인간탐구－이상 수필 개관」,『문학사상』9월호, 문학사상사, 1993.
김준오,『시론』, 삼지원, 2005.
金振邦 主編,『文章體裁辭典』, 東北師範大學出版社, 1986.
김진석, 「이상 수필 연구(표현 양식의 실험과 글쓰기 양상을 중심으로)」,『인문과학연구』11호, 서원대 인문과학 연구소, 2002.
김진섭, 「隨筆의 文學的 領域」,『동아일보』, 1939.
김학동,『김기림 評傳』, 새문사, 2001.
김희찬, 「한국어 말뭉치의 계량적 처리 절차 연구」, 서울대 국어교육과 박사논문, 2000.
나갑순, 「이상 수필에 나타난 욕망 연구」, 인제대 석사논문, 2002.
나병철, 「1930년대 후반 도시소설 연구, 연세대 박사논문, 1990.
류광우, 「이상 문학 텍스트의 구현방식과 의미 연구」, 충남대 박사논문, 1993.
명형대, 「1930년대 한국 모더니즘 소설의 공간구조 연구」, 부산대 박사논문, 1991.
문혜윤, 「1930년대 어휘의 장과 문학어의 계발－어문운동의 맥락과『문장강화』의 지향」,『상허학보』Vol. No. 17, 2006.
서준섭, 「1930년대의 한국 모더니즘 문학 연구」, 서울대 박사논문, 1988.
송명희,『현대소설의 이론과 분석』, 푸른사상, 2007.
송효섭, 「자기 반성의 문체, 그 문화적 의미－기호학의 시각에서 본 이상 수필의 문체론적 특성」,『문학사상』, 문학사상사, 1993.
신범순 외,『이상 문학연구의 새로운 지평』, 역락출판사, 2006.
안미영, 「이상 소설에 나타난 신체 인식 표출 양상」, 경북대 박사논문, 2001.
안미영, 「이상 수필에 나타난 신체의 문명화」,『어문연구』제40권, 어문연구학회, 2002.
안미영,『이상과 그의 시대』, 소명출판, 2003.
안성수, 「수필의 구성 미학」,『수필학』8집, 한국수필학회, 2001.
안상수, 「타이포그래피적 관점에서 본 이상 시에 관한 연구」, 한양대 박사논문, 1995.

안영희, 『일본의 사소설』, 살림, 2006.

여영택, 「이상의 散文에 關한 考究」, 『국어국문학』 8집, 국어국문학회, 1968.

오유미, 「이상 문학의 외래적 요소 연구」, 『관악어문연구』 1집, 1976.

吳昌翼, 「1920年代 韓國 隨筆文學 硏究」, 중앙대 박사논문, 1985.

유양선, 「이상의 수필 <倦怠>의 의미망」, 『어문연구』 제30권 4호, 한국어문교육연구
        회, 2002.

윤오영, 『隨筆文學入門』, 관동출판사, 1979.

윤재천 편, 『수필학』 4-15집, 한국수필학회, 1997-2007.

이경훈, 『이상 철천의 수사학』, 소명출판, 2000.

이관희, 『창작문예수필이론서』, 청어, 2007.

이보영, 『이상의 세계』, 금문서적, 1998.

이보영, 「문학을 통한 반체제적 저항―이상 수필의 경우」, 『수필과 비평』, 수필과 비평
        사, 2007.

이복숙, 「이상 시의 모더니티 연구―단절성과 추상성을 중심으로」, 경희대 박사논문,
        1988.

이선영 편, 『문예사조사』, 민음사, 2002.

이승훈, 『이상 시 연구』, 고려원, 1987.

이승훈 편, 『문학상징사전』, 고려원, 1995.

이승훈, 『이상』, 건국대 출판부, 1997.

이승훈, 『한국 모더니즘 시사』, 문예출판사, 2000.

이어령, 「나르시스의 학살―이상의 시와 그 난해성」, 『신세계』, 1956. & 1957.

이우경, 「이상의 <倦怠>의 세 공간구조와 자의식의 양상」, 『이화어문논집』 제10집,
        이화여대한국어문학연구소, 1989.

이원도, 『이상이 만난 장자』, 서정시학, 2007.

이재선, 「이상 문학의 시간의식」, 『한국현대소설사』, 홍성사, 1979.

이중재, 『구인회 소설의 문학사적 연구』, 국학자료원, 1998.

이태동 편, 『이상』, 서강대출판부, 1997.

이태준, 『문장강화』, 범우사, 1997.

임 헨리홍순, 「이상의 <날개>―반식민주의적 알레고리로 읽기」, 『역사연구』 6집, 역
        사학연구소, 1998.

전정옥, 「김학철 수필 연구」, 한국정신문화연구원 한국학대학원 석사논문, 2004.

전정옥, 「김학철 문학 연구」, 성균관대 박사논문, 2006.

정명환, 「부정과 생성」, 『한국인과 문학사상』, 일조각, 1968.

조연현, 「근대 정신의 해체―고 이상의 문학사적 의의」, 『문예』 11월호, 1949.

조연현, 「이상의 미발표원고의 발견」, 『현대문학』 11월호, 1960.

조용만, 『울 밑에 선 봉선화야-남기고 싶은 이야기』, 범양사출판부, 1985.

조해옥, 「이상시의 근대성 연구-육체의식을 중심으로」, 소명출판, 2001.

조해옥, 「임종국의 『이상전집』과 「이상연구」에 대한 비판적 고찰」, 『이상 리뷰』 제2호, 역락출판사, 2003.

조해옥, 『도로를 횡단하는 문학』, 새미출판사, 2004.

조해옥, 「이상 수필의 이중성 연구-<早春點描>와 <秋燈雜筆>을 중심으로」, 『전환의 문학』, 새미출판사, 2006.

조해옥, 「이상의 수필 <山村餘情>과 <倦怠> 비교 연구」, 『우리어문연구』 27권, 우리어문학회, 2006.

조해옥, 「이상의 발표 수필과 발굴 원고 비교 연구」, 『우리어문연구』 28권, 우리어문학회, 2007.

崔康賢, 『韓國古典隨筆講讀』, 고려원, 1984.

최재서, 「고 이상의 예술」, 『문학과 지성』, 인문사, 1938.

최혜실, 「한국 모더니즘 소설 연구」, 서울대 박사논문, 1991.

추은희, 「이상과 太宰治 文學 대조 연구」, 『국제문화 연구』 2집, 청주대 국제문화연구소, 1982.

한상규, 「1930년대 모더니즘 문학에 나타난 미적 자율성 연구」, 서울대 박사논문, 1998.

허소라, 「신석정 시의 문체론적 고찰」, 『석정문학』 제16집, 석정문학회, 2003.

홍경표, 「이상문학의 비유법 소고-<山村餘情>을 중심으로」, 『국문학 연구』 11집, 효성여대국문학연구회, 1988.

鴻農暎二, 「日本 모더니즘과 이상 시」, 『현대문학』 4월호, 1981.

황도경, 「이상의 소설 공간 연구」, 이화여대 박사논문, 1993.

황석승, 「芥川龍之介의 문학과 이상의 소설」, 『논문집』 30집, 상명여대, 1992.

Burrows, J. F., *Computation into Criticism*, Clarendon Press, 1987.

Butler, Christopher, *Statistics in Linguistics*, Basil Blackwell, 1985.

Butler, Christopher, *Computers in Linguistics*, Basil Blackwell, 1985.

Eagleton, Terry, 김명환·정남영·장남수 역, 『문학이론입문』, 창작과비평사, 2008.

Fraser, James George, 신상웅 역, 『황금가지』, 동서문화사, 2007.

Frye, Northrop, 임철규 역, 『批評의 解剖』, 한길사, 1982.

Guerin, Wilfred L. 외, 최재석 역, 『문학비평의 이론과 실제』, 한신문화사, 2000.

Lee, James, 『이상의 상반되는 미학』, 『뉴스레터』 제3권 5호, 1994.

Leech, Geoffrey N. & Short, Michael H., *Style in Fiction—A Linguistic Introduction to English Fictional Prose*, Longman, 1981.

Lew, Walter K., 「이상의 "山村餘情, 成川紀行 중의 몇 절"에 나타나는 활동사진과 공동체적 동일시」, 『Trans』 1, 1999.

Lew, Walter K., JEAN COCKTEAU IN THE LOOKING GLASS : A Homotextual Reading of Yi Sang's Mirror Poems, 『이상 리뷰』 창간호, 역락출판사, 2001.

Lew, Walter K., YI SANG, 『이상 리뷰』 제2호, 역락출판사, 2003.

Montaigne, M. E. de, 손우성 역, 『몽테뉴 수상록』, 문예출판사, 1993.

Nietzsche, Friedrich Wilhelm, 이진우 역, 『니체 전집 3 유고(1870-1873)』, 책세상, 2001.

Richards, I. A., 이선주 역, 『문학비평의 원리』, 동인, 2007.

Whitelock, P., *Linguistics Theory & Computer Applications*, Academic Press, 1987.

저자 소개

최 효 정 (graeso@hanmail.net)

한국학중앙연구원 한국학대학원 국어국문학 박사
『현대수필』로 등단 (필명 : 최이안)
문예진흥원 '내일을 여는 젊은 작가' 선정
'구름카페 문학상' 수상

수필집 : 『바람은 같은 노래를 부르지 않는다』
　　　　『각트의 가벼움』
　　　　『공놀이 하듯이』
　　　　『저녁 산책』

이상 수필의 어휘 구조와 주제 특성

초판 인쇄　2010년 12월 20일
초판 발행　2010년 12월 30일

지은이　최효정
펴낸이　이대현
편 집　이소희
펴낸곳　도서출판 역락
　　　　서울 서초구 반포4동 577-25 문창빌딩 2층
　　　　전화 02-3409-2058(영업부), 2060(편집부)
　　　　팩시밀리 02-3409-2059
　　　　이메일 youkrack@hanmail.net
　　　　등록 1999년 4월 19일 제303-2002-000014호

ISBN　978-89-5556-900-1 93810
정 가　21,000원

＊잘못된 책은 교환해 드립니다.